KB139379

왕과 서정시

国王与抒情诗

리훙웨이
李宏偉

장편소설

한스미디어

24. 士사 : 일하다, 살피다, 열을 미루어 하나로 합치다

25. 助조 : 왼쪽

26. 飆표 : 폭풍, 회오리바람

27. 愛애 : 여행, 쉬운

28. 哀애 : 힘쓰다, 슬프다, 애도하다

29. 醒성 : 술이 깨다, 술 이후

30. 冷냉 : 춥다, 생소하다

31. 字자 : 계약, 출산하다, 낳다

32. 奬장 : 권면하다, 개를 부려 사납게 만들다

33. 印인 : 덮다, 신표를 지니다, 흔적

34. 紙지 : 쓰다, 그리다, 인쇄하다, 섬유

35. 默묵 : 외워 쓰다, 개가 잠시 사람을 쫓아내다

36. 奇기 : 다르다, 특수하다

37. 笑소 : 기쁘다, 조소하다, 경어

38. 永영 : 길다, 물

39. 神신 : 창조자, 만물을 끌어내다

40. 一일 : 하늘과 땅을 만들다, 만물이 되다

41. 錯착 : 금도금, 교차하다

42. 轉전 : 돌다, 동그라미

43. 情정 : 음기, 소유욕

44. 抒서 : 푸다, 표시하다

45. 數수 : 세다, 탓하다

1부

본사 (本事)

일러두기

1부 각 장의 소제목은 한 글자로 된 한자와 그 한자의 풀이로, 중국 최초의 사전 《설문해자說文解字》와 가장 대중화된 사전 《신화자전新華字典》에 수록된 설명이다.

1

思사 :
받아들이다, 그립다

— 2050년 노벨문학상 수상을 앞두고 시인 위원왕후宇文往户 급 별세.

붉은색 정보핵이 정보 스트림에 계속 흐른다.

— 오늘 17시 10분 25초, 금년도 노벨문학상 수상자로 선정된 위원
왕후의 이동영혼이 의식공동체意識共同體에 비상경보 정보를 송출해 위
원왕후가 의식공동체와의 연결을 끊었다고 표시. 삼 분 십구 초 후 위
원왕후의 의식결정체意識結晶體 작동 정지. 경찰은 오 분 동안 계속 그를
호출해도 대답이 없자 의료진과 함께 그의 집으로 출동. 문을 부수고
들어가니 위원왕후는 이미 사망.

주황색 요점 기사로 뜨는 이 뉴스는 정보핵을 클릭하면 더 자세
한 내용을 볼 수 있다.

다음으로 현장 스캐닝이 파란색으로 나타난다. 경찰 다섯, 의료
진 둘, 최초 목격자 일곱 명의 시각 영상과 현장을 구경하던(실은

마당 너머에서 지켜보고 있던) 두 사람이 자발적으로 제공한 시각 영상도 있다. 모두 스캐닝 화면에 나열되며 각각의 영상에는 캡션이 붙는다. '경찰 시각 1~5' '의사 시각' '간호사 시각'이라든가 '스마트 들것 촬영분'과 같은 시각 영상도 보인다.

뒤이어 위원왕후와 관련된 모든 직접 정보에 파란색 관련 정보가 링크되어 나타난다. 거주 상태(위원왕후는 왜 주거지역에서 멀리 떨어져 불편한 단독주택에서 혼자 지낸 걸까?), 섭식 상태(오늘의 식단 및 영양 구성, 매일 섭취해야 하는 영양소와 그 비율), 건강 상태(최근 3년간의 건강검진 내용, 좌심실에 24시간 동안 0.4초간의 심블록*이 있었을 뿐 특별한 문제는 없었음), 사망 원인(신체적, 심리적, 가정적, 개인적 문제 등 여러 추측), 사후 문제(유족 없음, 그의 죽음이 7일 뒤 열리는 시상식에 어떤 영향을 끼칠지 불분명, 시상식의 하이라이트인 수상연설 원고가 마무리되었는지 여부) 등등.

그다음은 여러 주변 소식이다. 모두 회색으로 처리되어 있다. 기존의 모든 돌발사건과 마찬가지로 한 무더기의 회색 문자와 이번 사건을 핵심으로 하는 링크는 거의 전 세계 정보를 다시 한 번 종합해 언제든 조회하고 추출할 수 있는 서비스를 제공한다.

리푸레이黎普雷는 가벼운 구토감과 현기증을 느끼고 자유공간을 나와 이동영혼을 내려놓았다. 주방에서 한참을 멍하니 서 있다가 찬장과 냉장고에서 먹을거리를 꺼냈다. 우유에 오트밀을 타 먹

---

*   heart block. 심장이 수축할 때 자극전도계에서 자극의 전달이 중단되어 일어나는 병적 현상.

고, 땅콩 한 봉지와 함께 반병 남은 위스키를 따라 한 모금씩 넘겼다. 리푸레이는 위원왕후와 관련된 일을 생각하지 말자고, 아무것도 생각하지 말자고, 특히 두셴杜嫺을 생각하지 말자고 자신을 억눌렀다. 머리부터 발끝까지 유리 그릇이라도 된 듯 한동안 의식이 텅 비었다. 황금빛 술이 목구멍을 타고 위로 들어갔다. 보리 향 액체에게 파트너라도 맺어주듯 이따금 땅콩 껍질을 비벼 까서 입에 털어 넣었다.

'의식공동체와의 연결을 끊었다'는 말은 이메일에 있던 '단절'의 의미일까? 최소한 그런 뜻일 것이다. 위원왕후는 메일을 보낼 때 이미 예감했던 게 아닐까? 잠깐, 리푸레이는 이동영혼을 들어 메일 도착시간을 찾아봤다. 17시 6분 18초, 위원왕후가 의식공동체와 연결을 끊은 시간과 딱 사 분 칠 초 차이였다. 위원왕후가 자살(리푸레이는 한참을 망설이다 술을 들이켠 후 이 단어를 썼다)을 결행하기 전에 마지막으로 연락한 사람이 자신이라고 해도 거의 무방하다. 왜 그랬을까? 리푸레이는 위원왕후는 물론이고 그 누구에게도 자신이 그렇게 중요한 사람일 수 있다는 생각을 한 번도 해보지 않았다. 더 따지지 않고 이 사실을 받아들이자니 문제가 컸다. 누군가가 죽기 전에 다른 사람에게 연락한다는 건 그저 상대에게 자신의 죽음을 알려주기 위해서일까? 상대가 영문을 몰라할 걸 뻔히 알면서? 그건 위원왕후의 스타일이 아니다.

수취인 이름도 없고 안부 인사나 내용, 낙관도 없이 제목 칸에 "이렇게 단절한다. 잘 지내길"이라고만 쓰여 있는 메일 한 통. 이 몇 글자에 정말 언외의 뜻이 있을까? 언외의 뜻이 분명 있다고 가정이나 해보자. 그러면 위원왕후는 왜 의식공동체를 통해 리푸레이를 불러 직접 얘기하지 않고 이메일이라는 과거의 방식으로 연락했을까? 리푸레이가 위원왕후의 의도를 알아차리고 그를 제지할 것에 대비하려는 의도였다면 의식공동체에 정보를 남겨두면 될 일이지, 무엇 때문에 그렇게 먼 길을 돌아야 했을까? "참, 내가 언제 위원왕후에게 메일 주소를 알려줬지?" 리푸레이는 자문했다. 전혀 기억나지 않았지만 오늘 이미 기억 때문에 한 차례 충격을 받은 터라 의식공동체에 들어가 개인의식저장소를 검색해볼 마음이 들지 않았다.

스스로 추궁하고 반박하다 보니 술기운이 금세 올라왔다. 리푸레이는 이동영혼이 계속 보내는 건강 경고에도 아랑곳없이 위스키 반병을 비웠다. 그러니 편해졌다. 졸음이 덮쳐오자 의문으로 가득한 세상을 제쳐두고 바닥에 누웠다. 하지만 평소 과음할 때와 마찬가지로 오래 자지 못하고 깼다. 깨고 난 후에도 머리가 계속 지끈거렸다.

리푸레이는 거실 한쪽에 놓인 책상에서 붓, 먹물, 화선지를 꺼내 '단절'의 '단斷' 자를 또박또박 커다랗게 썼다. 그리고 잠시 고민하다 그 옆에 그다음 글자를 작게 적었다. '절絕. 계속하지 않다.' 서서히 말라가는 종이 위 글자를 보고 있노라니 마음이 차분해졌다. 이동영혼을 들어서 보니 역시나 잠들기 전에 또 한 번 의식공동체에 들어가 두셴에게 "당신 어디야?"라고 호출을 보낸 터였다.

두셴은 여전히 호출을 받지 않았다. 리푸레이는 자신의 호출 내용을 두 번 듣고 난 뒤 호출을 취소하고 메시지를 삭제했다.

정신을 가다듬고 후회가 뒤얽힌 두셴에 대한 그리움을 몰아냈다. 잠들기 전 술기운과 함께 밀려들었던 생각들도 정리하고 나니 두통이 한결 나아졌다. 다시 창가로 가서 밖을 바라봤다. 여전히 뒤섞인 불빛 아래에서 혼탁한 도시의 밤은 농담濃淡을 분별할 수 없었다. 그래도 오늘은 평소보다 좀 더 먼 곳의 하늘이 빠끔히 보인다. 옆 건물에 눌린 거무죽죽한 하늘에 별이 조금 있는 듯하다.

저 기다란 하늘 덕에 기분이 한결 나아졌다. 리푸레이는 샤워를 한 후 잠옷을 입고 거실 구석의 고정 자리에 앉아 자유공간을 만들었다. 그리고 '위원왕후 사망'을 핵심으로 하는 의식공동체의 정보 스트림으로 서서히 들어갔다.

— 최신 상황 : 중국어권 문학계와 세계 문학계가 위원왕후의 사망 소식에 애도를 표함. 마지막 인사를 하러 올 가족들을 위해 위원왕후의 시신은 아직 장례식장에 보관 중. 가족의 요청에 따라 고별식, 추도회 등의 의식은 생략할 예정. 위원왕후의 친척이 베이징에 와서 유골을 고향으로 옮겨가 위원宇文 초원에 묻을 예정. 구체적인 안장지는 대외 비공개.

— 수소문해 찾은 위원왕후의 친척 여동생 위원란宇文燃은 이에 대해 자세히 대답하길 꺼리며 간단히 한마디만 남김. "저희 오빠를 방해하지 말아주셨으면 좋겠습니다."

— 돌연한 사망이 끼친 영향 : 뉴스 발표 후 두 시간 동안 의식공동체에서 위원왕후의 작품 다운로드 횟수가 수상자 발표일의 다섯 배인 2189만 3455회에 달함. 현재까지 다운로드 횟수는 4천만 회, 조회 수는 5억 회 돌파. 제국문화帝國文化 대변인은 위원왕후를 애도하기 위해 위원

왕후의 모든 작품을 종이책으로 5천 세트 제작하기로 결정했다고 발표. 노벨문학상 심사위원회는 위원왕후가 수상자 발표 후 사망했기 때문에 당연히 수상 자격이 유효하다고 발표. 올해 시상식에 위원왕후를 기념하기 위한 특별 순서를 마련할지 고려 중.

— 중국어권 작가 노벨문학상 특집 : 2000년 가오싱젠, 2012년 모옌을 시작으로 2050년 위원왕후까지 총 11회, 12명이 수상했으며 모든 수상자의 생애, 수상연설, 작품 링크 등 정보 게재.

그러나 위원왕후 사망 소식이 터진 당일 이 뉴스들은 어두운 회색으로 설정되어 고요히 흐르는 깊은 물처럼 의식공동체 정보의 바탕색으로 천천히 흘렀다.

리푸레이는 정보를 한 줄씩 조회하며 모든 관련 링크와 영상, 사진, 음원, 입체구상도에 일일이 들어가 보았다. 얼마 되지 않아 정보가 중복되며 동질화되어 겹치기 시작했다. 하지만 전혀 지루해하지 않고 계속 하나씩 읽어 내려갔다. 그는 피로감을 진탕 안겨줄 뭔가를 읽으며 시간을 소모할 필요가 있었다. 또한 평면화된 정보에 깊이 빠짐으로써, 정보유격대에 들어가 그곳이 '세상을 추궁하는 모습'을 들여다보는 자신의 습관적 행위를 피해야 했다. 리푸레이는 평소 자신과 밀접한 관계가 있거나 관심을 두었던 일이 일어나면 늘 정보유격대가 제공하는 내용을 신뢰했다. 의식공동체가 제공하는 현장 정보와는 달리 그곳의 정보는 일방적이지 않았고, 나름의 입장과 판단의 체온이 서려 있었다. 하지만 지금 리푸레이에겐 체온이 필요하지 않았다. '신선도 유지' 목적으로 저온처리된 위원왕후의 시신은 이미 정상 온도를 상실했다. 이런 상황에 체온

16

서린 정보는 찾아서 뭐에 쓰나?

평생 처음 리푸레이는 정보유격대의 허망함을 느꼈다. 조각난 반항과 같은 허망함을. 그는 정보유격대가 설립 초기부터 이런 허망함을 인정했다는 사실을 알고 있었다. 유격대에 가입하려는 사람은 모두 사전에 이 점을 고지받았고, 유격대에서 정보를 발표하고 토론할 때도 그런 행위의 허망함이 계속 강조됐다. 정보유격대는 페퇴피 샨도르*의 말 "절망은 허망하다. 희망도 마찬가지다"를 잠언으로 삼아 항상 눈에 띄는 곳에 높이 걸어뒀다. 그러나 이 허망함이야말로 정보유격대가 추구하고 인정하는 것이었다. 정보유격대의 모든 행위와 목적은 이런 허망함에 바탕을 두고 있었다. 하지만 지금 이 순간 리푸레이는 허망함을 감당하고 싶지 않았다. 그저 시간을 때우고 싶을 뿐이었다. 그러니 반복해 순환하는 정보에 에너지를 소모해야 했다. 그는 눈을 뜨고 태양이 떠오르길, 여명이 점차 모습을 드러내길 기다렸다. 그러고 나서야 평소처럼 세수와 양치질을 할 수 있었다. 그는 대충 음식을 챙겨 먹고 출근했다.

도서관 책장에서 질서정연하게 자신을 기다리고 있는 책들을 생각하며 그는 얼마쯤 위안을 느꼈다. 중복된 정보에 온전히 점령당하길 그토록 갈망하면서도 그는 경찰과 의료진의 현장 시각 영상은 클릭하지 않았고, 스스로를 잘 다스려 다른 술병을 따지도 않았다.

---

*   헝가리의 국민시인.

2

聊료 :
이명 耳鳴, 한담

점심시간에 경찰이 리푸레이를 찾아왔다.

음식을 보고도 리푸레이는 젓가락을 들 의욕이 전혀 나지 않았다. 식당에서 술을 제공하면 좋겠다고 생각했다. 리푸레이가 지금과 같은 상태가 된 지는 오래되었다. 대낮에 이토록 술에 갈급하고, 술을 생각하면 이토록 불안한 상태. 물론 그저 생각뿐이다. 식당에선 절대 술을 주지 않는다는 걸 그도 잘 안다. 앞에 술병이 있다면 자신이 다 마셔버릴 것도 잘 안다.

리푸레이는 두 남자가 식당에 들어오는 모습을 봤다. 그들이 카운터의 종업원에게 뭐라고 말하자 종업원이 오른손 검지로 이쪽을 가리켰다.

두 남자 모두 말끔한 셔츠에 양복 차림이었다. 넥타이는 매지 않았지만 표준화되고 노련한 느낌이 여지없이 전달되었다. 기운이 강렬했다. 두 사람은 자동 기계 장치가 제공하는 커피를 들고 다가와 맞은편 의자에 앉았다. 그들은 한동안 입을 다물고 리푸레이를 바라봤다. 리푸레이를 탐색하는 것 같았다. 한편으론 어떤 분위기를 조성해 상대를 제압하려는 것 같기도 했다. 상대에게 물어볼 것이 있다고 지레짐작하게 만듦으로써 일찌감치 대답을 준비시키는 한편 상대의 허점을 노출시키려는 것이다. 리푸레이는 눈으로 그들을 한 번 훑었다. 어디선가 본 듯한 얼굴이다. 하지만 리푸레이는 아무것도 준비할 생각이 없었다.

"리푸레이 씨, 안녕하세요? 저는 류창劉強이라고 합니다. 이쪽은 제 동료 리웨이李偉고요. 저희는 경찰 특별조사국 소속인데 리푸레이 씨와 몇 마디 나누고 싶습니다. 저희에 대한 검증이 필요하십니까?"

류창이 이동영혼을 들어 보이며 자신을 증명했다.

"됐습니다. 어제 두 분을 봤습니다. 위원왕후의 집 정원에서 두 분이 그 사람을 옮기고 있더군요."

"아."

류창은 리웨이와 서로 쳐다본 후 물었다.

"거기에 왜 가셨습니까?"

"저와 왕후는 친구입니다. 친구가 사고를 당했을지 모른다는 소식을 들었는데 당연히 가봐야죠."

"죄송합니다."

리웨이가 잠시 말을 멈추며 리푸레이에 대한 경계를 풀었다.

"염려 놓으십시오. 저희가 찾아온 것은 공무 때문이지만 이번

방문에는 개인적인 성격도 있으니 의식공동체에 저희 시각을 개방하지 않을 겁니다."

그렇다면 이동영혼은 앞으로의 대화 내용을 기록하되 리웨이의 개인의식으로만 저장할 터였다. 리웨이가 의식공동체에 시각을 개방하려고 하면 이동영혼이 제지할 것이다. 언젠가 법정에 선다 하더라도 리웨이의 개인의식저장소에 저장된 이번 만남 내용은 어떤 증거로도 작용하지 못할 것이다.

"위원 선생이 세상을 떠나셔서 참 안타깝습니다. 위원 선생은 우리 중국인의 자랑이고, 무엇보다 며칠 있으면 노벨상 시상식이잖아요. 참석해서 영예를 누려야 할 분에게 이런 일이 생기다니요. 저희는 지금 부담이 큽니다. 어제부터 지금까지 의식공동체에서 수백만 명이 위원 선생에 대해 추궁……."

류창이 적당한 표현을 고르느라 머뭇거리는 것을 리푸레이는 눈치챘다.

"……선생의 자살 원인을 추궁하고 있습니다. 모든 흔적이 선생의 자살을 나타내고 있거든요. 그런데 대체 원인이 뭘까요? 저희는 대중에게 해명을 해야 합니다."

"죄송합니다. 이렇게 괴로우실 때 저희까지 와서 폐를 끼치는군요. 그런데 달리 방법이 없어서요. 시상식 전까지 원인을 찾아내라는 윗선의 지시가 내려졌거든요."

리웨이가 말했다.

리푸레이는 잠시 말이 없었다. 그들의 동정을 받아들이는 듯도 하고, 어떻게 대답해야 할지 고민하는 듯도 했다.

"물론 변호사 대동을 요구하거나 변호사의 의식이나 시각을 연결하려면……."

리웨이가 친절하게 알려줬다.

"아, 됐습니다. 괜찮습니다."

리푸레이가 손을 내저었다. 음식 그릇에서 눈을 떼고 류창을 바라보자 그가 직업적인 미소를 지었다.

"왕후의 죽음은 물론 감당하기 어렵지만 두 분이 저를 찾아오신 것은 그래도 뜻밖입니다. 만일 왕후의 친한 친구 명단에 제가 있다고 한다면 저는 무슨 말을 해야 할지 모르겠습니다. 왕후와 저는 알고 지낸 기간이 길지 않거든요. 불과 2, 3년이죠. 최근 반년은 서로 거의 연락도 하지 않았고요."

류창과 리웨이는 묵묵히 듣기만 했다. 아무 말도 없이, 아무런 표정도 없이. 리푸레이가 하는 말은 그들이 원하는 것과 거리가 멀었고, 그들의 흥미를 끌지도 못했다.

"제가 어떤 유용한 정보를 드릴 수 있을지 정말 모르겠군요."

리푸레이는 잠시 생각했다.

"아니면 왜 저를 찾아오셨는지 말씀해주시겠습니까?"

"음…… 그게 말이죠, 어제 위원 선생의 최근 행적을 정리했습니다. 10월 13일 수상 소식 발표 이후로 선생이 연락한 사람이 많지 않은데 그중에 리푸레이 씨가 있었어요. 어제 17시 6분, 위원 선생은 리푸레이 씨에게 메일도 보냈고요."

류창이 말했다.

"리푸레이 씨도 아시겠지만 요즘 이메일 같은 옛날 방식은 조금

예사롭지 않잖아요. 게다가 그런 타이밍에 말이죠. 리푸레이 씨와 위원 선생의 왕래에 대해서도 조사했습니다. 지난 2년여간 왕래가 잦았고 거의 매주 만났더군요. 올해는 그리 자주 만나지 않은 것으로 보이긴 하지만 수상 소식 발표 전날, 그러니까 10월 12일 밤에도 두 분은 오랫동안 같이 있었습니다. 13일 밤 수상자 발표가 난 후에는 연락을 하지 않았고, 그다음이 바로 그 메일이죠. 메일을 보내고 몇 분 후 위원 선생은 의식공동체와 연결을 끊었습니다. 그 메일이 위원 선생과 이 세상의 마지막 연락인 것이 거의 확실합니다."

리웨이가 말했다.

리푸레이도 이미 짐작한 내용이었지만 경찰 입을 통해 직접 들으니 감당하기가 어려웠다. 하긴 위원왕후는 유명인이고 '중국인의 자랑'이니 당연히 관심의 대상이겠지.

"왕후의 행적을 참 소상히 알고 계시네요?"

무기력한 말이라는 걸 알면서도 리푸레이는 상대의 입에서 긍정적인 대답이 나오길 기대했다.

"아, 그런 게 아니고요."

리웨이는 리푸레이의 의식에 접속이나 한 듯이 상대의 말뜻을 정확히 파악하고 바로 부인했다.

"사후에 누군가의 행적을 규명하는 건 어려운 일이 아니거든요. 그게 경찰의 공무인 건 말할 것도 없고요."

"하지만 저희의 모든 행동은 '개인공간보호법'을 철저히 따릅니다. 기존 정보 출처는 본 사건의 권한범위와 현행법 허용범위 내에 있는 것이고요. 기존 정황에서 제3자를 통해 정보교류 관계를 확인할 순 있지만 정보 자체에 진입할 순 없습니다."

류창이 리웨이의 말을 보충하고 정정하듯이 말했다.

"정보 자체에 진입할 순 없다? 무슨 뜻이죠?"

"예를 들면 위원 선생과 리푸레이 씨가 지난 2년간 몇 번 만났는지, 만날 때마다 시간과 장소는 어땠는지, 얼마나 오래 같이 있었는지는 알 수 있지만 두 분이 같이 뭘 했는지는 모릅니다. 두 분이 어느 식당에 가서 식사를 했는지는 알 수 있지만 무슨 메뉴를 골랐는지의 정보는 직접 입수할 수 없죠. 그 메일의 경우 위원 선생이 사망하기 몇 분 전에 리푸레이 씨에게 보냈다는 사실은 알아도 메일 내용이 무엇인지는 알 길이 없습니다."

"내용을 알려면 어떻게 해야 하죠?"

리푸레이는 자신이 어리석은 질문을 했다는 걸 알아차렸다.

"메일 내용이 궁금해서 저를 찾아오신 겁니까?"

"권한을 부여받아야 합니다. 사안별로 권한 부여 레벨이 달라요. 음식 메뉴 같은 외재적 사안은 가장 기본인 9레벨이라 바로 회신과 승인을 받을 수 있습니다. 그런데 메일 내용은 1레벨이라 빨라도 7일, 최대 9일이 걸립니다. 회신받는 시간이 그렇고, 승인이 날지는 미지수죠. 기존 비슷한 사안의 경우 승인받을 확률이 51.33퍼센트였습니다. 어제 바로 신청을 했지만 회신받을 때쯤이면 시상식은 이미 끝났을 테고, 사람들 관심이 최고조에 이르는 시기도 지나버립니다. 시간은 사람을 기다려주지 않으니 리푸레이 씨를 찾아올 수밖에 없었죠. 당신의 도움을 받고 싶습니다."

리웨이가 진심 어린 말투로 인내심 있게 설명했다.

"이런 경우, 그러니까 위원왕후와 같은 신분의 사람이 갑자기 사망한 경우 회신 시간을 앞당길 특별한 방법이나 경로는 없습니까?"

리푸레이는 정보유격대에서 정보 독점에 관한 논의를 가끔 본 적은 있었지만, 직접 경찰과 접촉해 정부 차원의 정보관리 내부 제도에 대해 듣기는 처음이었다.

"없습니다. 솔직히 말씀드리면 이것보다 중대하고 긴급한 일이 많고, 제도의 효율성은 그것이 준수된다는 전제에서 최대가 되거든요. 결국 정보 개방과 개인공간 보호 측면에서 어떻게 경계를 지을 것인가 하는 문제는 줄곧 큰 논쟁이 되어왔고, 현행 절차는 엄격히 협의하고 시뮬레이션한 결과입니다. 내부에서라도 엄격한 관리감독을 받죠."

리웨이가 말했다.

"그래서 리 선생님의 도움을 받고 싶습니다. 시간을 벌 수 있도록 도와주세요. 저희는 지금 시간이 부족합니다."

이제 관련 상황을 충분히 설명했다 생각했는지 류창이 화제를 돌렸다.

리푸레이는 잠시 망설였다. 위원왕후의 메일에 공개하기 부적절한 내용이 있다고 여겨서가 아니라 개인 메일을 경찰에 알려주는 행위 자체가 적절한지를 확신할 수 없어서였다. 게다가 발신인이 세상을 떠났으니 리푸레이에게 공개 권한이 있더라도 절반뿐인 셈이었다. 망설임은 오래가지 않았다. 진상을 알고 싶다는 욕구가 우위를 점했다.

"말씀드릴 수 있습니다. 최종적으로 진상을 밝히신다면, 그리고 메일에 정말 뭔가 진상의 실마리가 있다면 의식공동체에 공개하실 겁니까?"

리푸레이의 물음에 류창과 리웨이는 서로를 바라봤다. 둘 다 주저하는 표정이었다.

"지금은 저희도 모르겠습니다. 진상이 있다면 그게 무엇인지, 공개하기 적합한 건지 저희도 모르니까요. 하지만 의식공동체에 공개할 수 없다 해도 진상을 밝혀낼 가능성만 있다면 선생님께 알려드리도록 최대한 노력하겠습니다. 어떤 의미에서 그건 선생님의 권리이기도 하니까요."

리웨이는 진정성 있게 대답했다.

"좋습니다. '이렇게 단절한다. 잘 지내길.' 이게 왕후의 메일 내용입니다. 이렇게 단절한다. 잘 지내길. 총 열한 글자입니다."

"이렇게 단절한다. 잘 지내길."

류창과 리웨이는 거의 동시에 열한 글자를 읊고 어리둥절한 얼굴로 서로를 쳐다봤다.

"맞습니다. 이 열한 글자가 구체적으로 뭘 가리키는지는 저도 모르겠어요. 솔직히 저도 왕후가…… 자살하기 전에 제게 메일을 보낸데다가 열어보니 이 몇 글자만 있어서 매우 당혹스럽습니다."

"아, 고맙습니다. 정말 감사합니다. 메일 속 비밀은 저희가 풀겠습니다."

류창은 이동영혼을 들었다. 열한 자의 말을 듣기만 하는 것으론 충분하지 않아 메모를 해서 보관해두려는 듯했다. 다 적은 다음 류창과 리웨이는 자리에서 일어나 손을 뻗으며 작별인사를 했다.

"잠시만요."

리푸레이가 입을 열며 두 경찰과 따로따로 악수했다. 일이 끝났지만 시간이 공전空轉하는 듯해 모두 살짝 민망했다.

"드리고 싶은 말씀이 있습니다. 제가 알기론 형사님들이 왕후의 의식결정체를 읽을 수 있다면 이렇게 고심할 필요 없이 바로 답을 얻을 수 있을 텐데요?"

리푸레이는 자신의 물음에 류창과 리웨이가 지은 표정을 판단할 수 없었다. 내 말이 이해되지 않아 의문을 품는 건가? 이해는 했지만 대답할 수가 없어 난처한 건가? 둘 사이에 대화가 필요해 무의식적으로 내 눈빛을 살피는 건가? 내 눈빛을 받기 싫어 일부러 피하는 건가? 법적으로 논의를 금하는 문제를 접해서 어떤 행동을 취할지 고민 중인가? 본인들 권한과 능력을 완전히 벗어나는 문제를 만나 어떻게 대답해야 할지 모르는 건가? 아니면……. 세 사람 모두 침묵했다. 식탁 위에 침묵이 응결된 물방울 또는 얼음이 떨어지는 소리가 들리는 듯했다. 침묵이 길어질수록 리푸레이는 정보유격대에서 의식결정체에 대해 오간 말들이 자꾸 떠올랐다. 떠오르는 것이 많아질수록 이 침묵이 그것들에 대한 검증이란 생각이 커졌다.

"리푸레이 씨."

류창이 다시 정식 호칭을 사용했다.

"의식결정체라면 저희도 아는 것이 매우 제한적입니다. 방금 하신 질문은 저희도 조사할 때 가끔씩 듣곤 하죠. 저희가 이해한 바에 따르면 다들 의식결정체의 역할을 과대평가하고 있는 것 같아요. 더 큰 역할이 있더라도 저희 차원에서 파악할 수 있는 게 아니고요."

"그리고 경찰의 경험상 판단하건대, 의식결정체가 방금 말씀하신 수준에 달했다 가정해도 그걸 사용할 수 있는 권한 레벨은 최소한 지금의 1급보다 한 단계 더 높은 특급일 것입니다. 특급의 경우 대체 어떤 절차를 밟아야 하는지는 저희가 예상할 수 있는 일이 아니죠. 어쨌든 위원왕후의 의식결정체에 접근하는 게 가장 빠른 방법이긴 하지만, 만일 의식결정체에 그런 기능이 정말 있다면 전문적인 입법 절차를 밟아야 할 겁니다. 사용이 가능한지, 어느 정도 사용 가능한지, 어떻게 사용하며, 사용 권한은 누구에게 있는지 등을 모두 법으로 명시해야 하죠. 그렇지 않으면 개인공간보호법은 지상공문이지 않을까요?"

리웨이가 보충설명했다. 진심을 의심할 수 없게 만드는, 그의 말투와 딱 맞는 말이었다.

"저도 두 분 말씀처럼 생각했었습니다. 관련 상황에 대한 얘기가 나온 김에 한번 여쭤본 것이죠. 감사합니다."

경찰의 설명에도 리푸레이의 의혹은 해소되지 않았지만 적어도 한 가지 확신은 들었다. 그들 레벨에선 의식결정체에 대해 더 많은 실질적 상황을 파악할 권한이 없고, 그것을 활용하는 일은 더더욱 불가능하다는 것. 조금 전 질문을 하던 리푸레이는 의식결정체가 어느 수준까지 업그레이드되었고 그 수준에서의 기능은 어떤지에 대해 정보유격대에서 논의한 내용을 믿고 싶었다. 그게 정말이라면 이렇게 복잡할 필요가 뭐가 있을까? 위원왕후의 의식을 읽으면 모든 문제가 뚝딱 해결되고 모든 비밀이 세상에 밝혀질 텐데.

"이해합니다. 그럼 저희는 이만 가보겠습니다."

류창이 다시 손을 내밀었다.

"안녕히 계십시오, 리 선생님. 앞으로 또 귀찮게 해드릴 일이 있을 것 같습니다."

리웨이도 예의 바르게 말하며 손을 내밀었다. 악수하면서 그가 갑자기 말했다.

"정보유격대에서 오가는 말들은 허황되고 과장된 것이 많아 하나의 정보 정도로만 봐야지, 그걸 믿으면 사람은 조만간 머리 없는 파리가 될 겁니다."

리웨이는 이 말만 남기고 부연설명도 없이 류창과 함께 식당을 나갔다.

리푸레이는 접시를 반납한 후 커피 한 잔을 들고 다시 식탁으로 돌아왔다. 경찰들과 나눈 대화를 정리할 필요가 있었다. 특히 리웨이가 마지막에 한 말이 무슨 의미인지 확인해야 했다.

경찰들이 찾아온 목적은 그들이 말했듯 시간을 절약하고 권한 범위 규정을 피해 메일 내용을 미리 확보하는 것임이 확실하다. 그들도 메일 내용에 역시 놀랐다. 너무 의아한 단서였지만 그 단서를 포기하지는 않았다. 그 메일은 그들이 확보한 몇 안 되는 단서 중 캐볼 만한 것일 수도 있었다. 그렇다면 그 메일에 대체 어떤 비밀이 숨겨져 있을까? 또 그 비밀을 왜 나에게 전달했을까? 그 메일이 암호화해서 전달한 문서라면, 암호를 풀면 위원왕후가 자살한 진짜 원인을 알 수 있을까?

그런데 비밀번호는 뭘까? 리푸레이는 감을 잡을 수 없었다. 하지만 이대로 앉아서 류창과 리웨이가 자신에게 답을 알려주길 기다리지는 않을 것이다. 그는 이 단서를 따라서 <u>스스로</u> 답을 찾아보기로 결심했다. 지금으로선 대체 어떻게 답을 찾아갈지 막막하지만 말이다. 그래도 그는 최소 열흘간 휴가를 낼 수 있으니 경찰과 경주를 해볼 만했다. 정보유격대에 도움을 청할 수도 있을 것이다.

정보유격대를 생각하니 리웨이의 마지막 말이 다시 떠올랐다. 리푸레이는 의식저장소에서 좀 전의 기록을 찾아내 이동영혼에서 다시 보며 리웨이의 표정과 말을 전부 되새겼다. 정보유격대의 존재, 나아가 일거수일투족을 경찰이 모니터링하는 모양이었다. 유격대에서 사람들이 하는 말처럼 유격대는 회색지대에 있었다. 경찰은 유격대를 모니터링하고 있지만 아직 행동을 취하지는 않았고, 리웨이의 말대로라면 경찰은 현재 유격대를 애들 장난 정도로 여기는 게 확실했다. 어쨌든 이리 됐으니 적어도 지금은 정보유격대에 도움을 청하는 건 불가능했다. 물론 리푸레이가 답을 찾는 걸 경찰이 막을 이유는 없지만, 그는 경찰에게 왕후의 죽음을 좇는 자신을 알리고 싶지 않았다. 적어도 너무 빨리 알게 하고 싶진 않았다.

物물 :
얼룩소, 나 이외

저녁에 리푸레이는 술 생각이 났지만 꾹 참았다. 심지어 술병을 꺼내 뚜껑까지 땄지만 병 입구에서 손으로 부채질해 냄새만 맡고 도로 뚜껑을 닫아 돌려놓았다. 휴가는 이미 냈다. 관장은 리푸레이가 드디어 휴가 갈 생각을 한 것에 기뻐하며 열흘이면 되겠느냐고 열성적으로 물었다. 또 과장스럽게 손가락까지 꼽아가며 리푸레이가 쌓아둔 휴가일수를 세보고는 연달아 3개월을 쉬어도 문제없다고 말했다. 리푸레이는 3개월은 필요 없다고 사양했지만, 관장의 열정을 꺾지 않으려고 우선 열흘만 쉬어보고 부족하면 바로 휴가를 더 신청하겠다고 했다.

휴가는 냈지만 열흘간 일정을 어떻게 짤지 아직 아무런 생각이 없었다. 그래서 지금은 술을 마실 수 없었다. 리푸레이는 정신을 완벽히 또렷하게 유지한 채 의식공동체에서 위원왕후와 관련된 정보를 다시 한 번 거르면서 착수 지점을 찾아내야 했다. 특히 그는 보고 싶지도, 볼 엄두도 나지 않는 영상을 보는 걸 줄곧 참고 미뤄둔 터였다. 경찰과 의료진 시각으로 기록된 영상을.

리푸레이는 낮에 나눈 대화 때문에 리웨이를 먼저 선택해 그의 시각을 따라 위원왕후의 집으로 들어갔다. 영상은 리웨이가 작은 정원 입구에 도착한 부분부터 시작됐다. 정원 문이 굳게 닫혀 있고 리웨이 일행이 여러 번 문을 두드려도 아무 반응이 없다. 일행은 잠시 의논한 후 문에 채워져 있는 오래된 자물쇠를 부수기로 한다. 리웨이가 어찌할 바를 모르는 듯이 땅에서 돌을 골라 쥐고는 꾸물거리며 자물쇠를 여러 번 쳤다. 마침내 리푸레이가 전에 자주 봤던 자물쇠가 부서졌다. 그런데 대체 뭐 때문에 저렇게 원시적인 방법을 써서 일 분이나 까먹을까? 정원도 실내 스마트시스템이 적용될 경우 리웨이가 영상 구역에서 두 눈으로 화면을 보기만 하면 될 텐데. 그렇게 하면 의식공동체를 통해 검증받고 권한을 얻어 이십 초 안에 자동으로 문이 열릴 텐데 말이다.

어찌 됐든 문이 열리고 리웨이와 류창, 의료진 두 명이 정원으로 들어갔다.

리웨이를 먼저 택한 것이 옳았다. 그는 진중하고 꼼꼼한 관찰자였다. 리웨이가 뒤쪽으로 걸어가자 그의 시선이 스캐너처럼 정확하게 정원 구석구석 세밀하고 반듯하게 초점을 맞췄다. 덕분에 리푸레이는 잎이 무성한 석류나무를 볼 수 있었다. 그와 위원왕후는 연달아 2년간 저 나무의 석류를 따서 나무 아래 선 채 껍질을 벗기고 홍마노* 같은 알갱이를 호로록 먹었다. 과즙이 풍부하고 달콤했다. 반죽斑竹도 눈에 들어왔다. 그 대나무 밑둥에 받쳐져 있는 맷돌도 아직 거기 있었다. 100년 됐다는 그 맷돌을 사 오던 날 위원왕후는 엄청 흥분했다. 흥분하던 모습이 지금도 눈에 선하다. 리푸레이와 위원왕후는 맷돌 옆에서 여러 번 술을 마시고 차도 마셨다. 그윽한 차 향기, 진한 술 냄새가 혀에 감도는 것 같았다. 물푸레나무는 잎들이 군데군데 누렇게 시들기 시작했다. 이 계절이 되면 물푸레나무는 이미 가지에 내려앉은 늦가을을 맞이하고 곧 다가올 겨울도 준비해야 했다. 새로운 것도 있었다. 언제부터인지 모르게 정원에 원형으로 자갈이 깔려, 리푸레이가 훤히 알던 공간에 꼬불꼬불 아름다운 길이 나 있었다. 리푸레이는 위원왕후가 무료하거나 마음에 근심이 없을 때 자갈을 밟는 모습을 상상했다. 맨발로 자갈을 밟으며 유유자적 한 걸음 한 걸음 내디뎠을지도 모른다. 리푸레이의 가슴에 조금씩 슬픔이 쌓였다. 망자의 물건은 함부로 다시 봐선 안 되는 거였다.

리웨이는 관광을 하러 온 것이 아니었고, 눈에 들어온 사물에 대한 슬픔도 전혀 없었다. 때문에 그의 시선은 거의 등속等速이었다. 그는 모든 사물을 주목했지만 어느 것에도 시선이 오래 머물지 않았다. 집 안에 들어가고 나서는 한결 어두워진 탓에 그의 시선이 사물에 닿는 시간이 밖에서보다 조금 더 길어졌다.

---

*   마노(瑪瑙)란 다양한 색깔을 띠는 반투명 보석을 말하며, 그중에 붉은 줄무늬가 있는 것을 '홍마노'라고 한다.

그들은 위원왕후의 서재로 직행했다. 물론 의식공동체의 안내를 받아서. 서재는 그리 큰 편은 아니지만 건물 면적의 2분의 1을 차지하는 방이었다. 구조는 리푸레이에게 익숙했다. 문으로 들어서면 책상이 오른쪽, 창가 가까이에 있다. 여전히 책상 위에는 한나라 때 산둥山東 페이청肥城에서 나왔다는 옹기단지가 있다. 가운데 부분은 넓고 입구는 좁다. 단지 몸통에는 모래처럼 섬세한 진흙이 원형으로 둘러져 있다. 단지 안에는 2년 전 리푸레이가 꽂아둔 시든 매화 가지가 아직도 있다. 가지는 구부러진 채 비스듬히 기울어 있다. 꽃이 듬성듬성한 가지가 창밖을 향하고 있어 뭔가 응축된 힘이 느껴진다. 다른 3면의 벽은 다 책장이다. 책장은 벽에 딱 붙은 채 바닥에서 천장까지 닿아 있다. 책장 칸칸마다 책들이 세로로 또는 가로로 꽂혀 계단처럼 쌓여 있다. 각지에서 찾고 뒤지느라 얼마나 많은 에너지를 쏟았을지 짐작할 수도 없는 책들이다.

"고작 수십 년 만에 책이 희소한 물건이 될 줄 누가 상상이나 했을까? 이젠 인쇄를 별로 하지 않고, 있던 것도 빠르게 없어지고 있잖아."

그날 위원왕후는 책을 한 아름 새로 수집했고, 리푸레이는 그를 도와 책장에 책을 꽂았다. 유치한 수준의 시집 몇 권을 발견한 리푸레이가 이상히 여기는 티가 역력했던지 위원왕후는 어쩔 수 없이 몇 마디 해명했다.

"요즘 난 곤경에 빠진 종이책을 보면 수집하지 않고는 못 배기겠어. 내 입장에서 그것들은 유한한 문자로 표현된 책일 뿐 아니라 종이책 그 자체이고 종이 자체이기도 하거든. 글자체나 글자의 조합은 다르지만 개별 글자는 늘 같잖아. 매일 이런 책과 함께 앉아 있다는 건 글자와 같이 앉아 있는 게 아닐까? 눈으로 볼 수 있고 귀로 들을 수 있고 손으로 뭉치면 가질 수 있는. 이렇게 생각하다 보니 생소한 글자, 특이한 글자가 있는 책들이 유난히 좋더라고. 글자 하나하나가 하나의 물종物種, 하나의 민족처럼 사라지거나 멸종하지 않을 것 같아."

그날 위원왕후는 보기 드물게 슬픔을 드러냈고 말하는 것도 유달리 서정적이었다. 그의 말 한마디 한마디가 리푸레이의 명치에 와 닿을 정도였지만 정작 고개를 들어 그의 표정을 감당할 수 없었다. 나중에는 현장 화면을 바라볼 엄두도 나지 않았다. 지금 리웨이의 눈을 통해 보이는 책장, 책장의 책이 불씨처럼 기억의 불을 지폈다. 어쩔 수 없이 영상의 진행을 잠시 멈춰야 했다. 일어나 방을 몇 바퀴 돌다가 창가에서 한참을 서 있었다. 그제야 다시 마음이 평온해지고 정신을 집중할 수 있었다.

그다음이 영상의 핵심이었다. 위원왕후가 화면에 등장했다. 등이 높은 특이한 안락의자에 기대 있었다. 머리는 위쪽 홈에 걸치고 두 손은 팔걸이에 올린 채 단정한 자세를 하고 있었다. 리웨이의 시각은 먼저 위원왕후의 뒤쪽에서 조금의 움직임도 없는 그의 뒷모습을 살폈다. 의료진 두 명은 이미 위원왕후의 양옆에 서 있었다.

"위원 선생님, 위원 선생님, 제 말 들리세요?"

의료진이 작은 목소리로 물었다.

아무 반응이 없다. 의료진이 쳐다보자 영상이 위아래로 두 번 흔들렸다. 의료진이 시선으로 질문을 던지자 리웨이가 동의를 표시

한 것이다. 시선이 측면으로 돌아가고, 해 질 무렵의 빛 가운데서 옆얼굴을 바라보는 시각이 몇 분간 어두워졌다. 시각이 두 차례 밝기를 자동조정했지만 여전히 자연 해상도에는 미치지 못했다. 위원왕후의 표정은 평온하고 고요하며 꺼진 등불처럼 자연스러웠다. 사망하기 전 그는 영향을 받을 만한 어떤 고통도 겪지 않았음을 짐작할 수 있었다.

두 의료진은 먼저 가장 원시적인 방법으로 위원왕후의 맥박을 재고 콧김을 체크했다. 맥박도 콧김도 없었다. 의료진은 스마트 들것을 불러 위원왕후 옆에 멈추게 했다. 영상이 재빨리 앞으로 넘어갔다. 경찰 둘이 위원왕후의 몸을 받쳐 들고 들것에 옮겼다. 사망한 지 얼마 되지 않아 몸이 완전히 굳지 않은 상태였다. 의료진 한 명이 그의 몸을 매만지자 들것 위에 반듯이 누운 자세가 되었다. 다른 의료진은 기기와 도구를 들고 위원왕후의 몸에서 계속 바쁘게 움직였다. 기기와 도구를 번갈아가며 그의 몸에 작동시켰지만 아무 소용이 없었다. 몸이 한 차례 움직임을 보이긴 했지만, 의료진이 가한 강렬한 자극으로 인한 물리적인 움직임일 뿐이었다. 돌멩이를 걷어차면 돌멩이가 얼마쯤 앞으로 굴러가는 것처럼.

그러는 동안 위원왕후의 몸이 정면으로 리웨이 시각에 잡혔다. 리푸레이는 물질 형태만 남은 육체를 이렇게 긴 시간 가까이에서 보는 것이 처음이었다. 리웨이의 시각은 구식 휴대용 카메라로 찍은 것처럼 흔들림이 심했다. 리웨이가 때때로 자리를 비켜주거나 손을 보태야 해서 그런 것이었다. 그럼에도 위원왕후의 시신은 시종일관 화면의 초점을 놓치지 않았다. 마치 어두운 밤중의 불빛처럼 시신이 포커싱하는 역할을 완벽히 해내고 있었다. '죽음의 빛.' 리푸레이는 갑자기 이 말이 떠올랐다. 바로 이런 거군. 위원왕후의 안색, 오관, 응고된 표정, 굳은 몸이 리웨이의 시각에서 파괴력을 지닐 만큼 어두컴컴하고 칠흑 같은 빛을 뿜어내고 있었다.

리푸레이는 한순간도 놓치지 않고 위원왕후를 바라봤다. 그러는 동안 머릿속에서는 지난날 그와 함께했던 시간의 화면이 끊임없이 나타났다. 들것 위의 위원왕후가 하나의 필름이고, 플래시백되는 화면은 하나하나 별개의 필름이었다. 리푸레이는 차이와 변화를 찾아 계속해서 머릿속에 필름들을 포갰다.

얼마간 바쁘게 움직이던 의료진이 들것 위의 위원왕후를 포기한다는 표시를 하더니 기기와 도구를 정리한 후 허리를 폈다. 경찰 둘과 의료진 둘, 네 사람은 의식을 치르듯 들것을 둘러싸고 섰다. 허리를 굽히거나 작별인사를 하지는 않고 들것을 에워싼 채 일 분간 묵도했다. 리푸레이는 리웨이의 시각을 따라 영상에서 위원왕후의 얼굴이 클로즈업되는 것을 보았다. 일 분 동안. 그렇게 가까이에서 보니 강력한 질식감이 몰려왔고, 공무원들은 시각이 공개되기 때문에 현장의 행동이 연극적인 느낌을 띨 수밖에 없지 않을까 하는 생각까지 들었다. 이런 난데없는 생각 덕분에 리푸레이는 죽은 이의 얼굴을 가까이 봐야 하는 부담이 줄었고 이 상황을 버틸 수 있었다.

그다음 흰색 침대 시트가 당겨지고 위원왕후의 얼굴과 몸이 다시 하나의 사물처럼 덮였다.

"저분을 돌려보내야 합니다."

의료진이 말했다.

그녀는 '시체'나 '시신'이 아니라 '저분'이라 표현함으로써 목적지가 모호한 '돌려보내는' 행위에 밝고 따뜻한 빛을 담았다. 마치 위원왕후를 '집' 같은 곳으로 돌려보낼 듯이.

문 쪽으로 간 리웨이가 고개를 돌려 한 번 훑어봤다. 광각렌즈와 망원렌즈로 관찰하듯이. 그것으로 이 공간에 대한 작업을 마무리했다. 류창은 아직 책상 쪽에 머물러 있었다. 리웨이는 다른 일행과 함께 문에서 잠시 기다렸다. 류창이 오자 리웨이는 그와 함께 들 것을 들고 나갔다. 정원을 나서면서 리웨이는 고개를 들어 앞쪽을 바라봤다. 정신이 어디 딴 곳에 가 있는지 시각이 어지럽고 몇 분간 모호했다. 그런 시각에서도 리푸레이는 멀지 않은 곳에 서 있는 자신을 발견했다.

리푸레이는 한동안 가만히 앉아 머릿속으로 방금 본 화면을 빠르게 한 번 돌려봤다. 그러고는 리웨이의 시각 영상을 다시 틀어 4배속으로 재생했다. 영상이 끝날 때쯤 어떤 화면에서 위화감을 느꼈다. 하지만 그냥 언뜻 스치는 느낌일 뿐 명확한 방향성이 있는 게 아니었다. 위화감을 느낀 곳으로 화면을 되돌려 정상 속도로 재생했다. 리웨이가 고개를 돌려 방 안을 훑어보는 지점의 화면이었다. 정확히 어느 부분에서 위화감을 느꼈는지는 아직 불분명했다. 다시 천천히, 화면을 한 프레임씩 앞으로 돌렸다. 족히 오 분을 그렇게 해서 구체적인 대상을 찾았다.

"무슨 꿍꿍이지?"

리푸레이는 놀라서 소리를 질렀다.

리푸레이는 리웨이의 시각에서 나와 류창의 시각을 클릭했다. 예상대로 류창의 시각 영상은 훨씬 단순하고 직접적이었다. 류창은 한눈팔지 않고 곧장 위원왕후의 서재로 들어갔다. 대부분의 시점에서 류창의 각도는 조금 달랐지만 리웨이가 본 것보다 넘치는 정보를 제공하진 않았다. 모든 것을 마무리하고 방을 나서려 할 때 류창은 무슨 냄새를 맡은 듯했다. 그는 흥분한 듯 책상 앞으로 갔다.

바로 이 장면이었다. 영상 화면에서 시선이 가리키는 것은 그 옹기단지였다. 단지 안의 매화가 화면 중심에 놓였다. 시든 매화 가지. 가지와 껍질 모두 말라 있다. 깡마른 나머지 오히려 정정한 노인처럼 또렷한 정신과 강직한 뼈가 숨어 있어 부르면 걸어 나올 듯, 건드리면 소리가 날 듯했다. 가지의 관절은 작지만 단단했고 그 부분에 잉크 얼룩이나 붓놀림이 맴돌았던 듯했다. 가지들은 떼지어 빼곡히 모여 있거나 어떤 가지는 홀로 떨어져 높이 솟아 있기도 했다.

바로 이 부분임을 리푸레이는 거의 확신했다. 이번에는 놀라 소리 지르지 않았다. 이 화면을 멈춰두고 매화 가지의 모습을 스캐닝해 자신의 의식저장소에서 비교 검색했다. 금방 찾았고, 기억은 틀리지 않았다. 그건 리푸레이가 손수 꽂은 시든 매화였다. 가지와 껍질이 조금도 다르지 않았다. 다만 리푸레이가 꽂을 당시 그 매화는 꽃봉오리 상태였다. 또한 먼지처럼 바삭해지기 전까지 꽃봉오리 상태일 수밖에 없었을 거라는 사실도 분명했다. 하지만 위원왕후가 사망할 때는 꽃이 피어 있었다. 꼭 그때 피어났다고 할 순 없지만, 그 시점에 피어 있었던 것은 맞다.

리푸레이는 조금 혼란스러웠다. 그는 의식저장소에서 관련 화면을 모두 끌어냈다. 시산西山에 가서 여러 날 동안 베인 채 넘어져 있던 매화나무의 가지를 자르는 장면에서부터 마지막으로 위원왕후의 집에 갔다가 헤어질 때 무심코 그쪽을 힐끗 쳐다보는 장면까지. 화면에서 매화꽃은 모두 봉오리였고, 옹기단지에 꽂힌 가지의 위치와 모양도 전혀 바뀌지 않았다. 지금도 봉오리가 꽃이 된 것만 빼고는 모든 것이 이전과 같다.

두 의료진의 시각 영상을 다시 봤다. 리푸레이는 이미 주의를 집중할 수 없었다. 의료진은 경찰보다 위원왕후에게 훨씬 바짝 붙어 있었다. 촉감이 담긴 시선에 나타난 위원왕후의 시신은 리푸레이에게 그다지 큰 자극이 되지 않았다. 주의력이 흔들린 탓에 화면들은 우습다고까진 할 수 없지만 적어도 약간 뜬금없었다. 완전히 물질화된 위원왕후의 얼굴도 지나치게 창백했다.

그럼 바로 저 매화꽃이네. 위원왕후가 어떤 정보를 전달하려 했다면, 그래서 내 주의를 끌 만한 특별한 것이 필요했다면 틀림없이 저 매화꽃이야. 매화꽃에 대체 뭐가 있을까? 알 수 없었다. 하지만 내일 아침 반드시 위원왕후의 집에 가서 그 옹기단지와 단지 안의 매화를 찾아야 한다는 건 알았다. 이제 침대로 올라가 편히 잘 수 있겠다. 위원왕후가 대체 나에게 무슨 말을 하려 했는지 알아봐야지.

4

唱창 :
안내, 규칙에 따라 소리를 내다

이튿날 아침 리푸레이는 승강기에 발을 들이면서 생각했다. 류
창과 리웨이 일행이 위원왕후의 집을 떠날 때 정원 문을 어떻게 해
뒀을까? 망가진 자물쇠를 다시 걸어놨을까, 아니면 사람이 들어가
지 못하게 아예 폐쇄했을까? 리푸레이는 그저께 현장에서 정체가
불분명한 사람 몇 명을 봤다. 위원왕후의 시를 좋아하는 독자일 수
도 있고, 돌발사고가 났다 하면 적극적으로 현장에 달려가 의식공
동체에 자신의 시각을 공유하는 순수한 정보의 노예일 수도 있었
다. 두 쪽 모두 위원왕후의 집에 난입해 아무 생각 없이 현장을 훼
손할 가능성이 높았다.

이럴 줄 알았으면 위원왕후에게 대문을 스마트 경비 시스템으
로 교체하라고 더 단호하게 말했어야 했는데. 적어도 "난 필요 없
어"라는 위원왕후의 한마디에 바로 물러서서는 안 되는 거였다. 어

쨌든 오늘은 기필코 그의 정원과 서재로 들어가 단지에 꽂힌 매화의 자초지종을 살펴봐야 한다.

날씨가 좋았다. 건물을 나서자 밝고 따스한 새벽 햇살이 온몸에 뿌려졌다. 슬쩍 고개를 드니 끝없이 푸르고 맑은 하늘이 눈에 들어왔다. 리푸레이는 좀 전에 의식공동체를 통해 호출한 차량이 다가오는 것을 보고 2번 대기석으로 갔다.

2번 대기석 옆 배나무 아래에 서 있던 여자가 발소리를 듣고 얼굴을 돌렸다. 여자는 리푸레이를 몇 번 쳐다봤다. 카풀을 하려는 건가 하고 생각하는데 여자가 입을 열었다.

"저기요, 리푸레이 씨, 리푸레이 씨 되시나요?"

여자의 목소리는 급하지 않았고, 겁을 내거나 망설이는 기색도 전혀 없었다. 리푸레이는 여자를 바라봤다. '여자'라고 부르기엔 부적절할 수도 있지만 '소녀'라 하기에도 어딘지 맞지 않았다. 순수하고 솔직한 눈빛이었다. 혼미해질 만큼 풍부하고 성숙한 여인의 아름다움이나 가식적일 만큼 충만한 매력 따위는 전혀 없었다. 이미 세월을 겪은 사람의 투박함이 얼굴에 서려 있었고, 두 뺨은 뭔가를 바른 듯 발그레했다. 딱 꽃다운 나이에 맞게 균형 잡힌 몸매에선 리푸레이가 한 번도 느껴본 적 없는 튼실한 느낌이 숨김없이 넘쳐흘렀다.

여자도 두 눈으로 상대를 똑바로 쳐다봤다. 리푸레이는 여자의 몸에 의식결정체가 이식되지 않았다고 한눈에 단정했다. 늘 의식공동체를 들락거리느라 눈으로 초점을 맞추고 그 잠재적 습관을 고치지 못하는 사람들과 달리 여자는 재빨리 눈을 피하지 않았기 때문이다. 의식결정체를 심지 않은 사람을 처음 본 리푸레이는 저도 모르게 걸음을 멈췄다. 여자에 대해 호기심이 솟구치면서 뭔지 모를 경계심도 약간 생겼다.

여자는 리푸레이를 보고 멈추더니 가까이 다가왔다. 리푸레이는 둘 사이 거리가 조금 부적절하다고 느꼈다. 여자는 아무 말 없이 선 채로 리푸레이를 뚫어지게 쳐다봤다. '확인하기' 위한 집중이었다.

"리푸레이 씨, 리푸레이 씨군요! 오래 기다렸어요. 저희 오빠도 참 바보 같죠. 전화로 당신이 어떻게 생겼고 어디에 산다는 말만 했지, 사진도 한 장 안 주고 어디로 찾아가라고 알려주지도 않아서 한참이나 힘을 뺐어요. 오빠 말이 맞긴 하네요. 보면 바로 알 수 있을 거라 했거든요."

여자는 이 긴 말을 급하지도 느리지도 않게 했다. 몇몇 단어는 리푸레이가 추측해서 이해해야 했다.

"네, 제가 리푸레이입니다. 그쪽 오빠는 누구죠? 오빠분이 왜 나를 찾으라고 했나요?"

리푸레이는 질문을 하고 뒤로 두 걸음 물러났다. 여자는 리푸레이보다 키가 약간 컸고, 온몸에 넘치는 순수한 분위기가 그를 압도했다.

"아 참, 저는 위원왕후의 동생 위원란이에요. 얼마 전에 오빠한테서 전화가 왔었는데, 저더러 베이징에 와서 리푸레이 씨를 찾아 함께 집으로 가라고 당부하더라고요. 잘 간수해두라며 물건도 하나 보내왔고요. 함께 가시면 드릴게요. 이런 일로 베이징에 오게 될 줄은 몰랐지만, 오빠 말이니 시키는 대로 해야죠."

리푸레이는 뒤로 세 걸음 물러섰다. 거리를 좀 벌리면 시간을 더 벌 수 있을 것처럼. 위원왕후에게 친척 여동생이 있다는 말을 들은 적이 있었다. 촌수는 따지기 어렵지만 격의 없이 지내는 사이라고 했다. 위원왕후는 망아지 한 마리를 여동생에게 보냈다고 했다. 두 사람이 지켜보는 가운데 태어난 망아지였다. 동생은 온종일 망아지 뒤꽁무니를 따라다녔다. 망아지가 꼬리를 흔들 때마다 손을 뻗어 꼬리를 잡았고, 망아지가 소금을 핥아먹듯이 혀를 말아 가장 보드라운 꽃잎을 입에 넣으면 동생은 깔깔대며 웃었다. 한번은 망아지가 소금을 바른 동생 손을 한 번 핥더니 감전된 것마냥 뛰어올랐다고 했다.

그때 위원왕후는 이런 말을 했다.

"망아지가 자라서 작은 말이 되자 동생이 올라탔어. 말은 들썩거리지도 떨지도 않고 거침없이 달렸지. 큰 말이 되어 건장하고 잘 달리게 되자 동생은 말을 타고 초원 곳곳에서 번개처럼 반짝였어."

동생 얘기를 할 때마다 위원왕후는 추억 속 사탕 이야기를 하는 것 같았다. 리푸레이는 옆에 서 있으면서도 그가 뿜어내는 지나치리만치 자욱한 달콤함을 막을 수 없었다. 평소 리푸레이가 보아온 위원왕후와 완전히 달랐지만, 그에게는 확실히 그런 면도 있었다.

위원왕후는 자신이 어떻게 동생을 데리고 장소를 이동하고 양털을 깎고 물가를 찾았는지 얘기해줬다. 이야기 속에서 그의 동생은 새까맣고 풀어 헤쳐진 머리카락이 조금 헝클어져 있었다. 오빠 뒤를 따라다니는 여자아이 혹은 소녀, 그녀는 샘물처럼 맑고 투명하며 유쾌한 딩동 소리를 내면서 흰 돌과 풀뿌리 사이를 흘러갔다. 위원왕후의 소소한 추억 얘기를 들을 때마다 리푸레이는 그 이야기가 〈타타르Tatar 기사〉의 한 부분에서 나온 것이라는 생각이 들었다. 그 긴 시에서 타타르 기사가 처음 시간의 강을 건널 때 기사가 좋아하는 여자아이는 고작 열여섯 살이었다. 기사가 마지막으로 시간의 강을 건넜을 때는 130년이 멀어져 여자아이는 이미 세상을 떠난 상태였다. 따라서 기사가 기억하고 노래하는 여자아이는 늘 소녀다. 그 100여 년 동안 여자아이가 어떻게 지냈을지 기사가 얼마간 상상할 수는 있을 터이다. 하지만 그 상상 속의 여자아이는 모두 '소녀'의 낙인이 붙어 있다. 그래서인지 리푸레이의 마음속에 위원왕후의 여동생도 늘 열여섯 살이었다.

지금, 소녀와 여자의 중간이지만 절대 열여섯이라 할 수 없는 인물이 별안간 눈앞에 나타났다. 그녀는 리푸레이가 지난날 상상했던 것과 이미지상 겹치는 부분이 없진 않으나 분위기가 너무 달랐다. 정말 위원왕후의 동생이 맞는지 믿기지 않을 정도로 깜짝 놀랐다.

그럼에도 리푸레이는 믿을 수밖에 없었다. 어느 쪽에서 봐도 말할 필요 없이 위원란의 눈은 타고난 설득력을 지녔다. 더군다나 그녀가 방금 한 말은 믿어야 했다. 리푸레이는 위원왕후가 왜 그 물건을 자신에게 직접 주거나 위원란에게 가져다주라 하지 않고, 자신이 위원란을 따라가서 받도록 했는지 알 수 없었다. 하지만 이미 이해하고픈 생각이 없었다. 다만 반드시 위원란을 따라가서 대체 그 배후에 어떤 조치가 있는지, 누가 그런 조치를 했는지 알아봐야 한다.

"오빠가 집에 어떻게 들어가라고 말해주던가요? 내가 가서 보고 싶어요. 왕후가 나더러 가져가라는 물건이 뭔지."

리푸레이는 이렇게 물으며 어떤 대답이 올지 예상했다.

"지금은 갈 수 없어요."

위원란은 딱 이렇게 말하더니 대답을 수정했다.

"조금 이따 갈 수 있어요. 저는 오빠 집에 들어갈 수 있어요."

그녀의 대답은 리푸레이의 기대와 가까웠다.

"조금 이따가요? 그전까진 뭘 하죠?"

리푸레이는 도저히 다급함을 억누를 수 없었다.

"저는 오빠 유골을 집으로 가져가려고 베이징에 왔어요."

이런 이야기도 위원란은 담담하게 입에 올렸다. 감정 기복도, 슬퍼하는 기색도 없었다.

"그렇게 빨리요? 경찰은 알아요? 경찰이 왕후의 사인을 아직 조사 중 아닌가요? 아직 드러나지 않은 단서가 있을지도 모르는데 화장하고 나면 그 단서도 완전히 사라지잖아요."

"경찰은 숫자를 완벽하게, 완벽하게 보존했다고 했어요."

리푸레이는 경찰이 말한 것이 '숫자'가 아니라 '데이터'일 거라 짐작했다.*

"그걸 바로 쓰면 되니 오빠 몸에선 더 이상 할 것이 없대요. 지난

---

* 　중국어로 숫자는 '数字'(발음 '수쯔')로 데이터 '数据'(발음 '수쥐')와 발음이 비슷하다.

번 오빠가 집에 왔을 때, 언젠가 자기가 죽으면 나더러 다음 날 바로 화장해서 가져가라고 했어요. 경찰에 일러두었다고 하더군요. 제가 경찰에 말하면 바로 알 거라고. 제가 경찰을 찾아가 얘기했더니 절 안내한 경찰이 뭐라 뭐라 했고, 또 다른 사람이 뭘 찾아보는 것 같더니 오빠가 정말 그런 말을 했다는 걸 확인했어요. 그래서 제 말에 동의했고요."

리푸레이는 무슨 말인지 이해했다. 위원왕후는 의식공동체상에 경찰에게 조건부 정보를 남겨둔 것이다. 경찰은 위원란의 말을 듣고 그 정보를 찾았다. 그렇게 정보가 해제돼 위원란의 말이 입증된 것이다.

리푸레이는 낡고 오래된 빈소에 서서, 단정한 옷차림에 평온한 얼굴로 누워 있는 위원왕후를 보며 생각했다. 경찰이 왕후의 전체 정보를 어떻게 스캐닝해 기록했을까? 몹시 궁금했다. 왕후를 기기에 눕혀놓고 한 번에 스캐닝을 완료해 모든 데이터를 기록했을 수도 있고, 물건을 다루듯 바로 눕혔다 뒤집었다 하며 여러 각도에서 스캐닝했을 수도 있다. 리푸레이는 요즘 경찰의 작업방식과 그런 기술이 어느 수준까지 발전했는지 몰랐다. 경찰이 어떤 사소한 부분도 놓치지 않았으리란 것은 분명했다.

더군다나 의식결정체는 빠뜨리지 않았겠지? 리푸레이는 갑자기 가슴이 뛰었다. 그렇게 중요한 걸 어떻게 잊었지? 류창과 리웨이가 대화 중 위원왕후의 의식결정체가 이미 경찰 수중에 있음을 시사했는데, 자신은 이제야 그걸 생각하다니! 위원왕후는 반듯이 누워 있어서 뒤통수가 완전히 막혀 있었다. 그래서 의식결정체가 아직 있는지 없는지 볼 수 없었다.

위원란은 조용히 서서 오빠를 응시했다. 온 빈소가 붉은 장미로 가득했다. 영정사진도 없고 다른 조문객도 없었으며(이 정도로 보안이 유지되려면 적잖은 경찰 지원이 있었을 것이다), 화환도 없고 장송곡도 없었다. 하지만 장미가 있어서 전혀 횅해 보이지 않았다.

위원란은 갑자기 노래를 부르기 시작했다. 아름답지는 않지만 소녀에게는 없는, 여인에게서도 보기 드문 허스키하고 깊은 울림의 노래가 유난히 공허하고 처량하게 들렸다. 위원란은 노래를 부르면서 왕후의 시신 주위를 천천히 돌았다. 시선은 계속 왕후의 얼굴에 꽂혀 있었다. 리푸레이는 위원란이 무슨 노래를 부르는 건지 알 수 없었다. 그녀의 목소리와 걸음걸이에서 '슬퍼하되 상심하지 않는다'는 말이 먼저 떠올랐고, 이어서 〈타타르 기사〉 속 장면이 생각났다. 기사가 자살한 후 화쉰華尋이 기사의 장례식에서 음유하는 장면. 항렬로 따지면 화쉰은 기사가 사랑한 여자아이의 증손녀지만 실제 나이와 심리, 모습은 기사의 누이와 더 비슷하다.

불타오르는 기사여, 장미와 함께 불타시오
번개 같은 당신 그림자, 봄의 뇌성 같은 말굽
시간을 지낸 수확, 초원의 축복 받네
떠오르는 당신 얼굴, 말 달리며 산바람 스치는 소리
잿더미에서 당신을 소생시키니
몸 돌려 말 등에 올라탄 당신, 다시 세상을 활보하게 하네.

엄숙하고 경건한 위원란의 표정과 노래에 동작이 곁들여졌다. 오랜 시간이 깃든 노랫소리의 침투력에 리푸레이는 설명할 필요 없이 그 노래들, 그 형식이 그네들에겐 잠재의식적인 풍속일 거라 믿어 의심치 않았다.

위원란은 노래를 마치고 다시 조용하게 한참 서 있었다. 슬픔은 없고 고별을 마친 홀가분한 얼굴이었다.

"오빠를 데려가죠."

위원란이 말했다.

"잠시만요. 제가 좀 보고 싶은데, 왕후를 보고 싶은데 괜찮을까요?"

리푸레이는 불안해하며 손을 비볐다.

위원란은 무슨 뜻인지 몰라 리푸레이를 쳐다봤다. 그가 더 말을 잇기를 기다리는 것이었다. 하지만 곧 상대가 겸연쩍어한다는 걸 알고 손을 저어 보였다. 의미가 모호하면서도 모든 의미가 담긴 듯한 손짓이었다.

리푸레이는 위원왕후의 머리가 있는 쪽으로 갔다. 그는 친구의 두 어깨를 잡고 손에 힘을 확 주어 그를 돌아 눕혔다. 위원왕후의 뒤통수가 리푸레이의 정면에 놓였다. 오른쪽에 머리카락 한 움큼 이 깎여 좁다란 두피가 드러나 있고 두피에 마찬가지로 좁다란 상처가 있었다. 상처는 봉합하지 않았지만 이미 붙어서 짙은 자색의 선만 남았다. 의식결정체가 수거된 것이 맞았다.

리푸레이는 위원왕후의 몸을 받쳐 유리 용기를 놓듯 반듯이 누운 자세로 그를 돌려놓았다. 그것으로 그다지 필요하지 않은 확인

작업을 마쳤다.

위원란은 리푸레이의 모든 행동을 말없이 지켜봤다. 잠시 후 리푸레이가 더 이상 어떤 동작도 하지 않으리란 걸 확인하고 그녀는 앞으로 나와 영상靈床을 밀었다. 리푸레이는 위원란 뒤에서 그녀가 다 안을 수 없는 장미를 안았다. 두 사람은 영상과 함께 빈소 뒷문으로 나와 수십 미터 길이의 작은 길을 따라 화장터로 들어갔다.

리푸레이는 위원란의 말에 따라 장미를 위원왕후 곁에 두고 화장터에서 나왔다. 그는 위원왕후의 육체가 짧디짧은 시간에 회백색 가루로 변하는 걸 보고 싶지 않았다. 그 과정에서 장미가 육체와 동행한다 해도 그러고 싶지 않았다. 피할 수 없다면 최소한 조금이라도 멀리 떨어지고 싶었다. 옆에서 활활 타는 마지막 불꽃 소리를 듣지 않아도 되니까.

5

위원왕후의 집 대문에는 원래대로 자물쇠가 걸려 있었다. 다만 문고리에 부서졌던 흔적이 조금 있어 난폭했던 리웨이의 행동을 환기시켰다. 위원란은 호주머니에서 열쇠를 꺼내더니 리푸레이가 감정을 드러낼 틈도 없이 바로 자물쇠를 따고 문을 밀쳤다.

"리웨이 경관이 이런 구식 자물쇠를 겨우 찾았다고 하더군요. 앞으로 이 정원은 고택, 기념관 같은 게 될지도 몰라 원래 모습 그대로 두는 게 최선일 거라네요. 이 작은 정원을 보자고 이렇게 멀리까지 올 사람이 정말 있을까요?"

위원란이 말했다.

"물론이죠. 사람들은 비범한 인물이 남긴 거라면 그게 뭐든 보러 가죠."

리푸레이는 위원란을 따라 정원에 들어선 후 문을 닫았다.

"경찰이 마음을 많이 썼네요. 요즘 이런 자물쇠는 찾기 힘든데. 나는 누군가 난입해 기물을 파손하거나 뭘 훔쳐갈까 봐 걱정했어요. 어디든 이상한 숭배자들이 있기 마련이라."

"아, 리 경관님이 그러는데 정원에 임시정보보호우산臨時情報保護傘을 설치했으니 저 말고 누가 들어가면 경찰이 알 거예요."

'임시정보보호우산'이란 말에도 리푸레이는 개의치 않았다. 경찰이 알려면 알라지. 자기들이 다음에 어딜 가야 할지도 모르는 작자들이 위원왕후가 나에게 미리 택배로 뭘 보냈는지 알기나 할까?

정원은 그대로였다. 리푸레이가 어젯밤 경찰과 의료진의 시각을 통해 본 것과 별다른 차이가 없었다. 맷돌에 떨어진 댓잎, 자갈 위의 물푸레나뭇잎도 계절이 깊어감을 보여줄 뿐 집주인의 부재를 암시하지는 않았다.

이곳에 처음 와본 위원란은 정원에 들어서자 리푸레이를 앞세웠다. 리푸레이는 초조한 마음을 최대한 억누르고 정원의 풀, 나무, 돌을 세심히 살폈다. 만일에 대비해 의식저장소가 더 많은 세부사항을 저장하게 해서 자신이 본 것과 비교해볼 생각이었다. 어쩌면 이 사건이 끝날 때까지 다시 이곳에 올 기회가 없을지도 모르고. 집 안으로 들어서자 리푸레이는 더 이상 참지 못하고 걸음을 빨리했다. 성큼성큼 서재로 들어가 책상 위의 옹기단지와 그 안의 매화 가지를 주시했다.

매화 가지는 기억과 똑같이 구부러져서 비스듬히 기울어진 채 꽃이 듬성듬성했다. 봉오리 상태로 딱딱하게 굳은 꽃이 가지에 달려 있었다. 맡아질 듯 말 듯 공기에 어른어른한 향기, 오래되고 깡마른 향기가 코에 전해졌다. 뭔가를 상기시키듯, 차가운 눈으로 자세히 살피듯.

매화에 아직 봉오리가 있다니! 리푸레이는 자신의 기억과 눈을 더 이상 의심하지 않았다. 그는 따라 들어온 위원란에게 위원왕후의 유골단지를 책상에 놓으라 했다. 그러고는 자신이 수수께끼를 푸는 과정을 위원왕후에게 검증받는 것처럼 안락의자에 기댔다.

옹기단지 안을 힐끔 들여다보니 2년 전 자신이 매화 가지를 꽂을 때처럼 아무것도 보이지 않고 깜깜했다. 그는 매화 가지를 끄집어내 책상 위에 비스듬히 내려놓고 양손으로 단지를 안고 흔들었다. 소리가 나는 듯했다. 이번에는 창가 쪽으로 단지를 들고 가서 비스듬히 기울였다. 단지 바닥으로 빛이 들어가자 누르스름한 빛을 내는 뭔가가 희미하게 보였다. 리푸레이는 한숨을 쉬었다.

조금 힘겹게 단지 안의 물건을 꺼냈다. 세 번 접힌 종이었다. 종이가 이미 누레지고 약간 눅눅한 것으로 보아 여기에 놓아둔 지 꽤 오래된 것 같았다. 리푸레이는 종이를 펼쳤다. A4 인쇄지였다. 지면이 언뜻 비치기만 했는데도 그는 심장이 미친 듯이 뛰었다. 손도 바들바들 떨렸다. 종이에 적힌 것은 이미 짐작했던 그 열한 글자였다.

이렇게 단절한다. 잘 지내길.

낙관도 없고 날짜도 없었다. 손으로 쓴 검은색 글씨. 졸필이지만 어른이 쓴 것임을 알 수 있었다. 뒤집어보니 해서체로 쓰인 설명

혹은 요점 같은 것이 있었다. 단정한 글씨로 여러 줄 적혀 있었다.

① 《설문해자說文解字》: "시詩, 지야志也. 종언종언從言."* "지志, 의야
意也. 종심從心."** 《설문해자》 앞에

② 시인의 생각과 뜻. 한 권의 책: 《시경詩經》. 두 개의 이름: 굴
원屈原, 위젠于堅.***

③ 서정抒情. 1과 여럿. 음유와 순종.

④ 미래의 마음. 아이작 아시모프****의 《신들 자신The Gods
Themselves》: 2(dva), 1(odin), 3(tri) — 은유의 가능성.

그리고 이 면의 맨 끝에 '29930'이라고 쓰여 있었다.

뒤집고 또 뒤집으며 종이 양면을 여러 번 살펴봤다. 열한 글자가
있는 면에서는 단서가 보이는 듯했다. 한 가닥 빛이 숨었다 나타났
다 하며 계속 찾으라고 리푸레이를 격려하고 지휘했다. 해서체가
있는 면으로 돌리면 분명히 더 자욱한 안개가 리푸레이 주위로 드
리워졌다. 숫자를 다시 보니 비밀번호 같기도 하고 열쇠 같기도 했
지만 도무지 어떤 방향을 가리키는지 알 수 없었다.

---

* '마음속에 있는 뜻을 말로 드러내 보이는 것이 시다'라는 뜻.

** '마음속에 있는 생각이 뜻이다'라는 뜻.

*** 굴원은 전국시대의 정치가이자 비극시인이고, 위젠은 중국의 10대 시인
으로 손꼽히는 현대 시인이다.

**** 과학소설과 교양과학 분야에서 큰 업적을 남긴 미국 작가.

酒주 :
발효하다, 선과 악

다섯 시간을 달린 차는 고속도로를 빠져나와 낡아빠진 국도에 들어섰다. 오후 5시 50분, 끝이 아득한 위원 초원에 도착했다. 누렇게 시든 풀밭에서 멀리 내다보면 초겨울인데도 아직 초록색이 이어져 있었다.

위원란이 손을 흔들었다. 리푸레이를 관리소에 보내 초원 진입 절차를 밟게 하는 대신 멀지 않은 곳을 향해 자신과 비슷해 보이는 사람들에게 손을 흔들었다.

"말 탈 줄 알아요?"

위원란이 리푸레이에게 물었다.

"승마장에선 타봤는데 진짜 초원에서 달려본 적은 없어요."

"아, 완전 다르죠. 그치만 걱정할 거 없어요. 차 좀 세워두세요. 우린 말 있는 데로 갈 거예요."

리푸레이는 이 초원이 전부터 자동차의 진입을 허용하지 않는다는 것을 알고 있었다. 차를 벗어난다고 생각하니 의지할 곳을 잃은 느낌이 들었다. 하지만 여러 말 하지 않았다. 리푸레이는 그 종이에, 특히 '29930'이 가리키는 것에 신경이 가 있었다.

차에서 내린 리푸레이는 자동운행 모드를 설정해 차가 최근 정차했던 곳으로 돌아가 주차하도록 했다.

위원란은 방금 자신이 손을 흔들었던 사람들을 향해 걸어갔다. 리푸레이도 그녀를 따라갔다. 사람들은 위원왕후의 친척 또는 친구이거나 같은 방목지에서 순수한 마음으로 도우러 온 이들 같았다. 위원란이 그들에게 위원왕후의 일에 대해 몇 마디 전했다. 이야기를 들은 사람들은 모두 침묵했다. 슬퍼하지는 않았다. 어떤 일이 일어난 것을 묵인하면서 무슨 말을 하고 싶지도, 할 수도 없어 하는 침묵이었다. 위원란은 리푸레이가 위원왕후의 친구라는 것도 그들에게 알렸다. 다들 리푸레이에게 손을 흔들어 친근함을 표시했지만 말을 건네는 사람은 아무도 없었다. 모두 말할 의욕을 잃은 모양새였다.

관리소에서 초원으로 들어가자 마구간에서 말이 끌려나왔다. 리푸레이의 눈에 위원란은 딴사람이 된 것 같았다. 아침에 처음 봤을 때나 오전 시간 화장터와 위원왕후의 집에서 위원란은 차분했고, 두려워하는 대신 도시의 방대한 적의를 자연스레 짊어진 모습이었다. 그런데 초원에 발을 딛고 말 옆에 서자 이전까지 감춰져 있던 그녀의 위엄, 일종의 주동적인 통제력이 본색을 드러내는 것 같았다.

위원란은 동쪽을 향해 서서 한 동행인에게 위원왕후의 유골단지를 받쳐 들고 뚜껑을 열라고 분부했다. 그녀는 유골단지를 향해 합장하고 몸을 굽혀 절한 후 또 노래를 부르기 시작했다. 리푸레이는 그 노래가 무슨 노래인지 알 수 없었지만 그녀가 오전에 빈소에서 부른 것과 다른 곡조와 내용이라는 것은 알아들었다. 기다리고 있던 다섯 사람은 위원란이 어느 부분까지 읊조리자 단체로 한두 음의 탄성을 내뱉었다. 길게 이어지는 감탄사는 위원란에 대한 호응 같기도 하고 그녀를 인도하는 것 같기도 했다. 이 노래와 탄성은 모두 위원왕후의 유골을 향한 것이었다. 위원왕후가 그곳에 함께 있어 세 무리가 서로 교류하는 것 같기도 했다.

노래를 마친 위원란은 다시 합장을 하고 몸을 굽혀 절했다. 그리고 앞으로 한 발짝 나아가 오른손으로 유골단지에서 유골 한 줌을 꺼냈고, 동쪽을 향해 땅 위에다 회백색 가는 선을 흩뿌렸다. 유골을 다 뿌리자 손을 탁탁 치고 발을 구르며 큰 소리를 질렀다. "부우우우!" 하고 길게 잡아당기는 음이었다. 음이 끊기자 산들바람이 스쳐 지나갔다. 위원왕후의 유골로 만들어진 회백색 가는 선이 눈앞에서 더 가늘어지더니 이내 초원의 아득한 적막으로 완전히 사라졌다.

위원란이 오전에 빈소에서 노래를 불렀을 때 리푸레이는 오늘 무슨 일이 일어나리란 걸 예감했다. 방금 위원란이 위원왕후의 유골을 집은 것은 그에 대한 방증에 지나지 않았다. 지금 유골은 바람 속에서 초원으로 사라졌고, 리푸레이는 이 모두가 〈타타르 기사〉의 마지막 장 '기사의 장례'대로 진행되고 있음을 확신했다. 물론 시 속의 배웅인은 기사가 사랑한 소녀의 증손녀이고, 눈앞의 배웅인은 망자의 친척 여동생이다. 시에서는 처음부터 끝까지 모든 절차를 한 사람이 이행하지만 현실에서는 일곱 명이 동행하고 있었다. 현실의 배웅이 시에서보다 엄숙하고 경건하며 의식적인 느낌이 강했고, 무려 열두 시간에 걸친 시 속의 긴 장례는 현실의 행진보다 더 추상적인 서정의 힘이 있었다.

위원왕후의 시가 현실화되는 광경을 관조하는 사이 리푸레이의 주의력은 풀이를 기다리는 수수께끼가 앞뒷면에 적힌 종이에서 잠시 벗어났다. 리푸레이는 이 장례가 위원왕후의 시 내용과 어떤 차이가 있는지, 같은 점은 무엇인지 살펴보고 싶었다. 위원왕후가 그중 어떤 것을 취하고 어떤 것을 버렸는지 밝히고 싶었고, 그 속에 어떤 논리가 담겼는지도 알고 싶었다. 위원왕후가 위원란에게 리푸레이를 데리고 함께 이곳에 와달라 부탁했다는 것은 자살을 결심한 이후가 분명했다. 지금 이 복잡다단한 상황과 위원왕후가 위원란에게 전해달라고 남긴 물건에 분명히 단서가 있고, 심지어 해답도 있을 것이다. 위원왕후가 자신이 '동행'하도록 조치한 만큼 장례의 모든 것이 수수께끼의 최종 공개와 무관하다고 장담할 순 없었다.

이런 생각이 들자 리푸레이는 당분간 그 종이에 대한 고민에서 벗어나야 한다고 자신을 다그쳤다. 이어지는 장례의 모든 절차를 관찰해 시 속의 관련 단락과 비교해보고 싶었다. 초원에 들어온 후 그는 이동영혼을 끄고 의식공동체와의 연결을 잠시 끊었다. 의식공동체의 스캐닝 기능을 빌려 앞으로 이어질 경험을 저장하는 대신 전적으로 기억에, 자신의 두뇌에 의존해 기억하고 싶은 내용을 기억하기로 했다.

리푸레이는 자신의 기억이 틀림없기를 바랐다.

그런데 실제 위원왕후의 장례 과정은 갈수록 〈타타르 기사〉의 내용과 차이가 점점 커졌다. 시에서는 시종일관 기사의 전 연인의 증손녀이자 현재의 연인이 혼자 장례를 진행한다. 그 연인은 미결정 도시를 향해 행진하며 한 시간마다 멈춰 서서 동쪽을 향해 노래하고 기도한다. 기사의 유골을 회백색 선으로 뿌리면 선의 개수가 하나에서 시작해 한 시간마다 하나씩 더 늘어난다. 그다음 손뼉을 치고 발을 구르면 바람이 일어(시에서는 '망자의 바람'이라 부른다) 유골을 말아 올려 초원으로 귀환시킨다. 배웅인인 증손녀 겸 연인의 노랫소리는 시간이 지날수록 길어지고 느려지며 낮아진다. 미결정 도시로 들어서서 마지막 배웅을 거행할 때 그녀는 "조용히, 언제든 소멸할 수 있는 절대진리를 향해 / 가슴에서 초원을 꺼내 사망의 초생初生을 읊는다".

현실의 배웅은 그렇게 적막하지 않았다. 시종 팽팽하게 당겨진 거문고 줄을 한 음 한 음 긴박하게 튕기듯 언제든 끊어질 듯한 긴장감을 주지도, 어떤 기대감에 빠뜨리지도 않았다. 한 시간에 한 번씩 일행이 멈출 때마다 리푸레이는 그들이 멈춰 선 길가나 샘물가에 누군가 기다리고 있다는 사실을 알아챘다. 기다리는 사람은 많지 않았다. 셋이나 다섯이었고, 밤 10시 대에는 단 한 사람이었다. 그들이 모두 위원란과 그녀의 오빠 위원왕후의 유골을 기다리고 있었다는 것은 의심의 여지가 없었다. 기다리던 이들은 위원란 일행을 맞이하고 나서야 말에서 내려 위원란을 따라 다음 절차를 진행했다.

합장, 절, 음송, 화음. 이것이 의식의 고정 부분이었고, 날이 아직 밝을 때는 이것이 기본적으로 매 시 정각에 행하는 의식의 전부였다. 날이 어두워지기 시작하자 점차 변화가 나타났다. 완전히 어두워진 건 저녁 8시가 지나서였다. 리푸레이의 예상 밖이었으나, 노을빛을 포함해 하늘에서 태양의 빛이 한 점도 없이 사라졌을 때 시계를 보니 8시 13분이었다. 이때는 커다란 비단처럼 하늘을 덮어뒀던 먼지가 떨어지기라도 한 듯 별들이 훨씬 밝아져 일행은 별빛을 밟으며 나아갔다. 별이 총총한 고요한 하늘 아래 메마른 풀줄기에 떨어지는 말발굽은 아직 푸른 풀 심지를 밟으며 마른 풀이 꺾이는 깨끗한 소리를 냈고, 즙이 튀는 축축하고 부드러운 소리는 별이 가득한 밤하늘에 짙푸른 아름다움을 드리웠다.

'죽음처럼 아름답다.'

리푸레이의 가슴속으로 이런 말이 스쳤다.

밤하늘이 대지와 맞닿는 곳에서 어슴푸레한 빛이 바늘처럼 뾰족이 솟았다. 리푸레이는 그것이 별이라 생각했다. 그런데 앞으로 나아갈수록 그 어슴푸레한 빛이 세 점으로 나뉘었다. 세 개의 점은 붉은색이다가 서서히 다시 층이 갈렸다. 중간의 점은 거의 무無에 가까운 새하얀 색으로 멈추지 않고 계속 뛰었다. 리푸레이는 그 점이 다음 시간대의 마중인이라 확신했다.

마중하는 세 사람은 위원란 일행이 다가오길 기다리지 않고 바로 말에서 뛰어내렸다. 그들이 들고 있는 횃불에 1미터 정도 높이의 불꽃이 타올라 사람들이 둘러싼 구역을 환하게 밝혔다. 이번 마중인은 위원란이 시작하길 조용히 기다리지 않고 말에서 내려 리푸레이 일행이 다가오길 기다렸다. 사람들이 빙 둘러쌌을 때는 이미 한 사람이 은쟁반을 들고 있었고 쟁반에 은잔 세 개가 놓여 있었다. 또 한 사람은 가죽 술부대를 들고 마개를 열어 세 개의 잔에 가득 따랐다.

"멀리서 오신 손님, 집으로 돌아온 아이여, 이 세 잔을 비우시오!"

'아이'라는 소리를 따라 리푸레이는 고개를 들어 술부대를 든 사람을 보았다. 칼이나 도끼로 그은 듯 얼굴에 종횡으로 주름이 난 중년 남자였다. 리푸레이는 '멀리서 온 손님'이 자신을 가리킨다는 건 알았지만 '집으로 돌아온 아이'가 위원왕후를 가리키는 것인지는 확신하지 못했다. 만약 그렇다면 이 세 잔의 술은 동시에 자신과 왕후에게 주는 것일까? 더 이상 앞으로 보내지지 않는 쟁반이 리푸레이의 망설임을 해소해줬다. 리푸레이가 사방을 둘러보니 위원란 일행이 조용하고 장엄하게 그를 바라보며 그의 움직임을 기다리고 있었다.

하는 수 없이 리푸레이는 앞으로 나아갔다. 〈타타르 기사〉에 쓰인 내용, 즉 기사가 마지막으로 시간의 강을 건너 말을 타고 2100년의 길거리를 거닐어 방랑자가 건네는 술병을 받는 동작 같았다. 리푸레이는 오른손을 내밀었다. 오른손 검지를 첫째 잔에 찍어 상하좌우 사방으로 튕기며 입으로 "신으로 돌아가라!"고 읊었다. 둘째 잔은 하늘을 향해 사방으로 튕기며 "하늘로 돌아가라!"고 읊었고, 셋째 잔은 땅을 향해 사방으로 튕기며 "땅으로 돌아가라!"고 읊었다. 세 번 읊은 후 차례대로 세 잔의 술을 비웠다. 역시나 술부대를 든 남자가 다시 잔 하나를 꺼내더니 네 잔에 술을 가득 따른 후 은쟁반에 일렬로 놓았다. 이번에 리푸레이는 "내게로 돌아오라!"고 읊은 다음 잔을 하나씩 들어 네 잔을 비웠다.

노랫소리가 울리기 시작했다. 위원란 혼자가 아니라 다 같이 불렀다. 노래에 열렬함과 흐뭇함이 노골적으로 넘쳐흘러 장송葬送과는 무관하다는 것을 단번에 알 수 있었다. 오히려 기사가 자신이 사랑했던 소녀의 증손녀를 두 번째 보고 마음속에 애정이 넘실댔던 단락의 노래와 조금 비슷했다. 노래를 부르며 모든 사람이 앞으로 나아가 네 잔의 술을 쭉 마셨다. 그들은 좀 전에 리푸레이가 행한 의식을 거행하지 않았다. 리푸레이가 대표로 해서 그런 것인지, 아니면 그들은 외부인이 아니라서 그런 형식적인 의식이 필요 없어서인지는 알 수 없었다.

일행의 술 마시기가 끝나고 경쾌한 노랫소리가 멈추자 위원란은 기존 의식 절차에 따라 노래를 부르기 시작했다. 앞서 부른 세 곡보다 훨씬 평화로웠고 사람들이 가세한 화음도 전보다 많았다. "부우우우" 소리 외에 "아이이이" "뒤바아 — 뒤바" "차이차이"와 같은 음도 있었다. 화음이 이어지는 가운데 위원란이 단지에서 유골 네 줌을 꺼내 동쪽을 향한 후 초원에 흩뿌렸고, 회백색 선 네 개가 그려졌다. 이번에는 바람을 부르는 소리를 내지 않고 술을 네 잔 따라 네 개의 회백색 선에 각각 부었다. 유골이 술을 타고 순식간에 초원에 흘러 흔적도 없이 사라졌다.

모두 말에 올라 계속 앞으로 달렸다. 술 몇 잔이 들어가자 리푸레이는 긴장이 한결 풀렸다. 올라탄 말이 위아래로 흔들리며 내달리자 그는 나는 듯 가벼운 느낌을 받았다. 초원, 바람, 말발굽 소리, 그리고 별이 총총한 하늘이 그의 몸 양쪽에서 뒤로 휘날렸다. 리푸레이는 자신이 혼자란 걸 의식했다. 자신이 〈타타르 기사〉의 어느 장면에 들어와 있는 기분이 들기도 했다. 시 속에서 기사는 혼자 말을 타고 둔황敦煌 밍사鳴沙 산꼭대기에 서서 밤하늘 아래 사막을 조망한 후 훌쩍 몸을 날려 말을 치며 시를 읊는다.

전대미문의 대군을 이끌고 모래를 향해 돌진한 왕양汪洋은
밤, 허무한 과녁 중심 깊은 곳에서 지난날의 활을 당겨
지난 백 년의 화살을 쏜살같이 쏜다네.

이후 밤새도록 리푸레이는 활시위를 벗어난 활 같았던, 말 위에서의 속도감에 완전히 잠겼다. 22시, 23시, 24시, 각 시간의 세 차례 마중에선 횃불과 술, 경쾌한 노랫소리가 있었다. 24시에는 쾌활한 춤도 곁들여졌다. 이때는 이미 50여 명 규모의 무리가 되었고, 뱃속에 술이 들어간 리푸레이도 스스로 춤을 췄다. 의식이 잠깐씩 또렷함과 모호함 사이를 무질서하게 왔다 갔다 했고, 매 순간 뚜렷이 앞을 봤지만 전혀 하나의 상황으로 연결할 수 없었다. 리푸레이는 말을 탄 채 멍하니 앞을 바라봤다. 그의 두 눈에서 주위 모든 것이 빙빙 도는 고리, 폐허와 같은 고리와 같이 짜여졌다. 횃불의 흔들림, 사이프러스 나무의 수관처럼 높이 들린 불꽃, 움직이는 사람들

의 그림자, 뒤얽힌 발걸음, 가볍게 흐르는 노랫소리.

리푸레이는 한 장면을 본 것 같기도 했다. 알코올의 강렬한 작용 때문에, 그 장면 자체의 초현실감 때문에 계속 '본 것 같은'에 머물러 있긴 했지만. '본 것 같은' 장면 속에서 사람들의 춤이 끝날 때쯤, 그는 위원란이 말에 올라 유골단지를 받쳐 든 사람에게 나아가 양손으로 유골을 한 움큼 뜨는 것을 보았다. 그녀의 가랑이 아래, 양다리에 끼인 말이 길게 울부짖더니 발굽을 높이 들고 앞으로 향했다. 말이 뛰쳐나가는 그 순간 위원란이 두 손을 위로 드니 유골이 먼지처럼, 가랑비처럼 흩날렸다. 말을 탄 사람들도 위원왕후의 유골이 앞으로 질주하는 모습에 푹 젖어 "이랴!" 하고 크게 외쳤다. 리푸레이는 말을 타고 돌진할 때 의식을 잃었다. 의식을 잃는 순간 눈앞에 횃불 하나가 다가와 그의 얼굴까지 불꽃이 튀어올랐고, 흩날리는 유골이 작은 조각처럼 눈앞의 불속으로 떨어졌다. 불은 곧바로 유골을 집어삼켰다. 유골은 화염을 관통해 계속 떨어졌다. 불빛이 강렬해 더 이상 잘 보이지 않는 것인지도 모르고, 불빛 속에서 위원왕후의 시 속 기사가 노래한 내용처럼 되었는지도 모른다.

　내 뼈 중의 뼈, 내 먼지 중의 먼지여,

　내 안에는 묘목의 불후不朽가 숨어 있어, 당신의 경쾌한 도약 가운데

　눈물로 하얗게 씻기리. 말 등에서 몸을 통과하는 아침햇살처럼 하얗게.

7

火화:
태우다, 열 명의 사람

하늘에서 무엇이 떨어지는가? 당신이 시간을 통과하는 부드러운 벽
장미를 통과하는 꽃받침, 자주개자리*를 통과하는 의관
12시의 서늘함을 내 팔에 떨어뜨렸는가? 당신이 자명종을 맞춰
나를 층층이 몸에서 벗겨 깨웠는가? 당신처럼 고집스럽게.

리푸레이는 이 몇 행짜리 시를 타고 깨어났다. 그는 한 글자 한 글자를 입 안에서 가다듬어 시어를 뱉어냈다. 시어가 모든 것을 흡수해내는 빵이어서 체내의 알코올을 말끔히 닦아내기라도 하듯, 한 구절을 뱉어낼 때마다 머릿속이 점점 맑아졌다. 시를 다 읊으니

---

*   콩과에 속하는 여물 작물로 토끼풀과 비슷하게 생겼다.

알코올의 늪에서도 완전히 벗어났다. 리푸레이는 여전히 말 등에 앉아 나아가고 있었다. 사방에서 긴 머리를 늘어뜨린 듯한 횃불의 불꽃도 여전히 나아가고 있었다.

"뭐라고?"

리푸레이 옆의 말을 탄 큰 사내아이가 외쳐 물었다. 아까 리푸레이의 얼굴로 다가온 것은 바로 이 사내아이의 횃불이었다.

"말들이 참 잘 달린다고요!"

리푸레이가 대답했다.

"당연하지. 우리 위원 초원의 말은 전 세계에서 유명한걸. 제일 빠르진 않아도 절대적으로 제일 잘 달리지. 꼬박 하루도 문제없어요. 당신이 말을 제대로 탔어요. 위원 초원의 말은 특별히 통제할 필요 없이 뒤에 따라가며 달리기만 하면 되거든. 달리면서 당신이 잠들었을 때도 아무 문제 없었잖아요."

'확실히 잠이 들긴 했지.' 리푸레이는 이렇게 말하고 싶었지만 입을 닫았다.

맞은편에서 서늘함을 한껏 머금은 아침 바람이 얼굴에 끼얹어지듯, 정면으로 덮칠 듯 불어왔다. 리푸레이는 얼마 지나지 않아 완전히 정신을 차렸다. 그는 기마 대열 중 뒤쪽 오른쪽에 있어서 대열 전체가 잘 보였다. 거의 여섯 시간이나 말을 타고도 위원란은 피곤한 기색이 전혀 없었다. 딱 한 가지 변한 게 있었다. 위원왕후의 유골단지가 노란색 공단으로 싸인 채, 위원란에게 맨 처음 유골단지를 받았던 사람 등 뒤에 비스듬히 걸려 있었다. 그전까지는 그 사람이 한 손으로 단지를 들고 있었다. 그 누구도 취기를 드러내지 않았다. 저들에게 이 정도 술은 별것 아닌지도 모르고, 몇몇은 리푸레이처럼 말 등에서 술을 깼는지도 모른다.

또 한참 동안 말을 달렸다. 위원란이 앞에서 속도를 늦추자 대열이 서서히 멈췄다. 리푸레이는 1시가 되어 또 한 차례 마중이 시작되는 줄 알았다. 그런데 아니었다. 위원란이 노래를 부르기 시작했다. 두 소절을 부른 후 손에 든 횃불을 늘어뜨렸다. 그러자 횃불에 뭔가 설치되어 있는 건지, 아니면 위원란이 무슨 조치를 한 건지 횃불이 꺼졌다. 이제 위원란 옆에 있는 사람도 노래를 부르기 시작했다. 그 역시 위원란이 부른 두 소절을 불렀고, 다 부른 후 횃불을 늘어뜨려 불을 껐다. 한 사람 한 사람씩 말에 탄 사람이 앞사람에 이어 노래를 부르고 손에 든 횃불을 껐다.

불이여, 불이여. 밤의 증인, 광명의 위로여
너와 함께 여명을 밝히는 혼수함婚需函이 진주의 마음까지 전진하는구나.

그들이 부르는 노래는 위원왕후의 이 두 행짜리 시는 아니었지만, 횃불을 끄는 동작과 표정, 그들이 전달하는 노래를 통해 리푸레이의 머릿속에 이 시구가 떠올랐다. 광명의 위로. 장례의 동반자. 앞쪽은 여명, 즉 죽음의 핵심이다. 불은, 거기까지만 보낼 수 있다. 딱 여기까지, 앞에 있는 죽음의 서늘함은 당신 혼자 받아야 한다.

횃불이 꺼지니 사람들의 입도 막힌 것 같았다. 이어진 여정에서 아무도 말을 하지 않았다. 기침소리도 들리지 않았고, 말들도 깊은 생각에 빠져 한마디 울부짖음도 토해내지 않았다. 도금하지 않은 검은 철과 같은 침묵이 여명의 길에 드리워졌다.

새벽 1시의 마중인이었다. 이때부터 시작해 이후 네 지점의 마중은 한결 간결했다. 술도 없고 노래 부르기도 없었다. 위원란이 말에서 내려 동쪽을 향해 유골을 초원에 뿌리고 몇 마디 외치면 바람이 불어와 땅의 유골을 흩뜨리는 것은 여전했다.

"빛으로 돌아가라."

리푸레이 옆에서 소리가 들렸다. 목소리로 보아 아까 그 사내아이였다. 리푸레이는 그 목소리가 자신을 향한 것이고, 위원란이 외치는 말을 자신에게 옮겨준 것이라 짐작했다. 저 남자는 왜 갑자기 나에게 위원란의 말을 해석해줬을까? 어떤 연유나 계기가 있는 걸까? 리푸레이는 전혀 알 수 없었다. '빛으로 돌아가라'는 말에서 빛에 대한 숭배가 분명히 엿보였지만, 〈타타르 기사〉에서는 빛에 대한 숭배의 흔적이 별로 없다. 위원왕후는 태양, 달, 별, 불을 노래했고 시에서 형광螢光도 등장하긴 했지만 순전히 빛을 노래한 시는 없다. 그가 노래한 위의 사물들도 숭배받는 모습으로 등장하는 것이 아니라 위원왕후가 감정을 토로하는 대상 또는 비유하는 대상에 불과했다.

〈타타르 기사〉의 내용이 이렇게 현실 장면과 뒤섞여 눈앞에 또는 머릿속에 등장하면서 리푸레이는 자신을 '함께 집에 오도록' 한 위원왕후의 의도를 이미 눈치챘다. 위원왕후는 리푸레이가 단순히 시를 읽어 그 안에 들어가는 게 아니라, 그 긴 시를 조금이나마 경험하도록 해주고 싶었던 것이다. 그런데 한 차원 더 깊이 들어가면? 왜 그 장편시를 경험해야 하지? 여전히 수수께끼였다. 위원왕후는 절대 자기도취에 빠졌던 사람이 아니었고, 심지어 자신의 시를 대수롭지 않게 생각했다. 그렇다고 글을 쓸 때 대충대충 썼다는 것이 아니다. 그는 글쓰기라는 일 자체가 곧 사라질 것이라 여겼다.

"글쓰기가 소멸함으로써 글쓰기에 무슨 특별한 가치가 있는 게 아니라는 사실이 증명될 거야. 글쓰기가 어떤 모습을 입고 인간에게 약간의 역할을 할 수 있을지는 몰라도 인간은 글쓰기에 관심을 두지 않을 거야."

꼬리를 무는 뱀 같았던 그의 말은 논증은 아니고 서술에 불과했다. 그는 이 말을 할 때 평소처럼 냉정했다.

"내 글쓰기는 사람들에게 아무 가치가 없어. 나 자신에게는…….

그는 여기서 잠시 멈추더니 술잔을 흔들었다. 얼음들이 딸깍딸깍 부딪쳤다.

"나 자신에게도 가치가 없어. 나는 글쓰기의 가치에 아무 흥미가 없어."

"글쓰기에 대해 너무 가볍게 말하는데, 글쓰기의 가치는 자네가 글쓰기를 다 마친 다음에 논해야 하는 거 아닌가?"

리푸레이가 말했다. 애석하게도 당시 위원왕후가 전혀 흥미 없는 얼굴을 해서 대화는 더 이어지지 않았다.

어쨌든 적을 대하듯 몰입해서 글을 쓰던 그의 모습은 작품을 완성하고 나면 술에 취해 만사에 무심해 보이던 그의 태도와 마찬가지로 리푸레이에게 깊은 인상을 주었다. 리푸레이는 위원왕후의 시를 읽고 그에게 소감을 이야기한 적도 있었다. 바로 〈타타르 기사〉에 대해서였는데 위원왕후는 이때도 흥미 없이 들었다. 반박하거나 맞장구를 치지도 않았다. 얼마 지나지 않아 리푸레이는 말을 계속 이어가기가 힘들었다. 리푸레이가 입을 다물 때까지 한동안 썰렁하고, 한동안 민망한 장면이 연출됐다. 이후 두 사람은 별말 없이 연거푸 술잔만 기울였다. 그것이 올해 10월 12일, 리푸레이가 위원왕후를 마지막으로 만난 날이자 노벨상 수상자 발표를 하루 앞둔 날이었다. 이튿날 리푸레이는 늦게까지 자고 일어났다. 삼시 세끼에 야식까지 먹고 있는데 의식공동체에 별안간 스웨덴 한림원이 위원왕후를 올해 노벨문학상 수상자로 선정했다는 정보가 범람했다. 이어서 추가 정보가 전해졌다. 위원왕후에게 수상을 안겨준 주요 작품은 〈타타르 기사〉이고 '시에 대한 깊은 이해와 서정성에 대한 공헌'이 선정 이유였다. 리푸레이는 정보를 보자마자 크게 웃었다.

위원왕후가 이런 조치를 취해놓은 건 친구에게 자신의 시를 다시 한 번 읽히기 위해서가 결코 아니었다. 그는 시 뒤에 뭔가 숨겨놓았다. 그걸 리푸레이에게 찾아내라는 거였고, 바로 이 장례에 그 단서가 숨어 있다. 이것이 지금까지 리푸레이가 추리하고 정리한 내용이었다.

— 이렇게 단절한다. 잘 지내길.

이 열한 글자를 떠올리니 역시 사리에 맞았다. 생각이 가로막힐 때마다 그는 이 말을 주문처럼 중얼거렸다. 이 문장은 풀리지 않는 모든 난제를 쌓아놓을 수 있는 보관소 같았다. 보관소 밑에는 진상으로 통하는 비밀 통로가 있을지 모른다. 모든 난제와 단서를 보관소에 쌓아놓으면 어느 순간 와르르 붕괴되며 비밀의 통로가 뚫릴 것이라 확신했다.

리푸레이는 이리저리 골몰하며 현재의 단서로 수수께끼 조각을 맞춰보려 애썼다. 머릿속이 온통 수수께끼에 대한 추측으로 꽉 찼다. 그 상태로 장례 대열을 따라 시간마다 위원왕후를 배웅했다. 친구의 유골이 한 줌 한 줌 초원에 뿌려지며 소환된 바람과 술잔 속에 사라지는 것을 보았다. 사라지는 유골이 친구 몸의 어느 부분일지 상상하고, 그 부분이 장미 덩굴에 섞여 불에 씹히고 삼켜지는 모습을 상상했다.

정확한 시각을 정의할 수 없게 하늘빛이 바뀌었다. 별빛이 물러나고 태양빛이 나왔다. 물러가고 나옴은 직접 맞물리지 않고 구름의 투과 정도에 의해 드러났다.

5시가 지나자 아침 햇살이 조명의 임무를 완벽히 인수했다. 지평선에서도 희미하게 도시의 윤곽이 보였다. 위원란이 "이랴" 하고 호령하자 그녀의 다리에 끼인 말이 다시 발굽을 들어 희미한 도시를 향해 질주했다.

리푸레이는 장례의 폐막 전 클라이맥스 부분이 다가올 것을 알았다. 〈타타르 기사〉 내용대로 그들은 미결정 도시로 들어갈 것이다.

8

空공 :
구멍, 없다

현실의 미결정 도시는 텅 빈 도시라 불러야 더 정확했다. 수십
년 전의 표현에 따르면 유령도시라 할 만도 했다. 사람과 말의 대
규모 행렬이 초원의 흙길을 따라가더니 나타날 조짐이 전혀 없었
던 사통발달 대로 앞에 도착했다. 폭이 족히 30에서 40미터는 되는
도로다. 도시로 통하는 길바닥은 이미 낡아 울퉁불퉁했고, 깊은 초
원으로 들어가는 길은 별안간 종적이 사라졌다. 마치 도시에서부
터 닦아 들어온 도로가 여기에서 딱 끝난 듯, 초원으로 진입할 계
획이나 준비 작업의 흔적은 보이지 않았다.

사람들은 대로 앞에서 고삐를 당겨 말을 멈춰 세웠다. 여기서 어
떤 의미 있는 시간대를 기다려야 한다는 듯 한동안 머물러 있었다.
어쩌면 무슨 호령을 기다리는 듯도 했다. 사람들이 조용해지자 이
번에도 위원란이 아침 햇살 속에서 손을 들어 아래로 한 번 휘둘렀

다. 그러자 말들이 퍼드덕거리며 시내를 향해 힘차게 나아갔다.

열 시간 이상 달려 마침내 목적지에 도착했다. 사람들은 한꺼번에 일을 해치우려는 듯 도시를 점령했다. 초원에 완만한 지세로 솟아 있는 그 도시도 그들이 와서 점령해주길 기다린 것 같았다. 이번이 최초 점령도, 최후 점령도 아니라는 사실은 점령하는 쪽이나 당하는 쪽이나 모두 알고 있었다. 말발굽을 따라 증폭되는 하늘빛은 의심할 바 없이 점령자의 맞춤형 무기였다.

말 떼는 점점 가팔라지는 퇴락한 도로를 따라 첫 번째 건물을 지나쳐 시내로 진입했다. 리푸레이는 시각보다 앞선 느낌으로 이 도시에 사람이 아무도 없다는 사실을 간파했다. 느낌에 이은 시각은 도시를 세세히 점검하고 입증하는 일을 담당했다. 모든 거리가 텅비었고 가로등, 신호등, 펜스, 맹인 전용도로, 중앙분리대 등 이제는 구닥다리거나 이미 낯설어진 도시 부품들이 도처에 있었다. 사람들의 숨결은 전부 씻기고 없었다. 도로 양쪽의 건물도 마찬가지로 텅 비어 있었다. 바라다보이는 창문들은 하나같이 한 줄기 빛도 없는 어둠을 암시했고, 창 안에서 누군가 움직이거나 밖을 내다보는 기척은 더욱 느껴지지 않았다. 단순한 호흡도 없었다.

리푸레이는 말 위에서 바라보며 실망감과 현혹감에 시달렸다. 덕분에 한참 지난 후에야 말발굽 소리가 점차 흩어지는 것에 신경이 갔다. 대규모 행렬은 아직 대로를 따라 나아가고 있었지만 갈림길이 나올 때마다 그쪽으로 말을 모는 이들이 있었다. 어쩔 때는 한두 명, 어쩔 때는 두세 명, 간혹 서너덧의 무리일 때도 있었다. 큰 강이 세차게 흐르며 앞으로 나아가되 계속해서 시내와 지류로 갈라지며 물살이 점점 약해지는 것과 비슷했다. 리푸레이는 사람들이 보여주는 행동의 의미를 알 수 없었다. 〈타타르 기사〉에서 갖다 붙일 만한 내용도 떠오르지 않았다. 하지만 왠지 모르게, 여러 길로 나뉘더라도 특정 장소에서 사람들이 다시 모일 거라는 확신이 들었다. 그 모임 장소에서 위원왕후의 마지막 장례 절차를 치를 것이며, 그 장소는 그들이 결정하지도, 그들 때문에 변경되지도 않을 터였다. 지류들이 결국은 바다로 돌아가듯 도로는 나름의 방향이 있고 장례는 나름의 계획이 있었다.

이런 확신 때문에, 또 밤새도록 따라온 마지막 여정으로 인해 바뀐 생각 때문에 리푸레이도 다음 길목에서 자동차 두 대가 다닐 만한 폭의 좁은 길로 말고삐를 당겼다. 얼마 가지 않아 양쪽에서 똑같은 12층짜리 건물들이 나타났다. 생김새로 보건대 주택용이었다. 다시 말해 리푸레이는 주거지역에 들어섰다. 더 정확히 말하면 주거지역으로 계획된 곳이지만 사람이 살아본 적은 전혀 없는 곳이었다. 길을 따라 빽빽이 늘어선 주택들이 두 동 건너 20미터쯤의 간격을 두고 멀리까지 뻗어 있었다. 높이 솟은 지세가 시선을 가로막지 않았다면 무한대로 뻗어 있을 기세였다. 리푸레이는 손바닥으로 말을 치며 이 주거지역을 그냥 지나갔다. 건물 사이로 방향을 틀어 그 끝에 뭐가 있는지 볼 마음이 없었다. 자신이 이해하고 있는 그 당시 사람들의 생활상에 따르면 기껏해야 상점이나 스포츠 시설, 교육과 의료 관련 시설들이 있을 터였다.

놀랍게도 건축한 날부터 바로 황폐해진 주택들은 사람이 거주했던 흔적이 전혀 없는데도 퇴락한 모습이 역력했다. 하나같이 문과 창문이 굳게 닫힌 채 우뚝우뚝 서 있었다. 규칙적으로 바람이 분 탓인지 바닥에 먼지나 모래흙이 쌓여 있지는 않았다. 아무리 청소를 해도 끌려오거나 걸리거나 들러붙거나 해서 있을 수밖에 없는 시든 풀이나 덩굴 따위도 없었다. 온 도시가 텅 비어 휑뎅그렁했다. 생명력을 잃어 다시는 본모습을 재현할 가능성은 없지만 결코 종결되지 않아 다른 것으로는 정의할 수 없는 노인 같았다.

이게 위원왕후가 쓴 미결정 도시인가? 리푸레이는 앞으로 갈수록 의심이 짙어졌다. 물론 그는 위원왕후가 꼭 현실 그대로 묘사했을 거라 여길 만큼 꽉 막히지는 않았다. 그러나 보통 작가가 그려내는 것은 그것의 원형과 정신적으로 일치하며 적어도 배치되지는 않기 마련이다. 〈타타르 기사〉에서 마지막에 기사를 묻는 미결정 도시는 물론 버려진 공간의 황량함이 가득했지만 황량함 속에서도 사람들의 숨결이 충만했다. 절망은 물론이요, 전적으로 사람 손에 빚어졌지만 사람과는 무관한, 무생물적인 적막감도 없었다. 리푸레이가 충격을 받아 자제력을 잃고 위원왕후와 함께 시 속의 치명적 서정성을 논하고 싶게 만든 것이 바로 그 사람들의 숨결이었다. 리푸레이는 그런 서정성은 자기 혼자만 이해했다고 착각할 성질의 것이 아니라 보편적으로 쉽게 감지할 수 있는 것이라 믿었다. 이 점은 노벨문학상 심사위원회의 수상 선정 발표문을 통해서도 입증됐다.

리푸레이는 비록 도시 한 모퉁이에 있긴 했지만 이 속에 있어보니 도시 분위기가 전체적으로 일관돼 보였다. 위에서 말한 그런 것들은 도시에 전혀 없었다. 위원왕후는 리푸레이에게 모호하게 이런 말을 한 적이 있었다. 그는 한 지역에 여러 번 갔었다고 했다. 몇 번인지 기억하지 못할 만큼 여러 번, 이야기할 때 도시의 이곳저곳이 뒤섞여 들어올 만큼 여러 번. 그리고 그곳이 그의 기억의 원천이라 했다. 리푸레이는 자신이 지금 있는 곳이 바로 그곳임을 확신할 수 있었다. 그런데 위원왕후는 어떻게 뼛속 깊이 기억의 선로를 바꿀 수 있었을까? 기억이 다른 모습으로 갈아타고 광활한 평탄대로로 운행하도록, 어떻게 그렇게 거대한 방향 전환을 해낸 것일까? 리푸레이는 추측하고 또 추측할 수밖에 없었다. 그는 위원왕후의 자살(여기에선 '자살'이란 단어를 사용하는 데 거리낌이 없었다)에 대해 찾을 수 있는 원인 외에도 어린 시절 겪은 배반의 경험도 하나의 원인이라는 생각이 퍼뜩 들었다. 신비롭고 헤아릴 수 없어 소환될 때 전혀 저지할 수 없는 그런 배반.

추궁할 길이 없는 리푸레이는 자꾸 양다리를 꽉 죄어 말이 최대한 빨리 달리도록 재촉했다. 얼마 안 가 길 끝에 도착했다. 물론 그 2차선 도로의 끝이었다. 주거지역의 기능이 바뀐 듯 높은 울타리가 앞을 막아 길을 뚝 끊어놓았다. 울타리 높이가 족히 20미터는 되어 그 너머에 무엇이 있는지 살필 수도 없었다. 다행히 길 끝의 양쪽으로 울타리에 붙어 올라가는 계단이 있었다. 서른 단 정도 되는 그 계단이 계속 나아갈 의욕을 불러일으켰다.

리푸레이는 말에서 내려 한 단 한 단 계단을 올랐다. 말은 한참 주저하다 앞발 하나를 계단에 올려보더니 도로 물러났다. 리푸레이가 고삐를 잡아당기며 격려하는 소리를 냈다. 말이 계단 두 단에 앞발을 하나씩 걸쳐보더니 위험하지 않다는 걸 알고는 계속해서 앞으로 발을 뗐다. 네 발 모두 계단을 밟고 서자 건장하고 선이 매끈한 말의 몸도 계단 쪽으로 기울었다. 이제 말은 '걷는' 행위에 의식이 점령되고 흥미로워하기까지 했다. 더 이상 고삐를 당기거나 격려해줄 필요가 없었다. 사람 한 명과 말 한 마리가 걸어 올라가는 화면에서 리푸레이는 〈타타르 기사〉에서 가장 유명한 단락에 있는 '탕구라산맥'이 생각났다.

계단 꼭대기는 단상이었다. 단상은 성벽 꼭대기처럼 앞쪽으로 쭉 뻗어 있고 중간 중간 통로로 연결되는 구조였다. 리푸레이는 단상에 서서 멀찌감치 바라봤다가 초현실적인 광경에 놀라 발을 옮기는 것을 잊어버렸다. 그대로 멈춰 있던 그는 참다 못한 말이 연거푸 콧김 뿜는 소리를 내자 다시 발을 뗐다. 말을 끌고 단상을 따라 앞으로 가서 폐차들 사이의 통로에 이르렀다. 여기서 몸을 돌려 말에 올랐다. 말의 발길에 몸을 맡긴 그는 눈앞에 펼쳐진 광경에 어질어질할 만큼 휘청거렸다. 그 상태에서 머릿속에선 미결정 도시에 대한 위원왕후의 시구를 자꾸만 들추고 있었다.

그곳은 드넓다 할 수 있는 강철 황야였고, 사람의 흔적이 말끔히 정리된 텅 빈 곳이었다. 드넓다 한 것은 끝없이 넓어서가 아니었다. 반대로, 안개와 스모그가 거의 없이 점점 강해지는 하늘빛 아래 시선이 닿는 수십 리 범위 내에 뚜렷한 경계가 보이기 때문이었다. 먼발치에서 침묵하고 있는 건물들, 고요한 도로 등 표준화된 배치가 그곳을 빼곡히 둘러싸고 있었고, 중앙에는 기능이 불분명한 텅 빈 구역이 보였다. 그럴수록 리푸레이는 놀라움이 커졌다. 차들이 완전히 무질서하게 방치되어 있었다면 그나마 이해가 되었을 것이다. 그런데 사방 수십 킬로미터 규모의 이 폐차장은 시간의 누적 속에서 습관적으로 혹은 슬그머니 점차 확산되어 만들어진 곳이었다. 현재 뚜렷하게 모습을 갖춘 구역과 차량들에서 느껴지는 적잖은 시간의 먼지들이 이곳이 계획적으로 만들어진, 지정된 곳임을 분명히 알려줬다.

수십 년 전 폐기된 차들은 대부분 유약한 존엄성을 유지하며 자신의 영육이 아직 건재함을, 적어도 여기에 놓일 당시에는 그랬음을 묵묵히 증명하고 있었다. 차들이 이곳에 가지런히 놓인 뒤 건조한 공기 중에 산화되어 바삭하게 부식된 모습에 리푸레이는 저항할 수 없는 신비하고 거대한 힘이 그 모든 것을 만들었다고 생각할 수밖에 없었다. 주변 가옥이나 도로보다 훨씬 높이 있는 차들은 환형 단상에 정착했고, 그 신비로운 힘을 필요로 한 제의의 부름에 자연스럽게 부합했다. 이런 것들로 인해 '두려움'이란 세 글자가 리푸레이의 눈앞에 어른거렸다. 어쩌면 이 차들은 운행 중에 이곳까지 불려와 제물을 담는 도구로서 같은 시간에 이곳에 등장했고, 차량 안의 운전사와 승객은 그들을 부르는 신비한 능력에 의해 잡혀갔을지도 모른다. 〈타타르 기사〉 후반부에서 강해지는 분위기와 느낌이 비슷했다. 맑고 투명한 느낌이면서, 세상의 움직임과 사물의 운행이 인간의 이성에 장악되어 있지만 억눌린 채 어느 곳에나 존재하는 듯한 신비한 분위기를 자아내고 있었다. 시에서는 기사의 죽음을 통한 저항으로 그 강렬한 분위기가 균형을 이루고 완화되지만, 현실에선 위원왕후의 죽음으로만 조금 약화될 것 같았다. 또한 죽음이라는 최후의 침묵만이 순수한 물질이 만들어낸 신비함을 깨뜨릴 수 있었다.

리푸레이가 죽음을 생각하는 순간 말이 갑자기 길게 울부짖으며 발굽을 들어 달리기 시작했다. 리푸레이의 생각을 알아차린 걸까? 아니면 저도 주위 환경의 음울한 망치질을 견딜 수 없었던 걸까? 리푸레이는 말의 질주를 제지하지 않고 의식적으로 몸을 들썩이거나 고삐를 당겨 속도를 높였다. 말도 계속 분주히 뛰어다니다 회복한 듯 연거푸 길게 울부짖으며 도약하더니 "다다" 소리를 내며 단상으로 돌진했다. 말발굽 소리는 멀리 가기 전에 바로 방대한 강철 자동차 숲에 함몰됐지만, 적어도 말의 재빠른 뜀박질에 시야가 트인 리푸레이의 눈에는 차들이 후퇴하든 어떤 축을 중심으로 돌든 모두 움직이는 것처럼 보였다. 움직이면서 생명감이 생기니 겹겹이 쌓인 부식과 죽음이 떨쳐졌다.

말에게 이곳은 그리 낯설지 않으며 말의 뜀박질도 방향과 목적이 있다는 사실이 곧 증명됐다. 말의 힘찬 발길질 속에서 이 자동차 폐허, 조금 전 말 등에서 볼 때 기능이 불분명해 보였던 텅 빈 구역이 금세 리푸레이 앞에 나타났다. 리푸레이는 바삐 달려온 여정의 종점에 도착했음을 한눈에 알 수 있었다. 바로 위원왕후의 매장지였다.

그곳은 전 구역에서 가장 높은 장소였다. 그래봐야 자동차보다 겨우 몇 미터 높은 곳이라, 또렷하게 보이진 않았지만 멀리서도 잘 보였다. 지금 리푸레이의 눈앞에 보이는 것은 여전히 환형 단상이었고, 단상 주변에는 아홉 단으로 된 계단이 있었다. 리푸레이는 말에서 내려 이번에는 말을 끄는 대신 혼자 계단을 올라갔다. 몇 걸음 걸으니 발밑에 별안간 붉은 빛이 깔렸다. 해가 이미 나온 것이다.

떠오르는 햇빛을 밟으며 아홉 단의 계단을 올랐다. 짐작대로 위쪽은 묘지였는데 그 모양과 규모는 상상 밖이었다. 위쪽의 묘지들이 층층이 내려오는 구조로, 사진에서 본 로마 격투장처럼 환형이 빙글빙글 내려오는 구조였다. 원 하나마다 이름과 생몰년이 새겨진 묘비가 하나씩 놓여 있었다. 격투장 관중석처럼 묘비들이 하나같이 환형 묘지 중심을 향하고 있었다. 리푸레이는 한 발 뗄 때마다 한 번씩 돌아보며 그곳에 묻힌 사람들이 박수를 치며 일어나 경의를 표하지는 않는지 살폈다.

光광 :
밝은, 물체를 보게 하는

먼저 도착한 사람들이 묘지 중앙의 작은 단상에 서서 안팎으로 세 겹의 원을 만들며 무언가를 에워싸고 있었다. 세 개의 원 중심에 위원란이 있었고 그녀의 발 옆은 원형 구덩이였다. 위원란이 양손을 높이 들어 공중에서 멈췄다.

"여러분, 고개를 숙이고 조용히 일어나시오."

위원란이 말했다.

'그들이 기다리고 있군.' 위원란의 말뜻을 알아차린 리푸레이는 걸음을 재촉해 단상으로 올라갔다. 그는 위원란 일행이 무엇을 기다리고 있는지 몰랐지만 자신을 기다리는 것은 아니라는 걸 알았다. 역시 내려가는 묘지 계단을 따라 단상 쪽으로 급히 걸어가는 몇 사람이 눈에 들어왔다.

어느 햇살이든, 그것이 어느 곳에 머무르든,

그것이 땅에 얼마만큼 큰 면적의 그림자를 새기든 다 괜찮아

그렇게 내 마지막 한 줌 유골을 던져 나를 이곳에 묻어

햇빛은 재단할 필요 없는 깨끗한 옷이니 그것을 입고

즉시 미결정 도시가 스스로 투영해 만든 천당으로 돌아가리

타타르 기사의 장례는 특정한 햇살을 기다릴 필요가 없었지만, 위원왕후의 장례는 분명히 그렇지 않았다. 위원란과 그녀의 주변 사람들은 흙이나 나무 인형처럼 공기 중에 멈춰 있었고, 뒤이어 도착한 사람들도 주변에 멈춰 섰다. 유일하게 거칠게 뛰어 들어온 사람이자 유일한 이방인인 리푸레이가 어디에 서서 무엇을 해야 하는지 신경 쓰는 사람은 아무도 없었다. 리푸레이는 현재 진행 중인 의식에 특별히 깊이 관여하지 않고 가벼운 마음으로 지켜볼 수 있었다.

햇살의 붉은 기와 황금빛이 물러나고 분별할 수 없는 무색 빛이 사람들 사이를 비집고 단상에 도달했다. 그 순간 위원란이 높이 들었던 두 손을 확 움켜쥐고 가슴 몇 센티미터 앞에서 부드럽지만 힘있는 손짓을 했다. 그러자 몇 개의 원으로 둘러선 사람들이 조종을 받듯 손짓에 따라 움직였다. 명령에 따라 시작하고 멈추며 의식의 예를 행했다.

연속 동작이 끝나자 위원란은 다시 양손을 태양 쪽으로 향했다. 태양의 가장자리를 더듬듯, 태양을 품에 안으려는 듯 그녀의 열 손가락이 활짝 벌어졌다. 또 한 번의 침묵 후 위원란이 입을 열었다.

그녀가 내뱉는 언어는 리푸레이가 이미 여러 번 들어서 음절은 분간할 수 있었지만 의미는 여전히 불분명했다. 호흡이 짧고 또렷한 발음 속에 점차 커지는 압박감 혹은 초조함이 담겨 있었다.

위원란이 말하는 동안 그녀를 에워싼 사람들이 걷기 시작했다. 원래 세 겹이었던 탄탄한 원 말고도 나중에 도착한 사람들이 헐겁게 원 하나를 더 만들었다. 네 개의 원이 교차하며 시계 방향 또는 시계 반대 방향으로 돌며 걸음을 옮겼다. 걸음걸이가 가지런한 것으로 보아 모두가 알고 있는 리듬을 밟는 것이 분명했다.

위원란의 말이 끝나자 네 개의 원이 동시에 멈췄고, 모두 같은 언어로 몇 마디 말을 했다.

리푸레이는 그것이 질문과 대답이라는 것을 알았다. 〈타타르 기사〉에는 그런 문답과 비슷한 묘사가 전혀 없었지만, 위원왕후의 친척과 지인들은 의심할 바 없이 그들만의 풍습을 좇고 있었다. 리푸레이는 그 질문과 대답의 뜻을 이해할 수 없어 문장의 길이와 어조의 변화에 유심히 귀 기울였다.

위원란의 경우 문장과 어조의 변화가 뚜렷하지 않고, 매번 똑같은 구절로 시작해서 정돈된 의식의 느낌이 귓가에 생생했다. 사람들의 대답은 점점 간단하면서 힘이 있다가 마지막엔 아예 "아이—어" "이—우"처럼 한두 마디 감탄사가 되었다. 어쩌면 묻고 대답하는 것이 아니라 서로 호응을 하는 것일 수도 있었다. 그렇게 호응하고 말에 힘을 줌으로써 어떤 필연적인 일을 확정하는 것이다.

리푸레이가 세어보니 위원란이 멈추었을 때 그 의식에는 정확히 아홉 개의 단락이 있었다. 즉 '질문과 답' 혹은 호응이 아홉 번 진행됐다. 위원란이 멈추자 그녀를 둘러싼 원이 바깥으로 흩어지며 헐거워졌다. 사람들은 앞으로 이어질 일을 방해하지 않겠다는 뜻을 그렇게 표시했다. 위원란도 더 이상 자질구레한 동작은 하지 않고 발 옆의 유골단지를 들었다. 한 손으로 유골단지를 잡고 다른 손으로 씨앗을 걷어쥐듯 유골을 한 줌씩 꺼내 방금 파낸 발밑의 원형 구덩이에 던져 뿌렸다. 그 동작에 어떤 규칙이 있는 것 같지는 않았지만 골고루 뿌리려고 한다는 것은 느낄 수 있었다. 유골을 던지면서 그녀는 어떤 말도 노래도 하지 않았다. 좀 전의 엄숙한 표정도 사라졌고, 그 대신 농사를 지을 때와 같은 자연스런 몰입과 약간의 기대감, 그리고 완전한 평온함이 얼굴에 떠올랐다.

단지 안의 유골을 모두 비우자 위원란은 무릎을 꿇고 새로 파낸 흙을 단지에 넣었다. 단지에 흙이 가득 담기자 그것을 들고 단상 아래로 내려갔다.

위원란을 에워쌌던 사람들은 구덩이 바깥쪽에 쌓인 흙을 손으로 쓸어 구덩이에 넣고 있었다. 리푸레이는 구덩이 바닥에 야트막하게 깔린 유골이 흙으로 덮이는 것을 보았다.

그가 고개를 들었을 때 위원란은 이미 단지를 들고 계단을 따라 묘지 가장자리로 가고 있었다.

10

是시 :
곧다

리푸레이가 말한다.

"이곳에 왔으니 내가 바로 타타르 기사요, 위원왕후다."

11

死사 :
소멸, 사람이 떠남

위원란은 리푸레이를 의자에 앉힌 다음 뒷방으로 갔다. 나올 때는 손에 독특한 택배 봉투를 들고 있었다. 리푸레이는 봉투와 위원란의 손을 한참 지켜보다 손을 내밀었다.

위원란은 봉투를 바로 리푸레이에게 건네지 않았다.

"오빠가 이걸 당신에게 전해주기 전에 질문을 하나 하라고 했어요."

리푸레이는 매우 의외라 여기며 손을 거뒀다.

"물어봐요."

"죄송해요. 당신을 만나고 지금까지 이 말을 참느라 얼마나 힘들었는지 모를 거예요."

위원란은 미안해하는 표정으로 리푸레이를 봤다.

"오빠가 이렇게 물으랬어요. 사람이 어떻게 안 죽나?"

그러고는 길게 한숨을 내쉬고 리푸레이의 손에 봉투를 건넸다.

"사람? 사람이란 누구지?"

리푸레이는 조금 어리둥절했지만 곧 그 말이 무슨 뜻인지 이해했다. 헌데 위원왕후가 위원란을 통해 자신에게 그걸 묻게 한 것은 무슨 의미일까? 또 봉투를 건네기 전에 질문하라고 한 것은 무엇 때문일까?

"사람이 어떻게 죽지 않을까요?"

리푸레이는 봉투를 뜯으며 거의 무의식적으로 되물었다. 그러나 위원란이 미처 반응하기도 전에 그는 택배 봉투 겉면에서도 그질문을 발견했다. 검은 글씨로 '사람이 어떻게 안 죽나'라고 쓰여 있었다. 리푸레이가 놀란 눈으로 위원란을 바라봤다. 동시에 '사람이 어떻게 안 죽나'라는 아홉 글자가 그의 시선을 따라 봉투에서 위원란의 몸으로 옮겨가 움직이다가 그녀의 얼굴에 떨어졌다. 검은색 글씨는 약간의 금속 광택을 띠고 있었다.

영문을 몰라하는 리푸레이의 눈빛이 위원란의 얼굴에서 거둬져 방 안에서 방향 없이 흔들렸다. 아홉 글자는 리푸레이의 눈 속에서 손전등이라도 쏘는 것처럼 눈빛의 방향을 따라 이동했다. 리푸레이는 봉투를 내려놓은 후 눈두덩을 세게 비볐다.

"왜 그래요?"

위원란의 한마디가 리푸레이를 현실로 잡아당겼다. 리푸레이는 조금 놀라 천천히 눈을 떴다. 눈앞에 친절하고 아무렇지도 않은 얼굴의 위원란이 있었고, 봉투에든 어디에든 그 아홉 글자는 없었다. 분명 바쁜 여정을 소화하고 마침내 위원왕후가 남긴 물건을 받으니 정신이 들쭉날쭉해 환각을 본 거야.

　리푸레이는 고개를 저었다. 정신을 바짝 차리려고 노력하며 봉투를 주워 들었다.

12

渡도 :
건너다, 물을 건너다

택배 봉투를 찢으니 안에 또 하나의 봉투가 있었다. 크라프트지로 된 오래된 편지봉투로 조금 누레졌고 바스락거렸다. 봉투 안에 담긴 것도 별로 없고 가벼워서 비밀과 수수께끼의 분량은 무게와 별개라는 상식에 맞아떨어졌다.

— 이렇게 단절한다. 잘 지내길.

편지봉투 앞면에 이 열한 글자가 쓰여 있었다. 리푸레이는 성급히 봉투를 열어볼 필요도 없이 손의 감각만으로 안에 종이 몇 장이 들어 있다는 걸 알았다. 하지만 그 종이 몇 장에 대체 뭐라고 쓰여 있는지 조급하게 보려고 들지 않았다. 그는 봉투를 충분히 관찰했다. 앞면 왼쪽 상단에 빨간색 네모 칸이 여섯 개 있고, 오른쪽 상단에 좀 더 큰 네모 칸이 두 개 있다. 두 개 중 오른쪽 네모는 실선으로 되어 있고 그 안에 '우표 붙이는 곳'이라 쓰여 있다. 똑같은 크기의 왼쪽 네모는 점선으로 되어 있고, 실선 네모의 왼쪽 세로선과 붙어 있다. 봉투 오른쪽 밑 구석에는 글자도 없고 네모 칸도 없으며, 봉투 가로 방향으로 3분의 1은 짙게, 2분의 1은 흐리게 차지하고 있는 붉은 선만 있다. 선 굵기는 대략 네모 선의 두 배다.

봉투 뒷면은 가로 세로로 한 번씩 붙여진 흔적이 뚜렷했다. 오른쪽 밑 구석에 빨간색 사각형이 있고, 사각형 안에는 위에서 아래로 다섯 줄에 걸쳐 이렇게 쓰여 있었다.

허베이성 랑팡시 광양구 난젠탑 보청인쇄공장

인쇄 수량 : 5000부 / 제작 연도 : 2021년

허베이성 우정관리국 감독제작

집행 표준 GB/T 1416-2003

11-R41-C4 국내용 봉투

다시 뒤집어서 봐도 이 봉투는 더 이상의 정보를 제공해주지 않았다.

봉투의 접착 부위를 접어봤지만 전혀 붙지 않았다. 리푸레이는 접착 부위를 손가락으로 어루만지다 봉투를 탁자에 내려놓고 찻잔을 들었다.

리푸레이가 예민하게 군다는 걸 이미 눈치챈 위원란은 그가 봉투를 계속 뒤집으며 사각형들과 얼마 안 되는 글자를 재차 확인하는 모습을 보았다. 위원란은 두 번 입을 열고 싶었다. 오빠는 자살하기 전에 왜 이 물건을 굳이 택배로 보냈을까? 왜 나에게 숱한 번거로움을 겪게 하며 리푸레이에게 이걸 전하도록 했을까? 그녀의 얼굴에 의혹의 빛이 떠올랐다. 하지만 그녀는 두 번 다 봉투와 리푸레이만 쳐다보고 입을 열지 않았다. 결국엔 아예 일어나서 나가버렸다.

위원란이 자리를 뜨자 리푸레이는 정신을 차렸다. 그는 자신이 우스워 보이는 게 싫었다. 다시 오고 싶으면 오겠지.

리푸레이는 바로 봉투 안의 인쇄된 원고를 보지 않고(그것을 꺼내는 순간 뭐가 쓰여 있을지 짐작이 갔다. 앞서 '이렇게 단절한다. 잘 지내길'이 필연적으로 등장할 것을 알아맞혔던 것처럼) 봉투를 세워 흔들었다. 안에 다른 건 없었다. 다시 빛에 대고 비춰봐도 역시 종이 말고는 없었다.

리푸레이는 그제야 인쇄지 몇 페이지를 꺼내 들었다. 역시나 예전에 가장 흔했던 A4지였다. 총 네 장이고 12폰트 명조체다. 수신인도 없고 인사말도 없었지만 노벨문학상 수상연설문이라는 것은 어렵지 않게 알 수 있었다.

"詩, 志也. 從言, 寺聲." "志, 意也. 從心, 之聲."

《설문해자》는 '시詩'와 그 해석의 '뜻志'을 위와 같이 설명했다. 발성發聲은 차치하고 중국인에게는 志가 항상 시를 결정하지만, 志는 생각에서 생겨난다. '시언지詩言志''는 일가언一家言이 아니라······.

*   '시는 뜻을 말하는 것이다'라는 뜻.

네 장의 글은 바로 위원왕후가 매화를 꽂은 단지에 숨겨둔 그 종이의 메모를 풀어 쓴 것이었다.** 리푸레이는 자신이 알아맞혀서 의문이 풀렸다는 사실에 짜릿한 기분이 드는 게 아니라 오히려 등골에 한기가 돌며 의구심만 깊어졌다. 상대가 꾸민 함정을 깨는 게임에서 간혹 상대의 의도를 알지 못해 오류를 범하고 벽에 부딪히기도 하지만 그것은 별로 두렵지 않다. 대체적인 방향만 틀리지 않으면 된다. 차근차근 진행하다 보면 특별히 힘 들이지 않아도 저절로 함정이 풀리게 마련이다. 그런데 오히려 속에선 성질이 난다. '분명 함정이 있어'라는 생각은 필연적인 의심이지만, 대체 그 함정이란 게 어디에 있단 말인가? 막연하기 그지없었다.

한 단계 맞힐 때마다 그 함정의 열쇠로 한 걸음 다가가고 있는 것은 확실했지만, 그렇게 한 단계 한 단계 다가가는 것밖에는 뾰족한 수가 없었다.

"왜 그래요?"

묻는 소리에 리푸레이는 얼음 동굴로 떨어져가던 자신의 의식을 간신히 멈춰 세웠다. 위원란이 손에 술병과 잔 두 개를 들고 있었다.

"우리가 직접 빚은 술 맛 좀 봐요. 안주는 없는데 문제없겠죠?"

그게 무슨 문제 축에나 드나. 리푸레이는 대답 없이 술잔을 받아 한 모금 마셨다. 이젠 누가 와서 무슨 말을 하고 무얼 하건 다 괜찮아. 술기운이 대단했다. 좋아, 바로 이거야. 리푸레이는 또 한 모금

**   매화 단지 안의 메모 내용은 53쪽 참조.

마셔 술잔을 비웠다. 위원란은 그에게 술을 따라주고 자신도 잔을 비웠다.

리푸레이는 봉투를 건넸다. 위원란은 종이를 꺼내 살펴보더니 다시 자리에 놓았다. 그사이 리푸레이는 줄곧 위원란을 주시했고, 자신이 예상한 표정이 그녀의 얼굴에 나타나는 걸 보고 두려움을 느꼈다. 나름 괜찮아. 종이의 글을 읽고 난 위원란의 얼굴에 나타난 것은 난해함의 표정이었다.

"이게 뭔지 알아요?"

리푸레이의 물음에 위원란은 고개를 저었다.

"위원왕후의 올해 수상연설문이에요."

위원란은 여전히 막연한 얼굴이었다. 다시 술을 들이켠 리푸레이는 그녀에게 설명을 해줄 수밖에 없었다.

"왕후는 올해 노벨문학상 수상자로 선정됐고 며칠 뒤, 그러니까 12월 10일에 스웨덴 시상식에 가서 연설을 하기로 되어 있었어요. 이 글은 바로 그 연설 원고예요."

"오빠는 왜 이걸 리푸레이 씨에게 전달하려 했을까요? 게다가 이렇게 복잡한 방법으로."

리푸레이 역시 너무나 궁금한 질문을 위원란이 쏟아냈다.

리푸레이는 고개를 저으며 자신의 곤란한 처지에 쓴웃음을 지었다. 그는 잔의 술을 다 마신 후 다시 한 잔 가득 따랐고, 위원란의 잔도 가득 채웠다.

"괜찮아요?"

위원란은 리푸레이가 이런 술을 얼마나 잘 견뎌내는지 의심하는 듯했다.

"괜찮습니다."

쉴 새 없이 건강 경보를 보내는 이동영혼이 없으니 리푸레이는 온 세상의 술을 다 마실 수 있을 것 같았다.

"왕후가 쓴 시를 본 적 있어요?"

리푸레이가 물었다.

"아니요. 오빠는 자기가 쓴 걸 제게 한 번도 보여주지 않았어요. 제가 물을 때마다 그런 건 중요하지 않다고 했죠. 그런 건 정말 중요하지 않고요. 어렸을 때 오빠는 자주 저와 놀아줬어요. 제가 크는 걸 다 봤죠. 몇 년 전에 이곳을 떠나 베이징으로 갔지만 그곳에서도 전화를 자주 해줬어요. 그래서 어릴 때처럼 오빠가 가까이 있다는 느낌이 들었어요."

위원란은 별안간 눈을 들어 리푸레이를 보았다. 수줍음 가운데 화사한 찬란함이 담겨 있었다. 위원왕후가 함께 놀아줬던 꼬마 아가씨가 다시 그녀의 몸으로 돌아온 듯, 전날 보여줬던 모습과는 딴판이었다.

"오빠가 뭘 썼는데요? 제 얘기도 있어요?"

"있겠죠."

리푸레이는 적절한 표현을 생각했다.

"여동생에게 쓴 시가 있어요. 〈타타르 기사〉라는 장편시도 있고요. 그중 많은 내용이 위원란 씨에게 익숙할 거예요."

'여동생에게 쓴 시'가 〈죽은 여동생에게〉라는 제목의 추도시라는 걸 말해줄 순 없었다. '죽은 여동생'의 여러 부분이, 특히 위원란이 방금 순간적으로 드러낸 수줍음 속의 찬란함이 눈앞의 그녀와 비슷했지만.

"아, 얘기해줘요."

위원란은 리푸레이와 잔을 부딪쳤다.

"타타르 기사라고 불리는 사람이 있었어요. 이름이 그런 건 아니고, 다들 그를 그렇게 불렀죠. 타타르 기사는 지금으로부터 수십 년에서 100년 전쯤 태어났어요. 그는 좋아하는 소녀와 함께 자라며 양치기, 말 타기, 별 보기, 책 읽기 등 모든 걸 함께했어요. 열여덟 살이 되자 고향을 떠나 베이징대학에 가게 됐는데, 그때 열여섯 살이 된 소녀는 그에게 말을 선물합니다. 말을 타고 도시에 가서 공부하고, 공부를 마치면 다시 그 말을 타고 초원으로 돌아오라는 소망을 담아서 말이죠. 기사는 소녀의 뜻을 거절할 수 없었고, 본인도 하루 빨리 초원으로 돌아오고 싶어 하죠. 둘은 강가에서 이별을 합니다. 소녀는 강 이쪽에서 손을 흔들고 타타르 기사는 말과 함께 강을 건너요. 강 건너편에 도착한 기사는 뒤를 돌아보지만 소녀가 보이질 않아요. 강이 그렇게 넓은 것도 아니고 하늘도 더없이 맑은데 왜 보이지 않는 건지 답답해하고 있는데 기병 한 부대가 다가옵니다. 기병들은 의아해하며 기사를 에워싼 채 몇 바퀴 돌다가 그를 데리고 거대한 게르*로 갑니다. 게르 안에 가뒀다고 할 수도 있죠. 기사는 며칠 동안 역사 지식을 더듬은 결과, 영문은 알 수 없지만 자신이 토곤 테무르 칸 시대에 있다는 것을 서서히 깨닫게 됩

---

*   ger. 몽골족의 이동식 천막집.

니다. 그 기병들은 마침 남옥監玉**과의 대전을 준비하던 중이었죠."

"토곤 테무르가 누군데요? 왜 전쟁을 하죠?"

"원나라 11대 황제 원순제예요. 그가 누구인지는 중요한 게 아 닙니다. 중요한 건 그가 지금으로부터 약 700년 전 사람이라는 거 죠. 즉 기사는 단숨에 600년 전으로 돌아간 겁니다."

"대학교는 다니지도 못했겠네요."

"못 다녔죠."

"왜 그렇게 과거로 돌아간 거예요? 그 강과 관련이 있나요?"

"바로 그거예요. 그건 시간의 강이었어요. 타타르 기사도 처음엔 몰랐죠. 한바탕 사건을 치르며 그는 훌륭한 기사가 되었고, 결전이 임박할 무렵 남옥 돌격 준비부대로 차출되지요. 그런데 어느 날 밤 그 시간의 강을 건넜다가 짙은 안개 속에서 길을 잃어요. 날이 밝 고 안개가 걷힌 후에 보니 그는 이미 청나라 강희제 시대에 와 있 었죠. 지금으로부터 약 300년 전이죠. 그러니까 타타르 기사가 밤 에 강을 한 번 건너니 시간이 300년 정도 흐른 거예요."

"기사는 자기가 본래 살았던 시대로 돌아가고 싶었던 거죠? 그 럼 계속 강을 헤엄치다가 뭍에 올라서 어느 시대냐고 물으면 되지 않을까요? 자기가 돌아가고 싶은 시대가 아니면 다시 헤엄을 치고 요."

"강가에 늘 사람이 있는 게 아니라서 어려웠어요. 가끔은 먼 길 을 가서야 사람을 만나 여기가 어느 시대, 어느 왕조인지 물을 수

**   중국 명나라 초기에 큰 공헌을 세운 무장.

있었거든요. 게다가 그 길에 돌발 상황이 벌어지기도 했어요. 강제로 끌려가 먼 지역으로 간다든지, 긴급한 사건을 처리하러 떠나야 한다든지. 그런데 하루에 딱 한 번만 그 강을 건너야 시간을 뛰어넘는 효과가 있다는 걸 기사는 나중에야 알았어요."

"그랬구나."

위원란은 미간을 찌푸렸다. 이야기의 깊은 부분까지 완전히 이해하지는 못했을 테지만, 타타르 기사에게 강한 동정심이 생긴 건 확실했다.

"더 큰 어려움도 있었어요."

리푸레이는 자신이 집요하게 나쁜 소식을 전하는 사람이 된 것 같았다.

"타타르 기사가 강을 건너는 시간을 스스로 통제할 수 없게 된 후 강 건너편은 어느 시간대에나 그를 기다리고 있었죠. 모든 게 랜덤이었는데 기사는 마침내 자기가 떠나왔던 시대와 가장 가까운 시기와 맞닥뜨렸어요. 30년 차이였죠. 지금 기준으로 하면 50년 전이고요."

"아!"

위원란은 저도 모르게 놀란 소리를 뱉으며 손으로 입을 막았다.

"그래요, 30년. 떠날 당시의 사람과 물건이 대체로 다 있었죠. 그렇지만 30년은 또한 보이는 모든 것에 상처를 받기도 충분한 시간이었어요. 타타르 기사는 자기보다 스물여덟 살쯤 많고, 이미 성인이 된 자녀를 둔 그 '소녀'를 볼 수도 있다는 사실을 견딜 수 없었습니다. 그래서 굶주린 채로 강가에서 하룻밤을 보내고 하루의 시간이 지난 뒤 서둘러 강 건너편으로 갔죠. 그런데 이렇게 급히 도망친 걸 영원히 후회하게 만드는 일이 일어납니다. 기사는 마찬가지로 짙은 안개 속에서 강 건너편에 도착했고, 정신을 잃었던 기사와 말은 날이 밝은 후 깨어납니다. 그런데 그들 뒤에 있었던 강이 보이지 않고, 강 양쪽에 있었던 초원도 없어진 거예요. 도처에서 금속 광택이 뿜어져 나오는 두려운 광경만 눈에 들어오고."

"그럼 다시는 돌아갈 수 없게 된 거예요?"

"그렇죠. 강이 없어졌으니 다시는 시간을 넘나들 수 없게 됐어요. 기사는 그제야 자신을 증오했어요. 자기 창자를 물어뜯고 싶을 정도로 증오스러웠죠. 소녀로부터 30년 떨어진 시대에서 멈췄더라면 적어도 그녀를 찾아다닐 수 있고 얼굴이라도 볼 수 있었을 테니까요. 두 사람 나이 차가 얼마나 많든, 소녀가 그를 정신병자 취급하든 말든 최소한 그녀와 몇 마디 주고받을 수도 있었을 텐데 말이죠."

두 사람은 말이 없어졌다. 위원란은 술을 벌컥 들이켠 다음 입을 꼭 다물었다. 그녀가 말이 없자 리푸레이도 조용히 있었다. 두 사람은 자주 건배를 했다. 리푸레이는 곧 취기가 올랐고, 완전히 취해 고꾸라지기 전에 이야기를 마치고 싶었다.

"타타르 기사가 마지막에 어떤 시대로 갔는지 알아요?"

리푸레이는 질문을 던지고 스스로 대답했다.

"2100년, 그러니까 지금으로부터도 50년이 더 지난 시대로 갔어요. 그가 처음 강을 건넌 때로부터 꼬박 130년 이후이니 모든 게 변해 있었죠."

"그럼 저희 오빠, 위원왕후는 저를 보러 오나요?"

위원란이 별안간 일어나 큰 소리로 물었다.

"네?"

리푸레이는 깜짝 놀랐다. 그러나 술을 마신 위원란이 타타르 기사를 위원왕후와 동일시하고 있다는 것을 곧 알았다.

"그렇겠죠. 기사가 온다면 반드시 당신을 보러 오겠죠. 어쨌든 당신은 계속 여기에 있으니까. 그런데 타타르 기사는 그렇게 운이 좋지 않았어요. 기사는 그 소녀를 찾고 싶어서 말을 타고 사방으로 다녔죠. 기억나요? 그 말은 소녀가 준 거였어요. 한 사람과 한 마리의 말은 무서운 금속 광택이 도처에서 번쩍이는 대지에서 다시는 돌아갈 수 없게 된 일의 실마리를 찾아 쏘다녔습니다. 대초원도 가고 사막도 가고 탕구라산도 가고, 가장 번화한 도시나 넓고 조용한 공연장, 가장 오래된 유적지나 최신 유행 장소도 가봤죠. 제일 넓은 곳, 제일 좁은 곳도 모두 일일이 찾아다녔죠. 사람과 말은 오직 찾는 일에만 신경 쓰고, 뭘 찾고 있는지는 사람들에게 말하지 않았어요. 시간을 넘나드는 과정에서 타타르 기사는 그 누구와도 이유 없이 친하게 지내는 것을 경계하게 됐거든요. 처음에는 사람들이 이상히 여기며 기사를 괴물 보듯 했어요. 기사는 둘째 치고 말도 이미 흔하지 않은 시대였으니까요. 하지만 계속해서 찾아대자 사람들이 점점 기사와 말에게 감동을 받았어요. 그때는 말이죠, 사람들이 남의 행동에 감동받더라도 그 사람을 방해하지 않았어요. 관심이란 명목으로 남을 귀찮게 하지 않았던 거죠. 사람과 말은 늘 함께하며, 오래도록 서로 그리워하며 장안長安에서 살았습니다."

"뭐라고요? 뭐가 장안에 살았다고요?"

거의 폭발할 듯 소리쳐 묻는 목소리가 취기와 졸음, 실망의 소용돌이에서 리푸레이를 조금 끌어냈다. 리푸레이는 정신을 바짝 차리고 방금 놓친 이야기의 끈을 찾아 계속 얘기했다.

"후에 기사와 말은 마침내 그 소녀의 증손녀를 찾았어요. 이름이 화쉰華尋이었죠. 화쉰은 기사가 떠날 당시의 소녀보다 다섯 살 많았지만 마치 기사를 잘 알고 있는 듯했어요. 그런데 화쉰은 증조할머니인 소녀가 기사에 대해 얘기해준 적이 있는지, 소녀가 어디에 묻혀 있는지에 대해선 전혀 언급하지 않아요. 아, 물론 소녀는 세상을 떠날 때 백발이 성성한 할머니였죠."

"그럼 그게, 당신이 얘기한 그 무슨 기사에겐 잘된 일이에요, 안된 일이에요? 기사가 꼭 그 소녀의 과거 흔적을 찾으란 법도 없고, 어쨌든 그토록 찾았던 당사자는 없잖아요. 현재 그 소녀와 거의 똑같은 인물만 곁에 있고요."

"네, 기사도 처음엔 그런 생각을 했을 겁니다. 기사는 화쉰을 데리고 함께 여기저기 돌아다녔어요. 이번엔 누굴 찾는 게 아니라 놀러 다녔죠. 두 사람은 함께 즐거운 시간을 보냈어요. 이상한 건 기사가 화쉰에게서 증손녀와 누이와 연인의 혼합체를 본다는 거였어요. 그래서 기사는 삼중으로 심취되긴 했지만 시간의 체질* 속에 '화쉰은 그 소녀가 아니다'라는 생각이 머릿속에서 점점 또렷해졌

---

*   체로 가루를 치거나 액체를 걸러내는 일.

어요. 그동안 시간의 강을 넘나들며 기사도 얻은 것이 없지는 않았지요. 수확이 정말 풍성했다고 할 수 있어요. 시간을 넘나들며 기사는 그 자신, 진정한 타타르 기사가 되었어요. 그는 명예와 과감성과 단호함을 소중히 여겼고, 불의에 저항하고 약자를 도왔으며 특히 여성을 존중하고 보호했어요. 화쉰과 종종 만나며 기사는 그녀에 대한 사랑이 나날이 깊어졌지만, 한편으론 소녀에 대한 충절이 그를 괴롭혔어요. 화쉰에 대한 사랑이 커져갈수록 점점 더 고통에 빠졌죠. 결국 기사와 화쉰은 옛날에 기사와 소녀가 살았던 초원을 찾았고, 그곳이 이미 버려져 유동流動하는 미결정 도시임을 깨닫게 되죠. 그 후 기사는 스스로 생을 마감함으로써 그 소녀와 화쉰과 자신의 사랑과 영예를 지키기로 결심합니다."

"뭐요? 생을 마감해요?!"

위원란도 술을 마셔 제정신이 아니었는데 이 대목에서 허허 웃더니 대뜸 물었다. 질문을 해놓고 자신이 뭘 물었는지, 답이 뭔지를 의식하다가 퍼뜩 정신을 차리고 또 물었다.

"그렇게 죽은 거예요?"

묻고는 머리를 한쪽으로 기울이더니 의자에서 잠이 들었다.

"그래요. 기사는 미결정 도시를 떠난 후 자살했어요. 하지만 고향의 의식에 따라 자신을 미결정 도시에 묻어달라 부탁했죠. 시의 세 번째 부분이자 마지막 부분이 바로 화쉰이 그의 유골을 메고 아직 원기왕성한 그의 말을 타고, 의식의 지침을 따라 미결정 도시로 가서 그를 묻는 겁니다. 기사의 매장 의식이 왕후를 묻은 것과 비슷하다는 거 알아요? 왕후가 그 부분을 쓸 때 이곳 매장 의식을 참고한 거 아닐까요? 맞죠?"

　리푸레이도 정신을 차리려 노력하며 목소리를 높였다. 그러나 우물쭈물 질문을 하다 말았다. 뒤의 이야기는 쏟아지는 잠에 삼켜 졌다.

13

在_재 :
존재하다, 어떤 장소

두셴, 당신 어디에 있어?

14

訪방 :
계략이 수면으로 떠오르다, 조사하다

　베이징에 돌아온 리푸레이는 위원왕후 사건을 계속 조사하기로
했다. 그리고 결과가 나오기 전까지, 적어도 열흘 동안은 결코 술
에 손을 대지 않겠다고 다짐했다. 이 사건은 맑은 정신과 에너지를
백 퍼센트로 유지해도 풀어낼 수 있을까 말까이다. 아무 가치 없는
데다 심신을 소모하거나 시간을 허비할 수 없다. 무엇보다 번번이
알코올의 충동에 못 이겨 의식공동체에서 두셴에게 메시지를 남
기는 행동을 하고 싶지 않았다. 그리고 이튿날 아무도 수신하지 않
았다는 걸 확인하고 가슴 가득 수치심을 안고 발송 취소를 누르고
삭제하는 그런 행동을.

　베이징을 떠나기 전보다 어쨌든 지금 수중에 단서가 더 많아졌
다. 연필 한 자루와 흰 종이 두 장을 꺼낸 리푸레이는 현재의 단서
와 경로를 적었다. 가급적 원시적인 수단으로 그간 확보한 정보를

처리할 생각이었다. 베이징으로 돌아온 후 그는 경찰의 이목을 피하기 위해 이미 이동영혼을 완전히 꺼버렸고, 의식결정체만 활성화 상태로 남겨두었다.

기존 정보

1. 두 개의 자료 : 단지 안에 있던 것은 A, 편지봉투에 있던 것은 B라 하자. / 특징 : A는 연대가 오래되었고 B는 최근 것이다. B를 넣은 편지봉투는 연대가 오래되었다. A는 B의 개요이고, 이 점은 확실하다.

2. 위원왕후의 여자친구는 C라 부르자. 맞다. 위원왕후에겐 최소한 한 명의 여자친구가 있었다. 이건 위원란에게 들은 사실이다. 비록 둘 다 엄청 취한 상태에서 말하고 들었지만. 술에서 깬 위원란은 리푸레이가 해준 얘기를 의외로 대부분 기억하고 있었다. 위원란은 위원왕후에게 여자친구가 있었으며 그건 적어도 15년 전의 일이라고 말해줬다. 구체적인 것은 불분명하다. 위원란이 열여섯 살이 된 이후 위원왕후는 초원으로 거의 돌아오지 않았고, 두 사람은 자주 전화통화를 했지만 서로의 근황은 별로 얘기하지 않았다. 그래서 위원란이 리푸레이에게 말해줄 수 있는 정보는 이 정도가 다였다. 위원란이 왕후의 여자친구에 관해 알게 된 것은 매우 우연한 기회를 통해서였다.

추측 가능한 사실

1. B의 글은 위원왕후가 작성한 연설 원고임이 거의 분명하고,

또한 그가 12월 10일 시상식을 위해 작성한 것이 확실하다. 그동안 무슨 일이 있었나? 위원란이 그 택배를 받은 시간은 11월 29일이고, 조회 결과 택배 발송일은 11월 28일, 위원왕후의 사망일은 12월 3일 (리푸레이는 신중하게 '자살'을 '사망'으로 고쳤다)이니 중간에 6일의 기간이 있다. 이미 죽기로 결심한 6일 동안 그는 무엇을 했나?

2. A의 앞면 글 : '이렇게 단절한다. 잘 지내길.' 이 졸필의 열한 글자를 보자마자 리푸레이는 어디서 본 듯한 느낌을 받았다. 그는 위원란의 집을 떠나기 전에 특별히 A를 꺼내서 위원란에게 필체를 확인해달라고 했다. 위원란은 그것이 위원왕후의 글씨가 맞다고 확실히 밝혔다. 위원란은 엽서가 아직 존재하던 시기에 위원왕후가 집으로 보낸 엽서 몇 장을 찾아냈다. 엽서의 글씨체가 그 열한 글자와 똑같았다. 리푸레이는 책장을 한참 뒤져 전에 위원왕후에게 받은 메모를 찾아냈다. 열한 글자와 비교해 글씨체가 조금 묵직했지만 필획이 이어지는 것은 여전했다. 그 열한 글자는 위원왕후가 쓴 것이 맞다. 그가 보내온 크라프트지 편지봉투에도 그 문장이 쓰여 있지 않았던가. 위원왕후는 그 열한 글자로 정보를 전달하고자 한 것이 확실하다. 무슨 정보일까?

3. A의 뒷면 글 : 이건 위원왕후가 쓴 것이 아니라는 사실은 명확하다. 왜 거기에 연설 원고 개요를 적어놨을까? / 가능한 추론 ① 왕후가 친구와 의논한 결과물이다. 그 친구는 누구일까? / 가능한 문제 ①왜 그렇게 오래 놔뒀던 종이를 사용했을까? / 가능한 문제 ②A의 앞뒷면 글은 모두 오래된 것처럼 보인다. 그렇다면 그것은 뭘 의미하는가?

단서 종합

1. 연설 원고와 개요는 내용이 거의 겹치므로 또 다른 사람이 현장에 있었음을 시사함. 그 사람이 바로 여자친구 C라고 과감하게 추측? 최소한 그녀와 상당한 관계가 있을까?

2. 개요, 편지봉투, 연설 원고, 이 셋의 오래된 정도와 시간상 간격에 어떤 암시적 관계가 있을까? 최소한 편지봉투는 위원왕후가 고른 것이고 그가 직접 택배 봉투에 담을 수 있었으므로 별도로 봉투를 추가할 필요가 없었다. 위원왕후는 이를 통해 정보를 전달하려고 한 것이 분명하다.

3. 여자친구 C. '적어도 15년 전의 일', 마찬가지로 시간 요소를 암시하고 있음. 이 모든 것이 단지 우연의 일치일까? 모든 단서가 시간을 먼 곳으로 밀어내고 있다고 과감하게 추측한다. 사건의 전후 관계를 꽤 넓은 시간 범위에 두고 고려해야 한다는 뜻일까?

이렇게 세 측면의 내용을 적어보니 단서가 명확해지는 것 같았다. 계속 써내려 가던 리푸레이는 다시 눈이 휘둥그레졌다.

착수 지점

1. A의 정체 : 종이의 제작시기, 앞뒷면의 글을 쓴 시기. 그 종이의 출처를 알아낼 수 있을까? / 확인방법 : 관련 업체에 가서 조사해본다.

2. 편지봉투의 정체 : 편지봉투의 제작시기 및 출처. 어떤 회사에서 누구의 의뢰를 받아 인쇄했는지. / 확인방법 : 인쇄공장의 단서

를 따라 조사한다.

3. 여자친구 C의 정체와 근황 / 확인방법 : 위원왕후의 생애를 샅샅이 걸러 가능한 시간대의 경력과 교차되는 그룹을 조사한다.

리푸레이는 4번을 쓰고 싶은 마음이 간절했지만 쓸 게 없었다. 또 3번은 삭제하고 싶었다. 그렇게 짧은 기간에 해내기에는 거의 불가능했고 사실 그럴 시간도 없었다. 하지만 옵션이 세 개뿐이어서 하나를 지우기가 아쉬웠다. 또 3번을 남겨둠으로써 이때껏 자신이 위원왕후의 과거에 대해 아는 바가 전혀 없었다는 사실을 자각할 수 있었다.

위원란에게 전해 들은 '사람이 어떻게 안 죽나?'라는 질문은 너무 추상적이고 두루뭉술하다. 따라서 이것은 죽음에 대한 생각이 그 기간에 위원왕후의 내면에 크게 자리 잡고 있었다(마음의 병이 있었다고 하면 좀 더 구체적일지 모르겠다)는 사실밖에 증명할 수 없고, 어떤 가치 있는 현실적 단서는 제공하지 못할 듯했다.

단서를 정리한 후 리푸레이는 거실에서 한동안 가만히 앉아 있다가 술의 욕망을 억누르고 나서야 이동영혼을 켜고 자유공간을 구축해 의식공동체로 들어갔다. 위원왕후의 과거를 검색해보자는 생각이 이제야 들다니, 그는 자신을 비웃었다. 사실은 위원왕후뿐 아니라 최근 1, 2년간 그 누구의 과거 정보도 검색해보지 않았다. 두셴의 정보조차도. 계속 검색해봤자 전혀 업데이트될 기미가 안 보여 일찌감치 검색을 그만뒀다.

보아하니 의식공동체가 바꿔놓은 건 사람과 사람의 교제방식뿐만이 아니었다. 태연하게 사람들의 시간 감각을 새롭게 구축함으로써 사람들은 더 습관적으로 순간과 현재에 안주하게 되었고, 대신 시간을 거슬러 올라가거나 앞을 내다보는 습관은 버리게 됐다.

의식공동체에서 위원왕후에 관한 정보 레벨을 하향조정해도 여전히 그 양이 엄청났다. 안타깝게도 그 정보들은 전보다 훨씬 동질화가 심해져 있었다. 리푸레이는 시간을 별로 들이지 않고 지난 48시간의 일에 대한 내용을 결론지었다. 48시간 동안 진전된 내용은 없었고, 변화라 할 만한 것도 류창, 리웨이 두 경찰이 위원왕후 자살사건의 추가조사를 담당한다는 내용 정도였다. 그도 그럴 것이 돌파구가 전혀 없는 사건인 만큼 새로운 정보가 생성되지 않았다. 또 시상식에선 구체적으로 어떤 일이 일어날지 모르지만 어쨌건 머지않아 큰일을 앞뒀으니 과거 정보의 자아번식을 통해서 빈틈을 메우는 것이 최선이었다.

리푸레이는 자아번식한 정보의 올가미를 빠져나와 정보공동체에서 더 자세히 검색하기 시작했다. '위원왕후＋경력＋과거, 어린 시절, 인터뷰, 자서전' 등 키워드를 넣으니 쏟아져 나오는 건 마찬가지로 정보의 폐수였다. 폐수에는 제일 간단한 경력, 성장배경, 학력, 짧은 직장생활, 퇴사, 스스로 살림을 꾸렸다는 사실 등 공통된 정보 몇 개가 전부였고 세부 내용은 없었다. 위원왕후의 인터뷰는 겨우 일고여덟 건밖에 찾을 수 없었다. 그것도 아주 오래전, 최소한 20년 전의 것이었다. 과거 경력과 구체적 내용에 대해 위원왕후의 대답은 보통 두 마디였다. "딱히 할 말이 없다." "그건 중요하지 않다."

더 검색해봐도 가치 있는 정보를 찾을 수 없어 정보공동체에서 로그아웃하고 이동영혼을 껐다. 마지막 한 가닥 희망은 구닥다리 인터넷과 정보유격대에 걸어볼 수밖에 없었다.

리푸레이는 책상 앞에 앉아 노트북을 켜고 인터넷에서 구글 주소를 입력했다. 정보박물관인 구글은 15년 전 업데이트를 중단한 뒤로 아이콘과 화면 색상이 70에서 80퍼센트의 그레이스케일로 고정되어 있었다. 리푸레이의 마음을 편하게 만드는 회색이었다. 구글에 위원왕후에 관한 정보는 많지 않았다. 총 129페이지였고 대부분 리푸레이가 방금 의식공동체에서 본 인터뷰들과 중복됐다. 하지만 리푸레이는 무심히 넘길 수 없었다. 예전에 구글을 사용한 경험에 따르면 중요한 정보는 숨겨져 있거나 중복된 정보의 숨은 구석에 뒤섞여 있게 마련이었다. 어쨌든 전체 양은 많지 않으니 그는 아예 차 한 잔을 타 와서 일일이 링크를 클릭하며 한 구석도 놓치지 않고 살펴봤다. 링크 화면에서 새로운 링크를 타고 들어가기도 했다.

신선한 정보는 47페이지 여덟 번째 링크에서 나타났다. 마찬가지로 위원왕후에 대한 인터뷰 기사였는데 인터뷰 내용 앞에 300자 정도 되는 짧은 '인터뷰 후기'가 있었다.

한 시간 반 동안의 짧은 인터뷰에서 나와 위원 사이에 일곱 번 침묵이 있었다. 녹음을 정리하며 특별히 계산해보니 최단 6초, 최장 3분 53초, 총 18분 11초였다. 위원은 말하는 걸 좋아하지 않아 인터뷰를 꺼리는 게 눈에 보였다. 그는 두 사람

사이에 놓인 기록 설비가 폭탄처럼 언제고 '펑' 하고 터져 시간과 언어 파편을 날려버릴 것 같다고 했다. 다행히 침묵이 인터뷰를 교살하진 않았다. 우리는 침묵이 조금 불편하긴 했지만 말없이 그것이 지나가길 기다렸다. 식사 중간에 잠깐 젓가락질을 멈추듯. 그에게 전에 출판업계에서 일한 것이 그의 감성과 창작 시간에 영향을 끼치지 않느냐고 물었더니, 그는 살짝 고개를 돌려 다른 쪽을 보며 말을 하지 않았다. 이번 인터뷰에서 그의 감정이 동요한 걸 느낀 유일한 순간이었다.

298. 문장부호까지 합쳐 총 298자였다. 리푸레이는 세고 또 셌다. 틀림이 없었다. 이 298자 덕분에 밤늦도록 검색하고 뒤진 노력이 가치 있게 됐다. 나머지 페이지도 살펴봤지만 이것이 오늘 밤의 유일한 수확이었다.

리푸레이는 이 후기를 다시 자세히 들여다봤다. 가장 가치 있는 부분은 역시나 위원왕후의 과거 경력이 드러난 '전에 출판업계에서 일한 것'이었다. 이 정보 덕분에 불현듯 그리고 자연스럽게 자료 B가 담긴 편지봉투가 떠올랐다. 봉투 뒷면의 '인쇄공장'을 생각하니 저도 모르게 '감정이 동요'하기 시작했다. 기자의 느낌이 정확해 '그의 감정이 동요'했고 게다가 그것이 정말 '유일한 순간'이었다면 출판업계 경력이 위원왕후에게 일차원 이상의 의미를 지녔던 것으로 추측된다.

이 인터뷰 기사는 2021년 3월호 잡지 《정보》에 처음 실렸고, 기사 작성자는 '본지 기자 조이너'였으며, '리피강'을 응시하다'라는 블로그에서 이 기사를 읽을 수 있었다. 잡지의 기존 인물 인터뷰를 살펴보니 보통 길거나 짧은 머리말이 있을 뿐 '인터뷰 후기'나 '인터뷰 인상기' 같은 건 없었다. 298자의 후기가 게재된 것은 일반적이지 않은 경우였다. '리피강을 응시하다'는 위원왕후의 인터뷰 기사를 올리며 어떤 설명도 덧붙이지 않고 바로 이 후기를 실었다. 블로그를 훑어보니 업데이트 빈도가 높지 않았다. 전부 이런저런 남의 글을 옮겨놓은 것이어서 내용이 잡다했고, 마지막 글이 업데이트된 것은 2026년 4월 14일이었다.

위원왕후 인터뷰 외에 《정보》의 다른 인터뷰 기사도 몇 편 있었는데 기자는 모두 조이너였지만 후기는 없었다. '리피강을 응시하다' 블로그 주인이 바로 조이너 기자라는 걸 추측할 수 있었다. 블로그 총 조회 수는 3만 회가 채 되지 않았고, 개별 글의 조회 수도 두 자리 수를 넘지 않았으며 댓글도 거의 없었다. 위원왕후 인터뷰의 조회 수도 겨우 15회였고 댓글 수는 0이었다. 블로그는 몇몇 소수의 사람이 일기를 쓰거나 삶의 흔적을 기록하는 용도로나 사용할 만큼 힘을 잃은 지 오래였고 조이너는(블로그 주인을 조이너라고 가정해서) 자기관리에 신경 쓰지 않는 사람이라 볼 수 있었다. 그래서 리푸레이는 한바탕 검색을 했지만 그녀에 대해 증명이 될 만한 정보는 더 이상 찾지 못했다.

구글에서 찾을 수 있는 위원왕후의 책 출판 정보는 다음과 같다.

---

*   Liffey River, 아일랜드 동부의 강.

- 위원왕후의 첫 번째 시집《시 19수》: 작가출판사, 2015년 9월
- 위원왕후의 작품이 실린《당대 서정시 5인선》: 양칭샹 편저, 창장
   문예출판사, 2019년 3월
- 두 번째 시집《왕후의 시》: 인민문학출판사, 2024년 4월

   그 밖에 '올해의 책'이나 연감 등에 실린 내용 소개나 작가 소개 글에 위원왕후의 이름이 언급되어 있었다. 그 이후 정보는 검색해 보지 않아도 잘 알고 있었다. 바로 위원왕후의 작품이 전부 디지털 형태로 제국문화帝國文化에서 출간됐고, 위원왕후의 노벨상 수상 발표가 나기 전 의식공동체에서 〈타타르 기사〉의 다운로드 횟수가 30만 회를 넘었으며, 3천만 부 한정판 종이책 버전도 제국문화 산하의 내일출판사에서 출간되었다는 사실이다. 위원왕후가 '출판 업계에서 일한 것'은 위의 세 출판사 중 한 곳일까? 확인할 길이 없었다. 적어도 위원왕후가 이 출판사들과 더 많은 관계가 있었는지 도 검색되지 않았다. 정녕 이 세 출판사의 해당 기간 직원 명단을 찾아보는 방법밖에 없는 것일까?

   방에서 갑자기 카카 하는 소리가 쟁쟁하게 울렸다. 리푸레이는 소나무 책장으로 가서 예전처럼 손바닥으로 쳐봤지만 책장은 당 연히 전처럼 반응이 없었다. 그는 습관적으로 고개를 들어 시계를 힐끗 보았다. 이미 새벽 2시가 넘어 12월 6일이었다. 시간을 가늠 해보니 꽉 차게 계산해도 딱 5일 남았다. 너무 불확실한 정보라고 걸러내는 일을 방치할 수는 없었다.

   리푸레이는 결심을 하고 '정보유격대'에 로그인했다. 1만 8명이

있는 유격대에서는 어떤 새로운 정보도 깜빡이지 않았다. 1만 8개의 프로필 사진도 회색으로 숨김 표시 되어 있거나 오프라인 상태였다. 조금 의외였고 조금 개운하기도 했다. 위원왕후의 죽음에 대해 유격대에서 별 반응이 없다는 것이 뜻밖이었고, 이 일에 뭔가 이면에서 풀어야 할 정보 퍼즐이 없다는 것도 자연스럽게 역으로 증명되었다. 의식공동체가 이번에도 전담 보도자 겸 해설자를 맡았다.

그럼에도 리푸레이는 다음과 같이 입력했다.

올해 노벨문학상 수상자 위원왕후, 최소 29년 전 출판사 근무

관련 정보 지원 요청 : 정말인지? 정말이면 근무한 회사, 기간, 퇴사 사유 등 제공 바람.

여러 번 고민하던 그는 다시 이렇게 입력했다.

경찰이 이미 본 유격대를 주목하고 있으나 어떤 행동을 취하려는 조짐은 보이지 않음. 모두 평안하시길.

15

確^확 :
진실하다, 튼튼하다

아침에 깼을 때는 이미 8시 오 분 전이었다. 리푸레이는 간단히 샤워한 후 식사를 마치고 8시 반쯤 문을 나섰다.

계획대로 먼저 차를 몰고 동쪽의 물질검측 판별센터로 갔다. 그곳에서 자료 A와 B를 전달하며 편지봉투, 두 개의 자료, 각 자료에 쓰인 글의 정확한 시간 매개변수에 대해 검사를 요청했다.

"선생님, 시간 매개변수 정확도를 여쭤도 될까요?"

안내원이 표준화된 미소를 띠며 표준화된 언어로 물었다.

"네?"

리푸레이는 안내원이 사용한 용어에 조금 어안이 벙벙했다.

"그게 말이죠, 선생님. 이 자료들의 시간 매개변수가 어느 정도까지 구체적이어야 하지요? 10년 범위인가요, 5년 범위인가요? 아니면 연도와 달까지 구체적이어야 하나요?"

안내원의 표준화된 언어와 미소에는 비인간적인 안정감이 있었다.

"어느 날인지도 알 수 있습니까?"

"선생님, 그전까지의 범위는 확정적이고 날짜까지 구체화한다면 5일 이내 오차가 있습니다."

"잠시만요."

리푸레이는 문득 이상하다는 생각이 들었다.

"그러면 연도와 월은 확정적이고, 어느 날짜인지는 부정확해서 5일 이내의 오차가 있다는 말이네요. 맞아요?"

"그렇습니다."

"만약 한 물건을 월까지 구체화하는 경우 센터에서 제공한 데이터가 9월이라 가정합시다. 다시 날짜까지 구체화하는 경우 센터에서 제공한 데이터가 9월 30일이라 가정하고요. 방금 설명한 오차 값에 따르면 정확한 시간은 9월 25일에서 10월 5일까지의 범위겠네요. 맞아요?"

"맞습니다, 선생님."

안내원이 말했다.

"그럼 그전에 얘기한 9월은 부정확하다는 뜻 아닌가요? 센터의 정확도는 광범위한 데이터에 정밀 데이터가 포함되어야 하는 거 아닙니까? 어떻게 정밀 데이터가 광범위 데이터를 밀어내죠?"

"그건 말이죠."

안내원은 비굴하지도 오만하지도 않게 계속 미소를 유지했다.

"실은 검사방법이 두 가지입니다. 월까지 검사하는 경우엔 완전하고 신뢰 가능한 방법을 사용하고, 날짜까지 검사하는 경우는 아직 테스트 중인 방법을 사용합니다. 둘 사이의 모순은 서술상의 모순이며, 정확한 표현은 어느 해의 어느 날을 중심점으로 해야 하므로 앞뒤로 각 5일씩 여유를 둡니다. 시간 표현 습관에 의해 저희는 그것을 구체적인 달에 둡니다. 검사결과에 관련 설명이 동봉될 것입니다."

"아!"

리푸레이는 자신의 어리석음을 비웃었다.

"그러면 선생님, 시간 매개변수 정확도는 어떻게 하시겠습니까?"

안내원은 아직 대답을 기다리고 있었다.

"무슨 차이가 있죠? 아, 제 말은 정확도에 따라 결과 도출시간이 얼마나 걸리나요?"

"월 단위 검사는 선생님이 서명하고 비용을 결제해 의뢰를 확정한 날로부터 48시간 후면 결과를 받으실 수 있습니다. 일 단위 검사는 120시간이 걸립니다."

리푸레이는 조용히 시간을 계산해봤다. 각각 9일과 12일이 나왔다. 12일이 되면 사건이 어느 정도까지 진전될지, 계속 조사할 필요가 있을지 몰랐지만 유비무환 쪽을 택했다.

"동시에 두 개 모두 진행할 건데, 가능한가요? 설명대로라면 방법이 두 개이니 지장 없겠지요?"

"가능합니다, 선생님. 그러나 동시에 진행하므로 자료를 절취해야 합니다. 필체에 관한 검사라 자료를 잘라내야 합니다. 물론 검사가 끝나면 자료를 95퍼센트 이상 복원해드릴 테니 안심하십시오. 자료를 보관하거나 사용할 때 어떤 부작용도 없을 것입니다. 괜찮으시겠습니까? 괜찮으시면 저희가 선생님의 위임을 받아야 합니다."

16

王 왕 :
큰, 천하가 귀속되는 존재

제국문화는 금세기 초 휴대전화 기반 SNS 앱 '황제펭귄'을 운영해 성장했다. 황제펭귄의 핵심은 낯선 이들 간의 교제이며, 최대 특징은 아는 사람과의 교제를 거부하는 것이다. 황제펭귄 아이디뿐 아니라 일단 휴대전화에 상대방의 다른 SNS 정보를 입력하면 황제펭귄이 자동식별해 상대방을 황제펭귄 앱에서 강제로 제거한다. 황제펭귄은 일대일 SNS도 아니다. 일대일 교제를 막지는 않지만 그룹 내에서의 교제를 더 권장한다. 개인은 동시에 여러 그룹에 속할 수 있지만 각 그룹은 반드시 회원의 일부 특징이나 취미를 극대화시키고, 모두 하나의 라인으로 회원의 포트를 연결함으로써 회원의 활약도와 충성도를 보증한다. 황제펭귄은 배타적인 단체의식을 구축해 그룹에 속한 사람이라면 모두 자신의 독보적 존재감을 충분히 경험하는 동시에 소속감도 느끼게 한다. 이를 통해 황제펭귄은 당시 절대적 우위에 있던 강력한 경쟁 상대가 호시탐탐 노리는 데도 굴하지 않고 1년간 회원 수를 5천만까지 확대해 국내 점유율 2위의 SNS 앱으로 자리매김했다.

또한 황제펭귄의 그룹 설정이 태생적으로 사업 모델 문제를 해결해준 덕분에 황제펭귄의 수익 창출 능력은 이듬해 회원 수 1위인 SNS 앱을 추월했다. 또 그에 힘입어 제국문화 창립자는 빠른 속도로 '왕'이란 호칭을 굳히며 그 두뇌와 사업구조, 독보적인 사업 감각과 선견지명을 인정받았다. 그런 관례가 지금까지 이어져 왕은 비즈니스 역사상 유일무이한 권세의 소유자가 되었다.

그러나 황제펭귄의 위세가 날로 높아지던 즈음, 왕은 황제펭귄이 성공한 부분이 동시에 치명적인 부분이기도 하다는 사실을 꿰뚫어 봤다. 낯선 이들 간의 교제는 강한 흡인력이 있었다. 낯선 것은 유지하고 익숙한 것은 배제하는 행위는 SNS에 대한 역설이자 반동이었다. 이런 단호함은 특히 반항적이며 남다른 주장을 내세우는 젊은이들에게 강한 매력과 선동력을 발휘했으며, 공통의 지향점을 지닌 그룹의 단체의식은 더 강력하게 사람들을 들썩이게 만드는 에너지가 있었다. 초기에 이 모델과 개념은 빠르게 많은 사람들을 흡수하고 휩쓸 수 있었다. 고대에 무리 지어 떠돌아다니던 도적 떼 유구流寇처럼, 재난을 일으키는 메뚜기 떼처럼 지나는 곳을 소탕했다. 하지만 어느 단계에 이르니 사람들은 관계의 안정화를 갈망했고 더 친밀한 관계를 갈망했다. 심지어 만남을 갈망해 사이버 앱상의 관계를 현실생활로 옮기고 싶어 했다. 안정화와 친밀함에 대한 갈망은 지향하는 바가 통하는 사람을 만나면 더 강해졌다. 다시 말해 황제펭귄이 나날이 성공함에 따라 그 디딤돌이 흔들리기 시작했고, 언젠가 그것이 황제펭귄을 뒤엎어 전멸시키고 황제펭귄의 관과 묘비가 될 수도 있었다.

바로 이렇게 멀리 내다보는 안목과 위기의식 덕분에 왕은 황제펭귄이 최전성기에 있을 때 스스로 무덤을 파는 용기를 발휘해 의식공동체 구조를 짜기 시작했다. 이동영혼을 매개체로 의식결정체를 포집하고 식별하는 시스템을 통해 개인은 의식공동체에 접속해 타인과 직접적이고 간편하게 연락 채널을 구축할 수 있고, 정보 공유도 모두 의식공동체에서 바로 이뤄진다. 관련 연구를 하고 틀을 짜는 데 8년이란 시간이 걸렸고 회사의 모든 자금과 자원을 소진했다. 1세대 의식결정체를 핵심으로 하는 의식공동체가 개통된 후 세계적 관심을 받았지만, 그 관심의 대부분은 의심과 비웃음이었다. 이것은 미친 생각이며, 실패할 운명인 사업 이상주의의 실천이란 것이 상업계에서 내리는 가장 따뜻하고 보편적인 평가였다. 일부 사설에서는 왕이 정보 공유를 기반으로 한 인간의 동일화는 예견했지만 의식공동체의 등장은 시대를 너무 앞서나간 경향이 있다고, 그래서 개척자로서 희생할 운명이라며 이해와 동정심을 표했다. 또 어떤 사설에서는 그것은 개체가 반항할 수 없는 신식 독점의 시조로서, 결과적으로 국가 영역을 뛰어넘는 상업 독재가 나타나는 것은 필연적이라며 왕의 구상에 강한 의구심을 밝혔다. 심지어 두려운 나머지 각자 자국에 이러한 상업 개발에 대한 금지령을 내리라고 촉구하기도 했다.

논쟁이 분분한 가운데 초기 의식공동체에 대한 반응은 뜻밖에 조용했다. 특히 의학계에서 의식결정체를 뇌에 이식하는 것이 인간에게 어떤 영향을 끼치는지에 대해 떠들썩한 논쟁을 벌인 후 의식공동체는 거의 사형 선고를 받았다. 제국이 몰락할 날을 카운트다운하는 사람들도 있었다. 의식공동체를 살린 건 역시 젊은이들이었다. 새로운 문물에 대해 열정적인 몇몇 대담한 젊은이들 사이에서 의식공동체는 가장 트렌디하고 자극적인 'SNS 방식'이 되었다. 그들 사이에선 SNS가 곧 의식공동체를 지칭하기도 했다. 생각해보라. 사람의 의식과 비교할 수 있는 것이 뭐가 있을까? 개인의 의식이 목격하고 상상하는 모든 내용이 포집되고 그것을 언제든 재생해 검증하고 확인할 수 있으니 개인의 존재감이 더 커지지 않겠는가! 마음만 동하면 친구와 교제할 수 있고, 원하는 정보를 더 편하고 빠르게 포착할 수 있다. 이와 견줄 만한 게 뭐가 있을까? 진짜 핵심은 이동영혼을 끄거나 의식공동체에서 로그아웃하지 않는 한 의식공동체상의 모든 사람과 함께 있다는 느낌을 받을 수 있다는 것이다. 이런 느낌은 환상이 아니라 실재다. 외치면 반드시 반응하는 사람이 있고, 그것은 자신이 가장 듣고 싶어 하는 반응일 것이다.

어느 수준까지는 청년층의 하위문화로 존재하던 의식공동체가 빠르게 퍼져나갔다. 결국 3년이 안 되어 순식간에 정보 공유방식의 주류가 되었고, 제국은 적절한 시기에 2세대 의식결정체를 출시하고 1세대 의식결정체의 무상 업그레이드 서비스를 제공했다. 1세대 의식결정체 사용자를 표창하고 감사를 전하는 차원에서 제국은 계속 의식공동체상에서 그들에게 특권에 가까운 편의를 제공했다. 의식공동체의 구조도 한층 최적화되었다. 개인정보의 포집, 공공정보 선별과 유통 등의 측면을 더 인격화하고 인간 행위의 특징에 더욱 맞춰나갔다. 결국 강력한 정보교류 방식으로 전 세계 이용자 수도 착착 늘어났다. 굉장히 안정적인 3세대 의식결정체가 출시되자 의식공동체는 심지어 월드와이드웹을 강제 중단하고 인류의 소통방식을 갱신함으로써 1인 독점 체재를 한층 강화했다.

각국 정부는 반독점 조사를 실시하고 의식공동체를 겨냥해 더 엄격한 사생활보호법을 제정했다. 그리고 의식공동체가 인류 역사상 전무후무한 정보의 변혁을 가져온 만큼 개인은 인류 공동체에서 내쳐지지 않도록 열두 살이 되면 의식결정체를 이식받기를 권장한다고 발표했다. 이제 제국문화는 빠른 성장을 구가하는 탄탄대로에 입성했고, 다가올 경쟁 상대를 일격에 멀찌감치 떼놓았다.

그러나 왕의 안목은 비즈니스에만 머문 적이 한 번도 없었다. '제국' 뒤에 '문화'라는 두 글자가 붙은 것도 바로…….

17

內내 :
들어가다, 봉인하다

"무슨 바람이 불었대?"

샤오캉小康의 말에 제국의 상업 역사를 돌아보던 리푸레이의 회상이 끊겼다. 일부는 제국에서 일할 때 알았던 내용이고 일부는 요 며칠 주의 깊게 수집하고 분석한 내용이었다. 그에게는 아직 수수께끼인 것들도 있었다.

샤오캉은 앉아서 커피를 주문했다. 그는 리푸레이의 시선이 창밖을 넘어 방대한 제국 단지에 머물러 있는 것을 보고 웃었다.

"무슨 일이지? 정신 팔린 모습을 보니, 이제 그냥 돌아와서 우리 형제들과 계속 제국을 위해 달리는 게 어때?"

"제국을 위해 달리긴! 제국에 나 같은 조무래기들은 쌔고 쌨잖아. 자네 이젠 수천 명을 통솔하지? 제국 군단장 분위기가 물씬 나는걸."

리푸레이도 웃었다.

"됐거든. 같이 일하던 때가 그리운가, 날 놀려먹게? 어서 말해, 무슨 분부가 있어 날 불러냈는지."

"그냥 보러 오면 안 되나?"

"당연히, 그 말은 못 믿지. 퇴사 후 연락도 한 번 안 했잖아. 몇 번 술 마시자고 불러도 안 나오고. 오늘 찾아오지 않았으면 자네가 우리 형제를 싹 까먹은 줄 알았을걸. 말해봐, 얼른 본론으로 들어가. 얘기 끝나면 가지 말고 저녁에 형제들 불러서 같이 모이자고."

"오늘은 시간이 없어. 다음에 하자. 다음에 내가 쏠게."

"그렇게 사람들 만나기가 싫어? 누굴 만나기가 싫은 거야, 아니면 제국을 떠올리기가 싫은 거야? 한때 우리가 생산 라인 노동자들처럼 살짝 비참하긴 했지만 제국은 자네한테 못하지 않았잖아. 자네는 제국 최연소 백부장百夫長*이었고 왕의 초청으로 두 번이나 저녁식사도 했잖아."

"말도 마!"

리푸레이의 얼굴에 고통이 가득했다. 그렇게 여러 해가 지났건만 그 두 차례의 저녁식사를 떠올리면 여전히 가위에 눌리는 것 같다.

"그것도 함께 식사를 했다고 할 수 있을까? 열두 사람이 왕 앞에 둘러앉아 숨도 크게 못 쉬었는걸. 식탁에서 유일하게 자유로운 건 그 인간뿐이었지. 그 인간은 신의 뜻이라도 발표하는 양 웅대하고

---

* 로마 군대에서 100명으로 이루어진 부대의 우두머리를 부르는 이름.

심오하고 뜻 모를 말만 했어. 그러다 말 한마디 없이 모든 음식을 조각낼 기세로 식탁을 바라보며 모두를 박살내기도 했지."

"그렇게 신랄할 거 없잖아! 왕과의 저녁식사가 영예라는 건 누구나 아는 사실인데, 난 여태 한 번도 못 뽑혔다고. 그 자리에서 졸도하지 않으려고 미리 진정제를 먹기도 한다는데, 자넨 정말 배가 불렀군."

샤오캉은 별안간 이상한 표정이 됐다.

"내 말은, 자네가 왜 그만뒀는지 한 번도 물어보지 않았잖아. 근데 자네 말을 들으니, 설마 그 두 번의 식사 자리 때문은 아니었지? 그런 거라면 자넨 정말 총애를 받았거나 혹은 기겁을 한 거지."

"왜 아니겠어? 더 있기가 겁나더라고. 너무 뛰어나면 매년 열두 번씩 식사에 참여해서 명령을 받들어야 하잖아. 진짜 그랬으면 내가 살 수 있었겠어?"

"넉살은! 솔직히 불어, 대체 무슨 일로 온 거야?"

"맞아. 사실 일이 있어. 제국 사내 의식공동체에서 《정보》라는 잡지와 그 잡지의 한 기자에 대해 찾아봐줄 수 있을까? 기자 이름은 조이너야. 공개된 공동체에선 쓸 만한 정보가 없더라고. 그렇게 제국의 경호병 같은 눈빛으로 보지 마. 그냥 호기심에서 그 기자의 기본 정보가 궁금할 뿐이야. 제국에 불리한 짓 같은 건 하지 않아."

"자신을 너무 과대평가하는 거 아닌가? 자네가 제국에 불리한 일을 할 수나 있어? 현재 온 세상에서 그런 일을 할 만한 인물이 몇이나 될까? 제국은 모든 사람의 제국이야. 제국에 손해를 끼치면 의식공동체가 손해를 입어. 즉 우리 자신에게 손해를 입히는 거잖아!"

샤오캉은 별안간 뾰로통한 얼굴을 하더니 마치 선서라도 하듯 매우 익숙한 광고 문구 혹은 '제국안내문'을 읊었다. 그런 후 리푸레이를 보았다.

"항복?"

"항복, 항복! 빨리 찾아봐."

"찾는다, 찾아."

샤오캉은 이동영혼을 들고 제국 사내 의식공동체에 로그인하면서 잡담하는 것도 잊지 않았다.

"이게 제국의 잡지라는 건 어떻게 알았어? 나도 못 들어봤는데. 에고, 어쩐지. 잘 들어, 읽어줄게. 규칙은 기억하지?"

"잔말은. 얼른 읽어."

샤오캉이 들어오자 리푸레이는 자신의 이동영혼을 껐다. 당연히 자신과 샤오캉의 이번 만남이 의식공동체에 기록되어선 안 되었다. 또 샤오캉이 제국 사내 의식공동체에서 자기 대신 자료를 찾은 내용은 더욱 기록에 남길 수 없었다. 제국에 관련 명문규정이 있는 것은 아니지만 그러는 것이 자명한 이치였고, 다들 항상 능동적으로 따랐다.

《정보》, 2014년 창간. 처음엔 제국 사내간행물이었다가 2018년 공공간행물 월간지가 됨. 사내간행물 시절의 편집팀원은 분명치 않고, 공공간행물이 된 다음 초대 편집장은 친스관秦時關. 친스관은 이 공공간행물의 유일한 편집장이기도 했고, 2025년 폐간될 때까지 편집장을 지냄."

"사내간행물 시절의 편집팀원이 분명치 않다는 게 무슨 뜻이지? 거기에 '분명치 않다'고 쓰여 있나? 아니면 조회하지 못하도록 가려놓은 거야?"

"기다려봐."

샤오캉은 다시 돌아가서 찾기 시작했다.

"'분명치 않음'으로 봉인되어 있어. 즉 공표하지 않는다는 거지. 적어도 나 같은 레벨의 사람에겐 알려줄 수 없다는 거야. 왕 자신이 편집장을 맡지 않았을까? 표지 기획에서부터 서문이나 그 밖의 모든 원고를 왕이 혼자 처리했을 수도 있잖아."

"얘기 지어내지 마. 조이너의 정보는?"

리푸레이는 샤오캉의 말을 잘랐다. 계속 얘기하게 내버려두면 세상 하나를 만들어낼 기세였다.

"여기 있네, 들어봐. 조이너, 1995년 출생. 2017년 베이징대학교 정보대학 졸업, 제국 입사. 1년간 사무직으로 근무했고, 2018년 《정보》가 공공간행물이 된 후 1기 기자가 됨. 음, 딱히 특별한 평가는 없고 잡지에 실은 글 제목만 열거되어 있네."

"〈강철·가시나무·관면冠冕〉이란 인터뷰 기사 있어?"

"있어. 위원왕후라는 시인을 인터뷰한 건데, 맞아? 위원왕후?"

샤오캉은 리푸레이를 쳐다봤다.

"맞아, 위원왕후. 확인해봐, 사내 의식공동체에서 그 인터뷰 기사를 찾을 수 있는지, 최초 원고가 있는지. '기자 후기' 등의 내용이 포함된."

"잠시만."

127

샤오캉의 두 손이 이동영혼에서 바쁘게 움직였다.

"그 기사는 있는데 자네가 말한 형식의 내용은 없어. 다시 볼게."

샤오캉의 표정이 확연히 가라앉았고, 다시 입을 열었을 때는 목소리가 조금 부자연스러웠다.

"조이너는 어떻게 아는 사람이야? 자네와 아무 관계 없지?"

"관계없어. 왜 그러는데?"

"어, 2026년에 사망했어. 차 사고로."

"정확히 언제?"

"4월 25일 밤. 산시山西에서 베이징으로 돌아오는 고속도로에서 차 사고로 즉사했어. 안됐네, 이렇게 예쁜 여자가. 2026년, 31세, 딱 한창인 나인데."

샤오캉은 계속 착잡해하며 사내 의식공동체에서 나왔다.

"자네 정말 괜찮아?"

리푸레이는 고개를 저으며 아무 말 하지 않았다. 조이너가 죽었을 때 그는 겨우 아홉 살이었고, 자신과 아무 상관 없는 일이지만 이상한 생각이 들었고 이상하게 슬펐다. 자신이 위원왕후의 죽음을 캔 것이 조이너를 죽게 만든 것 같은. 물론 억지 생각이다. 억지로 죽은 자에게 갖다 붙인 생각이다. 하지만 20여 년 전에 죽은 자는 육신이든 영혼이든 틀림없이 시간의 모래에 휩쓸려 사라진 지 오래됐을 것이다. 지금 내가 조사하고 들춰내 낯선 이에게 보임으로써 다시 한 번 죽게 만든 게 아닐까?

"그렇게 울상을 하고도 괜찮다고?"

리푸레이가 줄곧 입을 다물고 있자 샤오캉은 자신이 계속 말해서 분위기를 좀 풀어야겠다고 생각했다.

《정보》의 자료는 찾아서 뭐 하려고? 이 잡지 좀 이상해. 완전히 때를 잘못 타고났어. 태어나지 말았어야 했다고 말하는 게 더 맞겠네. 아무리 사내지라 해도 인쇄를 2, 3천 부만 했네. 공공간행물일 때도 호당 최대 10만 부가 안 되고 전부 5만 부 이하야. 마지막 2년은 2만 부도 안 됐고. 숫자만 보면 그 시절 잡지 중에서 괜찮은 편이지만 등에 업은 게 뭐야? 제국의 영향력에 의식공동체 플랫폼이잖아!"

"뭐라고? 이 잡지가 의식공동체에 추천됐어?"

"당연하지. 매 호 잡지가 나올 때마다 의식공동체에 빨간색 정보로 추천됐는걸. 나중에 폐간된 건 회원이 제기한 민원의 영향이 컸어. 왕은 경영진 어전회의를 주관해 폐간을 결정했지. 사내 공동체에 명확히 기재돼 있어. 신기하지 않아? 겨우 몇 만 부 발간하는 잡지 폐간을 왕이 직접 참견해서 결정하다니."

"아까 사내간행물 시절엔 왕 본인이 편집장을 맡았을 거라고 했잖아. 그래서 추측한 거야?"

"예! EQ가 아직 쓸 만하네."

샤오캉은 칭찬의 눈빛을 던지며 말을 이었다.

"왕이 이 간행물에 왜 그리 콤플렉스가 심했을까?"

"콤플렉스는 누구나 조금씩 있지. 그건 정상이야. 정말 왕이 편집장이었다면 그 무한한 에너지에 감복할 수밖에 없고. 게다가 제국은 초창기였잖아. 회사 경영만도 정신없이 바빴을 텐데 잡지까지 신경을 쓰다니. 그런데……"

리푸레이는 잠시 생각하다 덧붙였다.

"왕이 정말 마음이 있었으면 잡지의 도움으로 사고를 전환했을 수도 있지. 운동을 하거나 음악을 듣거나 영화를 보는 것처럼."

"그렇게 신경 쓰지 않았다면 수십 년 동안 이렇게 거대한 상업 제국을 일으켰겠나. 사람들이 다 '국왕 폐하'라는 존칭으로 부르잖아! 자네, 이 자료들을 왜 찾는지 아직 얘기 안 했어. 《정보》나 조이 너는 뭐 하려고?"

"쓸데없는 거야. 아직 단서가 모자라서, 결과가 나오면 꼭 얘기할게."

그냥 얼버무린 말은 아니었다. 결과가 나오지 않은 일은 말해봤자 무익하고 이 일에 샤오캉을 끌어들이고 싶지도 않았다. 여기까지만 하자.

"그래. 강요하지 않을게. 기다렸다가 나 퇴근할 때 형제들 몇 명 불러서 같이 한잔하는 건 정말 안 돼? 하나둘씩 나가서 우리 동기 열 명 중에 이제 여섯 명만 남았어. 아니면 내가 견학카드 신청해줄 테니 여기저기 돌아봐. 그만둔 뒤로 여기가 얼마나 많이 변했는지 보라고. 놀라 자빠질걸."

리푸레이는 여기저기 둘러보고 싶었지만 랑팡廊坊에 가야 했다. 샤오캉이 계속해서 "한잔하자"고 하는 말도 큰 유혹으로 다가왔지만, 그 유혹 뒤에는 시간을 낭비할 위험이 도사리고 있었다.

"됐어. 이만 가야 해. 지금 금주 중이거든. 금주에 성공하면 차 마시러 올게."

"그래."

샤오캉은 조금 아쉬웠지만 이상하게 여기지는 않았다. 사람들이 그에게 '금주' 같은 말을 하는 것을 별로 들어보지 않은 게 분명했다. 샤오캉은 전혀 아랑곳하지 않고 대뜸 말했다.

"여기까지 왔으니 얘기해줘야 할 것 같아. 왕이 요즘 입원 중이야. 이번엔 병이 심각하대. 한번 가보는 게 어때? 만나게 해준다는 보장은 없지만 그래도 성의로."

18

强강 :
바구미,
힘찬 활에서 튕겨 나온 화살의 힘

병원은 회사에서 도보로 삼십 분도 걸리지 않는 곳이었다. 리푸레이는 왕에게 특별한 감정이 없었다. '왕'이란 호칭은 접근할 수 없는 높으신 분임을 암시하는데 그런 외톨이에게 누가 특별한 감정을 품을까? 그래도 가서 한번 보고 싶었다. 유일무이한 상업제국을 세운 강한 인물을 다시 보고 싶었고, 그 비즈니스 아이디어로 필시 인류의 미래에 결정적 영향력을 행사할 '독재자'를 만나고 싶었다. 리푸레이는 자신이 생을 마감해도 그런 기인을 다시 만날 순 없을 거라 생각했다. 지금 그 기인이 중병에 걸렸고 이러다 세상을 떠날지도 모른다. 어쩌면 자신이 그 강한 인물의 가장 나약한 순간을 목격할 수 있을지도 모른다. 그렇다고 기이한 것을 찾아서 병원에 가는 것은 아니었다. 그냥 나중에 만에 하나 왕이 다시 생각날 때 종이처럼 평평하고 얇은 이미지만 떠오르지 않도록 좀 더 다양한 왕의 면모를 보고 싶었다.

샤오캉 말이 맞았다. 제국문화에서 근무할 때 리푸레이는 왕의 신임을 꽤 받았다. 하지만 그 신임이란 어느 곳에나 단비가 내릴 때 자신이 한두 방울 더 맞는 정도에 불과했다. 서너 방울 더 맞는 사람도 꽤 있었다. 순시할 때 백성들을 두루 살피는 왕의 눈빛이 자기에게 일이 초 더 머무르긴 하지만, 어떤 사람에게는 칠팔 초 더 머문다는 것도 리푸레이는 알았다. 다 의미 없었다. 단비나 눈빛은 관례에 따른 격식이었다. '몇 방울 더' 또는 '몇 초 더'의 순간, 왕은 그 안에 아무런 감정도 싣지 않았다. 신임이나 총애라는 건 제국 내부에서 함께 만든 환각에 지나지 않았다.

제국문화 출판사업팀 산하의 문자실 근무 2년차에 리푸레이는 뛰어난 업무 실적으로 그 유명한 월례행사인 왕과 함께하는 저녁 식사 자리에 낙점되었고, 그때껏 뽑혔던 사람 중 세 번째로 나이가 어렸다. 뽑혔다는 연락을 받았을 때 그는 미친 듯이 기뻤다. 왕의 총애를 받는다는 느낌에 강렬한 행복감을 느꼈다. 일주일 내내 그는 식사 자리에 무엇을 입고 나갈지, 무슨 얘기를 하고 무엇을 먹을지 생각했다. 그리고 그 주말, 회사에서 보내온 전용차를 타고 궁전 같은 왕의 별장 식당으로 가서 다른 열한 명의 동료와 함께 왕이 납시길 기다렸다.

왕의 발소리와 함께 부드러운 검은색 가죽구두가 보이자 리푸레이는 겁에 질린 채 재빨리 고개를 들고 전설 속 왕의 얼굴을 힐끗 보았다. 눈이 정면으로 마주친 순간에는 감정을 제어할 수 없어 그만 울 뻔했다. 실제로 리푸레이 옆에 있던 여덟 살 많은 여자 동료는 식당에 들어서자마자 울음을 터뜨리더니 사람들이 떠날 때까지 계속 울었다. 왕이 리푸레이 앞에 와서 깔끔하고 기다랗고 균형 잡힌 손을 내밀어 온화하고 힘 있게 악수하며 말했다. "리푸레이 씨, 회사에 기여해줘서 고마워요." 그 순간 리푸레이는 엎드려 절하고 싶은 충동에 휩싸였다.

성공적인 저녁식사는 아니었다. 그는 너무 흥분하고 긴장해서 뭘 먹었는지 싹 잊어버렸다. 시중드는 사람들이 앞에서 나타났다 사라지며 온갖 음식이 담긴 그릇이며 잔들을 갖다줬고 리푸레이가 옴짝달싹 못하는 사이에 도로 치웠다. 그래도 리푸레이는 왕의 맞은편에 자리해서 고개를 들어 왕의 진짜 얼굴을 볼 기회가 몇 번 있었다. 왕의 행동 하나하나는 쳐다만 봐도 황금처럼 매력적인 빛이 도금된 비장의 무기 같았다. 리푸레이가 소중히 간직하고 회사를 위해 계속 헌신하도록 격려하는 무기 말이다.

그다음 일 년 동안 리푸레이는 완전히 '회사에 헌신하는 자'가 되기로 다짐했다. 본업을 훌륭히 해내는 것은 물론이었다. 더 나아가 그는 회사의 경영과 발전 방향에 대해 충분히 이해하고 헤아렸다는 생각이 들었을 때 자신의 의견을 제시했다. 문자실이 독립을 해야 한다는 것이었다. 픽션, 논픽션과 같은 문학 분야와 함께 운영해 출판사업팀 직속부서가 될 것이 아니라, 출판사업팀에서 독립해 제국문화 직속으로 제국의 심장이 되어야 한다는 게 그의 주장이었다.

"문자는 기본 입자로서 향후 제국문화가 운영되는 근본이자 핵심이 될 것입니다."

제출한 〈제국의 미래 청사진과 근간〉이라는 보고서에 리푸레이는 이렇게 썼다. 그 보고서는 그가 마지막 남은 청춘의 열정과 끓는 피로 쓴 것이었다.

보고서를 제출하고 두 번째 달에 그는 또다시 저녁식사 멤버로 뽑히는 영광을 얻었다. 단 2년 동안 왕과 두 번째 식사를 하게 된 것이었다. 이번에는 훨씬 침착했고 옷차림과 행동거지도 평소와 거의 비슷했다. 심지어 왕과 악수할 때 고개를 들고 잠시 눈을 맞추기도 했다. 아쉽게도 왕의 눈 속은 사막처럼 드넓고 쥐죽은듯 고요해서 어떤 감정도 느낄 수 없었다. 더 견딜 수 없었던 건 왕이 저번과 똑같은 말을 했다는 것이다. "리푸레이 씨, 회사에 기여해줘서 고마워요." 리푸레이는 그것이 왕의 규격 언어이고, 식사 멤버들은 각자 자신의 이름이 입혀진 규격 유니폼을 받는 것임을 알아챘다. 너무나 실망스러워서 저녁 내내 낙담에 빠지고 말았다. 예의에 어긋난 행동은 하지 않았지만 저녁식사 자리의 세세한 부분을 까맣게 잊어버렸다. 차려지는 음식을 모두 먹긴 했지만 자신이 뭘 먹었는지, 그게 무슨 맛이었는지 전혀 기억나지 않는다.

그 다음주 월요일, 제국이 발표한 명령도 이 실망감을 메울 순 없었다. 제국은 그를 '백부장'으로 임명하고 문학 분야의 서열 다섯 번째 책임자 자리를 맡겼다. 리푸레이는 제국의 가장 젊은 백부장 기록을 갈아치우고 제국 역사상 초고속 승진 기록을 세웠다. 하지만 〈제국의 미래 청사진과 근간〉에 대해서는 함흥차사처럼 아무런 반응도 돌아오지 않았다. 리푸레이는 승진한 것도 자신의 건의가 부결된 것으로 받아들였다. 자신을 문자실에서 전출시킨 것도 승진처럼 보이지만 실제론 강등된 것으로 여겼다. 문학 분야에서 2년을 지낸 후 그는 제국이 자체적인 운영 및 동기부여 메커니즘을 갖추고 있지만, 그 본질은 여전히 사람을 큰 기계의 작은 부품으로 만들어가는 과정임을 알게 됐다. 과거 표현에 따르면 사람을 한 개의 나사로 만드는 것이었다.

이런 의미에서 문자는 제국에서 중시하는 대상이 아니었고, 문자가 근간과 핵심이 되는 건 논할 수도 없었다. 리푸레이는 제국이 장기간 운영한 결과가 수십 년 전 그에게 악몽계시록 같았던 영화 〈매트릭스〉에서 예견한 것과 같게 될 거라는 우려도 들었다. 그것이 필연적 과정이라면, 그것이 제국의 사업 논리상 필연적으로 전진해야 하는 방향이라면, 리푸레이는 당연히 그것을 저지할 힘도 마음도 없었지만, 그 거대한 물건을 짊어지고 전진하는 무리에 공급될 졸병이 되고 싶지도 않았다.

이런 점을 고려해 리푸레이는 사직서를 제출했다. 당시 샤오캉은 잘나가는 젊은 인재가 그런 식으로 제국에 어리광을 부려 왕의 은총을 기대한다고 농을 던졌다. 리푸레이는 물론 웃어넘겼지만 그런 일말의 기대가 없었다고도 할 순 없었다. 자신의 행동이 조금이나마 왕의 마음을 건드려 왕과 독대할 기회를 얻었으면 하는 기대. 그러면 왕에게 직접 자신의 아이디어를 설명할 수 있을 것이고, 제국의 앞날에 대한 왕의 전망에 대해서도 들을 수 있을 터였다.

"만일 왕이 기획한 상업제국이 인류에 가져다줄 미래가 내 생각만큼 그리 암담하지 않다면, 만일 왕이 직원들을 부품이나 지푸라기처럼 여기는 것도 아니라면 나는 회사에 남을 것인가?" 사직서를 제출하기 전날 밤 리푸레이는 이 문제를 고민하고 또 고민했지만 답이 나오지 않았다.

현실은 뻣뻣했다. 제국은 일관적인 효율성을 발휘해 사흘째 날 바로 리푸레이의 사직을 받아들였다. 그날 제국 사내 의식공동체에 다른 공고사항과 함께 게재되어 당사자 본인이 이 공고를 조회한 것이 확인됨과 동시에 리푸레이는 사내 의식공동체에서 퇴출되었다. 따라서 리푸레이가 사내 의식공동체에서 본 마지막 내용은 바로 왕이 자신의 사직서에 한 서명이었다.

병원으로 가는 동안 이런 과거의 기억이 끊임없이 머릿속에 넘실댔다. 제국에서 근무하던 지난 수년간의 소소한 일들이 어제 일처럼 또렷하다니, 왕에 대한 감정이 자신의 생각 이상으로 훨씬 복잡하다는 것을 그는 인식했다. 이런 생각이 들자 오늘 왕을 만나고 싶은 마음이 간절해졌다. 실제로 왕을 대면해 무슨 말을 한다 한들 왕은 자기가 누군지 기억하지 못할 게 분명하다는 것도 물론 알았다. 왕에게 나를 어떻게 소개할까? 예전 그 보고서에 대해 다시 물어볼까? 그냥 순수한 대화라도 왕의 평가를 듣고 싶었다.

그러나 병원에 도착한 순간, 자신이 너무 앞서갔다는 생각이 들었다. 물론 병원에서 제국문화의 왕을 위해 경비하면서 진짜 왕 대하듯 구름 떼 같은 수행원들이 사복 차림으로 도처에 잠복해 있을 것 같진 않았다. 그러나 삼엄한 경비로 권력 장악자의 위엄을 조성하진 않더라도, 적어도 전문가들이 운집해 왕이나 비서실의 호출을 언제나 기다리고 있을 줄 알았다. 그렇게 대기하고 있다가 단체로 의논하며 빈틈없는 방안을 내놓고, 재빨리 추가 논증을 거쳐 추진하고 집행할 만한 가치가 있는 부분을 선별해 다음 단계로 진행할 거라 생각했다. 이 세상에서 권력처럼 인간의 질서를 잘 정리할 수 있는 건 돈밖에 없다는 사실을 리푸레이는 절실히 알고 있었다.

하지만 눈앞에 펼쳐진 병원 정경은 평소와 똑같았다. 어느 시대 어느 시절의 병원처럼 평범하게 번창한 모습이었다. 드나드는 환자, 정신없이 바쁜 의료진, 환자를 부축한 가족, 예의 바른 로봇 등 이들의 모습이 안정적인 광경을 이루었다. 그 밖에 '왕이 여기에 계신 흔적' 같은 것은 보이지 않았다. 그래서 프런트로 향하는 리푸레이의 발걸음엔 전혀 확신이 없어 보였다.

"저기요, 왕이 여기에 입원하셨나요? 몇 층에 계시죠?"

리푸레이는 평소보다 조금 낮은 목소리로 물었다.

"누구를 찾으시는 겁니까?"

프런트의 간호사가 미소를 띠고 부드러운 말투로 물었다. 간호사도, 오전에 물질검측 판별센터에서 안내하던 것도 모두 로봇이었다. 하지만 간호사가 자신을 쳐다보는 시간이 일반적인 응시를 넘어서자 리푸레이는 의심을 품은 중에도 속으로 운이 좋다고 생각했다. 아마도 제국 사람이 간호사의 시각을 통해 질문자를 선별하는 것이리라.

"왕을 뵈러 왔습니다. 여기에 입원해 계시다고 들었습니다."

왕의 이름을 언급하지 않더라도 간호사는 '왕'이 누군지 알 것이었다. 누가 모르겠는가! 간호사가 로봇이라면 더더욱 아는 게 당연했다.

"죄송합니다, 선생님. 저희 병원의 입원 환자 정보는 일괄적으로 대외에 공개할 수 없습니다. 방금 말씀하신 환자의 가족을 아십니까? 가족에게 요청하셔서 환자가 저희 병원에 있는지 확인해보시기 바랍니다. 저희 병원에 있는 게 맞다면 가족의 동의를 얻어주세요. 가족을 모르시면 저희에게 선생님의 정보, 병문안을 원하는 환자의 정보, 선생님과 환자의 관계를 말씀해주실 수 있을까요? 내부적으로 확인하고 환자가 정말 저희 병원에 있고, 환자도 선생님을 만나고 싶어 하면 선생님께 연락드리겠습니다."

논리가 완벽한 응대였다.

"아, 저는 리푸레이라고 하고 예전에 제국문화 직원이었습니다. 왕이 입원해 계신다기에 뵈러 왔습니다."

리푸레이는 말을 마치며 간호사의 눈을 응시했다. 정말 누군가 모니터링하고 있다면 곧바로 그의 정보를 확인할 수 있을 터였다. 또한 간호사가 그다음에 뭐라고 말하는지 보고 싶기도 했다.

"그럼 얼마쯤 후에 연락해주실 건가요?"

"선생님, 그건 말씀드리기 곤란합니다."

난감해하는 간호사의 얼굴은 사람과 아주 흡사했다.

"환자가 저희 병원에 있다면 환자 상황을 보고 선생님 정보를 전할 겁니다. 환자가 선생님을 만날 수 있는지 여부는 환자 본인이나 가족이 결정하고요. 환자가 언제 선생님을 만날 것인지는 환자의 몸 상태와 가족의 뜻에 따라 결정합니다. 환자가 저희 병원에 없으면 내부 시스템을 통해 다른 병원 환자 정보를 조회해야 하니 더욱 시간을 예측하기 어렵습니다."

"알겠습니다. 그럼 십 분 기다리죠. 확인이 되면 알려주세요. 확인이 안 되어도 알려주시고요."

리푸레이는 간호사의 대답을 기다리지 않고 곧장 로비 한쪽의 휴식 공간으로 가서 긴 의자에 앉았다. 자동기기에서 커피 한 잔을 주문해 다 마실 즈음이면 십 분이 되겠지.

이제 단서가 더 분명해진 건가? 리푸레이는 여전히 불확실했다. 조이너 쪽에 캐낼 내용이 더 있는지가 불확실한 것처럼. 어쩌면 정말로 물질검측 판별센터의 결과가 나오길 기다려야 실질적으로 일에 진전이 있을지도 몰랐다. 그렇다면 앉아서 기다릴 수 없었다. 그전까지 충분한 단서를 모아 검사 결과가 나오면 더 큰 면적을 폭파시켜야 했다.

"백부장님, 어떻게 여기 오실 시간이 나셨어요?"

목소리에 이어 사람이 나타났다. 돌아보니 앞에 이미 늘씬한 커리어우먼이 서 있었다. 나이는 리푸레이와 비슷해 보였다. 담담한 미소를 띠고 그를 바라보는 여자는 저항할 수 없는 친화력이 느껴졌다. 가식적이지 않은 친밀감이었지만 그 뒤에서 언제고 쇠주먹이 뻗어 나올 수 있다는 것도 느껴졌다.

"누구신지?"

리푸레이는 좀 난처했다. 얼굴이 꽤 눈에 익고 제국 사람인 게 확실했지만 이름이 전혀 기억나지 않았다.

"저는 비서실의 덩컨입니다."

여자는 무례한 대우를 받았다는 듯한 반응이 전혀 없었다. 오히려 리푸레이가 아직도 기억을 떠올리지 못했을까 봐 배려하듯 더 자세한 정보를 제공했다.

"전에 출판사업팀과의 연락 업무를 맡았었죠. 백부장님이 왕과의 저녁식사에 참석하실 때 두 번 다 제가 연락을 드렸어요. 기억 안 나시죠? 그래도 괜찮아요. 백부장님 사직서도 제가 제일 먼저 보고 왕에게 전달했는데, 그 일로 아직 제가 미우신가 봐요."

덩컨이 말을 마치고 웃었다. 중독성 강한 낭랑한 웃음소리가 전혀 거슬림 없이 가슴을 도려냈다. 리푸레이도 그녀를 따라 웃었다.

19

衰쇠 :
도롱이, 미약해지다

리푸레이는 덩컨을 따라 병원 로비로 갔다. 프런트 간호사가 그를 보더니 자리에서 일어나 규격화된 미소를 띠고 인사했다.

"선생님, 안녕하세요!"

리푸레이는 뭐라고 대응해야 할지 몰라 난처한 웃음을 지었다. 승강기와 계단을 지나 계단실을 거쳐 한 짝으로 된 로비 문에 다다랐다. '출입금지'라고 쓰인 구식 간판이 서 있었다. 덩컨이 문 스크린의 금지구역에 오른손을 놓으니 달칵 하며 문이 열렸다.

문 뒤쪽은 밝고 넓은 통로였고, 약 20미터 앞이 승강기였다. 승강기에 오르자 조작 패널에 '16'이란 숫자만 있었다. 덩컨이 그것을 살짝 눌렀다.

"이렇게까지 은밀한가요? 왕 폐하를 뵙는 건 정말 간단한 일이 아니네요."

리푸레이는 몇 분간 이어진 무거운 분위기를 누그러뜨려 보려고 약간 농담조로 말했다.

"물론이죠, 왕이잖아요!"

덩컨의 말투는 지나치리만큼 사무적이어서 좀 전에 로비에서 본 그녀가 아닌 것만 같았다.

"왕에게 별도 병원이 없나요? 태의원太醫院 같은 거요. 최소한 경호원이라도 두고 정리를 해야죠. 그렇지 않으면 왕이 여기 있는 줄 누가 알겠어요?"

리푸레이는 자신이 왜 이리 수다스러운 건지 이상했다.

"그럴 필요가 있어요?"

덩컨은 고개를 갸우뚱하고 리푸레이를 힐끗 봤다.

"그렇게 하면 백부장님은 아예 프런트까지 오지도 못했을걸요?"

리푸레이는 순간 말문이 막혀 뭐라 대답해야 할지 몰랐다. 그때 문득 어떤 질문이 떠올라 이 순간 덩컨에게 묻고 싶은 마음을 억누를 수 없었다. 베이징으로 돌아온 후 리푸레이는 그 질문이 생각날 때마다 스스로에게 한 번씩 물었지만, 당시 위원란의 집에서 본 환각이 다시는 나타나지 않아 점점 그 질문을 떠올리지 않게 됐다.

리푸레이는 몸을 옆으로 해서 좀 더 정면으로 덩컨과 마주했다.

"사람이 어떻게 안 죽을까요?"

질문을 던진 후 덩컨의 눈을 바라보며 저번에 본 기이한 현상이 다시 나타날 상황에 대비했다. 역시나 기현상이 나타났지만 덩컨의 눈 속이나 리푸레이의 시선이 모이는 곳은 아니었다. 승강기의 네 벽, 천장과 바닥 총 여섯 면에서 물이나 빛처럼 움직이는 백색 물체가 동시에 나타났다. 조금씩 시선을 집중해 자세히 보니 쉼없이 움직이는 한자들로 구성된 '물살'임을 알 수 있었다. 이 글자의 흐름은 재빨리 한쪽에서 다른 쪽으로, 위에서 아래로 움직였다. 각 면마다 수천만 개의 글자가 있었고, 그 글자들로 만들어진 광속光束*도 물살처럼 계층이 있고, 깊고 얕음이 있었다.

리푸레이가 멍하니 여섯 면의 글자 흐름을 바라보고 있는데, 갑자기 승강기 천장의 글자 흐름이 더 이상 가로로 움직이지 않고 무너지듯 아래로 향하며 두 사람이 서 있는 곳으로 우르르 굴러왔다. 그들이 서 있는 승강기 바닥의 글자 흐름도 두 사람을 휩쓸어갈 듯 아래로 쏟아졌다. 리푸레이는 본능적으로 몸을 팽팽하게 죄며 방어 태세에 돌입했다.

"이봐요, 다 왔어요!"

덩컨이 말했다.

땡 하는 소리와 함께 16층에 도착하니 승강기 안의 글자 흐름도 온데간데없이 사라졌다. 리푸레이는 승강기를 보고 다시 덩컨을 보았다. 원래 침착한 덩컨의 얼굴에 감출 수 없는 의아함의 빛이 떠올랐다.

"백부장님, 좀 전에 조금, 조금 이상했어요. 사람이 어떻게 안 죽나? 그 사람이 한 방울 물처럼 바다에 유입되지 않는 한."

덩컨은 말을 마치고 먼저 승강기에서 내렸고, 리푸레이도 얼른

---

* 단위시간 내에 일정한 면을 통과하는 빛에너지의 양.

따라갔다.

그곳은 병원이라기보다 사무 공간에 가까웠다. 여기저기 모두 간결하고 정확하고 효율 좋은 분위기가 물씬했다. 경호원은 없고 있는 것이라곤 평온한 얼굴로 침묵하고 있는 근무자들뿐이었다. 그들은 각자의 자유공간을 구축하고 거기에서 일을 처리하고 있었다. 간혹 한두 사람이 앞이나 뒤에서 왔지만 다들 분명한 목적에 따라 지나다녔다. 그들은 덩컨을 보고 목례를 했고, 낯선 이에 대한 예의성 인사로 리푸레이에게 살짝 미소를 지었다.

리푸레이에게도 익숙한 업무 방식과 풍경이었다. 그는 자기 안에 깊이 잠든 기억이 재빨리 살아나는 것을 느꼈다. 단정히 앉아 있거나 오가는 사람들에게 친밀감도 생겼다. 그래서 이동영혼을 껐는지, 의식공동체에서 로그아웃했는지 스스로 점검했다. 그가 알고 있는 제국의 사업 논리에 따르면 누군가 허가 없이 그의 의식에 들어와 기억을 읽을 수는 없었다. 하지만 이곳에서 돌아다니는 동안 다른 사람이 그의 머릿속에서 중첩되어 나타나며 이미지가 겹쳐지고 있는 기억 화면을 읽지 않았으면 했다.

덩컨은 리푸레이를 제일 동쪽에 있는 방 앞으로 안내했다. 이번 출입구에선 덩컨이 왼쪽 다섯 손가락 지문을 스캐닝한 다음 두 눈의 동공까지 스캐닝하자 문이 열렸다. 흰색 방. 유리로 분리된 구역은 벽, 바닥, 테이블과 의자, 샹들리에 등 모두 흰색이었다. 이 구역 반대쪽에선 조종석 같은 기기 두 대가 차가운 금속 빛을 발하고 있었고, 다른 것은 역시 모두 흰색이었다. 창문과 창밖의 광선도 흰색으로 보였다.

덩컨은 사무용 의자에 앉아 리푸레이에게 맞은편 의자에 앉으라고 손짓했다.

"무슨 일로 오셨어요?"

덩컨의 말투가 냉담했다. 리푸레이는 조금 화가 났지만 발끈할 이유가 없었다.

"회사에 들렀다가 왕이 편찮으시다는 소식을 듣고 뵈러 왔습니다. 조금이나마 성의 표시라도 할까 하고. 몸이 어떠신가요? 외부인을 만날 수 있으세요?"

"캉융핑康永平 씨 참 말이 많네."

덩컨이 말했다.

"네?"

리푸레이는 한 박자 쉬었다 반응했다. '캉융핑'은 샤오캉을 말하는 것이었다.

"우리를 감시했습니까?!"

그가 쏘아붙였다.

덩컨은 화내는 리푸레이가 조금 의아했다.

"감시요? 말이 과하네요. 백부장님이 별안간 나타났으니 왜 왔는지, 뭐 하러 왔는지 당연히 알아봐야 하는 거 아닌가요? 제국 영지에 들어왔으니 백부장님 행동을 조금 파악하는 건 당연하죠."

순간 리푸레이는 뭐라 대응해야 할지 몰랐다. 떠난 지 수년 만에 다시 제국의 신조에 맞닥뜨리니 불편함이 절실히 느껴졌다. 예전에 준칙으로 삼고 읽으며 뜻을 새기곤 했던 자신의 행동이 얼마나 우스운 짓이었는지 깨달았다. 덩컨의 말과 어투로 보건대 샤오캉과 자신이 무슨 얘기를 하고 무엇을 했는지 그녀가 눈치채거나 깊이 캐지는 않은 것 같았다. 그녀와 언쟁하다 보면 샤오캉이 사내 의식공동체를 이용해 자료를 조회해준 것을 그녀가 눈치챌 것이다. 또 예전에 알던 사내 규정에 따르면 샤오캉은 처벌을 받지는 않겠지만 앞으로 경력을 쌓는 데 불리해질 것이 분명했다. 그래서 리푸레이는 적당히 화내는 정도로만 불만을 표시하고 찍소리하지 않았다.

"방금 뭐라고 했어요? 성의 표시요?"

자신의 표현이 조금 부적절했다는 걸 알았는지 덩컨이 말투를 누그러뜨리고 본론으로 들어갔다.

"네. 왕을 뵙고 성의를 표하고 싶습니다. 그렇게 보지 말아요. 그렇게 우스운 일도 아니거든요. 맞아요, 저는 제국을 그만뒀어요. 제국의 철학 아니, 제국의 철학이 아니라 제국이 보여주는 발전 추세가 마음에 들지 않았거든요. 하지만 그건 내 개인의 느낌일 뿐이죠. 더 이상 제국을 위해 공헌하기가 싫었지만, 그렇다고 제국의 위대함을 부정하는 건 아니었습니다. 긍정적 측면에서 보면 의식결정체, 이동영혼, 의식공동체로 이뤄진 연합체는 인류에게 전무후무한 친근감을 선사했고, 사람들은 제국에 힘입어 단시간에 모여 하나의 전체가 되었죠. 개인적으론 그렇게 친해질 필요성이 뭔지, 하나로 응집하면 괴멸과 얼마나 멀어지는지 모르겠지만, 야심차게 그걸 기획하고 목표를 이룬 노왕老王에게 경의를 품는 것까지 막아지진 않네요."

"왜 노왕이라고 부르죠?"

별안간 웃는 덩컨은 매력이 넘쳤고 성숙한 여인의 본능적 위력을 드러냈다. 어떤 남자도 저항할 수 없는 위력이었고 리푸레이도 예외가 아니었다. 그는 갑자기 마음이 너풀거려 한참을 멍하니 있다 정신을 차렸다.

"그렇게 그분의 노쇠함을 언급함으로써 내가 받는 압박감을 줄일 수 있으니까요. 개의치 마요. 순전히 언어마술이니까. '노' 자를 강조해 상대를 약하게 만듦으로써 그와 정면으로 맞서는 거죠."

"왕이 그 말을 들으면 분명 흐뭇해할 거예요."

이제 덩컨은 조금 전처럼 새하얀 이를 드러내고 방긋 웃지 않았다. 그녀가 말을 이었다.

"몇 년 동안 온통 찬미와 칭송만 들으셨고, 인류의 대동大同을 이루었다며 신이나 성인으로 받들어지기까지 했으니까. 가끔 듣는 비난도 주관적인 판단과 억측으로 왕이 인류 역사상 최고의 독재자가 되고 싶어 한다고 주장하는 것뿐이고요. '왕'도 순전히 사람들이 자진해서 만들어 받은 진짜 반은 가짜인 호칭인데, 사람들이 그걸 증거로 독재자 운운해요. 백부장님은 결과를 묻지 않고 단순히 의식결정체, 이동영혼, 의식공동체 연합체 자체만 평가한 최초의 사람이에요. 그건 분명히 위대한 생각이지만 더 위대한 건 왕이 그걸 실현했다는 거죠. 이 생각이 궁극적으로 어떤 면모로 드러날 것인지, 인류를 어느 쪽으로 인도할 것인지는 왕이 좌우할 수 있는 게 아니고, 더욱이 그 불확실성으로 왕에게 가혹한 요구를 해서는 안 된다는 걸 모두가 알고 있죠."

리푸레이는 근실한 표정으로 당당하고 차분하게 말하는 덩컨을 바라봤다. 왕에 대한 그의 평가는 주로 감성적인 것이었다. 제국을 떠난 후 그는 도서관에서 잘 지내며 평생 아무 흔적도 남기지 않고 살고 싶었다. 문자 수집, 즉 낯설었던 글자를 정리해 곁에 두면서 내면이 완벽히 충실해졌지만, 그것도 업무를 마치고 여유가 생겼을 때의 즐거움에 불과했다. 그 외 다른 소소한 일들은 왜 하는지 스스로도 알 수 없었지만, 그저 마음의 빈틈을 메우기 위해서인 것 같았다. 지금 덩컨의 말을 듣고 리푸레이는 그동안 제국과 왕에 대한 생각을 일부러 피한 것이 꼭 적합한 일만은 아니었음을 인식했다. 본질적으로 그때 왕이 붙잡지도 않고 면담도 없이, 고생해서 쓴 보고서에 대해 아무 평가도 없이 자신을 내보낸 것에 리푸레이는 상처를 입었다. 어찌 보면 제국 차원에선 정상적이기 그지없는 처리였지만 그에겐 깊은 상처였다.

한편 리푸레이는 몇 년간 덩컨이 참 많이 바뀌었다고 생각했다. 매력이 넘쳐났고 그 매력을 자유자재로 표현할 줄 알았다. 이것은 외적인 변화이지만 내면이 충만해지면서 겉으로 드러난 결과일 수도 있었다. 예전에 리푸레이는 덩컨과 별로 친하지 않았고 덩컨도 그리 튀는 스타일은 아니었다. 하지만 방금 한 말에서 그녀의 달라진 시야와 배포를 볼 수 있었다. 비록 왕이 강력한 영향력을 행사한 결과이긴 하지만 말이다. 리푸레이는 생전 처음 자신이 제국에 계속 있었으면 지금쯤 어떻게 되었을까 상상해봤다.

"헤이, 헤이."

덩컨이 자신의 말을 계속 들으라는 뜻으로 테이블을 툭툭 두드렸다.

"제국에 대한 백부장님의 평가를 들으면 왕이 분명 흐뭇해하시겠지만, 그 뒤에 한 말에 더 기뻐하실 거예요. 뭐예요? 잊었어요? 백부장님이 받는 압박감을 줄인다는 얘기요. 삼십 대 초반 남자가 고령 노인에게 압박을 받는다니, 이게 세상에서 최고의 찬사가 아니면 뭐겠어요?"

"사실을 말한 건데."

지금 두 사람 다 말투가 너무 엄숙해 조율할 필요가 있었다.

"아무리 늙어도 왕은 왕이잖아요. 왕이 주는 압박감은 영원히 존재하죠. 언제까지냐면……."

"맞는 말이에요. 그 이상 흐뭇한 말도 왕의 귀엔 들리지 않을 거예요."

덩컨이 일어나며 말했다.

"죄송해요, 얘기하느라 시간을 너무 많이 뺏었네요. 마침 하루에 다섯 번 있는 케어 시간이에요. 케어가 끝날 때까지 기다려야 해요. 왕의 흐트러진 모습을 보여드릴 순 없어요. 왕의 위엄도 얼굴과 몸이 받쳐줘야 하니까, 안 그래요?"

덩컨은 리푸레이의 대답을 기다리지 않고 지문을 대어 유리로 분리된 구역의 문을 열었다. 조종석 같은 기기를 돌아 왼쪽의 흰색 벽면 앞에서 멈췄다. 이번에는 지문이나 동공 검증이 필요 없었다. 덩컨이 벽 쪽에 서서 고개를 끄덕이니 블라인드가 조정되듯 갑자기 벽 전체의 흰색이 사라지고 투명하게 변하며 벽 너머 공간이 한눈에 들어왔다. 미래적인 느낌이 물씬한 공간이었다. 모든 용품이 기본적으로 기하학적 형태라는 걸 한눈에 알 수 있었다. 물품 수는 적었지만 커다란 방이 업무, 명상, 미팅, 독서 기능을 갖춘 몇 개 구역으로 구분돼 있었다. 이 구역들을 깨뜨리는, 혹은 통일한다고도 할 수 있는 건 방 한가운데의 큰 침대였다. 어느 한쪽으로도 치우치지 않고 방 중앙에 어색하게 놓여 있었다. 침대 주변은 두 줄로 나뉘어 그 양쪽에 기기가 놓여 있었다. 기기들에선 차가운 느낌이 드는 색상의 선과 관이 나와 침대에 구불구불 연결되어 있었다. 선과 관은 마치 침착한 달팽이나 코끼리조개*처럼 잠잠하게 길고 짧은 더듬이를 뻗고 크고 작은 입을 벌려 병상을 향해 전파를 보내거나 정보를 회수하는 듯했다.

침대도 흰색이었다. 기본 기능만 갖춘 가장 간결한 침대였다. 흰색 침대가 흰색 바닥에 놓여 있으니 공중에, 구름층에 떠 있는 것처럼 보였다. 침대 위에는 흰색 침대보와 얇은 흰색 담요가 있었다. 침대보와 담요 사이로 은백색 머리카락과 창백한 피부를 지닌 사람이, 선과 관으로 연결되고 더듬이와 벌린 입이 향해 있는 몸이 있었다. 바로 왕이었다.

덩컨이 투명 벽을 살짝 건드렸다. 그러자 거울의 거리가 조정되듯 침대와 그 위에 왕이 있는 화면이 벽 쪽으로 이동하며 점점 가까워지다 리푸레이 앞에 누워 있는 것 같은 지점에 멈췄다. 리푸레이는 약하지만 고르게 숨 쉬고 있는 왕의 모습을 볼 수 있었다. 또한 호흡에 따라 당겨졌다 늦춰졌다 하는 왕의 몸을 볼 수 있었고, 왕이 숨 쉬는 소리도 들을 수 있었다. 숨소리에는 공기가 비강을

* 　수관(水管)을 늘 밖으로 내밀고 있어서 코끼리조개라 불리는 식용 조개.

마찰해 숨이 잘 통하지 않는 듯한 묵직한 느낌이 있었다. 덩컨이 말한 '케어'에 옅은 화장도 포함된 것일까? 벽에 확대된 왕의 얼굴은 혈색이 좋다고까진 할 수 없어도 환자 특유의 누런 얼굴은 아니었다. 눈썹과 눈, 볼, 입술과 콧망울 모두 왕이 갖춰야 할 의연함과 위엄을 띠고 있었다. 또 반듯이 누워 있느라 생길 수밖에 없는 느슨함 덕분에 오히려 평소엔 절대 보이지 않는 부드러움이 얼굴에 드러났다.

덩컨이 다시 벽을 터치하니 왕과 침대가 원래 위치로 돌아갔다. 이제 맞은편 방은 금속적이고 비인공적인 고요함을 나타냈다. 시간이 안에서 사라졌는지, 금속과 함께 주조되었는지 움직임이 멈췄다.

"노왕은 대체 무슨 병이에요?"

리푸레이는 덩컨에게 벽의 투명 기능을 꺼서 시선을 막을 수 있는 흰색 벽으로 돌리라는 손짓을 했다. 방금 본 모든 광경은 그에게 전시된 사물을 본 듯한 불편한 느낌을 주었다. 사람 모습의 화석 전시, 송진에 싸여 수천 년을 거친 후 호박琥珀이 된 인체 전시.

덩컨은 리푸레이를 유리문 구역 다른 쪽으로 데리고 갔다. 두 사람은 다시 테이블을 마주해 앉았다.

"보편적인 노화예요. 심장과 신장이 전부 쇠약해졌어요. 신체 기능이 심각하게 떨어졌고요. 처음엔 하루 중 절반의 시간은 깨어 계시고 나머지만 혼수상태였죠. 혼수상태의 시간을 휴식하는 데 쓰셨고요. 그런데 깨어 있는 시간이 점점 줄어들고 혼수상태가 점점 길어졌어요. 지금은 하루에 삼십 분 정도만 비정기적으로 깨어 계세요. 그 짧은 시간은 미리 가늠할 수도 없기 때문에 깨실 때마다 우리는 시간을 최대 효율로 이용해 제국의 방향성에 관한 업무 지시를 요청드리죠. 그래서 왕이 깨실 때까지 백부장님을 여기 계시라고 할 수가 없어요. 그럴 필요도 없고, 시간을 그런 데 쓸 수도 없고요."

"알아요. 그냥 잠깐 뵈러 왔어요. 노화라고 했죠? 아직 전반적으로 쇠약해지기 시작할 연세는 아닌 것 같던데. 설사 그렇다 해도 노화가 무슨 문제가 되겠어요? 인공 대체조직은 완전히 문제가 없고, 인공적인 걸 쓰고 싶지 않더라도 적합한 인체조직을 찾는 건 왕에게 그리 어려운 일이 아닐 텐데요."

"아시다시피 왕은 고집이 센 분이잖아요."

덩컨은 고개를 저으며 쓴웃음을 지었다.

"오리지널 신체에서 어떤 조직에 문제가 생겼다는 건 인간 세상에서 그 사람의 사명이 끝났다는 거라고 하시더군요. 인공조직이나 다른 사람 조직의 도움으로 계속 사는 건 미련과 탐욕만 보여주는 거라고요. 아예 처음부터 어떤 종류의 이식도 하지 않을 거라 딱 자르셨고, 우리에게도 당신의 생명을 유지하느라 의료 자원을 과하게 사용하지 못하게 하셨어요."

덩컨은 여기서 말을 멈췄다. 그녀가 감정을 드러내지 않으려고 극도로 참고 있다는 걸 리푸레이는 눈치챘다. 리푸레이는 덩컨에게 건너가서 위로를 건네야 할지 알 수 없었다. 옆에 있으면 자연스러웠겠지만 지금은 떨어져 있어서 그쪽으로 가는 게 조금 우스울 것 같았다. 게다가 한 사람의 슬픔을 다른 사람이 대체 무엇으로 위로한단 말인가? 그냥 일어서서 작별인사를 하는 것이 가장 나을 수도 있었다.

"어제는 깨신 후 딱 한 가지 일만 하셨어요. 혼수상태가 72시간을 넘어서면 반드시 몸에 부착한 기기를 정지시켜서 당신이 평화롭게 세상을 떠나게 해달라고 명령하셨죠. 집행 담당자는 바로 저고요."

이 말을 한 덩컨은 더 이상 감정을 억누를 수 없었는지 줄곧 침착했던 얼굴에 눈물을 쏟아냈다. 눈물이 자극제가 되었는지 급기야 두 손으로 얼굴을 감싸고 울음을 터뜨렸다.

20

塞세 :

막히다, 요새

　저녁에 집으로 돌아온 리푸레이가 가장 먼저 한 일은 유리잔을 꺼내 위스키를 100밀리미터 따른 것이다. 잔을 들고 코를 댄 후 잔을 한 바퀴 돌렸다. 몇 번 냄새를 훅 들이마시니 술기운에 비강이 팽팽해지는 느낌이었다. 다음 순간, 이를 악물고 싱크대에 위스키를 붓고 수돗물을 틀어 1밀리미터도 남기지 않고 흘려보냈다.

　그는 알코올의 힘으로 오늘의 일이 마음속에 만들어낸 체증을 쫓아내야 했다. 이제 괜찮다. 알코올의 힘도 얻었고 잔에 꼬라박혀 통제력을 잃지도 않았으니.

　오늘 일을 돌아봤다. 그는 덩컨 맞은편에 앉아 그녀의 울음소리를 듣고 그녀의 몸이 떨리는 것을 보았다. 그러나 생각이 굼떠 뻣뻣한 몸을 움직일 수 없었다. 무슨 말을 건넬 수도 없었고 가까이 가서 그녀의 어깨를 보듬고 등을 쓰다듬으며 위로해줄 수도 없었다. 그녀를 안고 자기 품에서 울도록 하는 건 더 불가능했다. 그녀는 갈수록 가슴이 더 아픈지 울음을 그치지 않았다. 리푸레이는 할 수 없이 그대로 일어나서 나와버렸다. 그나마 그곳을 나와 승강기를 타고 병원을 나올 때는 지문, 동공 등의 검증이 필요하지 않았다. 프런트의 간호사는 조금 전처럼 미소를 보이며 똑같이 말했다.

"선생님, 안녕하세요!"

병원 정문을 나서며 발을 돌려 16층을 올려다봤다. 자신의 입을 뽑고 싶었다.

그다음은 랑팡이다.

리푸레이는 의식공동체에서 랑팡이 이미 편지봉투를 인쇄할 때의 그 모습이 아니고 인쇄공장도 예전에 없어졌다는 사실을 찾아봤다. 그래도 가보고 싶었다. 랑팡시 광양구 난젠탑을 찾아가 인쇄공장이 있었던 곳의 풍경을 상상해보고 싶었다. 어떤 사람이 공장 정문을 드나들었을까? 편지봉투 5천 부를 실은 차가 정문을 지날 때 잠시 멈춰 섰을까? 차에서 사람이 내려 경비와 몇 마디 나누고 담배를 건넸을까? 등등. 물론 그 사람의 모습은 상상이 되지 않았고 그의 얼굴을 현재의 단서와 이어 맞추는 건 더 불가능했다. 하지만 이렇게 유치한 의식 훈련으로 팽팽해진 신경을 느슨하게 할 필요가 있었다.

그런데 없었다. 의식공동체상의 추상적인 설명, 사진과 영상이 현실에선 최소 백 배 강화된 모습이었다. 난젠탑이 사라지고 광양구도 사라지고 랑팡시마저 사라졌다. 그곳에는 에너지 발전탑이 빼곡하고도 질서정연히 서 있어 식생층*이 없는 단색의 숲 같았다. 번호가 매겨진 큰 길이 발전탑 숲을 관통하고, 그다음은 차 한 대가 지날 수 있는 가지런히 정비된 작은 길이었다. 리푸레이는 작은 길로 차를 몰았다. 그런데 2킬로미터도 가지 않아 사람 키만 한 길가의 발전탑을 보고 밥맛이 떨어지고 말았다. 공장 거리의 구체적인 이미지나 이름은 말할 것도 없고, 이곳은 예전부터 지금까지 태양에너지와 풍력에너지를 접수하고 전환하고 운송해왔다는 느낌만 있고, 인간적인 냄새가 없었다.

원래 그의 계획은 랑팡에서 시내로 돌아가 국립도서관에서《정보》를 훑어보는 것이었다. 의식공동체에서도 도서관에 들어가 잡지를 열람할 수 있지만, 종이책이 더 친근한 그는 먼지가 이미 뿌옇게 내려앉았을 종이를 손으로 직접 넘겨보고 싶었다. 오른손 엄지와 검지로 책장을 비벼 넘길 때 손가락과 종이가 맞닿는 느낌, 베이징 시내로 가는 차 안에서 그는 이 느낌이 가장 그리웠다. 그런데 주차를 하고 도서관 앞 계단을 올라가며 고개를 들어보니 계단 꼭대기에서 류창, 리웨이가 급히 내려오고 있었다. 리푸레이는 잠시 망설이다 그곳을 떠나기로 했다. 몸을 돌려 차로 돌아갈 때까지 내내 날카로운 눈빛이 등을 찌르는 것 같았다.

이제 그 두 가시는 마침내 알코올로 제거되었다. 그는 안심하고 먹을 것을 만들 수 있게 되었다. 그러면서 정보유격대가 조금 회복되었다는 느낌이 어렴풋하게 들었다.

---

*   성장한 뒤 토양을 덮어서 풍해나 수해를 방지해주는 식물.

정말이었다. 노트북을 켜고 정보유격대에 로그인하니 유격대 프로필 사진이 깜박이는 게 보였다. 클릭하니 팝업창이 뜨며 여덟 개의 소식이 나타났다. 여섯 개는 리푸레이가 나중에 남긴 메모에 대한 반응이었다. 경찰의 행동을 냉정히 평가하거나 신랄히 조소하거나 무자비하게 헐뜯고 있었다. 언외 의미를 해석하며 경찰을 신중히 대해 불필요한 문젯거리를 자초하지 말라는 조언도 있었다. 위원왕후와 출판사에 관한 질문에 대한 대답은 두 개뿐이었다. 하나는 판권장 사진으로 책 이름은 《신의 계보》였고 책임편집자란에 놀랍게도 '위원왕후'가 쓰여 있었다. 초판·초쇄일은 2018년 5월, 출판사 이름란에는 'EP문화'라고 쓰여 있었다.

사진 바로 옆에는 발송인이 이런 말을 써두었다.

곁에 두고 자주 보는 옛날 책의 정보인데 말씀하신 그 위원왕후가 맞는 것 같습니다. 도움이 되었으면 좋겠습니다.

사진을 보낸 사람이 유격대에서 쓰는 별명은 '칼을뽑다'였다. 리푸레이는 이 사람이 유격대의 이슈 토론이나 정보 발파에 참여했는지 기억나지 않았지만, 유격대 약정을 준수해 칼을뽑다의 개인 정보와 유격대 내에서의 발언 기록을 검색해보지는 않았다.

출판사 EP문화에 대한 정보는, 물론 검색해봐야 했지만 2016년부터 2020년까지 발행한 20여 종의 도서목록만 나올 뿐이었다. 모두 《신의 계보》와 비슷하게 인기 없는 책들이었고, 책의 대부분이 세계 여러 민족 서사시의 중국어판이었다. 그중 역시 인디언의 서사시 《포폴 부Popol Vuh》가 맨 처음으로 마야 문자에서 중국어로 번역 출간되었다. 이치대로라면 이런 책은 당시 언론의 관심을 웬만 큰 받았을 텐데 언론 보도 내용은 없고 종이로 된 옛날 책을 파는 웹사이트에서만 약간의 정보를 찾을 수 있었다. 그 정보도 캡처해둔 웹페이지들이라 잠시 보는 것만 가능했다. 링크된 것도 없었고 사이트 자체도 없어진 지 오래였다. 이 정도의 정보로 추측하건대 EP문화는 십중팔구 2020년에 폐업했다. 책들이 그렇게 인기 없으니 애초에 판매량이 많을 리 만무했다. 남겨둔 정보가 적은 걸로 봐서 마케팅에 신경을 쓰지 않은 듯했다. 30여 년 전이라도 이미 '정보 폭발'의 시대였기에 각종 정보가 차고 넘쳤다. 책 같은 상품은 온갖 궁리를 해도 마케팅에 어려움이 있었다. 다만 출판사의 도리로서 풍부하고 정확한 정보를 제공해 독자들에게 신간 소식을 알리기는 해야 했다. 그런 마당에 이런 실적으로 EP문화가 폐업하지 않았다면 그게 더 이상하다.

그다음은 《정보》였다. 오후에 류창과 리웨이 때문에 도서관에 들어가지 못했으니 내일은 다시 가서 실물을 봐야 한다. 그전에 지금 이 잡지를 기본적으로 파악해두는 예열 작업이 필요했다.

의식공동체에 접속해 리푸레이 자신이 재직 중인 국립도서관에 들어가니 금세 《정보》를 찾을 수 있었다. 2018년 1월 제1호 창간 때부터 2025년 12월의 마지막 호까지 총 96호가 모두 도서관에 소장되어 있었고 대출되지도 않았다. 웹사이트에는 각 호의 표지 이미지와 목차만 나와 있을 뿐 다른 내용은 없었다. 도서관 측도 이 잡지를 딱히 중요 자료로 분류해놓지 않았다는 것을 알 수 있었다. 리푸레이는 한 가닥 희망을 품고 개인 신분으로 도서관 사내 의식공동체에 로그인했다. 의식공동체의 내용도 공개된 것과 똑같은

것으로 보아 도서관은 근시일 내에 전체 내용을 스캐닝해 업로드
할 계획이 없는 것이다.

의식공동체도 위원왕후에 관한 소식은 어제와 똑같이 '관심'은
유지하고 있었지만 뭔가 새로운 내용을 제공하지는 않았다. 리푸
레이는 경찰 정보에서 류창, 리웨이의 동향을 특별히 눈여겨봤다.
그런데 두 사람도 마치 이 사건에서 종적을 감춘 듯했다.

이제 모든 건 다음 날까지 기다려야 한다. 리푸레이는 도서관에
서 더 가치 있는 단서를 찾을 수 있으리라 믿었다.

21

安안 :
조용하다, 어딘가에

리푸레이가 집을 나서기 전, 뜻밖에도 류창과 리웨이가 찾아왔다. 저번과 마찬가지로 캐주얼 차림이었고, 캐주얼과 직업적인 예의 뒤로 여전히 노련미를 풍기며 위압감을 주었다.

"죄송합니다, 또 실례하러 왔습니다."

리웨이가 말했다.

"괜찮습니다. 뭔가 도움을 드릴 수 있었으면 좋겠네요."

리푸레이는 두 사람을 안으로 들이고 식탁에 앉으라고 청했다.

"막 나가려던 참이라 조금만 늦게 오셨어도 어긋날 뻔했네요. 뭐 마실 것 좀 드릴까요?"

"아닙니다, 괜찮습니다. 빨리 말씀드리고, 선생님 일 보셔야죠."

리웨이가 말했다.

"휴가 중이세요? 어제 도서관에 자료 찾으러 간 김에 뵈려고 했는데, 열흘간 휴가를 내셨다고 하더군요. 댁으로 바로 왔다가 못 뵐까 봐 걱정했어요."

류창이 말했다.

"네, 열흘 휴가를 내긴 했는데 언제 복귀할진 미정입니다. 몇 년 간 휴가를 안 쓰다 갑자기 한가해지니 뭘 하고 지내야 좋을지 모르겠군요."

리푸레이는 이렇게 말하며 두 사람의 표정을 살폈다. 어제 오후 자신을 봤는지 표정에서 읽어내려는 것이었다. 두 사람의 얼굴은 고인 물처럼 아무 정보도 드러내지 않았다.

"그럼 짧게 말씀드리겠습니다. 며칠 전 위원왕후의 여동생 위원란과 함께 위원왕후의 집에 가셨죠? 뭔가 수확이 있었습니까? 그리고 위원란과 함께 그들 고향에도 가셨는데, 위원란이 무슨 정보를 주지는 않던가요?"

류창이 물었다.

리푸레이는 류창의 말에 놀랐지만 한편으론 마음이 놓이기도 했다. 그래도 경찰은 위원왕후 자살사건을 좇고 있었고, 현재 단서가 너무 적으니 어떤 가능한 상황에도 신경을 쓰는 게 당연했다. 경찰 입장에서 리푸레이는 몇 안 되는 수사 착수의 발판이고, 위원란도 단시간 내에 유일하게 능동적으로 나타난 단서일 터였다. 그런 두 사람이 빠르게 손을 잡았고 리푸레이는 위원란을 따라 초원에도 다녀왔다. 그러니 두 경찰이 우선 자신을 찾아오는 것도 당연하다고 리푸레이는 생각했다.

확신할 수 없는 것은 경찰이 위원란 쪽 라인에서 자신을 찾은 것인지, 아니면 줄곧 자신을 추적한 것인지였다. 후자라면 오늘의 행적도 비밀에 부칠 수 없지 않을까? 두 경찰의 행동과 말로 봐선 추적까지 한 것 같지는 않았다. 하지만 이들이 상황을 만들고 자신에게 빙빙 돌려 말하고 있을 가능성도 배제할 수 없었다. 하지만 자신은 죄가 없고, 기껏해야 경찰에 조금 숨기는 게 있긴 하지만 그것도 다 개인적인 부분이라 자진해서 보고할 의무는 없다고 그는 생각했다. 이렇게 생각하자 마음이 편해졌다.

"특별한 건 없었습니다. 왕후의 동생과 함께 왕후의 유골을 초원에 보냈고, 그쪽 풍습에 따라 매장했습니다."

리푸레이가 말했다.

"저희 쪽에서 위원란에게 물어봤는데, 위원 선생이 위원란에게 베이징에 와서 리푸레이 선생님을 찾고, 둘이 같이 자기를 고향으로 옮겨가라고 전화를 걸어와 당부했다더군요. 전화한 시간으로 추측하면 그는 당시 이미 자살을 결심했습니다. 선생님더러 위원란과 함께 자기 고향으로 가라 한 건 특별한 계획이나 의도가 있었던 게 분명하고요."

류창의 목소리에 심문하는 듯한 말투가 실렸다. 마음이 급하니 습관적으로 경찰 특유의 말투가 흘러나온 것이다.

"그렇다면 위원란을 만나 제대로 물어보셔야죠. 왕후가 대체 위원란에게 뭘 당부했고, 무슨 특별한 계획이나 의도가 있어 날 만나라 했는지. 그 특별한 계획이나 의도를 왜 제게 말하지 않은 건지도 한번 물어봐주십시오."

리푸레이의 말에 류창이 벌떡 일어났다. 그 즉시 리웨이도 일어났다. 리웨이가 류창의 팔을 잡아끌며 그가 입을 열지 못하게 했다.

"리 선생님, 죄송합니다. 저희도 시간은 제한적이고 단서는 없다 보니 조급해서요. 양해해주십시오."

리웨이는 류창을 의자에 앉히고 부드럽고 겸손하게 말했다.

"대놓고 말씀드리면 위원 선생이 자살한 건 확실합니다. 헌데 위원 선생이 결정적인 시기에 사망하는 바람에 원래 이 일에 관심 없던 사람들도 관심을 갖기 시작했고, 관심이 생기면 위원 선생이 왜 자살했는지 알고 싶은 법이거든요. 경찰은 물론 그전에 진상을 찾아 결론을 내고 싶고요. 상식적이며 합리적이고 설득력 있는 결론을요. 그렇지 않으면 결국 의식공동체에서 난리가 날 겁니다. 각종 추측과 소문이 물밀 듯이 쏟아져 들어올 거예요. 이치상 이 일에 정부는 아무 책임이 없고 경찰도 책임이 없으니, 추측과 소문은 대부분 위원 선생을 겨냥할 것입니다. 위원 선생의 과거, 대중에게 알리고 싶지 않았던 일, 심지어 외부인에게 알릴 수 없는 일까지 털릴 겁니다. 그간 알려지지 않았던 일들이 위원 선생의 이미지와 명예에 어떤 영향을 미칠지 아무도 모릅니다. 저희 경찰은 조속히 결론을 내서 비난이 일기 전에 가라앉힐 생각입니다. 전적으로 선의에 입각해서요."

리웨이의 말은 이치에 맞았다. 리푸레이도 조금 감동받았다. 그는 리웨이의 말을 들으면서 확보한 정보를 경찰에게 말할까 말까 하고 마음속으로 싸웠다. 그러다 결국 이성이 이겨 이 문제는 잠시 접어두기로 했다. 우선 두 자료는 서로 어떤 연결성도 없이 매달려 있는 실과 같아 경찰에게 혼란만 가중시키고 스스로 단서를 푸는 것을 방해할 수 있었다. 또한 리푸레이는 위원왕후의 죽음이 그 두 자료와 관련 있다고 믿으면서도 위원왕후가 협박을 받았을 거라고는 생각하지 않았다. 그랬다면 위원왕후 본인이 자료를 경찰에게 넘겼지, 빙빙 돌아 나에게 전할 필요가 없지 않은가. 위원왕후가 리푸레이에겐 정보만 전달하고 경찰을 끌어들일 생각이었다고 가정하면 정말 누가 성가시고 불편해질지 모를 일이었다.

"리 경관님."

리푸레이는 리웨이의 솔직함을 가슴에 새기며 경관이란 호칭을 사용했다.

"곤란한 처지 이해합니다. 제가 당연히 왕후를 대표할 순 없지만 그래도 왕후 대신 애써주신 것에 감사드리고 싶습니다. 제 쪽에서도 곰곰이 생각해보고 지난 며칠간의 일을 정리한 다음 유념할 만한 단서나 결과가 있으면 경관님께 제일 먼저 알리겠습니다. 어떻습니까?"

"좋습니다. 그럼 저희도 리 선생님께 감사하죠."

리웨이가 고개를 끄덕이며 잠시 주저하다 이어서 말했다.

"리 선생님, 제국에서 일하신 적 있죠? 당시 왕의 신임을 받아 전도가 유망했던 걸로 아는데, 왜 그만두셨습니까?"

"맞습니다. 몇 년 근무했죠. 그곳의 업무 강도와 스트레스에 도저히 적응이 안 돼 그만뒀습니다."

"그럼 제국에 계실 때 위원 선생을 만난 적이 있고 친분을 쌓은 건가요? 위원 선생의 작품은 거의 모두 제국이 에이전트를 맡아

출간했던데, 위원 선생은 제국의 여러 부서와 왕래했을까요?"

리웨이는 미안해하는 웃음을 지으며 말을 이었다.

"우습죠? 조금의 단서만 보이면 어떻게든 지푸라기라도 잡아보자는 심정이거든요. 위원 선생이 은둔자처럼 그렇게 여러 해 동안 별 흔적을 남기지 않고 떠나버려서 그분 심리를 분석하고 자살 동기를 찾고 싶어도 어디서부터 시작해야 할지 모르겠습니다."

"저는 제국에서 왕후를 본 적도 없고 교류한 적은 더더욱 없습니다. 저희가 서로 알게 된 건 제가 제국을 떠나고 수년 후의 일이죠. 이 사건에서 합리적인 원인을 반드시 찾아야 할 텐데, 참 곤란하네요."

얘기가 여기까지 진행되자 더 이상 한가하게 마주 앉아 있을 필요가 없어졌다. 리웨이는 고개를 끄덕이고 류창과 함께 자리에서 일어났다.

리웨이가 방금 한 말을 돌이키며 리푸레이는 경찰의 시각이라면 특이한 점을 발견할 수도 있겠다는 생각이 퍼뜩 들었다.

"리 경관님, 왕후의 〈타타르 기사〉를 읽어보셨는지요?"

"타타르…… 기사요?"

리웨이는 리푸레이가 무슨 말을 하려는지 알 수 없어 조금 주저하다 물었다.

"상을 받게 된 작품 말씀인가요?"

"네. 그 작품을 보시면 왕후에 대해 더 많이 이해하시게 될 겁니다. 경찰이니 뭔가 다른 걸 발견하실 수도 있고요."

"아, 그렇군요. 감사합니다."

리웨이는 잠시 생각하더니 말했다.

"리 선생님, 경찰 당국이나 저희 도움이 필요하시면 저에게 말씀해주십시오. 아무래도 저희는 일반인에겐 없는 경로가 있으니까요."

22

達달 :
알리다, 길이 막힘없이 통해
행인끼리 마주치지 않다

리푸레이는 마지막 호인 2025년 12월호부터 《정보》를 읽어나
갔다. 개인적 습관이기도 하고, 마지막 호부터 보면 언외의 의미를
읽어낼 수 있지 않을까 하는 실낱같은 기대도 있었다. 이를테면
출판 경기위축 외에 경영부진이나 전반적인 언론환경의 문제가
폐간에 또 다른 원인으로 작용했는지 하는. 하지만 실망했다. 마
지막 호의 마지막 페이지에 더 이상 간단할 수 없는 설명이 실려
있었다.

본지는 경영 압박으로 인해 2026년부터 폐간하며 복간 계획
이 없습니다. 8년간 애독해주신 독자 여러분께 감사드리며,
불편을 드리는 점 양해해주시기 바랍니다.

그 아래에 정기구독자들이 후속문제 처리를 위해 연락할 수 있는 전화번호와 이메일 주소가 실려 있었다.

《정보》의 광고 문구는 "필요한 것만 제공합니다"였지만, '필요한' 정보들은 여전히 한 군데에 모여 있었다. 매호 192쪽에 실린 과학기술, 사상, 생활, 엔터테인먼트 정보는 글과 사진 모두 세련되고 색감이 화려했으며, 일상생활에 가장 밀접한 분야별 핵심정보를 포착하고 있었다. 뉴스 스케치, 심층 취재, 인물 인터뷰, 시사분석 등 각 지면의 이면에서 당시 핫이슈의 모습을 어렴풋이 엿볼 수 있었다. '한 권만 있으면 바랄 게 없는' 스타일의 잡지로 매력이 충분했지만 여기에는 전제가 있어야 했다. 즉, 정보가 발달하지 않아야 했다. 정보가 범람하는 시대여선 결코 안 되었다. 《정보》 창간 무렵은 이미 정보가 조각조각 파편화되면서 시간의 파편화를 가져왔고, 그 안의 촘촘한 논리에 힘입어 개개인의 생활도 파편화된 시대였다. 이에 비해 《정보》가 제공하는 내용은 파편의 크기가 크고 그 속도도 느렸다. 그렇다 보니 옛것과 느린 삶을 좇는 사람들에겐 여전히 어필할 수 있었지만 그런 독자들도 주변 환경에 점점 위축되면서 애독자 수가 점점 줄어들었다.

리푸레이의 예측대로 《정보》 지난 호들은 오랫동안 아무도 펼쳐보지 않았다. 어쩌면 잡지들이 도서관에 들어온 당일부터 그랬을 것이다. 리푸레이는 흰 장갑을 끼고 먼지가 끊임없이 내려앉다 못해 살결 깊숙이 파고든 잡지를, 종이가 누렇게 바랜 잡지를 펼쳤다. 머릿속 높이 걸려 있는 조이너의 인터뷰 후기가 필요한 정보의 실마리 하나도 놓치지 말고 한 페이지 한 페이지 자세히 걸러내라고 주의를 주었다. 그러나 없었다. 각 호의 모든 페이지는 수수했고 아무런 잡음도 내지 않았다. 그 글, 그 문자들은 잡지에 깊이 매장된 망자처럼 살아 있는 자에게 어떤 비밀도 토로하지 않았다.

조이너의 인터뷰 〈강철·가시나무·관면〉에 리푸레이는 역시 충분히 많은 시간을 쏟았다. 처음부터 끝까지 정독하는 것은 필수였고, 문장과 단어는 비밀번호 같이 취급했다. 종이 독서와 디지털 독서는 확실히 미묘한 차이가 있었지만 그건 감수성의 측면이고 내용과는 무관했다. 종이책 잡지는 편집이 시원시원하고 개방적이었다. 수록된 위원왕후의 젊은 시절 사진 세 개도 재기가 넘쳤다. 리푸레이가 알던 시절의 위원왕후와 비교하면 더 그랬다. 그시절 위원왕후는 해제 불가능한 강렬한 침묵과 범접할 수 없는 위압감을 온몸으로 발산했다. 사진은 느릿느릿 흐르는 시간 속에서 위원왕후도 큰 변화를 겪었음을 증명했지만 리푸레이가 지금 당장 필요한 정보는 제공하지 못했다.

잡지 속지 2, 3면은 전부 광고였다. 어떤 호는 뒤표지도 광고로 장식됐고, 삽입 광고가 실린 호도 있었다. 전체적으로 광고 수량과 잡지의 품격이 포물선형을 이루었다. 2호부터 광고란에 당시 세계적 명품 브랜드가 실리기 시작해 3년간 지속되다가 갑자기 국내 유명 브랜드가 등장하기 시작했다. 1년 후에는 국내 유명 브랜드만 보이기 시작하더니 그렇게 2년간 지속되다가 한 단계 아래 수준의 국내 브랜드만 남았다. 그 후로는 폐간될 때까지 제국문화의 자체 광고만 실렸다. 아마 잡지의 품위를 저해할까 싶어 광고 수준을 계속 내릴 순 없었던 게 아닐까? 아니면 광고를 원하는 광고주도 그다지 많은 투자를 할 수 없었는지도 모른다.

리푸레이가 이해할 수 없는 점은 이런 것이었다. 그가 알고 있는 제국의 상업 역사에 따르면, 2012년부터 제국은 이미 출판미디어 분야의 역량을 확대해 투자와 인수합병 둘 다 중시했다. 막대한 자금지원 속에 명확한 전략과 견실한 추진력으로 단 20여 년 만에 국내 출판미디어 영역의 거두로 자리매김했고, 다시 10년이 안 되어 세계에서 손꼽히는 출판미디어 그룹으로 성장했다. 규모로 따지면 출판과 미디어는 당연히 제국이라는 주먹에서 가장 작은 손가락에 해당했다. 특히 의식결정체, 이동영혼, 의식공동체 구조가 급속히 팽창하며 출판미디어 분야는 한때 제국 내부에서 기형 손가락 취급을 받았다. 다만 이 분야를 없애자는 모든 발의를 왕이 직접 부결시켰고, 의론이 늘어나자 왕은 대다수 직원의 바람에 역행해 한술 더 떠서 출판미디어를 핵심 분야로 올려버림으로써 논쟁을 불식시켰다. 이로써 왕의 마음속에 출판미디어가 어떤 자리를 차지하고 있는지 모두가 확인했고, 전략 계획상 왕의 옳음에 대해서는 아무도 의심해본 적이 없었다. 왕이 출판미디어에 핵심 위상을 부여한 것은 분명히 그의 장기적 전략에 부응하는 것일 터였다. 그렇다면 왕은 왜 《정보》를 폐간했을까? 예를 들어 나중에 인수한 회사를 양자, 투자한 회사를 친자라 한다면, 사내지에서 성장한 《정보》는 의심할 바 없이 제국의 적장자인데, 왕의 입장에서 그런 조치는 제군諸君을 폐하자는 것과 똑같은 의미가 아니었을까?

리푸레이가 그토록 기대했던 정보를 제공해준 건 창간호였다. 통상적으로 1호부터 순서대로 읽었다면 1호만 다 보고 다른 호들은 펼쳐보지도 않았을지 모른다. 마찬가지로 1호 광고 페이지는 속지 2, 3면만 광고이고 그 모두가 책 광고였다. 2면에는 책 여섯 권이 소개되어 있었다. 첫 번째 책은 비스듬한 모양의 표지와 책등을 보여줬고, 나머지 다섯 권은 책등만 보였다. 사진 옆에는 여섯 권의 책값과 서지정보가 쓰여 있었다. 호화로운 하드커버 장정의 일러스트 버전 서사시 시리즈로,《게세르 칸 이야기Epic of King Gesar》《라마야나》《길가메시》《일리아스》《아이네이스》《열왕기》였다. 속지 3면에는 같은 시리즈의 하드커버 책과《포폴 부》만 단독으로 실려 있었다.

속지 2면의 서사시들에서 리푸레이는 이미 특별한 냄새를 맡았고, 3면에서《포폴 부》가 등장하자 가슴이 꽉 죄며 거의 질식할 것 같았다. 책 표지에 새겨진 작디작은 출판사 이름은 굳이 확인할 필요도 없었다.《포폴 부》광고 옆에 "EP문화, 고전을 바라다"라는 홍보 문구가 눈에 띄게 쓰여 있었기 때문이다. 그다음은 리푸레이에게 너무나 익숙한, 가슴을 쭉 펴고 기대감을 드러내고 있는 '황제펭귄'이었다.

제국문화의 상징인 황제펭귄을 보고 리푸레이는 정말이지 크게 소리치고 싶었다. 그는 자신이 수수께끼의 답으로 향하는 종이 문 앞에 왔다는 걸 알았다. 손을 내밀면 그 문을 밀어 열거나 찔러 뚫을 수 있을 터였다. 아주 보수적으로 말한다 해도 중요한 관문 앞에 도착한 건 분명했고, 그 관문 뒤에 숨어 있을 다음 단계도 확실히 내다볼 수 있었다.

리푸레이는 열람실을 나와 복도에서 한참 동안 선 채로 간신히 마음을 가라앉혔다. 그런 다음 자리로 돌아와《정보》에 EP문화와 제국의 상징인 황제펭귄이 등장한 것이 대체 뭘 의미하는지 분석했다.

EP문화가 제국이 자체적으로 세운 출판기관이라는 점에는 의심의 여지가 없었다. 설립 시기와 이름에서(리푸레이는 알쏭달쏭한 EP라는 명칭이 바로 제국문화의 상징인 황제펭귄, 즉 'Emperor Penguin'의 약자임을 이제 알았다), 그리고《정보》1호 속지 2, 3면을 차지하고 있는 것으로 보아 최소한 초기에 EP문화는 큰 기대를 받았다. 잡지 창간호가 어떤 광고를 게재하느냐에 따라 독자들이 바라보는 잡지의 위상이 결정되는 만큼《정보》2호 광고에서도 초창기 잡지의 운영 방향이 엿보였다. 이처럼 1호 속지 2, 3면에 EP문화의 콘텐츠를 실은 것은 광고라기보다 홍보였고, 이 작은 출판기관을 왕이 얼마나 중시하는지 알리는 내용이었다.《정보》는 제국 사내간행물에서 공공간행물로 바뀌었다는 사실을 잊지 말자.

위원왕후와 제국은 보통 사이가 아니었다. 적어도 한때는 그랬다. 이것은 첫 번째 추측이었고, 현재의 단서들을 하나로 모으는 필연적 방향이기도 했다. 표면적으로 위원왕후는 EP문화의 도서 책임편집자에 불과했고, 확인할 수 있는 책은《신의 계보》한 권밖에 없어 다른 건 검증해봐야 하겠지만, EP문화의 도서목록에서 출간목표를 대략 가늠할 수 있었다. 도서목록과 출간목표 뒤에는 시인 위원왕후의 그림자가 뚜렷이 있었다. EP문화는 위원왕후의 아이디어였고, 심지어 그와 왕 두 사람의 공동 아이디어라고 과감하게 추측할 수 있다.

또한 위원왕후와 왕의 사이가 보통이 아님을 추측할 수 있다. 리푸레이는 위원왕후가 제국그룹 산하 출판사업팀 소속 작가임은 분명히 알았지만, 위원왕후와 왕의 나이 차가 20년이나 되고 둘의 재산과 지위, 커리어의 차이 때문에 둘 간에 개인적 교집합이 있을 거라는 생각은 전혀 못 했다. 현재 세계적으로 훌륭한 시인, 작가로서 제국과 계약하지 않은 사람이 몇이나 될까? 하지만 추측의 안내를 받으니 두 사람의 개인적 교집합의 증거를 찾는 것도 쉬웠다. 이를테면 전설이라 여겨지는 경력에 따르면 국내 1위 대학교의 문학대학 교수였던 왕은 36세에 학교를 떠나 제국을 세웠고, 문과 배경으로 미래 과학기술을 핵심으로 하는 상업제국을 이룩했다. 왕이 학교를 떠난 시기에 겨우 열여섯 살이었던 위원왕후가 2년 후 대학에 들어갔을 때 왕은 이미 상업적으로 어느 정도 성공을 거뒀다. 위원왕후가 국내 2위 대학교 문과대학에서 공부할 때 왕의 업적이 널리 칭송되는 건 당연했다. 위원왕후를 가르친 이들 중에 왕의 선후배나 친구가 있었을 수도 있고, 위원왕후의 학교에서 왕이 연설이나 이벤트 초청을 받았을 가능성도 높다. 위원왕후의 학교에서 왕이 총기 넘치는 졸업생을 모집했고, 왕에 대한 위원왕후의 존경심과 제국 사업에 대한 관심을 높게 사서 왕이 그를 발탁했을 가능성은 더더욱 배제할 수 없다.

이 추론이 성립한다면 위원왕후와 《정보》의 관계도 추측할 수 있다. 위원왕후는 이력이 모호하지만 얘기 중 언뜻 내비쳤던 정보에서 박사졸업 학력임을 알 수 있다. 당시 박사학위 취득에 필요한 시간과 그의 나이를 따져보면 대략 2012년에 박사를 졸업했다. 2

년이란 기간은 제국이 어떻게 돌아가는지, 왕의 생각이 어떤지 확실히 이해하고 제국의 운영방향을 명확히 판단하기에 충분하다. 시인 특유의 민감함과 미래 발전에 대한 판단으로 위원왕후는 왕을 설득해 《정보》와 EP문화를 만들고, 이 소규모 기관을 제국 전체 운영의 핵심으로 만든 것이다. 위원왕후와 왕이 어떻게 사이가 틀어졌는지는(이 표현은 좀 과할 수도 있다. 불쾌하게 헤어지는 건 늘 있는 일이니) 두 사람만 아는 일이다. 그렇게 위원왕후는 제국을 떠나고 왕과 남남이 되었다. 왕은 욱해서, 사내간행물에서 공공간행물로 바뀌는 틈을 타 위원왕후가 남긴 그림자를 깡그리 없앴다. 그 후 EP문화도 자연스럽게 운영을 중단했다.

뒤의 내용은 당연히 모두 추론이지만, 기존의 독립된 의문점들을 강력하게 하나로 연결해준다. 유일한 의문점은 이런 일이 위원왕후의 자살과 무슨 관계가 있느냐는 것이었다. 위원왕후가 남긴 서로를 입증하는 두 자료는 어느 곳을 가리키고 있는가? 위원왕후가 왕에게 핍박을 받은 건 아닐까? 생각이 여기에 이르자 리푸레이는 또 하나의 돌파구를 찾고 희미한 빛을 본 듯했다.

23

歧기 :
양羊, 갈림길

EP문화의 출간도서는 모두 도서관에서 열람할 수 있었고 리푸레이가 했던 추측을 입증해줬다. 도서목록에서 알 수 있듯이 EP문화의 책들에는 모두 뒤쪽에 'EP고전' 목록으로 기존 출간도서들이 나열돼 있었다. 2016년부터 2019년까지 EP문화는 총 25종의 책을 출판했고 전부 시와 관련이 있었다. 판권면에는 편집위원회나 기획자, 또는 객원편집자도 없이 책임편집자란에 '위원왕후'라고만 쓰여 있어 그가 EP문화의 실질적 운영자임을 알 수 있었다.

〈메이거梅葛〉〈차무查姆〉〈러어터이勒俄特伊〉〈아시의 선기阿細的先基〉*를 모아놓은 《이족사시彝族史詩》끝머리에는 편저자의 후기가 있

---

*   〈메이거〉는 중국 소수민족인 이족(彝族)의 민간 가무와 민간 구두문학의 총칭. 〈차무〉는 이족의 언어인 이문(彝文)으로 기록된, 이족에게 전해 내려오는 만물의 기원을 묘사한 사시(史詩). 〈러어터이〉는 이족 조상의 영웅을

었다. 그중 다음과 같은 내용이 있었다.

5년간 함께해준 이 책의 편집자 왕후 선배에게 감사를 전한
다. 선배의 제안이 없었다면 이 작업을 시작하지 못했을 것
이다. 선배의 격려가 없었다면 절반도 못 가 그만두었을 것
같다. 5년간 선배는 나와 함께 양산凉山, 추슝楚雄, 훙허紅河,
비제畢節, 류판수이六盤水 등지에 여러 번 갔다. 우리는 그 노
래들을 들으며 오래된 선율로부터 이미 사라지거나 지금도
계속되고 있는 삶으로 들어감으로써 산과 물의 혼, 이족의
영혼을 느꼈으며, 이번 생에 이렇게 위대한 사업을 시작할
수 있었던 것을 매우 다행으로 여겼다. 이 책이 왕후 선배의
손에서 출판될 수 있어 더욱 뿌듯하다. 5년 전 선배는 박사
공부 중에 내게 준비를 단단히 하고 작업에 임하라며 가볍게
조언했고, 5년 후 마침내 존경하는 마음을 전할 차례가 되었
다. 이렇게 생각하니 대자연의 창조 이치는 이미 정해져 있
음에 감탄하며 쾌재를 부를 수밖에 없다.
마찬가지로 이 책의 '펴낸이'이자 왕이라 부를 수 있게 허락
해준 그분에게 감사를 전해야 한다. 왕은 상업제국을 세웠기
에 그런 존칭을 받아도 마땅하나, 그에게서 구현되는 통찰
과 예지, 자신과 다른 견해를 용납하는 도량, 이견을 자기 것

노래한 사시. 〈아시의 선기〉는 윈난성 민족민간문학 훙허(紅河) 조사팀이
수집해 편저한 작품. 이 네 개를 '창세 4대 사시'라 부른다.

으로 소화해 제국에 동력을 제공해야 하는 웅장한 포부와 신념 덕분에 민주주의 시대에 만방을 통솔하는 왕의 기백을 지녔다. 바로 이 기백 때문에 사람들은 그를 똑바로 쳐다보지 못하면서 또 그에게 가까이 가고 싶은 마음을 품는다. 이 책의 탈고를 앞둔 밤 왕과 왕후 선배, 나는 마유춘馬游村에 있었다. 우리 셋은 방바닥을 파서 만든 화로에 둘러앉아 〈메이거〉를 들으며 술을 들이켰다. 취기로 몽롱한 가운데 왕후 선배는 시는 영원히 존재할 거라고 거침없이 말했고, 시가 있으면 왕의 상업제국은 결국 모래 위의 제국이 되고 인류는 환영幻影을 보게 될 것이라 단언했다. 당연히 주사가 없고 그런 말에 노여워할 리 없는 왕은 왕후 선배의 호언장담이 끝나자 덤덤하게 반문했다. "시가 영원히 존재할 거라는 걸 누가 보증하나?" 따분함이 서린 말이었다.

리푸레이는 이 이야기를 믿을 수 없었다. 다른 책을 다시 펼쳐보니 양식이 통일되어 있지 않았고, 서문과 후기는 필수가 아니어서 있기도 하고 없기도 했다. 하지만 다른 서문과 후기에는 위원왕후와 왕에게 감사인사를 전하거나 두 사람을 언급하는 글이 없었다. 이걸로 보면 저자나 역자, 편집자가 그런 글을 쓰지 않아서 수록하지 않은 게 아니라 위원왕후가 삭제했을 공산이 컸다. 유독 이 책에만 이렇게 긴 글을 남겨놓았고, 곱씹어봐야 할 부분이 아주 많았다.

편저자는 완곡하게 썼지만 위원왕후와 왕 사이의 '이견'은 분명히 드러났다. 그건 근본적인 이견이었고 표면적으로는 시가 앞으로 존재할지 여부에 대한 서로 다른 인식이었지만, 그 이면에는 인류의 미래와 전망에 대한 인식도 있었다. 위원왕후가 왕의 상업제국을 단호하게 부정하며 '환영'이란 극단적 표현도 사용했으니 왕은 당연히 불쾌했을 테고, 그의 반문은 위원왕후의 말에 대한 본능적 반격으로 볼 수 있다. 바로 뒤에 편저자는 "따분함이 서린 말이었다"라는 반어적 해석을 붙인다. 왜 그랬을까? '시가 영원히 존재한다'는 것은 왕에겐 거짓 명제로, 논쟁할 필요와 흥미가 전혀 없는 문제로 여겨졌을 터이고, 따라서 그런 분명한 문제에 대해 잘 이해하지 못하는 사람과 얽혀서 논쟁하기를 꺼렸던 것 같다. 하지만 왕이 '시가 영원히 존재함'을 인정하지 않았다면 위원왕후가 EP고전을 출간하는 걸 왜 지지했을까? 비전이라곤 전혀 없는 프로젝트에, 즉각적인 이익이나 영향력이 있을지도 미심쩍은데. 아니, 미심쩍은 정도가 아니라 한눈에 봐도 보잘것없는데.

'따분함이 서렸다'는 건 그래서였나? 왕이 그전까지는 EP고전에 기대와 환상을 품었다면 위원왕후의 취중진담에 정신이 들었고, 더 나아가 그 프로젝트에 심혈을 기울이는 것이 '따분해진' 걸까? 이런 의문을 제기하는 건 왕을 업신여기고 그의 배포를 얕본 것이며, 적어도 그의 재력을 신임하지 않는다는 의미다. EP고전이든 《정보》든 이런 프로젝트에 들어가는 자금과 자원은 제국 입장에선 새 발의 피다. 왕은 돈을 허비하는 사람이 아니지만 그 정도 자금은 결코 그를 따분하게 만들 수준이 아니었다. 책 한 권을 탈고할 즈음, 왕이 펴낸이로서 바쁜 와중에 시간을 내 윈난雲南 산

동네에 갔고, 그것도 축하행사나 의식에 참석한 게 아니라 편저자, 편집자와 함께 한잔하며 허물없이 얘기하러 간 것이라면 딱 두 가지 가능성밖에 없다. 왕이 그 책 또는 그 프로젝트에 평범하지 않은 열정이 있었거나, 아니면 그런 방식으로 실무자에게 지지를 표할 필요가 있었는데 그가 바로 위원왕후였거나. 그런데 위원왕후가 취중진담으로 왕이 그 일, 그 실무자에게 투자하는 게 허튼 낭비라는 걸 일깨우자 따분함을 느낀 것이다.

늘 어둠 속에서 질주하던 사람이 갑자기 저 앞의 빛을 언뜻 발견하고 미친 듯이 그쪽을 향해 달려간다. 그 빛이 어디에 있는지, 왜 거기에 있는지 등의 의문은 잠시 접어둔 채로. 리푸레이도 그런 심정이었다. '위원왕후의 죽음' 추적이라는 어두운 밤을 걷다가 갑자기 예상 밖의 빛을 보았다. 그전까지 여러 단서들에 의혹을 품고 위원왕후와 제국, 왕의 관계가 평범하지 않다고 은연중 느꼈었는데, 위원왕후와 왕 간의 '이견'이 증거처럼 작용해 '위원왕후의 죽음과 왕과의 직접 관련성'이라는 결론을 내고 싶어 안달이 나는 것이었다. 심지어 '왕이 위원왕후를 죽음으로 몰고 갔다'는 문장이 가슴에서, 머리에서, 눈앞에서 통통 뛰는 것을 느꼈다.

물론 아직 보잘것없었다. 가진 것이라곤 실낱같은 실마리가 전부였다. 두 사람이 일찌감치 아는 사이에다 친분이 꽤 두터웠다는 사실밖에 증명할 수 없고, 무엇보다 20여 년 전의 실마리를 구체적으로 묶는 단서도 대부분 이미 시간에 묻혀 사라졌다. 하지만 빛이 늘 어느 곳을 가리키듯 이 흔적들도 최소한 방향은 표시했고, 그 방향은 '위원왕후의 죽음이 왕과 제국의 압박을 받았을 가능성'을 시사했다. 그 방향을 따라가면 '이견을 자기 것으로 소화해 제국에 동력을 제공해야 하는 웅장한 포부와 신념'이라는 말이 가리키는 것이 있었고, '소화'라는 두 글자에서도 살벌한 기운을 읽을 수 있었다.

이 방향은 시간의 강을 건널 때 돌을 더듬으며 했던 과감한 추측이라는 점을 잘 알았지만, 리푸레이는 얼마 남지 않은 시간에 이 방향을 따라 더듬어보면 진상에 가까워지지 않을까, 뭔가 얻는 게 있지 않을까 생각했다.

방향을 정하려면 가지고 있는 단서를 더 빠짐없이 분석해야 했다. 책 후기에서 관건이 되는 두 단락 자체에 내포되어 있는 정보는 이미 드러났지만, 아직 곱씹어봐야 할 부분이 더 있었다. 이 두 단락을 남긴 것은 위원왕후의 결정이었음이 분명하고, 왕이 이를 알았든 혹은 동의했든 상관없이 실무자는 자기 선에서 이 두 단락을 남겨둘 수 있었다. 이 글을 남겼다는 건 위원왕후가 자신과 왕의 의견충돌을 공개했다는 것이고, 그 이견이 무엇인지 명확하지 않더라도 이는 절대적으로 중요한 문제다. 왕이 알았든 몰랐든(왕이 알았고 의견충돌을 공개하고 싶지 않았다면 책이 판매되기 전에 회수해 소각할 수도 있었을 것이다) 위원왕후의 의지는 의심할 필요가 없다. 위원왕후는 의견충돌을 공개함으로써 자신이 왕의 상업제국을 인정하지 않으며, 자신과 왕의 이념 차이는 타협의 여지가 없다는 태도를 표명하려 했다. 태도를 표명한다는 것은 행동을 의미하는 경우가 많고, 의견충돌을 공개한다는 것은 당연히 각자의 길을 가겠다는 행보의 표시다. 위원왕후의 이런 행보는 완곡한 선포로 볼 수도 있고, 함축적인 작별인사로 이해할 수도 있다. 두 단락을 있는 그대로 실었다는 건 위원왕후와 왕의 협력관계가 거기까지였음을 의미한다.

이 추론으로 EP고전 프로젝트도 확인할 수 있다. 책 뒤쪽에 실린 간단한 도서목록이나 구체적인 도서목록을 찾아봐도《이족사시》는 EP고전 시리즈의 마지막 책이다.

또 하나의 가능성도 추론해볼 수 있다. 위원왕후와 왕은 일찌감치 서로의 의견충돌을 눈치챘고, 방관자가 기록한 두 단락으로 둘은 더 이상 의견충돌을 회피할 수 없었다. 둘은 이 사실이 틀림없음을 확인했지만 얼굴을 붉힐 필요가 없었고, 실제로도 그런 일은 없었다. 그래서 증거와 기념으로 삼아 그 두 단락을 남기기로 함께 결정한 것이다.

물론 이것은 전체 사건에 대한 선의의 추측이지만, 이런 선의가 최종 결과에 대한 추측에 지장을 주진 않았다. 30년이란 세월의 정화를 거치며 두 사람의 선의가 어떤 것을 부화시켰는지 또 누가 알겠는가. 세월은 분노, 원한과 같은 부정적인 감정도 씻어내지만 당연히 선의도 씻어낼 수 있다. 뼈에 박힌 가시처럼 반드시 뽑아야 할 상대방의 미운 모습을 보게 하고, 특히 그 미운 모습에 이념의 뒷받침이 있다면 오래된 감정도 동요하는 법이다.

리푸레이는 위원왕후의 죽음과 왕 사이에 불가분의 관계가 있다고 인정했지만, 그렇다고 거기에 피비린내 나는 스토리가 있을 거라고는 생각하지 않았다. 그건 제국의 역량과 왕의 장악력을 너무 무시하는 처사였다. 일단 왕의 의지가 발동하면, 즉 왕이 일을 집행하기 시작하면, 제국은 더 이상 분해되지 않는 물질의 입자인 퀴크quark도 바스러뜨리는 압력을 행사할 수 있다. 하물며 살아 있는 사람, 약간의 증오와 약간의 소중함, 약간의 두려움, 약간의 기대를 가진 사람에 대해선 어쩌할까? 오래 친분을 쌓은 만큼 왕은 위원왕후의 모든 것을 잘 알았을 테고, 제국은 왕의 지시에 따라 위원왕후의 성격적 약점과 지렛목을 정확히 찾아낼 수 있었다. 즉, 그들은 조금만 힘을 쓰면 기대하는 결과를 쉽게 만들어낼 수 있었을 것이다.

두 단락의 글을 보고 리푸레이는 위원왕후의 죽음이 왕과 관련되어 있다면 왕이 어떤 조치를 취한 부분과 갈등 지점도 반드시 시와 관계가 있으리라는 점도 인정했다. 위원왕후와 왕의 이념 차이는 시에 있었고, "시가 영원히 존재할 거라는 걸 누가 보증하나?"는 왕의 반문이자 확신이었다. 30년 후 시는 사라지지 않았고, 시를 쓰는 위원왕후는 오히려 노벨문학상을 받으며 문학 분야 최고의 상징으로 인정받았다. 반면에 왕은…… 리푸레이는 오전에 만난 왕을 생각했다. 호시탐탐 목숨을 노리고 있는 의료기기에 둘러싸인 왕은 몸에 줄을 꽂은 채 간당간당 숨 쉬며 죽음을 기다리고 있었다. 그렇게 날마다 잠깐씩만 깨어 있는 왕이 위원왕후와의 그런 대비와 격차를 견뎌낼 수 있을까? 어쩌면 이런 시기심에서 왕은 위원왕후를 망가뜨릴 행동을 개시할 뜻을 제국에 넌지시 전했는지도 모른다.

24

士사 :
일하다, 살피다,
열을 미루어 하나로 합치다

류창은 카페에 들어오자마자 리푸레이를 발견했지만 곧바로 다가오지 않았다. 화장실에 가려는 듯이 직진해 끝까지 가서 좌회전하고, 몇 걸음 가더니 갑자기 고개를 돌려 걸으면서 주위를 살폈다. 창가 쪽에 여덟 개의 칸막이가 있고 가운데 쪽에 테이블 몇 개가 있었다. 지금은 모든 테이블에 사람이 있었다. 커피를 마시거나 차를 마시는 사람, 아침인지 저녁인지 모를 식사를 주문한 사람도 있었다. 대부분 이동영혼을 통해 의식공동체에 들어가 자유공간을 구축하고 신나게 놀고 있었다. 그래서 카페 안은 아주 조용했고 의심스런 사람이나 조짐은 보이지 않았다.

"경찰들도 이렇게 신중해야 하나요?"

류창이 다가와 맞은편에 앉자 리푸레이가 물었다.

"그렇죠. 지금은 사람들 시각이 언제나 개통된 시간이라 저희가 만나는 장면을 누군가 무심코 의식공동체에 넣을지도 모르거든요. 그 내용을 윗선에서 삭제하도록 제국에 요청할 채널이 있긴 하지만 아무래도 번거롭죠. 그전에 누군가 보고 엉터리로 추측할지 장담할 수 없고, 어떤 소동이 일어날지도 예측할 수 없고요. 이런 일을 오래 하다 보니 신중하지 않을 수 있겠습니까?"

류창은 테이블에 손을 뻗어 라테 한 잔을 주문했다.

"그럼 안쪽만 확인하면 안 되죠. 밖에서 누군가 계속 두 분을 쫓아다니며 몰래 촬영해서 이미 의식공동체에 정보를 올렸을지도 모르잖아요."

리푸레이가 농담을 건넸다.

"그건 염려하지 않으셔도……."

류창의 말이 끝나기 전에 리웨이도 들어왔다. 리웨이는 리푸레이와 악수를 하고 류창 옆에 앉았다.

"죄송합니다. 이렇게 금방 두 분을 귀찮게 할 일이 생겼네요. 어제 리 경관님께서 도움이 필요하면 두 분을 찾으라기에 연락드렸습니다. 그런데 미리 말씀드리자면 저는 개인적으로 연락을 드린 것이지, 경찰에 단서를 제공하려는 건 아닙니다."

리푸레이는 말을 멈추고 테이블에서 아메리카노와 레모네이드 사이를 오가는 리웨이의 손가락을 바라봤다. 손을 뻗어 리웨이의 고민을 해결해주고 싶은 마음이 간절했지만 자신 역시 손을 뻗을까 말까 주저하는 것을 깨달았다. 그때 류창이 리웨이 대신 단호하게 아메리카노를 주문함으로써 두 사람의 고민을 끝내줬다.

"저희가 뭘 하면 좋을지 모르겠습니다. 저희 직권이 허락하는 범위라면 문제없습니다."

류창이 웃으며 말했다.

"기사는 왜 자살을 했을까요? 50년 후의 세계에 남는 것도 괜찮지 않나요? 강 한 번 건너는 걸로 100여 년 후로 들어가 그 시대의 생활상을 엿볼 수 있다면 저는 바로 헤엄쳐 건넜을 겁니다."

말을 하던 리웨이의 얼굴에 민망해하는 표정이 떠올랐다.

"선생님이 말씀하신 그 시 〈타타르 기사〉를 봤습니다."

리푸레이는 조금 놀란 눈으로 리웨이를 봤다. 위원왕후의 자살 원인을 찾는 일이 시급한 와중에 〈타타르 기사〉를 다 읽었다는 건 별로 신기하지 않았다. 그가 놀란 건 방금 얘기하다 지은 리웨이의 표정 때문이었다. 그 표정은 어떤 목적성을 띠고 시를 읽은 경찰의 것이 아니라 순수한 독자의 것이었다.

리푸레이는 리웨이가 사전에 류창과 〈타타르 기사〉에 대한 소감을 공유하지 않았다는 것도 알았다. 리웨이가 말할 때 류창이 보여준 눈빛이 그 사실을 말해줬다. 류창이 리웨이의 그런 행동을 이상히 여기는 낌새는 아니었다.

"시 내용에 따르면, 기사는 마지막에 소녀를 찾다가 절망에 빠져 스스로 생을 마감합니다. 기사는 그런 방식으로 천국의 소녀와 좀 더 일찍 만나길 바라죠."

리푸레이는 자신이 기존에 내린 결론을 말해버렸다. 그런데 입 밖에 내는 순간 그 결론의 내용이 너무 뻔하다는 생각이 들었다. 그가 이어서 말했다.

"왕후가 자세히 쓰지는 않았지만 갑자기 약 130년 이후 세계에

갔다면 얼마나 큰 시련에 직면했을지는 우리도 알 수 있죠. 미치지 않는다면 남는 건 죽음뿐일 겁니다."

리푸레이의 말에 리웨이는 고개를 저었다.

"아니요. 기사는 시간의 강을 건널 때 겨우 열여덟 살이었습니다. 위원 선생이 명확히 쓰지는 않았지만, 기사가 강을 건너 얼마만큼의 세월을 살았든 또다시 강을 건너 뭍에 오르면 다시 열여덟 살로 돌아왔을 겁니다. 이 점이 의심의 여지가 없다면, 마지막으로 강을 건너 2100년으로 갔을 때도 기사는 다시 열여덟 살이었습니다. 열여덟 살은 학습에 대한 의욕과 능력이 최고조에 이르는 나이죠. 기사는 자신이 자란 세계와 130여 년이나 떨어진 곳에서도 학습을 통해 생존하고 출중한 인물이 될 수 있었을 겁니다. 기사에겐 그 누구에게도 없는, 다양한 시대를 겪으며 얻은 경험이 있었죠. 그런 실질적 경험은 진귀한 보물을 능가하죠. 따라서 시련이 크긴 했겠지만 기사가 반드시 미치거나 죽지는 않았을 겁니다."

"맞는 말씀입니다."

리푸레이는 왠지 불쾌한 기분으로 대답했다. 자신의 말에 리웨이가 바로 반박해서는 결코 아니었다. 그는 자신을 똑바로 들여다보며 불쾌함의 이유를 생각했다. 그때 종업원이 류창, 리웨이가 주문한 커피를 가져왔다. 리푸레이가 이어서 말했다.

"순전히 추측하자면 기사는 2100년에 거뜬히 생존할 수 있었고, 적어도 그럴 가능성이 높긴 합니다. 하지만 급한 일은 그 소녀를 찾는 거였죠. 특히 소녀가 자기보다 서른 살이 많았던 시대로 갔을 때 소녀를 찾을 기회를 놓쳤던 것 때문에 몹시 고통스러워했습니다. 과거의 후회와 현실의 상실감이 삶의 의지를 떨어뜨리고 결국 완전히 짓밟아버린 것이죠."

"그것도 아닙니다."

리웨이는 리푸레이와 맞서기로 작정한 듯 반박했다. 하지만 그가 〈타타르 기사〉를 자세히 읽었으며, 그 과정에서 얻은 것이나 궁금한 점을 류창과 공유하는 한편 리푸레이에게 검증받고 싶어 한다는 것을 그의 표정에서 읽을 수 있었다.

"기사가 지혜로운 사람이었다면, 시 속의 인물을 그렇게 가정하는 건 부적절할 겁니다. 만일 저였다면 단지 소녀를 만나기 위해서 자살하는 일은 없었을 겁니다. 왜냐고요? 기왕 시간의 강을 건넜고, 규칙에 의해서든 무작위적인 것이었든 시간에 의해 한곳으로 내던져졌잖아요. 그렇다는 건 적어도 앞으로도 시간을 넘나들 수 있다는 의미죠. 시간의 강물이 말라 없어져도 시간을 넘나들 방법이 없다는 얘기는 아니란 말입니다. 단지 과거로 돌아가 그 소녀를 찾기 위해서라면 기사에게 가장 이상적인 행동은 시간을 넘나드는 방법을 찾는 겁니다. 그래서 기사는 여러 과학연구기관에 갔지만 그 기관들도 가능한 방법이 아직 없다고 얘기하죠. 하지만 기사는 겨우 열여덟 살이었음을 잊지 말아야 합니다. 50년 후의 평균 수명에 따르면 아무리 짧아도 80년은 더 살 수 있습니다. 80년이면 얼마나 많은 일이 불가능에서 가능으로 바뀔까요? 조금의 형상도 없었던 것이 현실적인 사물로 나타나는 일이 얼마나 많을까요? 기사가 당장은 돌아갈 방법을 찾지 못했어도 살아 있는 한 언젠가는 찾게 되겠죠. 그 당시 소녀의 생생한 모습, 아름다운 열여섯 살의 모습을 기억하는 건 기사밖에 없으니, 기사가 살아 있는 한 소녀는 아직 세상에 존재하는 겁니다. 기사가 오직 정 때문에 자살한다면 자신의 죽음으로 인해 소녀를 다시 한 번 죽이는 셈이 되지요."

리푸레이는 마지막 말을 듣고 멍해졌다. 류창을 보니 그도 눈을 멀거니 뜨고 있었다. 여러 해 동안 파트너로 일했지만 리웨이가 이렇게 감상적인 얘기를 하는 건 류창도 처음 들었다. 다행히, 그래도 오래 파트너로 일한 덕분에 리웨이가 감상에 젖어들며 더 독백 같은 말을 하는 걸 끊을 수 있었다.

"아쉽지만 그건 위원왕후가 쓴 작품이야. 시간의 강을 건넌 그 사람, 열여섯 살 소녀의 생생한 모습을 기억하는 사람은 타타르 기사지 리 경관이 아니잖아. 바꿔 말해 자네가 아니고 나라면 어땠을까? 그런 말은 해봤자 아무 소용 없어. 위원왕후가 그렇게 썼을 때 무슨 생각을 했는지 파악하는 게 중요하지."

류창이 말했다.

"서두르지 마."

리웨이는 류창이 자신과 대립한다고 여기지 않았다.

"그냥 두 사람에게 묻는 건데, 기사가 정 때문에 자살했다면 위원 선생은 왜 기사에게 그렇게 복잡한 장례를 계획한 걸까요? 장례는 물론 의식이지만, 그런 의식이 단지 소녀에 대한 그리움과 사랑을 주제로 해야 하는 건 아니잖아요. 요즘 의식은 완전히 문명화된 의식이고, 전 인류문명의 장례가 될 수도 있잖아요. 안 그래요?"

리푸레이는 리웨이의 말을 자르고 싶었다. 그리고 미결정 도시에서 기사의 장례는 결코 절망적인 느낌이 아니라 고향과 시간으로 회귀하는 분위기에 더 가까웠다고 말하고 싶었지만 그만뒀다. 자신이 읽은 것이 정답이라고 누가 말할 수 있을까? 그게 꼭 위원왕후의 의도였을까? 위원왕후를 잘 안다고 자부한 나머지 스스로 눈을 가린 걸지도 모른다. 이런 생각에 리푸레이는 맘속으로 〈타타르 기사〉의 관련 단락을 다시 한 번 더듬으며 리웨이의 생각대로라면 어떤 암시가 있을지 추측해봤다.

"그럼 경관님은 왕후가 대체 어떤 깊은 뜻으로 그런 장례 풍경을 그렸다고 생각하세요?"

리푸레이가 리웨이에게 물었다.

"기사가 무슨 뜻이죠?"

리웨이가 질문으로 대답을 대신했다.

"음……."

리푸레이는 리웨이가 어떤 뜻으로 그런 질문을 했는지 알았다. 그가 위원왕후에게 왜 그 긴 시에 그렇게 튀고 중국어 환경에서 벗어나는 이름을 붙였냐고 물은 적이 있었다. 그때 그냥 웃기만 하던 위원왕후의 모습을 리푸레이는 똑똑히 기억한다. 지금 리웨이의 질문에 리푸레이는 위원왕후처럼 대응하고 싶진 않았지만, 뭐라 특별히 대답할 말도 없었다.

"기사는 처음에 유럽 중세시대의 한 계층이었고 시간이 흐르면서, 특히 문학 작품의 형상화를 통해 기사도는 하나의 정신이 되었죠. 이 정신은 겸손, 영예, 희생, 용맹, 연민, 성실, 공정, 영성의 8대 미덕을 지칭할 수 있고요. 우리가 잘 아는 세르반테스의 소설《돈키호테》는 기사를 풍자한 소설인데, 오히려 기사정신을 널리 알리며 세상에 전했습니다."

리푸레이는 가장 성실한 대답을 내놓았다.

"감사합니다. 저도 전에 찾아봤는데 기억이 나질 않아서요. 맞는 말씀입니다. 8대 미덕 중 영성은 우리에게 그리 익숙하지 않지만 다른 미덕들은 중국인들도 제창하는 것이죠. 여기서 착안하면 위원 선생의 작품이 왜 〈타타르 기사〉인지 이해가 잘 됩니다. 기사가 퇴장한 건 2100년이니, 작품 전체에서 이름을 직접 부르지 않고 그냥 '기사'라고 한 것이 이치에 맞습니다. 방금 말씀드렸듯이 기사는 시간의 강을 건널 때마다 열여덟 살로 돌아가지만, 그의 기억과 경험은 모두 남아 있죠. 다시 말해 열여덟 살의 몸에 기억과 경험이 계속 포개어지죠. 2100년에 퇴장할 때 그 기억과 경험, 과거 시간을 여행한 덕분에 그는 훌륭한 기사가 되었습니다. 위원 선생이 그렇게 많은 문장으로 기사를 만들어낸 것이 단지 그를 미래 세계에서 난관에 부딪히게 만들고 순정 때문에 죽게 하기 위해서였을까요?"

리웨이는 여기까지 말하고 커피를 홀짝홀짝 마셨다. 카페인의 자극을 만끽하며 사건을 처리하는 경찰의 본색을 회복했다. 그는 얼굴에 감정을 드러내지 않고 맞은편에 앉은 리푸레이의 반응을 살폈다. 조금 전의 분석, 마지막에 내뱉은 자신의 말이 리푸레이에게 어떤 반응을 일으키는지 보고 싶은 듯했다.

아닌 게 아니라 리푸레이는 소나기처럼 쏟아진 리웨이의 분석에 휩쓸리고 있었다. 위원왕후가 '기사'라는 명칭을 사용한 것, 자신이 그의 장례에 참석하도록 한 것, 그리고 기사의 장례 절차에 대해 자신이 소홀히 여기거나 놓친 부분이 있는 건 아닌지 불안했다. 뭘 얘기하려는 걸까? 리푸레이는 몹시 궁금했지만 다행히 마음을 가라앉힐 수 있었다. 그는 테이블에서 식은 커피 잔을 들었다. 커피를 마시며 잠깐 눈을 돌린 사이, 살짝 묘한 미소를 띠며 커피를 마시고 있는 류창의 얼굴이 보였다. 리푸레이도 류창도 일부러 리웨이의 말에 장단을 맞추지 않았다. 그가 언제까지 말을 멈추고 뜸을 들일지 두고 보자는 심산인 듯했다.

"커피 맛 좋네요."

의외로 리웨이는 태연한 표정으로 잔을 놓고 망설임 없이 계속 말했다.

"제 생각에 기사의 죽음은 시기가 적절하지 않아요. 위원 선생이 기사에게 그런 결말을 계획한 이유가 바로 그거죠. 마지막에 기사를 위해 은밀하지만 정신적 차원에선 웅대한 장례를 열어준 이유이기도 하고요. 시기가 적절하지 않다는 건 물론 기사정신이 시기에 맞지 않는다는 거예요. 2100년의 세상에서 기사의 처지를 보면 알 수 있죠. 위원 선생은 시간의 누적과 단련을 거쳐 그를 마침내 훌륭한 기사로 만들지만 미래에선 곳곳에서 난관에 부딪힐 수밖에 없죠. 뛰어날수록 더 큰 좌절을 맛보고, 좌절이 클수록 그의 존재가 시기에 맞지 않는다는 점이 설명됩니다. 아까 말씀하신 기사의 8대 미덕 가운데 미래 세상에서 필요한 건 하나도 없습니다. 그러니 기사가 죽지 않는 것도 이상하죠. 장례는 죽은 사람을 애도하는 노래입니다. 위원 선생은 그런 식으로 인류문명에 장례를 치른 거지요. 기사는 당연히 절망감 때문에 죽었습니다. 미래 세상에선 기사가 필요하지 않고 기사정신은 더욱 불필요하니, 절망 속에 자살할 수밖에 없었던 거죠. 아까 돈키호테 얘기를 하셨는데, 기사가 바로 미래 세상의 돈키호테 아닐까요? 돈키호테와 마찬가지로 자신의 상상 세계에 빠져 사람들의 웃음거리가 되고, 마찬가지로 세계와 조화롭게 공생할 수 없어 죽은 거죠. 이쯤에서 조금 생각을 바꿔보면, 기사의 죽음은 위원 선생이 계획한 것이 분명하고 작품 전체적으로 논리가 성립됩니다. 위원 선생의 마음도 마찬가지로 기사의 절망감으로 가득 찼을 것이라 봐도 무방할 겁니다. 그런 시를 쓴 건 인류문명의 방향에 대한 근심과 절망을 표현한 건데 오히려 세상 사람들에게 위대한 서정시라는 평가를 받고 '시에 대한 깊은 이해와 서정성에 대한 공헌'이 노벨문학상 선정 이유라니, 최대의 아이러니 아닌가요? 노벨문학상 심사위원들에게 오해를 받는 것보다 시인에게 더 절망스러운 것이 있을까요? 그래서 위원 선생도 타타르 기사처럼 죽을 수밖에 없었던 겁니다."

25

助조 :
왼쪽

리웨이는 마침내 말을 마치고 남은 커피를 벌컥벌컥 들이켰다. 그러고는 소파에 기댄 채 두 사람의 얼굴을 번갈아 쳐다봤다.

리푸레이는 거의 넋을 잃은 채 리웨이의 분석을 들었다. 불시에 던진 그의 결론에 놀라기도 했다. 원래 리푸레이는 리웨이의 분석을 따라 기존 단서를 정리할 생각이었고 우여곡절 속에서 단서들이 퍼즐 조각처럼 모이며 어렴풋이 진상을 드러내주기를 기다리고 있었다. 그런데 지금 리웨이가 갑자기 멈춰서 눈앞이 바로 끝이라고 선포하며 퍼즐들을 바닥에 떨어뜨리고 말았다. 심지어 그전보다 더 너저분하게 흐트러뜨렸다.

"분석이 아주 일리 있고 논리도 성립하네요. 그런데 제 생각엔 결론이 좀 급작스러워 현실 상황에 맞지 않는 것 같습니다. 말씀하신 것처럼 왕후는 본래 절망감을 그린 것인데 세상 사람들의 오해

가 그의 절망을 가중시켜 죽음을 택할 수밖에 없었다고 가정해보
죠. 그럼 왜 그 시기를 택했을까요? 수상 소식을 들은 직후나 며칠
뒤를 택하는 것이 최선이었을 텐데요. 세 달쯤 지났으면 절망감이
완전히 소화되진 않았어도 처음처럼 그리 단단하진 않았을 텐데
말이죠."

"당연히 그 점을 생각해봤습니다."

리웨이는 리푸레이의 반박이 대수롭지 않다는 듯 말을 이었다.

"며칠 있으면 시상식이잖아요. 〈타타르 기사〉가 표현하고자 한
것과 세상 사람들이 오해한 것, 이 둘 사이의 압박은 수상자 발표
당일부터 존재했을 겁니다. 하지만 위원 선생은 집에 틀어박혀 있
었으니 그 느낌이 그리 강렬하진 않았을 겁니다. 수상자 발표 이후
한 번도 의식공동체에 공개적으로 얼굴을 내밀지 않은 것을 보면
알 수 있죠. 시상식이 점점 다가올수록 위원 선생의 심정은 어땠을
까요? 조명을 한 몸에 받는 공개 장소에서 천자穿刺 시술을 받는 장
면을 상상해보시죠. 체액을 몽땅 뽑아갈 듯 오해로 얼룩진 그 바늘
을 직접 받으러 나간다는 것은 대충 상상만 해도 민감한 시인을 무
너뜨리기에 충분하죠. 시간이 흐를수록 위원 선생은 불안했고 결
국 자살로써 수상 포기를 선택합니다. 물론 위원 선생이 그런 방식
으로 수상을 포기한 것에는 강력한 반격의 의미도 포함되어 있다
고 말할 수 있죠."

"그 말도 성립은 됩니다만 저는 동의할 수 없다는 것을 양해해
주십시오."

리푸레이는 조금 독단적으로 말했다. 아직은 자신이 위원왕후

의 수상연설문을 본 사실을 경찰에게 밝히고 싶지 않았다. 위원왕후가 수상연설을 준비했다는 건 적어도 그는 한림원이 그런 이유로 자신을 수상자로 선정한 것에 저항하지 않았다는 뜻이다.

"저는 왕후의 죽음에 외압적인 요인이 있었다는 생각을 떨칠 수가 없습니다. 아직 증거는 없지만 그런 직감이 강하게 드는군요."

리푸레이는 이렇게 덧붙였다. 가까스로 '직감'이라는 단어에 호소하는 수밖에 없었다.

"외압 요인이요?!"

리웨이는 믿을 수 없었다.

"현장을 보고 사망 전 위원 선생의 여러 행적을 봐도 타살의 흔적은 전혀 없었습니다. 굳이 말한다면 유일하게 이상하다 할 수 있는 것도 사망 몇 분 전에 리푸레이 선생님께 메일을 쓴 일이고요. 그럼 이를 근거로 리푸레이 선생님이 위원 선생을 죽음으로 몰고 간 외압 요인이라고 단정해도 되겠습니까?"

리푸레이는 말없이 리웨이를 바라봤다. 리웨이의 반응이 조금 실망스러웠다. 방금 전 조리 있는 맥락으로 추론하던 그의 좋은 인상이 이 유치한 도발성 질문으로 깡그리 희석됐다. 결론을 낸 뒤엔 타인의 질의를 수용하지 못하는 게 사람의 본질인 모양이다.

"침착해."

류창이 리웨이를 제지하며 말했다.

"리 선생님이 말씀하신 '외압 요인'이 반드시 '타살'을 뜻하는 건 아니잖아. 리 선생님 생각은 위원 선생이 만약 자살했다면(이 점은 기본적으로 확실하지만) 외부적인 스트레스를 받았다는 거지. 그 스트레스는 자네가 말한 절망감과 비슷한 부분이 있지만 좀 더 구체적이야. 이를테면 '시혜자'를 찾을 수 있고 구체적 사항을 겨냥한 구체적 행동도 있다는 거지. 스트레스가 그렇게 컸으니 위원 선생은 자신을 죽음으로 가라앉히고 제거할 수밖에 없었겠지. 제 말이 맞나요? 리 선생님."

"맞습니다, 류 경관님. 두 분은 정말 최고의 파트너군요."

리푸레이는 이제 본론으로 들어가야겠다고 생각했다.

"오늘 두 분을 찾은 것도 그것 때문에 도움을 청하고 싶어서입니다. 저는 누군가를 고발할 수 있는 증거를 찾지는 못했습니다. 제 추측이 사실로 입증된다 해도 누굴 고발할 순 없겠지만요. 하지만 이왕 이 사건에 말려들었으니 진상을 알아내는 건 제가 내세울 수 있는 권리죠."

"그럼요. 말씀하세요. 이미 말씀드렸다시피 저희가 할 수만 있다면 최대한 선생님을 도울 겁니다. 법에 위반되지만 않으면 됩니다. 죄송합니다. 단순히 신중을 기하느라 이렇게 얘기하는 건 아닙니다. 직업상 저희는 당연히 법을 준수해야 하죠. 결과의 유효성 측면에서도 저희는 일거수일투족이 모두 법의 틀 안에 있도록 보증해야 하거든요."

류창이 말했다.

"안심하세요. 저는 그냥 도움을 청할 뿐입니다. 저에게 도움을 주실지, 어느 정도까지 도와주실지는 법의 척도에 따라 두 분이 결정하십시오."

리푸레이는 몸을 앞으로 기울여 류창, 리웨이에게 더 가까이 갔다. 그는 무의식적으로 제국의 여러 이목을 피하려는 것일 뿐, 이 행동이 두 경찰에게 조금 신비롭거나 뭔가 있어 보일 수 있다는 생각은 하지 못했다. 하지만 두 사람은 바로 그 미묘함에 끌려 역시 몸을 앞으로 기울였다. 머리 세 개가 거의 하나로 모였다.

"왕의 필체를 찾아봐 주시길 부탁드립니다. 일반적인 우편물이나 문서, 메모지 같은 데다 흔히 쓰던 왕의 글씨체요."

리푸레이가 말했다.

"왕? 무슨 왕이요?"

류창은 조금 어리둥절했다.

"또 무슨 왕이 있겠어? 당연히 제국의 왕이지."

리웨이가 빠르게 반응하며 류창의 몸을 잡아당겼다. 그렇게 큰 소리 내지 말라는 뜻이었다.

"바로 그 왕입니다."

이어질 말은 그리 은밀할 필요가 없기에 리푸레이는 머리 세 개의 친밀한 범위를 벗어나 뒤로 물러앉았다.

"그리고 하나 더 있습니다. 제국문화 초창기에《정보》라는 월간 사내간행물이 있었습니다. 그 월간지들을 찾아봐 주십시오. 4년간이니 정상적으로 발행됐으면 총 마흔여덟 호입니다. 전부 다 찾을 수 있으면 가장 좋고, 안 되면 있는 만큼이라도 찾아주십시오."

리푸레이는 자신이 연거푸 쏟아낸 정보가 두 경찰을 뒤흔들었다는 것을 알았다. '왕후의 죽음에 외압 요인이 있었다'고 명확히 말한 뒤 도움을 요청하며 제국과 왕을 언급했으니, 이 정보들을 연결해보면 '왕이 위원왕후의 죽음과 관련 있다'는 결론이 나온다.

하지만 인류사회에 대한 제국의 통찰력과 장악력은 역사적으로 존재했던 진짜 제국들의 정권력을 넘어선 지 오래다. 류창과 리웨이에게 그런 제국으로 촉각을 뻗어보라는 것은, 특히 그들의 신분이 경찰을 대표하는 만큼 정말 우격다짐이 아닐 수 없었다. 아니나 다를까 두 경찰의 얼굴에서 어렴풋이 수수께끼의 답을 들여다본 듯한 본능적 기쁨과 함께 아예 대적할 수 없는 강한 상대에 대한 두려움, 그리고 어느 쪽을 선택해야 할지 모르겠다는 난처함을 볼 수 있었다.

류창, 리웨이 모두 말이 없더니 한참 후 리웨이가 류창과 상의도 없이 입을 열었다.

"문제없습니다. 최선을 다하겠습니다."

리웨이의 눈에서 '올인'도 불사하겠다는 빛이 보였다.

리푸레이는 말없이 류창을 바라봤다. 지금은 류창의 대답이 리웨이의 대답보다 훨씬 믿음직스러울 것 같았다.

류창이 리웨이의 말을 받아 덧붙였다.

"맞습니다. 한번 해보죠. 하지만 선생님의 요구를 충족할 수 있을지는 지금으로선 장담할 수 없습니다. 왕과 제국이 이 일과 대체 어떤 연관이 있는지 말씀해주실 수 있을까요? 아시다시피 제국이 제국이라 불리는 건 회사 이름이 제국문화여서만은 아니잖아요. 물론 제국과 관련된 일은 조심스럽게 대응해야 합니다. 최종적으로 사실로 입증된다는 가정하에 위원 선생의 죽음이 정말 제국이나 왕과 직접 관계가 있다면 경찰과 법을 믿어주십시오."

"류 경관님, 리 경관님, 제가 경찰을 신뢰할 수 있을지 아직은 모르겠습니다. 이 일이 제 추측과 같더라도 경찰의 직권범위 내에서 접근할 수 있는 일인지 저 역시 알 수 없거든요."

리푸레이는 지극히 진심으로 말했다.

"하지만 두 분은 신뢰합니다. 신뢰하기 때문에 결과를 알아내기 전까지는 두 분께 되는대로 지껄일 수가 없는 겁니다. 이번 만남은 개인적인 것이지만 어쨌든 두 분께는 공무잖아요. 추측 단계에 있는 걸 말씀드리고 확실치 않은 물건을 제공하더라도 두 분은 분명 관련절차를 가동하실 거고, 전체 사건이 경찰의 절차로 편입됩니다. 그러면 두 분께도 불리하고 전체 사건에도 불리합니다. 실질적인 진전이 있으면 제일 먼저 두 분께 알릴 것을 저도 보증하겠습니다."

리푸레이는 이해해주길 바라는 마음으로 두 경찰을 바라봤다. 류창은 조용히 조금 기다렸다. 리웨이가 입을 열지 않고 리푸레이도 더 할 말이 없어 보이자 그는 몸을 앞으로 숙였다. 방금 리푸레이가 한 말을 승낙한다는 표시였다.

"어찌 됐든 내일에나 대답을 드릴 수 있습니다. 선생님이 찾으시는 건 있으면 드리고, 없으면 없다고 말씀드리겠습니다."

"감사합니다!"

리푸레이가 말했다. 그 시간이면 딱 물질검측 판별센터의 예약 시간과 맞물린다. 즉, 내일 이때쯤이면 수수께끼의 답이 풀릴 것이다.

26

飆표 :
폭풍, 회오리바람

경찰들이 떠난 후에도 리푸레이는 카페에 한참 앉아 있었다. 그도 아메리카노를 주문했다. 휴식이 필요했고 리웨이의 말을 한번 정리해야 했다.

리웨이의 다른 말은 설명으로 볼 수 있다. 그중에는 논리에 부합하는 부분도 있었고 기존 단서로 부인할 수 있는 부분도 있었다. 아까 리푸레이는 위원왕후가 이미 수상연설문을 준비했었다는 사실을 근거로 그가 절망감 때문에 죽었다는 주장을 반박했다. 그런데 지금 생각해보니 그리 견고하고 유력한 근거가 아니었다. 특히 어떤 이유로 개요와 본문, 즉 A와 B 두 가지 종이가 있는 것인지는 설명할 수 없었다.

어쩌면 위원왕후는 정말 절망감 때문에 죽었는지도 모른다. 하지만 본인 작품이 잘못 읽힌 것에 대한 절망감이 아니라 다른 절망감이었을 것이다. 일단 그런 생각이 떠오르자 다시는 그 생각을 머릿속에서 쫓아낼 수 없었다. 리푸레이는 자료 A의 개요가 왕이 쓴 것이라는 예감이 진작부터 들었다. 하지만 종이를 보면 적어도 십수 년, 심지어 수십 년 전에 쓴 내용이어서 상식적으로 이해하기 어려웠다. 그래서 계속 믿기지 않았고, 그 맥락을 따라 내려가고 싶지도 않았다. 적어도 왕의 필체가 자료 A와 들어맞는다는 것을 확인할 때까지 기다리고 싶었다.

그런데 이제 리웨이의 말에 힘입어 의문이 남는 부분은 제쳐두고, 잠정적으로 그것을 참이라 생각한 후 한번 추론해보기로 했다.

왕은 수십 년 전에 위원왕후의 노벨문학상 수상연설 개요를 써놓았다. 수십 년 후 위원왕후는 정말 노벨문학상을 받게 되었고, 수상연설문을 쓰게 된다. 그가 연설문을 다 쓰자 왕이 그에게 개요를 전달한다. 위원왕후는 왕의 개요를 보고 자신의 연설문이 그 개요에 따라 쓰여졌다는 걸 확인한다. 이로써 그는 자신의 과거 수십 년간은 왕이 설계해놓은 삶에 지나지 않았다는 걸 깨닫게 된다. 즉, 위원왕후의 삶은 이미 정해진 노선을 걸어온 것일 뿐이고, 자유의지하의 자유행동이 사실은 남의 장단에 춤을 추며 한 걸음씩 움직인 것일 뿐이었다. 이 사실을 안 위원왕후는 아르헨티나 작가 호르헤 루이스 보르헤스의《원형의 폐허들Las ruinas circulares》에 등장하는 주인공의 기분을 느낀다. 자신이 다른 사람의 꿈속 등장인물일 뿐이란 걸 발견한 그 주인공처럼 절망감, 굴욕감, 두려움을 느끼며 안절부절못한다. 이 사실이 위원왕후의 생존 의지를 잠식해서 그는 죽을 수밖에 없었다.

이 추론이 전광석화처럼 리푸레이의 머릿속에서 돌아다니며 깜빡거렸고 잠깐 사이에 천변했다. 확실히 생각이 정리되고 보니 그의 몸은 온통 땀으로 젖어 있었다. 눈앞이 아찔하며 마음이 진정되지 않았다. 정신과 몸에 허탈한 부유감이 들었다. 왕은 어떻게 수십 년 전에 위원왕후에게 일어날 모든 일을 알 수 있었을까? 왕이 사전에 그 모든 걸 계획한 이유는 대체 뭘까? 만약 테스트였다면 왕은 그 테스트를 통해 어떤 힘을 얻었을까? 그 힘은 장차 어떤 곳에 쓰일까? 그 힘이 인류사회에 어떤 영향을 끼칠까? 이 모든 질문이 거품처럼 리푸레이의 머릿속에서 솟아났다. 하지만 이 순간 그의 머리는 부글부글 끓는 진창구덩이처럼 계속 거품만 뿜어낼 뿐이었다. 더 이상 어찌해볼 방법도 제공해주지 못했고, 더 이상 어떤 새로운 것에도 발을 붙이지 못하게 만들었다.

리푸레이는 카페를 나섰다.

"손님, 괜찮으세요? 괜찮으세요?"

창백한 안색의 종업원이 놀란 얼굴로 연거푸 물었다. 그녀는 리푸레이를 문밖으로 배웅하고 그가 차를 타고 자동주행을 설정하는 걸 보고 나서야 카페로 돌아갔다.

리푸레이는 모든 차창을 열라고 명령하고 도시순환 고속도로로 진입해 최고 속도로 두 바퀴를 돌았다. 자동주행 시스템은 교통 상황을 분석한 후 속도를 안전하게 260까지만 올렸다. 하지만 씽씽 달리는 속도감, 차창과 선루프에서 들어오는 바람 때문에 차가 등등 뜨는 느낌이었다. 그 덕분에 리푸레이는 방금 큰 충격을 받고 혼란해진 머릿속을 효과적으로 누그러뜨릴 수 있었다. 두 바퀴를 질주하고 나니 비로소 숨을 고르고 운전석에 앉을 수 있었다. 그는 고속도로를 빠져나와 거주하는 곳으로 차를 몰았다.

그런데 얼마 가지 않아 이동영혼이 110미터 후방에 있는 차의 주인이 그와 통화를 원한다고 알렸다. 받아보니 금발로 염색한 머리에 선글라스를 끼고 이마 양쪽이 높이 올라간 여자였다.

"속도 좀 늦추면 안 돼요? 달리다 죽을 뻔했잖아요!"

여자는 리푸레이가 말할 틈도 주지 않고 소리쳤다. 뒤이어 차를 멈추고 일그러진 얼굴로 걸어 나오는 여자의 모습이 보였다.

리푸레이도 길가에 차를 멈췄다. 여자가 길가에 서서 손에 든 멀미봉투에 대고 미친 듯이 토하기 시작했다. 온몸에 경련이 일 것처럼 쉽 없이 토했다. 리푸레이는 할 수 없이 물 한 병을 꺼내 들고 여자 앞으로 갔다. 여자는 겨우 구토를 멈추고 간신히 허리를 펴서 물병을 건네받았다.

여자는 두 모금으로 입을 헹군 후 물을 벌컥벌컥 마셨다. 그러고는 선글라스를 올려 머리에 걸쳤다. 그녀가 위아래로 리푸레이를 한참 훑어봤다. 첫 만남에서 어쩔 수 없이 하게 되는 탐색이었다.

리푸레이도 여자를 쳐다봤다. 분명히 어디선가 본 여자였다. 물론 의식저장소에 들어가 스캐닝해 식별할 필요까지는 없었다.

여자가 충분히 탐색한 후 입을 열었다.

"조이너라고 해요. 그쪽과 얘기 좀 하고 싶어요."

27

愛애 :
여행, 쉬운

"앉으세요."

리푸레이는 조이너를 거실 테이블 쪽으로 안내했다. 본론에 들어가기에 앞서 다른 얘기를 꺼내 신경을 가라앉혀야 했다. 리웨이의 얘기를 듣고 정리한 논리 맥락이 오늘의 가장 큰 자극인 줄 알았는데, 뜻밖에 '죽었다 살아난' 조이너도 나타났다.

"저는 원래 집에 다른 사람을 들이지 않거든요. 그런데 최근에 벌써 세 명째네요. 것도 낯선 사람들을."

리푸레이가 말했다. 류창, 리웨이를 낯선 사람에 넣은 건 틀린 말이 아니었다.

"그래요? 다 위원왕후와 관계가 있나요?"

조이너는 정말 숨 돌릴 틈을 조금도 주지 않았다.

"네, 맞습니다. 알겠습니다. 하고 싶은 이야기가 있으면 하세요."

리푸레이는 어쩔 수 없이 그렇게 말했다. 그는 조이너의 맞은편에 앉을 생각으로 의자를 뒤로 옮겼다. 오후의 햇빛이 창턱에서 스며 들어와 집 안을 조금 비현실적으로 만들었다. 리푸레이는 조이너의 얼굴을 뚫어지게 응시했다. 그렇게 해서 비현실적인 밝음이 동반하는 현기증을 완화시키고 싶었다. 또 앞으로 진행될 대화에서 그녀의 얼굴에 나타날 일말의 표정 변화도 놓치고 싶지 않았다.

"잠시만요. 뭐 마실 것 좀 안 줘요? 술 있어요? 이왕이면 독한 거면 좋은데."

조이너는 손을 들어 앞에 앉으려는 리푸레이를 제지했다.

리푸레이는 하는 수 없이 주방으로 향했다. 찬장에 듀어스 위스키 한 병이 아직 따지 않은 채 무사히 보관되어 있었다. 조이너가 전부 마셔버렸으면 했다.

"고마워요."

조이너는 술잔을 받아 한 모금 마셨다. 역시 얼음은 건드리지도 않았다.

"당신은 안 마셔요?"

"네, 지금 금주 중이라서요."

리푸레이는 앉아서 그녀를 바라봤다. 올해로 쉰다섯 살일 터였다. 쉰다섯 살의 여자는 샤오캉의 말처럼 '그렇게 예뻤던' 흔적은 전혀 없고 얼굴에 초췌함만 남아 있었다. 나이보다 훨씬 많은 주름은 그동안 세월의 모진 풍상을 겪으며 자연스레 생겨난 걸까? 아니면 심각한 정신적 충격이나 오랜 세월 시시각각 공격해오는 스트레스를 견디지 못해 생긴 것일까?

"술을 끊을 수 있다니, 참 좋네요. 난 안 돼요. 술이 없으면 진작 무너졌을걸요. 24년 전부터 술이 가장 의지할 대상이 됐어요. 술이 없었다면 어떻게 살았을지 상상이 안 돼요."

조이너는 다시 한 모금 마셨다. 마시는 모습은 게걸스럽지 않고 술기운에 부드럽게 감기는 듯했다. 그 모습에서 리푸레이는 과거에 우아한 여인이었을 조이너의 모습을 상상했다.

"24년 전, 2026년에요. 그해에 큰 차 사고를 당해 즉사했다고 들었습니다."

"맞아요. 그렇게 알려졌죠. 난 무사했어요. 아니면 당신 앞에 앉아 있지 못하겠죠."

조이너는 술잔을 놓고 줄곧 황금색 술에 떨구었던 시선을 들어 리푸레이를 똑바로 쳐다봤다. 알코올에 위안을 받은 덕분에 정신 없이 조바심 치던 기색이 서서히 사라지고 기이한 힘이 스며들어 있었다.

"아까 왜 그렇게 속도를 냈어요? 난 그렇게 빨리 차를 몰아본 게 처음이에요. 당신 따라가느라 가슴이랑 위, 엉망진창이었던 다른 곳까지 다 뒤집어졌을 거예요. 당신이 속도를 줄이지 않았으면 아마 차에서 토했을 거예요. 산소마스크까지 썼는데, 산소마스크에 토했다고 생각해봐요. 얼마나 역겹고 낭패였을지."

조이너는 갑자기 화제를 찾아 수다를 늘어놓았다.

"아, 약간의 속도와 감각이 필요했어요. 몸이 앞으로 나아가며 사방에서 닥치는 바람에 휩쓸리면 나를 두드리는 것 같고, 그러면 좀 더 빨리 정신이 들거든요. 사실 오늘 어떤 일 때문에 곤죽이 될

지경이었거든요."

리푸레이는 웃으며 한마디 덧붙였다.

"더 뜻밖의 일이 뒤에 또 있을지는 몰랐지요."

"당연하죠. 당신 생각처럼 되는 일이 어딨겠어요?"

조이너는 다시 손을 뻗어 술을 한 모금 들이켰다. 몸 풀기가 끝났으니 이제 시작하겠다고 말하는 것 같았다.

"위원왕후의 죽음을 조사하고 있죠? 맞죠? 내가 어떻게 알았는지는 묻지 마요. 이따 얘기해줄 테니 먼저 내 말부터 들어요. 내가 누군지 알죠? 24년 전 4월 25일에 이미 죽었다는 것도 알 거예요. 그날 산시에서 베이징으로 돌아오는 고속도로에서 큰 사고를 당해 현장에서 죽었어요. 맞아요. 추월하던 트럭이 뒤에서 들이받아 우리 차가 가드레일에 부딪혀 고가다리 아래로 떨어졌어요. 위원왕후는 기적적으로 털끝 하나 다치지 않았죠. 그가 운전석에서 차 앞쪽으로 나와 내 쪽에 와서 나를 구해내려고 안간힘 썼지만, 두 다리가 끼인 나는 차가 폭발하기 전에 그 사람을 힘껏 밀쳐냈어요. 그다음 큰 소리가 울리며 짙은 연기가 피어올랐죠. 불길이 잦아들고 소방관이 와서 남은 불을 진화할 때 조수석에는 인체로 추정되는, 숯처럼 까맣게 탄 사물만 하나 있었고요. 그날 신문과 인터넷 뒤져봤죠? 이렇게 설명되어 있지 않던가요? 비행기에서 그런 기사를 보고 나조차 눈물을 흘렸어요. 비극적인 사건이었죠. 안 그래요?"

"찾아봤지만 당일 모든 뉴스에 당신과 위원왕후의 차 사고 내용은 없었습니다. 당신의 죽음에 관해선 제국의 사내 의식공동체에서 몇 마디 찾은 게 전부예요. 부고만 있었고 상세한 내용은 없더군요. 위원왕후는 아예 언급되지도 않았고요."

리푸레이는 조이너에게 사실대로 말할 수밖에 없었다. 그는 그모두가 자신이 꾸민 것처럼 몹시 불안했다.

"아, 그렇다면 제국은 왕의 계획대로 역량을 키운 게 맞네요."

조이너는 리푸레이의 생각만큼 놀라지 않았다.

"나와 위원왕후가 연인 사이였다는 걸 눈치챘겠죠. 하지만 난 그때 내가 사랑하는 사람은 왕이라고 생각했어요. 왕의 전략, 왕의 계획, 그리고 인간의 신 같은 왕의 분위기에 사로잡혔죠. 왕의 목표 실현을 돕기 위해 못 할 게 없었어요. 하지만 그래봤자 생색이나 내는 거지, 내 존재로 인해 왕은 기껏해야 약간의 힘을 아낄 뿐, 내가 없어도 그의 목표는 완벽히 달성되리란 걸 나도 잘 알았어요."

자신이 조금 혼란에 빠졌다고 느꼈는지 조이너는 한동안 묵묵히 감정을 가라앉혔다.

"미안해요. 나 때문에 놀랐겠다. 우리 짧게 얘기해요. 왕은 자신의 구상대로 위원왕후가 살아가게 했어요. 위원왕후의 일, 독서, 교우관계, 감정까지 모두 왕이 설계한 궤도에 있었죠. 내가 맡은건 바로 감정 파트였어요. 나는 위원왕후에게 평생 잊지 못할 감정을 심어줘야 했죠. 싹이 트고 발전하고 클라이맥스가 있는 완벽한감정. 우리는 영혼으로 서로를 알았고 육체적으로 친밀해졌고 모든 것에서 잘 맞았어요. 위원왕후 같은 시인에게 필요한 꿈의 감정모델을 내가 혼자 제공하고 만족시켰죠. 물론 가장 중요한 건 이별이었어요. 나는 의식화된 제사 같은 죽음으로 나를 위원왕후의 기억에 새겨 영원히 잊지 못하게 만들어야 했어요. 그건 식은 죽 먹기였죠."

"왕은 왜 그런 일을 계획한 겁니까?"

리푸레이가 물었다. 조이너가 발설한 사실의 무게감은 실로 파괴적인 것이었다. 그렇지만 속으로 이미 충분히 각오하고 있었기에 그리 놀라지 않았다. 지금 리푸레이는 어떤 음모든 그 자체에는 놀라지 않을 수 있었다. 그를 놀라게 할 수 있는 건 그런 음모가 왜 실행되었는가 하는 것이었다. 리푸레이는 지금 앞에 앉은 인물이 왕이었으면 했다. 그 모든 일이 무엇 때문에 진행된 것인지, 솔직담백한 왕의 대답을 한 마디 한 마디 듣고 싶었다.

조이너는 고개를 저었다.

"나도 몰라요. 예전에는 단지 왕후가 왕이 개발하는 신규사업 모델의 시험 대상으로서, 의식공동체가 개인 삶을 바꾸는 역량을 테스트하는 데 이용된 거라 추측했어요. 그 테스트는 완벽히 마무리됐죠. 왕후는 시인이 되었고 노벨문학상 수상자로 선정되기까지 했으니까. 그때부터 위원왕후는 제국의 샘플로서 고객을 설득하는 역할을 했어요. 고객들이 자신을 위해, 자기가 사랑하는 사람을 위해 여러 완벽한 삶을 설계하게 하는 거죠. 그건 환상이 아니었어요. 모든 성공이 햇빛 아래 있어 만질 수 있었고, 성공이 주는 쾌감도 있었거든요."

설득력 있는 설명이었다. 그게 왕의 진짜 의도라면 상업적으로 전대미문의 앞날이 펼쳐질 터였다. 하지만 리푸레이는 거기서 머물지 않고 조이너의 말꼬리를 잡았다.

"그럼 지금 추측은요?"

"아직 잘 모르겠어요. 다만 위원왕후가 사업 모델의 시범 사례였다면, 그의 죽음이 그 모델의 실패를 증명한 거라 생각해요. 물론 그 사람처럼 돌연사할 가능성이 있다 해도 누군가는 그렇게 성공적인 인생을 욕심낼 수도 있을 거예요. 하지만 성공에 필요한 적잖은 자금을 지불할 능력이 있는 고객 중에 죽을 위험을 무릅쓸 사람이 얼마나 될까요? 이 문제에 대해 왕은 물론 가능한 모든 결과를 고려했겠죠. 재차 따져봤겠지만 왕은 그대로 위원왕후를 대상으로 한 테스트를 가동했고, 이 테스트를 굉장히 중시했어요. 메가급 감독처럼 모든 부분을 기획하고 모든 세부사항에 참견했고, 전부 왕이 통제하고 작성한 시나리오에 따라 이행됐죠. 위원왕후에게 일어난 모든 일은 테스트였고 분명 큰 도박이었어요. 다만 왕의 목적이 뭐든, 그가 도박에 뭘 걸었든 간에 위원왕후가 희생양이 되어선 안 되는 거였어요."

후회, 자책, 고통의 빛이 교차하며 조이너의 말에 달라붙었다.

"위원왕후를 사랑하게 됐나요?"

리푸레이가 물었다. 곧 끊어질 듯 팽팽한 대화 분위기를 완화시킬 필요가 있었다.

잠시 멍하니 있던 조이너는 긍정적인 투로 이 화제를 받았다.

"맞아요. 그를 사랑하게 됐어요. 사고 다음 날 난 바로 비행기를 타고 아일랜드에 갔어요. 리피강, 난생처음 보는 강에 생전 처음 큰 아쉬움을 느꼈죠. 왕은 진작 내게 아일랜드 신분을 만들어줬어요. 맞아요, 왕이 모든 걸 계획했어요. 비행기에 오르니 눈을 떠도,

감아도 차 옆에서 날 마주하던 위원왕후의 얼굴이 아른거렸어요. 고통과 당황스러움이 가득했고 필사적으로 운명에 매달리는 표정이었죠. 자신의 무능함에 대한 분노와 기적을 갈망하는 모습도 보였어요. 그의 눈 속엔 나에 대한 크나큰 그리움과 사랑이 들어 있었고요. 그 얼굴, 그 눈이 그렇게 나와 함께 아일랜드에 도착했고, 나와 함께 하루하루 힘겨운 나날을 보냈어요. 처음엔 양심의 가책과 불안이 만들어낸 고통이라 생각했어요. 그런데 알코올의 도움을 받아 그 얼굴과 눈에서 멀어져 겨우 숨 쉴 공간이 생기자, 그와 함께했던 화면들이 또 금세 틈을 비집고 들어오더군요. 이렇게 반추하면서 내 감정을 정리하기 시작했어요. 나약함과 소심함을 내던지게 됐고, 내가 진짜 사랑하는 사람, 유일하게 사랑하는 사람은 왕후라는 걸 확신했어요. 왕은 내가 자신을 숭배하도록 만들었죠. 나는 그를 숭배한 나머지 열등감을 느꼈고, 그 열등감 때문에 물불안 가리고 그에게 유용한 사람이 되려고 했어요. 왕후는 그렇지 않았어요. 그와 함께 있으면 숭배나 유용함 따위는 생각나지 않았어요. 생각할 필요도, 그럴 시간도 없었죠. 왕후와 함께 있을 때는 아무것도 생각하지 않았고 그냥 만족감만 있었어요. 이 세상은 내게 아무것도 빚진 게 없다는 느낌이었어요. 참 슬프죠. 사랑하는 사람을 잃고 나서야 사랑을 깨닫다니. 참 우스워요. 왕을 도와 계획을 이행해 왕후가 마음 깊이 간직할 사랑을 설계했는데 정작 내가 그 설계 안에 들어가다니. 왕이 알았으면 분명 기뻐했을 거예요. 모든 게 자신의 설계 안에 들어왔으니."

리푸레이는 조이너의 잔을 계속 채워주다가 이번에는 얼음도 넣었다.

"왜 왕후에게 그런 사실을 말하지 않았어요? 왕후에게 돌아가 모든 걸 털어놨으면 둘이 함께할 수도 있었을 텐데. 이렇게 본인을 괴롭히지 않아도 되고요."

"생각이 너무 단순하네요."

조이너는 잔을 들었지만 안에 얼음이 들었다는 건 전혀 알아채지 못했다.

"그렇게 먼 곳에 숨고 나서야 그나마 스스로를 덜 괴롭힐 수 있었어요. 잊을 순 없었지만 감당할 만한 수준은 됐죠. 내가 어떻게 돌아와요! 내가 왕후에게 사실대로 밝히는 게 그를 대하는 최선의 방법이었을까요? 한 인간을 그 자신의 삶에서 불러냈고 그의 삶은 누군가 계획해놓은 설계도에 불과했다, 이렇게 말해봐요. 그렇게 말해주는 게 나았을까요? 그거야말로 가장 잔인한 행동이에요! 그 사람더러 앞으로 어떻게 살라는 거죠? 항상 탐지기를 지니고 다니면서 어딜 가든, 누굴 만나고 어떤 일을 겪든 진짜인지 가짜인지 측정하고, 뒤로 돌아가서 감독이 지휘하고 있지 않은지 살펴보고? 그거야말로 진짜 그 사람을 망치는 거예요."

"적어도…… 적어도…… 자살은 피할 수 있지 않았을까요?"

리푸레이는 이렇게 잔인한 말밖에 할 수 없었다.

"당신 말이 맞을지도 몰라요."

역시 일격에 적중한 말이었는지 조이너는 오랜 침묵에 빠졌다. 그녀는 술을 벌컥 들이켜더니 알코올의 힘을 빌려 계속 얘기했다.

"왕후가 사실을 알았다면 어떻게 반응했을지 우리는 사실 추측만 할 수 있잖아요. 그에게 사실대로 알리고 스스로 판단하게 해야죠. 있잖아요, 난 아일랜드에 간 후 한 번도 중국에 와본 적이 없었어요. 왕도 돌아오면 안 된다고 분명히 말했지만, 난 항상 왕후의 상황과 제국의 발전을 주목하고 있었어요. 아이러니하죠? 왕이 일찌감치 내 삶을 망치게 해놨는데 난 계속 제국을 생각하며 왕의 사업에 연연하다니, 이게 전형적인 스톡홀름 증후군일까요? 어쩌면 그럴 수도 있지만 난 한 번도 그렇게 생각해본 적 없어요. 왕은 다른 모든 일과 마찬가지로 왕후 사건을 계획하는 데도 기계같이 정확하고 냉혹했어요. 하지만 그 일에 나를 투입하는 것에 대해선 사전에 내 의견을 묻더군요. 흠모하는 남자를 위해 뭐라도 할 수 있길 갈망하던 난 그 자리에서 받아들였죠. 그런데 왕은 생각과 달리 기뻐하지 않았어요. 심지어 내게 사흘간 진지하게 고민한 다음 결정하라고 냉담하게 말하더군요."

"확실히 왕의 방식이네요."

리푸레이는 왕의 스타일을 잘 알았다. 그는 다시 조이너에게 술을 따라줬다.

"난 사흘간 고민한 후 똑같이 승낙했어요. 왕에게 충성을 다하려는 감정 말고도 더 중요한 게 있었거든요. 왕이 내건 조건이 사흘 동안 점점 더 큰 유혹으로 다가왔어요. 그 조건이란 가족 모두가 아일랜드로 이민 가서 리피강변에서 살며 평생 일을 안 해도 편히 지낼 수 있을 만큼 두둑한 보수를 받는 거였어요. 승낙하는 순간 난 이미 어떤 요소가 주도적 위치를 차지할지에 대한 분별력을 잃었어요. 어쩌면 그런 보상을 욕심냈나 봐요. 맞아요, 분명 그랬어요. 그래야만 왕이 나를 신임할 수 있는 이성적인 사람으로 인정하니까. 그래야만 왕이 나를 그 테스트에 넣고 마음이 편해질 테니까."

조이너의 말은 이렇게 종종 드라마틱한 자기 힐문과 반박에 빠지곤 했다.

"왕은 당신이 왕후를 사랑하게 될 걸 예상했을지도 모르죠. 당신이 중국을, 왕후를 떠나 아일랜드에 간 후 분명 아무것도 못 하리란 것도 알았을 테고요. 그래서 그런 보수를 줬을 거예요."

음, 어찌 됐든 리푸레이 자신도 왕이 괜찮은 고용주라는 점과, 마음에 든 사람으로 하여금 자신에게 목숨까지 바치게 만드는 매력이 있다는 것은 인정했다.

"맞아요, 맞아. 딱 맞는 말이에요. 왕은 뭐든 다 알았어요. 아, 좀 전의 얘기로 돌아가죠. 난 몸은 아일랜드에 있었지만 제국의 발전을 눈여겨봤고, 왕후에겐 더 관심을 기울였어요. 그 사람 상황을 제일 먼저 알 수 있었고, 그의 삶이 점점 왕이 원하는 모습이 되어가는 걸 보며 정말 기뻐했어요. 난 중국을 떠난 후 다시는 그의 시를 읽지 않았어요. 시 안에 내가 견딜 수 없는 내용이 있을까 봐. 하지만 그의 시가 점점 더 큰 성공을 거두리란 건 알았죠. 올해는 노벨문학상에 뽑히기까지 했고요. 어쩌면 왕의 그 테스트가 왕후에게 몹쓸 결과를 가져다주지 않을 수도 있겠다고 생각했어요. 그거 알아요? 그의 수상 소식이 발표되던 날, 난 꾹 참고 하루 종일 술을 마시지 않았어요. 멀쩡히 깨어 있는 상태로 그를 위해 기뻐하고 싶어서요."

추억과 추억이 가져다주는 행복감에 잠긴 조이너를 차마 방해할 순 없었지만, 리푸레이는 조이너가 방금 한 말에 다시 충격을 받았다. 오늘의 세 번째 충격이어서 반드시 물어야 했다.

"잠시만요. 방금 왕후의 상황을 제일 먼저 알 수 있었다고 하셨는데, 어떻게 아신 거죠? 의식공동체에선 왕후와 관련된 가치 있는 뉴스는 아예 찾을 수가 없던데요."

"아."

추억 속에서 느릿느릿 걸어 나온 조이너가 리푸레이를 쳐다봤다. 버퍼링 시간을 충분히 갖고 나서야 리푸레이가 건넨 질문의 뜻을 이해한 것 같았다.

"간단해요. 의식공동체 그린룸green room에 들어가면 의식결정체와 이동영혼을 통해 정기적으로 다른 사람의 기본 상황을 업데이트할 수 있어요."

"의식결정체를 이식한 사람은 모두 의식공동체 그린룸에서 정기적으로 타인의 기본 상황을 업데이트할 수 있다고요?"

리푸레이는 의자에서 거의 뛰어오를 뻔했다. 제국에선 그가 조이너와 얘기하고 있는 걸 아마 이제야 알았을 것이고, 거기에 생각이 미치자 모골이 송연했다.

"이론상으론 거기에 그치지 않으니, 아마 제국은 이미 비약적인 발전을 이뤘을 거예요. 의식결정체를 통해 한 사람이 바라고 생각하고 경험하고 보는 것을 바로바로 포집할 수 있을걸요. 물론 어디까지나 내 추측이지만. 더군다나 그린룸에서 타인을 추적하고 기본 상황을 업데이트하려면 우선 제국 최고위층, 그러니까 왕 본인의 결재를 받아야 해요. 왕이 이동영혼을 켜고 의식공동체에 접속해야 하는 게 더 관건이죠. 내가 떠날 때 제국의 상황은 그랬어요. 난 그저 내 경험에 비춰 제국의 그린룸 기술이 비약적 발전을 이루진 못했다고 결론 내렸죠."

리푸레이는 일찌감치 꺼둔 이동영혼을 보며 지난 며칠간 이동영혼을 거의 켜지 않았다는 생각에 마음이 조금 편해졌다. 조이너의 말처럼 제국의 기술 상황이 현재 어느 수준까지 발전했는지 그녀가 알 길은 없을 테지만, 그래도 그녀의 말에는 플라세보 효과가 있었다.

조이너는 리푸레이가 뭘 걱정하는지 의식하지 못했다. 지난 일을 전부 마음속에 묵혀두고 한 번도 누구에게 털어놓은 적 없었으니 아마 그동안 답답해 미쳐버릴 지경이었으리라. 이제 어렵사리 전후 인과관계를 알고 앉아서 들어줄 사람이 생겼으니 그간의 이야기를 전부 쏟아내야만 그만둘 기세였다. 조이너는 바로 다시 얘기하기 시작했다. 이야기는 점점 최면에 걸리거나 섬망 상태에 빠진 것처럼 꾸밈없는 어투로 끊임없이 이어졌다.

"제국이 왜 계속 그린룸에 대한 내 권한을 취소하지 않았는지 모르겠어요. 아마 소홀해서, 아니지, 소홀할 리 없지. 왕이 어떻게 소홀하겠어? 그렇다면 분명히 내가 왕후에게 관심 있다는 걸 안 거예요. 그래서 그런 방법으로 왕후와 미약하게나마 연락을 유지하라고 하는 거죠. 물론 나와 왕후가 의식공동체를 통해 연락하는 채널은 예전에 닫혔어요. 하지만 그건 순전히 쓸데없는 짓이에요. 내가 어떻게 왕후에게 다시 연락하겠어요? 그가 간직하고 있는 나의 가장 아름다운 이미지를 내 손으로 망치는 건데? 처음에 난 그가 성공해서 정말 기뻤어요. 연설문 준비를 시작하는 그의 모습을 보며 나도 무척 기뻤죠. 마치 내가 곧 전 세계의 조명을 받으며 연설하기로 돼 있는 것처럼 말이죠. 그런데 제국이 별안간 내 권한을 취소해버려서 다시는 이동영혼을 통해 왕후의 상황을 업데이트할 수 없었어요. 난 까마득하게 추락한 거미 같았죠. 오롯이 거미줄 하나에 의지해 거미집과 연락을 취하고 그 거미줄의 진동으로 거미집의 동정을 파악하고 있었는데, 갑자기 줄이 잘리는 바람에 추락할 일만 남았죠. 그때 난 제대로 먹지도 자지도 못하며 날마다 악몽에 시달렸어요. 왕후에게 불행이 닥친 화면이 시도 때도 없이 눈앞에 나타났고요. 그래서 의식공동체에서 그의 소식을 검색할 수밖에 없었죠. 다행히 줄곧 무난한 소식들, 수상 소식과 누가 그랬는지 모르지만 조작된 가짜 과거 몇 개가 다였어요. 업데이트가 되지 않는 게 그 사람에 대한 나의 가장 큰 바람이었고, 그가 스포트라이트 아래서 연설할 때까지 새로운 소식이 나타나지 않길 바랐어요. 하지만 일이 어찌 내 바람대로 되겠어요. 결국, 결국 며칠 전 새로운 정보가 뜨더군요. 그의 의식결정체가 신호 송출을 멈췄죠."

28

哀애 :
힘쓰다, 슬프다, 애도하다

　석양이 완전히 졌다. 가냘픈 광선이 조명 역할을 충분히 하지 못해 어두운 실내에 숨은 조이너의 몸은 희미한 덩어리가 됐다. 몸의 선이 점점 녹아 맞은편에 앉은 리푸레이의 눈에도 그녀와 주변 사물을 분간하기가 어려웠다. 종종 흐느끼는 듯 구슬픈 그녀의 목소리만 또렷이 들렸다.

　리푸레이는 어떻게 그녀를 위로하고 말려야 할지 알 수 없었다. 위원왕후가 이미 죽은 현실 앞에선 모든 게 무력한 일일 텐데 말이다. 슬픔에 빠진 그녀는 중간 중간 술을 들이켰고, 리푸레이는 가끔씩 몸을 일으켜 그녀의 잔에 술을 따랐다.

　마시는 속도보다 첨잔 속도가 훨씬 빨라서 얼마 안 가 술잔이 가득 찼다. 황금색 술을 따르는 소리와 가냘픈 빛 덕분에 술잔이 가득 찼다는 걸 알게 된 리푸레이는 문득 맥아, 밀, 옥수수 향이 섞인

술 냄새를 맡았다. 순간 마음에 솜처럼 응어리졌던 아픔이 복받쳐 올라왔고, 그것은 수그러들지도 사라지지도 않았다.

계속 물어보자. 리푸레이는 생각했다. 쉴 새 없는 질문만이 이 쓸데없는 절망 속에서 두 사람을 건져낼 수 있다.

"그래서 돌아온 건가요?"

"네. 전에 돌아올 수 없었던 건 왕후가 있었기 때문이었죠. 보다시피 지금 내 모습으론 그 사람 앞에 서도 아마 몰라보겠죠. 하지만 그가 날 알아볼 가능성을 조금도 남기고 싶지 않았어요. 게다가 왕도 내 귀국을 금지했고요. 내가 돌아온다는 건 왕과의 계약을 위반했다는 뜻이죠. 이제 그런 게 무슨 상관이겠어요."

질문과 대답은 역시나 효과가 있었다. 조이너는 회복하기 시작했고 술잔을 계속 들고 규칙적으로 한 모금씩 마실 수 있었다.

"그런데 돌아와서 뭘 하죠? 뭘 할 수 있어요? 다들 당신이 이미 죽은 줄 알고 있고, 친구나 동료들은 이 나이면 아직 생활에 치여 살거나 일찌감치 삶에 진저리가 났을 텐데. 누굴 만나고 싶어요? 누굴 만날 수 있죠?"

"아무도 만나고 싶지 않아요. 그냥 돌아와 여기에서 지내고 싶었어요. 맞는 말이에요. 친구나 동료는 같은 세상에 있지 않은 것처럼 낯설어진 지 오래죠. 내가 자란 이 도시 베이징만 해도 옛 모습을 찾아볼 수 없는걸요. 어떤 지명은 기억과 맞아떨어지기도 하지만, 그냥 지명만 그대로죠. 건물이나 주변 환경, 그곳을 걷는 사람들은 전부 낯설어요. 20여 년 동안 난 리피강변에서 멈췄지만, 이 도시와 나라는 쿵쿵쿵 주욱 앞으로 가고 있어요. 베이징 이외에

왕후와 전에 갔던 곳들도 가봤는데 기억과 딴판이더군요. 그래도 돌아온 걸 후회하지 않아요. 체념했더라도 돌아와서 확인해야 했어요. 더군다나 난 아직 체념하지 않았어요. 왕후는 죽었고 더 이상 그를 만날 수 없는 게 현실이지만 문제는 그가 자살했다는 거예요. 그의 자살은 분명 그리 단순한 일이 아니에요. 그의 죽음이 왕의 테스트라면, 왕의 목적이 대체 뭔지 누군가 제대로 조사해줬으면 좋겠어요. 제지할 생각은 하지 말아야죠. 왕을 제지할 수 있는 사람은 없으니까. 하지만 왕의 목적이라도 알았으면 좋겠어요."

"제지할 수 없고 바꿀 수 없다면 조사는 해서 뭐에 쓰니까? 당신도 얘기했다시피 왕의 테스트가 인류에게 멸망을 가져와 결국 죽게 만드는데, 그걸 제지할 수 없다면 사람들에게 그걸 알려줄 필요가 뭐가 있을까요? 고통만 더해질 뿐이죠. 필연적으로 파멸할 운명이라면 그냥 미래에 대한 무지함 속에서 살도록 내버려두는 게 낫지 않을까요?"

"왕후의 죽음으로 왕의 비밀 테스트가 폭로된다면, 적어도 왕후의 죽음은 좀 더 의미가 명백해지고 좀 더 가치 있게 되는 거니까요. 솔직히 난 사람들이나 인류가 필연적으로 파멸할 것인지에는 관심 없어요. 필연적으로 파멸하지 않는 사람이 누가 있겠어요? 하지만 왕후의 죽음의 가치에 대해선 관심 있거든요. 잊지 말아요. 그 사람의 죽음에는 내 책임도 크다는 걸."

"그럼 어떻게 날 찾아왔어요?"

리푸레이가 던진 가장 직접적인 질문이었다. 이 질문은 조이너가 밝힌 진상들에 밀려 계속 뒤로 물러나 있었다.

"방금 말했잖아요. 난 왕후의 죽음이 좀 더 가치 있길 바라요. 그러려면 누군가 왕의 테스트가 뭔지 밝혀야 해요. 이 문제에 관심 있는 사람이 있는지, 적어도 그 방향으로 조사 중인 사람이 있는지 알아보고 싶었어요. 검색해보니 관심을 가진 사람이 정말 몇 명 있더군요. 그중에 지금 가장 멀리 나아가서 목표에 제일 근접해 있는 사람이 당신이었어요."

조이너는 이미 취해서 혀가 꼬이기 시작했지만 다시 술잔을 들고 건배를 하려 했다. 리푸레이의 손에 잔이 있는지 없는지도 상관없이. 그녀는 술잔을 쭉 내밀었다가 억측이 빚은 건배 소리에 제멋대로 술을 마셨다.

"검색을 해봤다고요? 역시 의식공동체 그린룸에서 검색했나요? 왕이 이미 권한을 취소했다면서요! 게다가 여러 명이 이 일을 조사하고 있단 말입니까? 또 누가 조사하고 있죠?"

리푸레이는 조이너에게 무슨 말을 들어도 놀라지 말자고 다짐했던 터였다. 하지만 결국 참지 못했다.

"누구냐고요? 또 누가 있더라?"

조이너는 자문했다.

"벌써 잊어버렸어요. 어쨌든 몇 명 있어요. 그 사람들에겐 신경 꺼요. 말했잖아요. 당신이 제일 멀리 나아갔다고. 검, 검색은 당연히 의식공동체 그린룸에서 했죠. 이래봬도 제국에서 오래 일한 직원이에요. 의식공동체에 최초로 합류하고 그걸 사용한 사람 중 하나라고. 당연히 내 나름의 방법이 있지."

"네, 그렇군요."

조이너의 대답은 리푸레이의 짐작대로였다. 제국의 정탐과 감시는 역시나 없는 곳이 없었다.

"그럼 내게 뭘 바라고 날 찾은 겁니까?"

"당신이 뭘 하든 내가 관여할 순 없죠. 뭘 하길 바라지도 않고. 그냥 내가 아는 걸 당신에게 얘기해주면 도움이 될까 해서. 아니, 분명 도움이 될 거예요. 당신은 이미 얼추 조사가 끝났고, 단서들을 연결할 논리만 남았잖아요. 그 논리란 배후에 누가 일을 추진하고 있고, 어떤 동기로 추진하고 있는가, 라는 거죠. 지금 내가 얘기해줄게요. 왕이 추진하고 있고, 동기 추적은 당신 몫으로 남겨둘 수밖에 없겠네요."

29

醒성 :
술이 깨다, 술 이후

　조이너를 보내고 나서 리푸레이는 다시 어둠 속에 오랫동안 앉아 있었다. 조이너는 결국 술병을 다 비우지 않고 반병쯤 남겼다. 비척비척 계단을 내려간 그녀가 자동주행 차로 거처에 돌아갈 것을 생각하니, 그녀의 마음은 알코올만이 줄 수 있는 안정감으로 가득 찼을 게 분명하다는 생각이 들었다. 리푸레이는 조이너에게 어디에서 지내느냐고 묻지 않았다. 그건 중요한 게 아니었고, 그런 걸 몰라도 그녀를 다시 만나리라는 믿음이 있었다.

　게다가 조이너는 리푸레이가 무엇을 했는지, 자신이 제공한 정보가 역할을 발휘했는지 알려고 하면 제일 먼저 알 수 있었다.

　리푸레이는 소파에 앉은 채 이동영혼을 들어서 켜고 의식공동체에 연결했다. 어차피 볼 수 있는 거 다 봐라. 내 프라이버시 존중하는 척 그만하고, 쉬쉬하며 감추지 마라.

리푸레이는 술병과 잔을 치웠다. 원래는 자신이 못 참고 위 속에 털어 넣을까 봐 남은 술을 흘려버리려고 했다. 그런데 그럴 필요가 없어졌다. 제국이 주시하는 가운데서는 조이너처럼 술에서 안정감과 망각을 찾는 게 최선일 수도 있었다. 하지만 당분간은 마시지 않을 작정이었다. 오랫동안 마음에 깊이 잠들어 있던 것이 깨어나면 또렷한 정신으로 그것을 봐야 했다.

자초지종이 손에 닿을 듯했다. 왕이 위원왕후의 인생을 설계하고 감독한 것이다. 영화 〈트루먼 쇼〉처럼 위원왕후는 모든 것을 이미 설정되어 있는 대로 실행하는 트루먼이 되었다. 다만 그는 트루먼보다 더 비참했다. 트루먼의 삶은 세상 한구석에 한정되어 있었고, 연출된 생활 외에 진짜 생활도 있었다. 그 진짜 생활도 환상일 수 있지만 적어도 더 높은 차원의 환상이었고, 그 뒤로 돌아갈 수 없는 환상이었다. 위원왕후에겐 그런 것이 없었다. 왕이 생활을 '딱 하나의 차원'으로 만들어놓았기 때문에 위원왕후는 자신이 설계됐다는 걸 깨달은 날부터 설계당했다는 느낌에서 벗어날 수 없었다. 이론상 이동영혼을 끄고 의식결정체를 제거할 수는 있었다. 하지만 그러면 현대생활에 익숙한 사람은 거의 발붙일 곳이 없어진다. 게다가 의식결정체를 제거한 사람이 '의식결정체가 있는 듯한 착각'에 시달리다 죽느니만 못한 인생을 살았다는 소문도 있었다. 그것만으로도 의식결정체를 제거하려는 사람을 저지하기는 충분하다. 그래서 위원왕후는 죽음을 택할 수밖에 없었다. 이것이 이야기의 핵심이다.

남은 몇 가지 의문점은 세부적인 부분에 대해선 추측이 틀리더라도 큰 오차가 없을 것이다.

예를 들면 왕은 살아 있는 사람을 어떻게 완벽히 설계할 수 있었을까? 특히 위원왕후처럼 자아의식이 강한 시인의 생활을. 현재 제국은 세계 어떤 나라와 조직도 얕볼 수 없어 예의상 모두가 허리를 굽히게 되는 거대한 존재라는 사실을 잊지 말아야겠지. 제국이 이미 기술적으로 획기적 발전을 이루어 이동영혼과 의식공동체를 바탕으로 개인의 행적과 생각을 손바닥 보듯 훤히 꿸 수 있다고 해보자. 이는 개인의 뇌와 감정의 미궁 도면을 장악한 것이나 다름없다. 개인의 생각과 행동을 규제하고 인도하는 것은 식은 죽 먹기다. 길만 제대로 찾으면 자아의식이 강한 사람도 쉽게 최면에 걸리고 쉽게 통제될 것이다.

그리고 왕과 제국이 그렇게 오랜 시간과 막대한 인적 물적 자원을 들여 위원왕후가 노벨문학상 수상자가 되도록 이끌었다면, 대체 무엇을 위해 그렇게 한 것일까? 다시 말해 왕의 테스트 목적은 무엇일까? 처음엔 리푸레이도 조이너의 추측과 같이 판단했다. 즉, 왕이 어떤 생각을 하고 있든 간에 결국 그는 사업가이다. 사업가는 자본과 이익의 통제를 받게 마련이고, 이 테스트는 왕에게 상업적으로 헤아릴 수 없는 이익을 안겨줄 것이다. 그런 한편, 조이너의 말처럼 위원왕후의 죽음으로 그 사업 모델의 허점이 노출됐으니, 조종되고 설계되는 인생을 누가 살려고 하겠는가? 그런 모델에선 하느님처럼 조종하는 재미를 제대로 누릴 수 있는 사람이란 왕밖에 없지 않을까?

그나저나 조이너처럼 오래전에 떠난 전 직원도 쉽게 나를 알 수 있다니, 와! 게다가 몇 명이 더 이 일을 조사하고 있다니, 제국도 당연히 그 사실을 알고 있겠군. 그런데 대체 왜 제국은 이걸 자유롭게 조사하도록 내버려두는 것일까? 전에 리푸레이는 이 점이 가장 이해되지 않았는데, 이제는 알 수 있었다. 이해가 안 된 건 자신이 거기에 발을 담그고 있기 때문이었고, 자신이 특별하다고 생각했기 때문이었으며, 자신도 왕의 작은 설계에 불과하다는 것을 받아들일 수 없어서였다. 일단 이 사실을 받아들이면 진상이 낱낱이 드러날 것이다. 제국은 자체적으로 시스템을 세워 움직이지만 그 시스템이 견고한지 여부는 비규칙적으로 점검해야 하고, 최고의 점검방식은 외부에서 그것을 '공격'하는 것이다. 바이러스 백신의 효과는 바이러스를 통해서만 체크할 수 있는 것처럼. 그가 몰랐을 뿐이지, 제국도 분명히 다른 방식으로 '공격'을 초청했을 것이다. 이번에 위원왕후의 죽음을 계기로 제국은 다시 점검 모델을 가동했고, 리푸레이가 우연히 '초청받은' 사람이 된 것이다. 리푸레이의 조사경로, 조사를 통해 얻은 것과 최종 결론은 모두 제국이 참고해 시스템 운영능력을 향상하는 데 쓰일 것이다. 그렇기 때문에 제국은 리푸레이의 일거수일투족을 훤히 꿰고 있으면서도 간섭은 하지 않을 것이다. 어쩌면 제국은 리푸레이가 더 많은 허점을 발견해주길 바랄지도 모른다. 어쩌면 리푸레이가 속수무책으로 있을 때 단서까지 제공하며 이끌어줄지도 모른다. 점검작업에서 이런 속임수는 반드시 있어야 하니까.

그런 건가? 왕이 하느님처럼 만물을 손바닥에 놓고 주무르는 재미를 즐기면서 의식공동체 구조를 점검하고 있는 거라면 조사를 계속할 필요가 있을까? 리푸레이는 자신에게 물었다. 다른 사람 손의 바둑알을 뻔히 알면서도 개의치 않고 자기 것에 몰두해 집중할 수 있을까? 한 걸음 내디딜 때마다 희미한 비웃음 소리가 들리진 않을까? 리푸레이는 이제 위원왕후를 좀 더 이해하게 되었다. 이렇게 짧은 기간에도 설계당했다는 느낌을 견딜 수 없는데, 수십 년 인생, 아니, 삶의 전부가 누군가에 의해 설계됐다는 사실을 갑자기 깨달은 위원왕후의 심정은 오죽했겠는가!

— 이렇게 단절한다. 잘 지내길.

이 열한 글자가 또 갑자기 뛰어올라 리푸레이는 깜짝 놀랐다. 그랬다. 리푸레이는 줄곧 자신의 입장에서 왕의 의지를 추측했다. 위원왕후의 의지는 어찌 잊은 걸까? 위원왕후는 물론 자신의 인생이 설계됐다는 걸 알고 자살했지만, 자신이 이번 조사를 시작하도록 인도한 건 그가 임종 전에 보낸 메일이었다.

위원왕후는 왜 메일을 보냈을까? 왜 나를 그의 고향으로 보내 장례에 참석하게 하고, 그가 써둔 수상연설문을 가져오게 했을까? 그 이유에 대해 리푸레이는 자신이 진상을 똑똑히 조사하게 하기 위해서일 거라고 생각했었다. 헌데 위원왕후는 제국의 운영상황을 잘 알고 있었다. 그는 왕이 수십 년 전에 써둔 개요를 받은 순간 제국의 설계 및 실행 능력을 분명히 내다봤을 것이다. 그런 사람이 리푸레이의 일거수일투족이 이미 제국의 시야에 들어갔고 심지어 제국에 의해 추진되리란 걸 몰랐을 리 없다. 그렇다면 그는 왜 고집스럽게 그다음 단계를 배치했을까? 뭘 암시한 걸까? 그리고 뭘 안내하는 걸까?

'사람이 어떻게 안 죽나?'라는 질문의 의미는 또 무엇일까? 이건 너무 추상적이라 손을 댈 수가 없었는데, 지금 보니 구체적으로 가리키는 바가 있었다. 그게 뭘까? 자신이 보통 사람 중 하나란 걸 인식하고 담담하게 죽음을 받아들인 것인가?

깊이 파고들수록 위원왕후의 행동에 정교한 고민이 있었음을 인정하게 됐다. 위원왕후의 설계도 왕의 설계에 뒤지지 않을 듯했다. 참, 위원왕후는 왕과 그렇게 오랫동안 친하게 지냈으니 '싸움'을 걸어 안 될 것도 없지. 오랫동안 아웅다웅하며 왕은 당연히 위원왕후의 모든 것을 파악했을 테고, 위원왕후도 왕의 노림수를 불 보듯 훤히 알았을 것이다. 그래서 죽기 전에 절체절명의 위기에서 반격을 가하기로 결심했던 게 아닐까? 어쩌면 위원왕후의 죽음 그 자체가 바로 반격의 일환이었던 건 아닐까?

생각이 여기에 이르자 리푸레이는 정신이 번쩍 들었다. 그전까지는 제국이 자기점검을 위한 바둑알로서 자신을 택했고, 반격을 위한 바둑알로서 위원왕후를 택했다고 생각했다. 그래서 양쪽의 힘 겨루기에 만신창이로 찢긴 느낌이었다. 그런데 이제는 달랐다. 그 찢긴 힘이 합력으로 모여 위원왕후의 의도와 왕의 계략을 뛰어넘는 지점에 도달할 것 같은 느낌이 서서히 들었다.

와봐! 진상과 진상 이면의 모습 좀 보자. 리푸레이는 말했다. 자신에게, 그리고 상상 속의 왕과 위원왕후에게.

30

冷냉 :
춥다, 생소하다

　잠들기 전 리푸레이는 정보유격대에 마지막으로 로그인해 관리자에게 유격대가 해산해도 될 것 같다고 전하려고 했다. 정보유격대는 제국이 허락한 이단자에 불과했고, 그 존재는 제국 자기점검의 편의를 위한 것일 뿐이기 때문이었다.

　그런데 로그인해보니 유일하게 받은 정보가 바로 '해산'이었다. 관리자는 이런저런 설명도, '작별인사'도 없이 "본 유격대는 영구적으로 해산했습니다"라는 차가운 소식만 남겼다. 설정된 시간 오초가 지나자 이 정보는 자동으로 사라졌고 정보유격대도 없어졌다. 완전히 사라졌다. 정보유격대가 채택한 저장금지 기술 때문에 리푸레이는 더 이상 가시적인 증거를 찾아 유격대가 존재했다는 사실을 증명할 수 없게 되었다. 또한 그가 이곳에 적잖은 시간을 들여 여러 정보의 진위, 영향, 의미에 대해 사람들과 토론하고 분석했다는 사실까지도.

"관리자가 무슨 압력을 받았거나 사고를 당했나?"

그렇다면 그도 어쩔 수 없었다. 더군다나 정보유격대는 "자신의 정보를 책임진다"를 모토로 했다. 그럼 따라야지. 항상 정탐당하며 설계된 인생에서 책임질 수 있는 일이 있다는 것도 행복이 아니라고 할 수 없지.

"어쩌다가 운명이 올바른 방향으로 흔들린 건지도 모르지!"

리푸레이는 이렇게 자신을 위로했다.

그날 밤 잠이 오지 않을 거란 예상은 빗나갔다. 낮에 보고 듣고 생각한 것, 특히 조금 전 갑자기 합력의 가능성을 발견하고 느낀 흥분은 가라앉았는데, 침대에 눕자 그 양쪽의 힘이 뭉텅이로 뒤얽혀 서로 더 많은 모습을 드러내려고 힘겨루기를 하는 것이었다. 덕분에 리푸레이는 금세 잠이 들었다. 단지 피곤한 채로 스트레스를 감당하는 것보다 두 힘의 싸움이 더 어수선하게 머릿속을 잠식해 오히려 최면 효과를 발휘한 것이다.

하지만 잠이 얕게 들어 얼음판과 수면 사이의 얇은 빈틈에서 미끄러지는 듯했다. 수면의 단단한 마찰과 꿈의 부드러운 출렁임만큼이나 자상한 느낌이었다. 얼굴들, 일들, 생각들이 하나로 녹아들어 의식의 입과 코를 따라 안으로 들어와 시도 때도 없이 그를 자극했다. 그래서 리푸레이는 오랫동안 잠에 푹 빠져 이 무더기 저 무더기에서 발버둥치느라 온몸이 축축해지면서도 잠 속을 벗어날 수 없었다.

더 중요한 건 냉기였다. 잠을 자든 꿈을 꾸든 얼음 같은 냉기가 뼛속까지 파고들어 온몸이 떨렸다. 침대에서 눈을 뜨자 얼음 창고에 있는 듯한 느낌이 들었다. 그 순간 리푸레이는 자신이 깨어난 것인지, 아니면 얼음 속의 또 다른 꿈으로 들어간 건지 판단할 수 없었다. 그는 눈을 부릅뜨고 천장을 바라보며 어둠의 차원을 판별해 시선의 거리를 조정하면서 조금씩 정신을 일깨웠다. 그리고 어느덧 침대보에 대한 따뜻한 기억을 회복했다.

마침내 확실히 깬 리푸레이는 조금 다행이기도 하고 씁쓸하기도 했다. 바로 이때 이상한 소리가 들렸다. 거실에서 들려오는 소리였다.

리푸레이의 집은 작지만 거실, 주방, 침실로 구역이 확실히 나뉘어 각각의 기능도 완비되어 있었다. 침실은 침대와 옷장을 제외하면 문을 여닫는 공간만 남아서 리푸레이는 모든 일상을 그리 크지 않은 거실에서 해결했다. 거실에서 들리는 건 뭔가를 뒤지며 찾는 작은 소리였다. 지속적이지 않고 간헐적으로 들렸다.

누군가의 방문을 유도할 만큼 집에 값나가는 게 있는지 리푸레이도 알 수 없었다. 그래도 최대한 숨을 죽이고 침대에서 내려와 참을성 있게 문을 열었다. 그 형체는 바닥에 쭈그리고 앉아 의자에 작은 조명을 놓고 자신의 움직임과 손에 든 물건을 비추고 있었다. 그는 이미 바닥에 있던 틴케이스를 열어 리푸레이가 매일 밤 한 글자씩 쓰고 자유롭게 해석을 달아놓은 종이 뭉치를 밖으로 꺼내고 있었다. 행동은 무척 느렸다. 종이 한 장, 글자 한 자 놓칠세라 꼼꼼히 펼쳐보고 있었다. 문 쪽에서 바라본 그의 옆모습은 얼어붙은 조각상 같았다.

물어보나마나 그는 종이를 넘겨보는 방식으로 내용을 스캐닝하고 저장하고 있었다. 근데 뭘 하려는 거지? 설마 제국에서 보낸 사람인가? 오늘의 내 행적을 감시하고 조이너가 뭔가 제국에 불리한 물건을 남기고 갔을까 봐서 그런가? 정말 그런 것이라면 믿기지 않는 광경이었다. 제국의 품격을 못 믿는 게 아니라 제국의 기술이 그렇게 뒤처졌다는 걸 믿을 수 없었다.

제국이 리푸레이의 행동을 완전히 감시할 수 있다면 조이너와 그의 만남은 전혀 숨길 수 없는 일이고, 그렇다면 조이너가 아무것도 남기지 않았다는 것도 제국이 알 게 뻔했다.

혹시 위원왕후가 남긴 두 가지 자료를 찾으러 온 것일까? 같은 논리로 제국은 자료가 그에게 없다는 사실도 분명히 알 것이다. 무엇보다 그 대단한 제국이 왜 이렇게 수준 낮은 방식을 쓴단 말인가? 리푸레이는 지난 하루 동안 겪은 것만으로도 이미 충분한 충격을 받았다. 그런 터에 뭔가를 뒤지는 저 낯선 자의 등장은 서서히 그가 침대에서 느낀 차가움을 완화시켰다.

리푸레이는 문가에 서서 그 형체를 지켜봤다. 그는 무방비 상태로 한 페이지씩 종이를 넘겨보며 그 무엇도 빠뜨리지 않으려는 듯 살피고 있었다. 그런데 사실 그 종이들은 정보 제공 기능이 없는, 아무 가치도 없는 것이었다. 뒤지는 사람은 귀찮은 줄 모르고 계속 뒤졌지만 그걸 지켜보는 사람은 계속 그러고 있을 수가 없었다.

"뭘 찾고 싶어요? 도와줄게요."

리푸레이가 슬며시 말했다.

"됐습니다."

쭈그린 사람이 대답했다. 그러곤 바로 흠칫 놀랐다. 하지만 당황하지 않았고, 녹기 시작한 얼음 조각처럼 존엄성을 잃지 않은 동작으로 종이들을 정리해 틴케이스에 돌려놓았다. 그리고 문 쪽으로 걸어갔다. 그는 고개를 돌리지 않았고 허둥지둥하지도 않았다.

"같이 얘기 좀 하다 가시죠. 뭘 찾고 있었는지 알려주시면 제가 줄 수 있을지도 모르잖아요. 제 질문에 대답도 해주셔야 하고요."

그가 손을 뻗어 문고리를 잡는 것을 보고 리푸레이는 목소리를 조금 높여 말했다. 상대는 잠시 멈칫했다. 리푸레이의 건의에 대해 판단하고 있는 것이 분명했다.

31

字_자 :
계약, 출산하다, 낳다

"안녕하세요. 저는 알파라고 합니다."

그가 몸을 돌려 한 손을 내밀었다. 리푸레이는 손을 마주 잡고 상대의 의기소침한 얼굴을 보며 어디에서 본 적이 있는지 생각했다.

"생각하지 마세요. 우린 딱 한 번 만났어요. 위원왕후의 자살 소식이 난 당일 오후에요. 나도 당신처럼 서둘러 갔지만, 역시 위원왕후의 집 정원 너머에서 경찰과 의료진이 그를 데리고 떠나는 것만 볼 수 있었죠."

알파는 발을 돌려 몇 걸음 떼더니 리푸레이가 평소 자유공간을 구축하는 거실 구석으로 갔다.

리푸레이는 생각이 났다. 그날 오후 위원왕후를 실은 차가 떠난 후 그도 차에 올랐다. 고개를 돌린 순간 옆에 있던 차 운전석에 앉은 사람이 눈에 들어왔다. 그는 책 한 권을 넘겨보고 있었다. 샛노

235

란 표지에 흰색으로 박힌 책 제목을 한눈에 알아볼 수 있었다.《타타르 기사》. 바로 그 책 때문에 상대방을 몇 번 더 쳐다보게 됐다. 그리고 이동영혼이 스캐닝한 여러 차원을 동원해 책 보는 사람의 의기소침한 얼굴을 전방위적으로 스캐닝해 저장해뒀다.

그렇다면 알파도 위원왕후의 죽음에 의문을 품고 조사하러 다니는 건가? 헌데 어떤 채널을 통해 자신도 조사 중이란 걸 알았을까? 리푸레이는 주방에 들어가 냉장고에서 물 두 병을 꺼내 알파에게 한 병을 건넸다.

"내가 어떻게 여길 찾아왔는지 궁금하죠?"

알파는 물을 두어 모금 마셨다. 의기소침한 얼굴에 맞지 않는 교활한 말투였다.

"우리는 생각보다 훨씬 가까운 사이입니다. 내가 정보유격대 관리자거든요."

리푸레이는 조금 당황스러웠다. 관리자 이름의 A가 영어 알파벳일 뿐이라고 생각해왔는데 '알파'였다니! 알파가 정보유격대 관리자라면 두 번이나 메모를 남긴 자신을 찾아온 것도 이상할 게 없었다.

"뭘 찾고 싶은데요?"

리푸레이가 물었다.

"현재 당신이 찾은 단서요! 이렇게 많은 종이와 글자는 뭐하러 놔뒀습니까? 위원왕후의 죽음과 관계가 있나요?"

알파도 영 이해가 안 되는 모양이었다.

"그냥 매일 끼적였던 종이일 뿐입니다. 위원왕후와는 아무 관계가 없습니다. 당신은 왜 위원왕후의 죽음에 관심이 있죠? 아는 사인가요?"

리푸레이는 알파의 맞은편에 앉았다.

"모르는 사입니다. 난 제국의 정보 독점이 싫습니다. 그런 정보 독점이 계속되면 제국은 조만간 인류 역사상 가장 방대하고 사나운 조직이 될 겁니다. 제국은 정보로 모든 사람을 조종하고 통제할 겁니다. 물론 거구인 제국이 필연적인 방향으로 돌진하는 걸 내 개인적으로 막을 순 없지만, 적어도 정보유격대에 경찰과 제국의 감시를 피할 것을 건의하고, 관심 있는 사람에게 독립적인 정보교류 플랫폼을 제공할 순 있죠. 그곳의 정보가 자질구레하고 그리 적시에 제공되지 않을 수도 있고, 정보공동체처럼 끊임없는 홍수 같은 정보를 제공하진 못하겠지만, 최소한 개인화된 시각이 존재하고 정보에 개인의 정감이 녹아들 순 있습니다. 백번 양보해 말해도 정보유격대가 가치 있는 정보를 제공하진 못했어도, 이런 것이 존재했다는 사실만으로도 일부 사람들 마음에 다양한 불씨를 심을 수 있거든요."

의기소침한 얼굴은 여전했지만 알파의 말은 냉정하면서도 열정으로 가득 찼다.

"무슨 뜻인지 알겠습니다만, 그런 것들이 왕후의 죽음과 무슨 관계가 있는지는 모르겠네요."

리푸레이는 이렇게 물으면 조금 멍청한 척하는 것으로 보이지 않을까 싶었다. 그는 지금까지 제국과 왕이 위원왕후의 죽음과 밀접하게 관련돼 있다고 확신했고, 제국이 위원왕후의 죽음을 초래했다고 단정해도 큰 오차는 없을 것이라 믿었다. 그런데 그 모든 것이 제국의 발전 추세와 어떤 관계가 있는 것일까?

알파는 리푸레이를 뚫어지게 쳐다보다가 손에 든 물을 잠잠히 내려놓고 그 자리에서 자유공간을 만들었다. 그는 자신의 공간에 나타나는 내용을 리푸레이가 옆에서 볼 수 있도록 오픈 설정을 했다.

알파가 접속한 건 일반적인 의식공동체가 아닌 것 같았다. 알파의 자유공간에선 정보 스트림이 흐르지 않았고, 위에서 아래까지 작은 은색 점만 무한하게 있었다. 이 점들은 새까만 공간에서 서로 같은 거리를 두고 입체적으로 배열되어 있어서 마치 하늘에서 반짝이는 별들 같았다. 다만 별의 배열이 매우 일정했다.

"당신은 전에 제국에서 근무했죠? 하지만 이게 의식공동체에서 디코딩decoding*되기 전의 의식 점 행렬dot matrix이란 건 몰랐을 겁니다."

알파는 무심히 설명했다.

하지만 리푸레이는 깜짝 놀랐다. 그렇다면 이 사람이 지금 제국의 메인 컴퓨터에 침입하고 있단 말인가?

"걱정 마세요. 내 흔적은 자동으로 지워지니까. 누군가 정탐하고 있다는 걸 제국이 눈치채더라도 날 추적할 순 없어요. 그렇다고 낙관할 것도 없고요. 제국의 인코딩 실력은 실로 어마어마하니까. 가

---

*   복호화. 저장이나 통신 등의 목적으로 부호화한 문자나 기호의 집합을 다시 원래대로 되돌리는 일. 반대말은 인코딩(부호화).

장 핵심적인 의식 점 행렬에서 난 딱 한 개밖에 못 풀었어요."

알파가 말했다. 그사이 그의 의식이 드넓은 점 행렬 중에서 하나의 점을 고정시키고 그쪽으로 바싹 접근했다. 알파의 의식이 그 점에 붙는 순간 점이 확 커지며 내부에서 다시 은색 작은 점으로 구성된, 위에서 아래로 고르게 분포된 무한공간이 펼쳐졌다. 이번에는 밀폐된 점들이 아니라 한자들이었고, 한자 하나하나가 미미한 은색 빛을 발했다. 은빛 글자들은 거의 대부분 똑같았고, 쫀쫀한 실물처럼 견고하고 밀폐되어 있었다. 그중 극소수의 글자들은 정도는 조금씩 다르지만 이미 투명해지기 시작했고, 원래 은색 점이나 글자가 있어야 하는데 아무것도 없이 비어 있는 자리도 몇 군데 눈에 들어왔다.

리푸레이는 빈 자리를 상하좌우로 살피며 어떤 글자가 비는지 분별해봤다. 하지만 글자들의 배열 규칙을 전혀 알 수 없었다. 이때 알파의 의식이 한자로 구성된 은빛 행렬을 벗어났고, 그는 바로 자유공간에서 나왔다.

"나한테 물었죠? 제국의 발전이건 인류의 미래건 내가 한 말이 위원왕후의 죽음과 무슨 관계가 있느냐고."

알파는 다시 물을 몇 모금 마시고 말을 이었다.

"솔직히 아직 정확한 답은 못 찾았어요. 찾았다면 여기에 나타나지도 않았겠죠. 내 추측에 불과하고, 내가 할 수 있는 건 추측을 따라 그걸 증명하는 것뿐이라는 걸 나도 알아요. 몇 년간 제국 메인 컴퓨터에 끊임없이 들어간 결과 아까 그 의식 점을 디코딩했고 구체적인 내용은 보신 대로예요."

"그 글자들은 무슨 뜻이죠?"

"내 추측이 틀리지 않다면 그 점 행렬은 모든 한자의 집합이고 총 15만 3688개입니다. 물론 빈 곳도 모두 계산에 넣어야죠. 그 한자 행렬이 언제 구축되었고 언제부터 운영되기 시작했는지, 언제 역할을 발휘하는지는 모르지만, 2년 전 디코딩할 때는 379개뿐이었던 공석이 아까 들어갔을 때는 이미 1611개나 생겼더군요. 공석의 변화 규칙은 아직 찾지 못했는데, 딱히 규칙이 없을 가능성이 높습니다."

거기에 아무 규칙이 없다는 게 믿기지 않는지 알파는 미간을 잔뜩 찌푸렸다.

"공석들이 하나하나의 글자라는 게 확실한가요?"

"물론이죠! 각기 다른 정도로 투명해진 글자들 못 봤어요? 완전히 투명해진 다음, 다시 어느 정도 시간이 지나면 사라지고 새로운 공석이 생기는 거지요."

알파는 찌푸렸던 미간을 펴며 장난스런 웃음을 지었다.

"공석이 뭘 의미하는지 알아요?"

"공석은 당연히 없어졌다는 표시죠."

리푸레이는 입에서 나오는 대로 대답하고 나서 순간 멍해졌다.

"근데 없어진다는 게 무슨 뜻이죠? 그 글자가 사라졌다는 건가요? 글자가 어떻게 사라질 수 있죠?"

"글자가 어떻게 사라질 수 있냐고요? 전부 그쪽이 한 짓 아닐까요?"

알파는 반문하며 또 장난스런 웃음을 내비쳤다.

"내가요? 그럴 리가요?!"

리푸레이는 놀랐다기보다 막연했다.

"우선 성급히 부인하지 말고요. '문자는 기본 입자로서 향후 제국문화가 운영되는 근본이자 핵심이 될 것입니다.' 이 말 기억하십니까? 당신 머리와 손에서 나온 말인 거 기억하나요? 어쨌든 〈제국의 미래 청사진과 근간〉이라는 보고서는 기억하겠죠. 그 글에서 당신은 문자가 인간 생활에서 추방당하고 마지막엔 필요한 문자만 남겨질 가능성을 논했죠. 정서의 색채가 없거나 최소화된, 기본소통 기능만 있는 문자만 남을 거라고……."

"아닙니다!"

리푸레이가 큰 소리로 알파를 제지했다.

"방금 한 말은 내 생각이 아닙니다. 〈제국의 미래 청사진과 근간〉에 내가 쓴 문장의 뜻은 방금 한 말과 정반대란 말입니다. 나는 문자를 보호하자는 뜻으로……."

리푸레이는 말을 절반쯤 내뱉다가 멈췄다.

"이제 알겠죠? 맞죠? 한 가지 일을 명확히 정의한다는 건 그 이면도 정의했다는 의미가 되죠."

알파는 리푸레이가 왜 말을 멈췄는지 잘 알았다.

"당신의 제안은 문자를 잘 보호하자는 거였죠. 어떤 글자가 잊히면 그것이 가리키는 사물도 잊히게 되고, 결국 글자가 사라지면 해당 사물도 사라지게 되는 거니까. 당신은 簠*라는 글자를 예로

---

*　　제기 이름 보(簠). 옛날에 제사 때 곡물을 담던 그릇.

241

들었죠. 이 글자가 더 이상 언급되지 않는 건 곡물을 담던 특정 그릇이 이미 사라졌다는 것뿐만 아니라, 그 그릇이 쓰이던 제사와 제사의 대상이 우리 삶에서 사라졌고, 기억 속에서 철저히 사라졌음을 의미한다고 했죠. 제국이 지금 하는 일이 바로 당신이 안내한 길을 따라 문자가 부지불식간에 사라지게 하고, 사물을 구별하는 경계의 틈을 융합해 합쳐나가는 겁니다. 아까 봤듯이, 제국은 모든 문자를 수집하고 정리해서 방대한 문자 풀pool을 구축했지만 당신 말대로 '인류의 풍부함을 지키진' 않았죠. 바꿔 말하면, 그것을 바탕으로 행동 근거를 확립해 어떤 글자가 계속 존재해야 할 필요성과 존재해야 하는 시간을 평가합니다. 필요가 없으면 제거 행동을 취해 그 글자를 모든 사물과 데이터에서 제거하고 그와 관계된 기억을 수정함으로써 사람들이 그것을 정확히 쓰는 법을 더 이상 생각나지 않게 만들죠. 시간이 좀 지나면 완전히 잊어버리고 사라지게 되고요."

리푸레이는 식은땀이 줄줄 흘렀다. 잠깐 생각해보니 알파가 자신을 속이는 게 아님이 분명했다. 알파의 말이 끝나기도 전에 이미 자신이 생각했던 '簠' 자가 알파가 말한 그 글자가 맞는지 의심스러워지는 것이었다. 그때 갑자기 그 문장이 나타나며 의심에 대한 생각을 무너뜨렸다.

"사람이 어떻게 안 죽나?"

리푸레이가 큰 소리로 물었다. 이번에는 눈앞에 환각이나 환상이 나타나지 않았다. 리푸레이는 이글이글한 눈으로 알파를 쳐다보기만 했다.

"말해봐요. 사람이 어떻게 안 죽죠?"

"뭐라고요?"

알파는 멍하게 있었다.

"사람이 어떻게 죽지 않을 수 있지? 그 사람이 한 방울 물처럼 바다에 유입되지 않는 한. 맞아, 바로 그거야."

마침 덩컨의 말이 떠올라 리푸레이는 더 흥분하며 말을 이었다.

"문자를 통해 모든 사람의 의식을 하나의 공동체로 응결하는 겁니다. 의식공동체를 통해 바벨탑 이전의 신화 상태를 만들어 전 인류가 하나의 문자, 하나의 언어만을 사용하게 하는 거죠. 그와 동시에 당신 말처럼 문자의 정서 색채를 줄여 문자의 다른 뜻은 추방하고 기본 소통 기능만 갖춘 문자만 남기는 겁니다. 그 목적은 바로 문자 및 언어의 힘을 빌려 인류의 동일화를 실현하는 거고요. 그러면 보통 사람, 그러니까 모든 사람은 당연히 불후하고 사람은 자연히 죽지 않게 되죠."

"일리가 있긴 하지만, 난 어째 궤변처럼 들리는데요?"

알파는 조금 주저하며 대꾸했다.

"궤변이 아닙니다. 사고를 전환하고 각도를 바꾸는 거죠. 인간의 불후에 대해 얘기해봅시다.《성경》에서 〈히브리어와 아람어 두 루마리〉의 은유를 보면, 하느님이 에덴동산에서 인간을 쫓아낸 후 인류에게 생로병사가 시작됐지요. 〈창세기〉에선 아담, 하와가 선악을 분별하는 과일을 먹어서 쫓겨났다고 하는데, 이전에 인간은 보통 '선악'에 중심을 뒀지만 실질은 '분별'이죠. 하느님의 창조과정에서 만물은 섞여서 하나였고 분별이 없었습니다. 분별이 없으니 만물의 생기고 없어짐 즉 생멸生滅이 없고, 사물들이 서로 이어져서 하나가 없어지면 다른 것이 생겨나니 전체적으로 보면 생로병사가 없는 거죠. 은유를 이식해보면, 즉 인류를 전체로 보면 그 속에 개인이 없는 것이니 개인의 생과 사는 없는 겁니다. 개인의 생과 사가 없으니 인류는 자연히 불후, 즉 영원한 것이고요. 그런데 언어가 뭐죠? 문자는 뭐고요. 바로 이름을 짓고 사물을 분별하는 것입니다. 상세하게 분별할수록 각 개체는 약해지고 생존력을 잃어가죠. 언어가 없어졌다는 건 분별이 없어졌다는 거예요. 따라서 제국의 목표, 왕의 이상은 문자이기도 하고 문자가 아니기도 합니다. 문자가 목표라는 건 개체의 문자를 확보해야 하기 때문이고, 문자가 목표가 아니라는 건 전체적으론 그것을 없애야 하기 때문이죠."

"잠깐! 잠깐!"

알파는 오른손을 들고 외치며 리푸레이의 말을 막았다.

32

獎장 :
권면하다, 개를 부려 사납게 만들다

"과장스럽긴 하지만 그 방향이 맞을 가능성이 크군요."

알파는 이 말을 하고 물을 벌컥벌컥 마셨다. 리푸레이는 물병을 쥔 알파의 손이 조금 떨리는 것을 보았다. 알파가 말을 이었다.

"몇 년 동안 난 제국 메인 컴퓨터 외곽에서 문학작품에 관한 지령을 포집했습니다. 처음엔 대수롭지 않게 여겼죠. 어쨌든 내가 관심 있는 건 제국의 정보 운영이었고, 무엇보다 출판도 제국의 사업이니까. 나중에 관련 지령이 자주 그리고 많이 나오는 걸 보고 주의 깊게 수집하고 분석도 했습니다. 지령의 양은 많았지만 그 내용은 주로 두 종류였습니다. 하나는 생성적generative인 여러 작품을 발굴하라는 요구였어요. 독창적이고 파괴력을 지닌 작품, 특히 언어와 정서의 응용과 구조, 세계를 수용하는 방식에서 기존보다 획기적이고 차별적인 작품을 요구했죠. 다른 하나는 순수한 생산 지령이었습니다. 이 지령은 각 작품의 유형별로 '조제법'이 따라 나왔죠. 즉, 작품을 만들 때 사용해야 할 스토리 모델, 정서 모델 등이 제시되었고, 일부 중요 작품은 언어구조나 어휘범위까지 제시되었습니다. 독창성을 지닌 신규 작가와 작품을 분석하고 참신한 요소를 추출해 기존의 스토리 모델, 정서 모델, 언어구조 등과 비교한 후 한데 묶어놓거나 새로 번호를 매기라는 요구도 가끔 봤고요."

리푸레이는 알파가 설명한 문학작품 생산과정이 낯설었지만 조금 생각해보니 곧 이해가 됐다. 퇴사할 당시 자신이 잘 알던 제국 출판사업팀도 그런 업무를 수행할 능력이 충분했으니, 수년간 성장을 거친 제국은 어떻겠는가?

"그들이 사용한 스토리 모델, 정서 모델 등에는 어떤 것들이 있었죠? 새로 추출한 요소에는 또 뭐가 있고요?"

리푸레이가 물었다. 예전부터 문학에선 원형 이론原型理論이 상식으로 자리 잡았지만 리푸레이는 제국이 그 이론을 어떻게 모방해 구체적인 문학 생산을 지도하는지 궁금했다.

"모델은 번호로 표시하고, 번호에 따라 모델의 레벨이 나뉩니다. 레벨이 내려갈수록 조제법이 좀더 세부적인데, 모든 번호의 조제법을 디코딩하지는 못했습니다. 사실 그럴 필요도 없었고요. 예를 들면 이해가 갈 겁니다. '모험'은 1레벨의 스토리 모델이고 그 하위는 '서유기 모델' '오디세우스 모델' '파우스트 모델' '신드바드 모델' '반지의 제왕 모델' 등 몇 가지로 분류됩니다. 모델별로 다시 한두 개, 최대 세 개 이하의 키워드가 있죠. '서유기 모델'의 키워드는

'반역' '귀화' '도교 경전 찾기'이고, 더 밑으로 가면 '반역'에는 '손오공이 전부 제거' '백마 부자의 충돌'이 포함됩니다. '백마 부자의 충돌'은 다시 '나타哪吒 유형' '오이디푸스 유형'으로 세분되고요. 아무튼 이렇게 계속 세분되고, 세분과정에서 또 계속해서 다른 곁가지 모델과 얽히며 서로 영향을 주지요. 아래로 갈수록 조제법이 복잡해지고, 조제법이 복잡해질수록 그에 따른 작품이 웅대해진다는 뜻입니다."

알파는 아예 종이와 펜을 가져와 모험 모델을 이미지로 그려서 보여줬다. 모험 모델은 기본 줄기가 우뚝하고 가지가 건장하며 꽃과 잎이 무성한 큰 나무, 스토리 나무 같은 모습이었다.

"그들이 〈타타르 기사〉에서도 새로운 모델을 추출했나요?"

리푸레이는 이 모든 게 위원왕후와 관계 있을 거란 느낌이 은연중 들었다.

"맞습니다. 〈타타르 기사〉의 주체는 당연히 모험 모델 아래에 있는데 그중에서 '빛의 장례'를 추출해 '사망 모델'에 넣었습니다. '시간의 강'을 추출해 '중첩 모델'에 넣었고요. 이는 서로 다른 시간 속에서 조우한다는 의미로 중첩 모델에 넣은 게 아닌가 합니다."

알파는 이제 안정을 조금 찾았는지 다시 물을 마시고 목청을 가다듬었다. 마치 일부러 앞으로 말할 내용의 분량을 늘리려는 것 같았다.

"저는 제국이 문학 모델을 개발하고 사용하는 모습에 몹시 놀랐지만, 단지 제국의 사업 운영에 놀랐을 뿐이죠. 이익 추구를 위해 인간은 이런 식으로 자아 탐색을 할 수도 있구나, 그렇게 탐색하면서 정서나 영혼이 빠르게 고갈되는 걸 전혀 아랑곳하지 않을 수도 있구나, 하고 놀랐답니다. 아까 사람이 어떻게 안 죽느냐는 질문을 했죠? 제국이 문자 및 언어를 소모하고 없애는 방법을 보며 저는 문학 모델 사업에 좀 더 관심을 갖게 됐고, 문학 모델을 개발하고 사용하는 것은 왕이 그 질문의 답을 찾는 과정에서 발견한 방법이라 믿게 됐습니다. 그러니까 왕은 언어구조나 정서 모델 등의 문학 모델들을 중복적으로 사용함으로써 언어의 서정성과 문학성을 깨끗이 소모하려 한 겁니다. 혹은 언어를 깨끗이 소모하고 문자를 점점 제거하려는 것일 수도 있고요. 아무튼 서정적인 언어가 가장 번거로워요. 왕이 불멸로 향하는 길에서 인류의 발목을 잡는 모든 언어 장애물 또는 문자 걸림돌이 전부 문학에서 나오니까요. 문학은 인간 자신의 병균이고 서정성은 하느님이 아담과 하와를 쫓아낼 때 그들의 몸에 새긴 저주거든요."

알파는 이어서 말했다.

"제국이 행한 모든 일, 의식공동체에 모든 정보를 발송하는 것의 본질은 가장 파괴력을 지닌 '중복'을 언어에 부여하는 것입니다. 무서운 건 중복된 정보와 문자는 인간 심리에 민감함을 유발하는 항원을 쉽게 만들긴 하지만, 그건 필수 노드node에 불과하고, 이 노드를 지나면 인간은 그것에 대한 의존성을 갖게 된다는 사실을 의식공동체가 이미 증명했다는 거죠. 이 의존성은 중독과 비슷하지만 마약 재배에 대한 의존성을 훨씬 뛰어넘는 건설적인 성질을 띠기 때문에 오래도록 탄탄하고 층층이 강화되는 특징을 지닙니다. 또 다른 은유를 가정해보면, 서정성은 인간이 에덴동산으로 되돌아올 때를 위해 하느님이 남긴 각인, 인간 몸에 매장되어 영생의 문을 여는 열쇠입니다."

"그렇다면 제국의 중복작업 때문에, 즉 왕이 인간의 불멸과 평범한 사람의 영생을 추구하는 과정에서 왕후가 죽었다는 건가요?"

리푸레이가 물었다.

"왕은 언어의 문학성을 말끔히 소모하려고 했으니 문학작품이 당연히 첫 번째 대상이었겠죠. 문학작품에 있어 문학상은 일종의 지침 아닌가요? 노벨문학상은 지침 중의 지침이고요. 그래서 추상적으로 말하면 위원왕후는 확실히 제국의 중복작업 때문에, 왕이 인간의 불멸과 평범한 사람의 영생을 추구하는 과정에서 죽은 게 맞습니다. 실제로 제국과 왕이 위원왕후에게 어떤 수단을 썼고 어떤 함정을 놨는지는 중요하지 않아요. 하나도 안 중요하죠."

알파는 탄식과 함께 말을 마치더니 아예 바닥에 벌러덩 드러누웠다. 힘줄과 뼈가 뽑힌 죽은 개처럼 그는 꼼짝하지 않았다.

☽33☾

印인 :
덮다, 신표를 지니다, 흔적

　리푸레이는 예정된 시간에 물질검측 판별센터에 도착했다. 안내원은 기기에 리푸레이가 준 서비스 번호를 입력하고 월 기준 검측 결과가 나왔다고 알려줬다.

　안내원의 얼굴에 의심스러워하는 낌새는 전혀 보이지 않았다. 하긴 다른 사람이나 제국이 센터에서 도중에 두 개의 자료를 가져가서 살펴보고 사용했다 해도, 심지어 몰래 손을 썼더라도 안내원이 알 턱이 없을 것이다.

　"선생님, 결과를 이동영혼에 옮겨드릴까요?"

　안내원이 관례대로 물었다.

　"그러죠."

　리푸레이는 이동영혼의 진입을 허용하고 데이터를 옮겨 저장했다.

"한 부만 인쇄해줄래요?"

리푸레이는 자신이 쓸데없이 의심을 품는다는 걸 알았지만 지금은 숫자로 된 모든 것에 마음이 놓이지 않았다. 누군가에게 정탐을 당할까 우려하는 건 아니었다. 그런 건 우려해봤자 소용도 없었다. 누군가 결과를 왜곡해 수정할까 봐 걱정하는 것이었다.

"알겠습니다, 선생님."

안내원은 한참 낑낑거린 후에야 프린터를 켜고 인쇄 설정을 조정한 후 얇은 종이 한 장에 내용을 인쇄했다. 오랫동안 인쇄를 요청한 사람이 없었던 모양이다.

리푸레이는 상세한 기술 매개변수와 분석에는 흥미가 없었다. 오직 결과에만 관심 있었다.

자료 A, 즉 위원왕후가 단지에 남긴 종이. 종이의 제작시기는 2028년 5월이고 앞면에 "이렇게 단절한다. 잘 지내길"이라고 쓰여 있다. 위원왕후의 글씨로, 쓴 시기는 2029년 9월이다. 뒷면의 글씨, 즉 21년 후에 발표될 위원왕후의 노벨문학상 수상연설문 개요를 또렷이 쓴 시기는 2029년 9월이다. 리푸레이는 '29930'이 2029년 9월 30일을 가리킨다는 것을 바로 알아차렸다.

자료 B, 즉 위원왕후가 리푸레이에게 전하라고 위원란에게 부탁한 편지봉투에 있던 연설문. 그 네 장짜리 종이의 제작시기는 2041년 3월. 위원왕후가 거의 10년 전의 종이를 찾는 일은 어려웠을 터이고, 또 종이를 그렇게 오랫동안 보관하는 일도 어려웠을 것이다. 연설문의 인쇄시기는 2050년 11월이었다. 편지봉투의 제작시기는 봉투 뒷면에 새겨진 것처럼 2021년, 좀 더 구체적으로

2021년 7월이었다.

저번에 왔을 때 안내원이 설명해준 대로 결과란 아래에 "각각의 결과는 해당 월의 특정 날짜 앞뒤로 5일의 오차가 있다"는 한 줄의 설명이 있었다. 이런 건 이제 중요하지 않게 되었다. 마찬가지로 이 자료들을 날짜 단위까지 검측하는 것도 중요하지 않지만, 이미 주문을 해놨으니 굳이 취소할 필요도 없었다.

안내원에게 인사하고 발을 돌리려는데 이동영혼이 류창에게서 연락이 왔다고 알렸다.

류창은 리푸레이에게 《정보》의 사내지 디지털 버전은 하나도 찾지 못했지만 어딘가에 종이 버전이 있는 것을 확인했으며, 지금 리웨이가 리푸레이를 데리러 가는 중이라고 했다.

"저는 왕의 서명과 필체를 계속 찾아야 합니다."

류창은 말을 마치고 나갔다.

34

紙^지 :
쓰다, 그리다, 인쇄하다, 섬유

"저희도《정보》사내지 편집장이 위원 선생이며 창간호부터 공공간행물로 바뀌기 전 마지막 호까지 위원 선생이 계속 편집장을 맡았다는 것만 찾았고, 더 구체적인 내용은 찾지 못했습니다. 경찰 시스템 내부에 남은 게 더 있을 수도 있지만 저희 레벨에선 암호가 걸려 있어서요. 그렇다면 사내지에 중요한 내용이 있고, 제국은 그것이 유포되는 걸 원치 않는 게 분명합니다. 하지만 정부 내부적으로는 반드시 백업해둬야 하죠."

리웨이는 리푸레이의 차에 앉자마자 말을 줄줄 쏟아냈다. 이 일은 리웨이의 온 열정을 자극했고 그의 모든 주의력과 상상력을 동원시켰다.

리푸레이는 아무 말도 하지 않았다. 원래는 리웨이에게 하루 동안 조이너, 알파와 나눈 깊은 대화, 특히 알파와 함께하는 동안 이미 진상의 기본적인 윤곽을 파악했고, 심지어 지금 매우 중요한 자료와 검측 결과를 손에 쥐고 있다는 사실을 말하려고 했다. 하지만 입을 열지 않았다. 지금 이것들을 경찰에게 넘기는 것이 무엇을 의미하는지, 무엇을 의미할 수 있는지 아직 불분명했기 때문이다.

차는 북쪽으로 약 100킬로미터를 달려 생활 구역과 에너지 구역이 맞물리는 곳에 이르러서야 목적지에 도착했다. 두 사람은 아주 낡아 보이는 오래된 공장으로 진입했다. 열 동쯤 되는 공장은 붉은 벽돌에 푸른 기와가 얹어진 몸집이 큰 건물이었다. 공장 도처에 높이 솟은 굴뚝과 냉각탑, 급수탑이 있었다. 뭐라 이름 붙일 수 없는 큰 곡물창고와 보루같이 생긴 다부진 건물도 있었다. 천장, 벽, 바닥에는 투박한 강철 관과 전선이 밖으로 노출된 채 구불구불 뻗어 있었다.

"아직도 이런 곳이 있네!"

리푸레이가 놀란 목소리로 말했다.

"특별히 보존해둔 곳입니다. 저 선생님들이 오랫동안 애쓴 덕분에 이렇게 남겨졌죠. 사명을 완수하면 철거될 겁니다. 이용 효율이 너무 낮아서 요즘 시대의 운영 속도에 도저히 안 맞죠."

리웨이가 대충 설명했다. 아까 정문 초소에서 신분을 꼼꼼히 확인받던 리웨이가 공장 안을 잘 알고 있는 모습이 미묘한 대조를 이루었다. 그는 대체 이곳에 몇 번이나 와본 것일까.

"사명요? 무슨 사명을요?"

리푸레이가 물었다.

"이곳의 물건들은 전부 이름이 없고 번호만 있습니다. 그런데 사람들이 비공식적으로 이곳을 뭐라고 부르는지 아세요? 종이 장례공장!"

자동차가 '16'이라 쓰인 공장 입구에서 멈췄다. 리웨이는 리푸레이에게 내리라는 표시를 하며 주의를 주었다.

"몸에 종이로 된 물건은 아무것도 지니지 마세요. 여기에서 종이는 들어갈 수만 있고 나갈 순 없거든요."

공장 안은 밖에서 보는 것보다 훨씬 커 보였다. 담과 천장으로 건물을 또 한 겹 씌운 듯한 모습이었고, 사방 구역이 다시 열여섯 개의 소구역으로 나뉘어 있었다. 구역 간 칸막이는 없는 대신 네 벽에 있는 네 개의 화장터로 구분돼 있었다. 화장터들은 입이 거대한 괴수처럼 벽에 웅크리고 앉아 시시각각 입에 음식이 들어오길 기다리고 있었다. 하지만 채우고 또 채워도 영원히 가득 차지 않고, 먹고 또 먹어도 배가 부르지 않은 것 같았다. 각 화장터 앞에 네 사람씩 담당자가 바쁘게 움직이고 있었다.

화장터 약 10미터 뒤는 거대한 중앙 구역이었다. 바닥에서 천장까지 기둥 형태의 물체가 한 줄 한 줄 가지런히 솟아 있었다. 각각이 하늘로 통하는 배관 같았다. 마치 단단한 갑옷을 두르고 날카로운 무기를 든 군인들 같기도 했다. 진지를 확고히 정비하고 적을 기다리는, 침범할 수 없이 위엄 있는 군대처럼 늘어서 있었다.

처음에 느꼈던 현기증과 충격에서 얼마간 벗어난 리푸레이는 조금 더 가까이 가서 자세히 살펴봤다. 기둥 형태 물체의 네 귀는 스테인리스스틸로 만들어졌고 약 5센티미터 길이의 직각이등변삼각형으로 되어 있었다. 안쪽에 둘러싸인 것은 바로 종이책들이었다. 책들은 두껍지 않았고 옆면에선 제목이 보이지 않았다.

"저건 다 잡지예요."

리푸레이의 궁금증을 알고 리웨이가 먼저 말해줬다.

화장터 앞 사람들은 일에만 집중하고 있었다. 공장 안 시설은 보기보다 훨씬 선진적이고 자동화되어 있었다. 지상에 설치된 수송 벨트가 책 무더기를 화장터 바로 앞까지 밀어내고 있었고, 네 사람은 두 조로 나뉘어 앞쪽의 두 사람이 수송 벨트의 책들을 화장터에 던져 넣고 있었다. 뒤에 앉은 두 사람은 뭔가를 관찰하는 것 같기도 하고 교대근무를 기다리는 중인 것 같기도 했다.

그들은 책을 한 권씩 화로의 커다란 입에 던졌다. 입안도 몇 개 층으로 나뉘어 있고, 층별로 일정한 순서에 따라 열리고 닫혔다. 그러니 원활하게 책을 던져 넣을 수 있었고, 계속 열려 있는 게 아니어서 연소 시 에너지가 유실되지도 않았다. 입구는 투명했고 다층 구조도 관람에 지장을 주지 않았다. 리푸레이는 한 권씩 던져지는 책이 바닥에 떨어지기도 전에 폭발하듯 단숨에 불타 없어지는 광경을 똑똑히 보았다. 한쪽부터 조금씩 타는 게 아니라 모든 부분이 동시에 타버렸다. 거센 불길에 의해 짧은 시간에 빈틈없이. 모든 물질이 연소과정에서 완전히 승화되는지 재도 얼마 남지 않았다. 책을 던지는 사람들은 애써 바지런 떨 필요 없이 쉬엄쉬엄 던져 넣었다. 먹이를 던지고 받아먹는 과정이 군더더기 없이 딱 알맞은 리듬을 유지했고 불발되는 경우도 없었다.

"이미 아주 완벽하게 탔어요. 연소 시 전환된 에너지로 이곳 자체 운영을 유지할 수도 있고, 근처 거주지역 세 군데의 겨울 난방도 확보할 수 있죠."

리웨이가 말했다.

"이곳의 모든 공장은 다 이렇게…… 이렇게 책을 태우나요?"

리푸레이가 물었다. 이 순간에도 쉼 없이 불태우느라 여념이 없는 약 100개의 화장 화로가 그의 수용 한계를 완벽히 깨버렸다.

"책이 아니라 글자가 있는 모든 종이를 태우는 거예요. 최종 목표는 종이를 완전히 없애는 거고요. 그래서 아까 종이로 된 건 가져오지 말라고 한 겁니다. 가지고 들어오면 나갈 때 자동으로 검측되거든요. 상심하지 마세요. 저 책, 종이들은 모두 소유자가 자발적으로 팔거나 넘긴 거니까요. 디지털 독서가 가능하고 의식공동체가 있어서 찾고 싶은 건 모두 금방 찾을 수 있는 마당에 공간만 차지하는 종이는 남겨둬서 뭐합니까? 각자에게 할당된 공간이 점점 작아지니 의미 없는 물건을 놔둘 공간이 없게 됐죠. 그리고 아시다시피 책과 종이를 완전히 근절하는 건 아닙니다. 요즘 기념 삼아 인쇄판을 소량 출간하는 경우도 있긴 하거든요. 게다가 모든 정식 도서와 간행물은 국립도서관에 최소 한 부씩 보관되어 있어서 언제든 찾아볼 수 있고요."

리웨이가 절반은 안도하며 설명했다.

리푸레이는 대꾸할 용기를 잃었다. 그는 어젯밤 알파와 얘기한 문자에 관한 모든 것이 현실로 이루어지고 있는 현장을 목격한 참이었다. 마침 가까운 화장터 옆에서 휴식 중인 노인이 일어나 뒤로 몇 걸음 갔다. 노인은 주머니에서 담뱃갑을 꺼내 담배 한 개비에 불을 붙인 후 한 모금 세게 빨았다. 그러더니 연기가 몸 안에서 한

바퀴 머물게 한 다음 천천히 뱉어냈다. 리푸레이는 노인 앞으로 걸어갔다. 노인은 이미 일흔은 거뜬히 넘어 보였다.

"어르신, 계속 여기에서 일하셨어요?"

리푸레이의 물음에 노인은 그를 힐끗 보더니 대답도 없었다. 얼굴은 잔잔한 물결 하나 일지 않고 평온했다. 한 번 쳐다본 후 노인은 계속 담배만 빨았다. 리푸레이를 상대할 생각이 없는 모습이었다. 방금 리푸레이의 질문은 노인 자신이 내뱉는 동그란 담배 연기처럼 이미 공기 중으로 사라졌다.

"어르신……."

더 물으려는 리푸레이를 리웨이가 손을 뻗어 제지했다.

"물어보지 마세요. 저분은 질문에 대답하지 않을 거고, 리 선생님과 한 마디도, 한 글자도 나누지 않을 테니까. 아, 선생님뿐 아니라 여기 오는 모든 사람에게 그럴 겁니다. 저들은 같이 불태우는 동료들을 제외하곤 아무하고도 얘기하지 않거든요."

그사이 노인은 이미 담배를 다 태웠다. 담뱃재를 튕기고 담배꽁초를 비벼 끄는 동작과 표정을 보며 리푸레이는 자신과 리웨이가 공기나 진공 상태인 것처럼 느껴졌다. 존재감 없는 투명인간이 된 듯도 했다. 노인은 화로 쪽으로 돌아가서 동료와 교대해 책을 던지기 시작했다.

"왜죠? 누구의 강압이라도 있었나요?"

리푸레이가 물었다.

"저들이 여기 오기 전에 뭐 하던 사람들인지 아세요? 당연히 모르시겠죠. 다들 국내 정상급 대학의 교수, 정상급 연구기관의 학자나 전문가들이었어요. 공장 전체적으로 책 태우는 사람이 천여 명 되는데 그들 모두가 각계에서 가장 우수한 사람들이었죠. 이렇게 무미건조하고 지루하고 힘든 일, 자신을 괴롭혀야 하는 일을 저들은 모두 엄격한 경쟁절차를 통해 얻어야 했어요. 이곳 근무자의 첫 번째 요건이 바로 외부인과 대화할 수 없다, 가족이나 친구, 아무하고도 자신이 하는 일에 대해 언급해선 안 된다는 것이거든요."

"아?!"

리푸레이는 한 박자 늦게 감탄사를 뱉어냈다.

"왜 온 건데요? 저들이 그렇게 가혹한 요구를 받아들이고 책과 종이가 눈앞에서 남김없이 타 없어지는 걸 견딜 정도로 보수가 많은 건가요?"

"틀렸어요. 보수는 없습니다. 각자 신분과 업적도 그렇고, 대부분 물질에 욕심이 없어 일반적인 보수로는 저들의 마음을 움직일 수 없죠. 저들은 여기에서 고생하는 게 아니라 즐기는 겁니다. 이렇게 말하면 조금 잔인하지만 사람이 기르던 자식이 눈앞에서 요절해 자기보다 먼저 죽는 걸 보면 몹시 비통하겠죠. 하지만 아이가 죽는 게 기정사실이고 그 사실이 바뀔 수 없다면 자기 손으로 자식을 묻어주는 것이 그들이 얻을 수 있는 마지막 위로일 수 있습니다. 참 쓸쓸하지만 확실한 위로죠."

리웨이의 말에 리푸레이는 잠시 목이 메었다. 한참 동안 눈을 부릅뜨고 나서야 자신이 이곳에 온 목적을 떠올리게 됐다. 그는 화로 앞을 지키고 있는 노인들을 보며 마음속으로 그들에게 절을 올렸다. 글자가 담긴 종이 곁에서 문자와 지식, 이성의 총결산과 감성의 토로를 장례 치르듯 자신의 손으로 태우고 있는 행위에 대한 경의의 표시로.

리웨이는 준비 작업을 확실히 한 듯 리푸레이를 데리고 연대처럼 질서정연한, 잡지로 이뤄진 기둥 사이를 왔다 갔다 했다. 리웨이가 의식공동체를 통해 조작하고 있는 것인지도 모르지만, 빽빽하게 늘어선 기둥들은 바둑알이나 정렬한 병사처럼 두 사람이 이동하면 일사불란하게 흩어지고 움직이며 길을 내줬다.

리웨이는 돌고 또 돌아 리푸레이를 한 기둥 앞으로 데리고 갔다. 기둥에 표시된 번호는 16-53-149였다. 이곳의 잡지도 아까처럼 제목이 보이지 않았다. 하지만 리푸레이는 힐끗 보기만 해도 그게 《정보》라는 걸 알았다. 제일 밑에 있는 익숙하지 않은 것들이 바로 《정보》 사내지겠지.

리웨이가 주변 기둥들을 조정해 원형으로 두 사람을 둘러싸게 했다. 두 사람은 빽빽하게 봉쇄된 원기둥들 중간에 서게 되었다. 그다음 리웨이는 밑에서 사내지들을 꺼냈다. 리푸레이의 추측과는 달리 격월간지였고, 그래서 총 48권이 아니라 24권이었다.

호수가 없는 것을 빼고 사내지는 공공간행물과 별반 차이가 없었고 종이, 디자인, 인쇄 품질도 훌륭했다. 2페이지에 실린 판권 정보에 따르면 펴낸이는 왕이고, 위원왕후는 편집장 겸 사내지의 유일한 집필자였다. 하지만 사내지 내용은 훗날 공공간행물 시절과 완전 판판으로, 기술技術 간행물이라 해도 무방했다. 본문은 전부 정보의 생성, 교류, 처리 방식과 그 방식이 가져올 전망, 각종 전망이 인류사회에 미칠 영향을 논하는 내용이었다.

모든 호의 톱기사는 모두 위원왕후가 쓴 것으로, 길게는 약 1만 자, 짧게는 2, 3천 자였다. 1호 1편의 제목이 〈정보로 통하는 인류의 대동大同〉인 걸로 보아 내용을 짐작할 수 있었다. 리푸레이는 그곳에 서서 잡지 24권을 한 권씩 모두 읽었다. 깊이가 있는 글도 있고 가벼운 글도 있었으며 문체와 어조도 제각각이었다. 위원왕후의 글을 중심으로 전개되거나 그에 호응하는 글도 있었고, 다른 주장을 펴며 새로운 국면을 여는 글도 있었다. 하지만 모든 글에 '정보' '대동'과 같은 키워드가 은근히 담겨 있었다.

　위원왕후는 바로《정보》사내지에 의식공동체의 구조와 발전 형태를 명시했다. 간단히 말해 발전 형태는 세 단계로 구분됐다. 1단계는 이동영혼을 매개체로 해서 의식결정체가 포집해 저장한 정보를 분해 및 접속 가능한 정보로 전환해 의식공동체를 구축하는 것이었다. 2단계는 이동영혼을 없애고 의식결정체와 의식공동체를 틈 없이 연결하는 것, 3단계는 의식결정체와 의식공동체를 하나로 융합해 정보를 기반으로 인류의 동일화를 실현하는 것이었다.

　리푸레이와 리웨이는 각자 사내지를 들고 넋이 나간 채 읽었다. 다 읽고 나니 두 사람은 오히려 할 말이 없었다. 그래서 사내지를 내려놓고 공장을 나왔다.

　하늘은 이미 어두워져 있었다.

35

默묵 :
외워 쓰다,
개가 잠시 사람을 쫓아내다

    돌아가는 길에 두 사람은 꽤 오랫동안 말이 없었다. 둘 다 입을 열 수가 없었다.

    하긴, 무슨 말을 더 할 수 있겠는가?《정보》사내지를 통해 위원 왕후가 제국문화의 전체적인 전략 청사진과 노선도를 거의 모두 기획했다는 사실이 증명됐다. 위원왕후가 단계에 따라 착착 보좌에 올려놓은 왕은 전대미문의 재산과 권력, 영향력을 장악했다. 밝혀진 사실이 반박할 수 없을 만큼 너무나 분명해 오히려 아무 할 말이 없었다.

    위원왕후가 왕의 통치를 위협했기 때문에 그를 사지로 내몰아야 했을까? 그래야만 했다면 그렇게 오랫동안 기다리고 고심해서 계획할 필요가 뭐가 있을까? 그를 사지로 몰아넣을 방법이 3천만 가지도 넘을 텐데. 심지어 사랑과 절망까지 계획해주면서! 왕은 그러는 동안 진상이 새나갈 것이 걱정되지 않았을까? 본론으로 돌아와 제국이 위원왕후 혼자 기획한 작품이라면 그 사실을 폭로해도 왕은 아무 피해도 입지 않았을 것이다. 유비가 언제 제갈량의 지혜가 자신을 위협할 것을 걱정한 적이 있던가?

더 중요한 점이 있었다. 위원왕후가 제국을 위해, 의식공동체를 위해 세운 기획, 그리고 인류의 새 기점이라 여긴 '정보의 대동화'를 대체 언제 왕이 반전시켜 종점으로 설정했을까? 대체 언제 문학을 제거하고 문자를 소비하는 데 그것을 써서 허무하기 짝이 없는 인류의 불사를 추구하게 된 것일까? '위원왕후는 제국의 중복작업 때문에, 왕이 인간의 불멸과 평범한 사람의 영생을 추구하는 과정에서 죽었다.' 어젯밤 리푸레이와 알파가 도출한 이 결론이 조금 난해하다면, 왕이 이렇게 웅대하지만 알맹이 없는 목표를 추구하는 데 의식공동체를 사용한 후 절망에 빠진 위원왕후가 마음이 문드러져서 죽었다고 할 수 있을까?

리푸레이는 생각이 많아질수록 침묵이 깊어졌다. 가중되는 곤혹감 때문이 아니었다. 지금 이 혼란과 혼란의 그림자는 너무 큰데 머릿속에 떠올린 답은 너무 간단했기 때문이었다.

낮고 묵직한 리웨이의 음성이 침묵을 깼다.

"위원 선생과 왕의 관계가 어떻게 시작됐는지 조사했습니다. 위원 선생이 박사 공부를 할 때 가깝게 지냈던 선생과 왕이 선후배 관계였습니다. 못 할 말이 거의 없는 선후배였죠. 그래서 박사 시절에 왕과 알게 되었고, 그때 왕은 이미 학교를 나와 다른 일을 구상 중이었습니다. 이후 왕은 '황제펭귄'의 포지셔닝을 찾아냈고 빠르게 성공을 거뒀죠. 위원 선생은 인간이 이미 빠른 속도로 융합 시기로 진입한 걸 일찌감치 인정하고 자신의 이상을 숨긴 채 왕의 사업에 공헌할 수 있길 바랐습니다. 그래서 졸업 후 제국에 들어갔고 그 이상으로 왕에게 실질적인 영향을 준 거죠."

자신이 보충한 말이 지금 실질적 의미가 없다는 걸 알면서도 리웨이는 계속해야 했다.

"왕은 위원 선생이 실질적으로 의식공동체를 구축한 장본인이고 제국의 영혼이기 때문에 그를 죽음으로 몰고 간 걸까요? 아니면 제국이 나아갈 방향에 대한 두 사람의 근본적인 철학이 달라서였을까요?"

리웨이의 질문은 리푸레이에게 하는 건지, 스스로에게 하는 건지 분간이 되지 않았다. 목소리와 함께 사람도 차 좌석 안으로 기어 들어갈 듯이 그의 목소리가 점점 낮아졌다.

리푸레이는 시종일관 말이 없었다. 이제 진상을 확인했고 진상 이면의 모습까지 봤지만, 아직은 리웨이의 질문에 대답할 수 없었다. 진상과 진상 이면을 검증해야 했기 때문이다. 그런데 누구에게 검증을 맡긴다? 리푸레이는 몸을 쭉 펴고 앉았다. 검증해줄 사람은 이 모든 것을 처음에 만든 사람, 제국의 왕밖에 없다.

리푸레이는 리웨이에게 말해 왕이 있는 병원으로 바로 가려고 했다. 그런데 그때 이동영혼에서 류창의 호출이 울렸다.

"드디어 찾았습니다. 오래전에 어떤 사건 때문에 왕이 저희 부서와 직접 왕래한 적이 있고, 그래서 손으로 쓴 자료 몇 페이지가 남아 있었습니다. 그중에서 필체를 식별할 수 있는 부분을 전달하겠습니다.”

얼마 후 사진이 전송됐다. 총 세 장으로 여러 군데가 가려져 있었지만 남은 부분만으로도 대조하기엔 충분했다. 기기의 도움 없이 육안으로 대조해도 세 장의 단정한 손글씨 해서체와 자료 A의 연설문 개요 글씨가 같은 사람의 것임을 알 수 있었다.

다시 말해 개요는 확실히 왕의 필체였다. 즉, 리푸레이의 추측과 조이너가 어제 한 말이 옳았다. 왕은 2029년 9월 말에 이미 위원왕후의 이후 수십 년을 기획해뒀고, 그 기획에 따라 일이 착착 진행됐다.

이는 물론 중요한 증거지만, 이걸로 또 아직 드러나지 않은 어떤 것을 증명할 수 있을까? 리푸레이는 이동영혼의 사진을 보며 왕과 대화할 기회가 아직 있기만을 바랐다.

이때 이동영혼에서 류창이 다시 연락을 시도하고 있다고 알렸다. 류창은 리웨이가 아직 리푸레이 옆에 있다고 확신하고, 앞으로 전하는 소식을 리웨이에게도 동시에 들려주고 리웨이가 조속히 부서로 돌아오게 해달라고 했다.

“부서에서는 위원왕후 사건의 조사를 중단하기로 결정했습니다. 기존에 내린 자살이라는 결론 외에 부서에선 더 이상 다른 새로운 설명은 하지 않을 겁니다.”

류창은 이 소식이 두 사람에게 가져다줄 정서적 충격 따위는 아랑곳하지 않았다. 진짜 엄청난 소식은 따로 있었기 때문이다.

“방금 소식을 접했습니다. 왕이 사망했습니다. 의식공동체에서 곧 난리가 날 겁니다.”

36

奇기 :
다르다, 특수하다

류창의 말이 맞았다. 의식공동체는 정보 대폭발 현장이 되었다. 리푸레이가 열두 살에 의식결정체를 이식하고 자신에게 개방된 의식공동체로 진입한 이래 처음 있는 일이었다. 의식공동체에서 정보가 급속도로 뒤집히고 업데이트되고 있었다. 빨간색 정보핵이 조수처럼 범람하며 세차게 흘렀고, 선택적 전송이나 유료 조회 없이 모든 정보가 모든 사람에게 무료로 떴다.

그도 그럴 것이 이 공동체의 창시자이자 영혼, 수십 년간 공동체의 유일한 입법자이자 통치자, 이 세상 모두가 아는 유일한 인물인 왕이 죽었다. 이보다 더 중대한 정보가 뭐가 있을까? 왕의 죽음이 아니라면 제국이 이토록 진지하게 정보를 띄울 일이 뭐가 있을까?

리푸레이는 이미 집으로 돌아와 자유공간을 최대로 확대해 더 많은 정보가 흐르도록, 그리고 자신이 제일 먼저 정보를 확보하기 편하도록 해뒀다. 각 정보마다 늠름한 자태의 왕이, 신뢰감을 주는 위엄 있는 얼굴이 리푸레이를 내려다봤다. 어느 방향으로 눈을 돌려도 왕이 그를 주시했다. 왕의 동영상을 실은 정보도 많았다. 왕이 시기별로 결단을 내려 제국에 실질적 변화를 가져온 화면이었다. 왕은 제스처가 풍부했지만 각 동작마다 정확하게 자신의 뜻을 전달했고, 음성은 부드러웠지만 의심할 여지 없는 결단성이 담겨 있었다.

리푸레이는 지금 모든 곳의 모든 사람이 일하던 손을 멈추고 의식공동체에 들어가 정보에 잠겨 있으리라 생각했다. 아마 위원왕후의 고향처럼 현대문명을 멀리하는 극소수 외딴 지역만 제외하고. 사람들은 리푸레이처럼 왕이 응시하는 가운데 왕의 제스처에 포함되는 범위에서, 왕의 음성이 도달하는 곳에서 이 남자가 세상에 가져다준 전무후무한 그리고 되돌릴 수 없는 변화를 느끼고 있을 것이다.

왕의 생애를 이토록 자세하고 완벽하게 알게 된 건 리푸레이도 처음이었다. 물론 모두 손질되고 편집된 설명이었다. 그렇지만 크리스마스트리처럼, 장식등과 장식품은 나중에 달리더라도 줄기의 방향이나 가지가 뻗어 있는 공간 범위는 나무 그 자체인 것과 마찬가지였다. 리푸레이는 왕이 엔지니어 아버지와 호텔 프런트 직원 어머니를 둔 평범한 가정 출신이지만 천부적 재능과 노력으로 열일곱 살에 국내 최고 대학에 들어가 역사를 전공했다는 내용을 봤다. 그 후 왕은 우수한 성적으로 영국에서 석사학위를 받고 미국에서 문학박사 학위를 받았고, 모교로 돌아가 서른세 살에 교수가 되었다.

그 이후의 전설적인 스토리는 웬만한 사람은 다 아는 내용이었다. 리푸레이가 주목한 것은 왕이 사망했는데도 제국이 의식결정체, 이동영혼, 의식공동체의 창의적인 구조가 어떻게 왕의 머리에서 탄생했는지 상세히 설명하지 않는다는 점이었다. 그 대신 "인류 사회 정보교류 방식의 미래 통찰" "인류 전망에 근거한 예민한 직감과 사업 모델" "뜻을 세우고 인류를 바꾼"처럼 모든 정보가 케케묵고 애매한 방식으로 현재 제국이 기반을 다지는 단계에 있다고 설명하고 있었다. 이후 내용도 극히 사실적이거나 극히 허구적인 정보 사이에서 왔다 갔다 했다. 사실적인 측면에선 복잡하고 자질구레하게 여러 표와 아이콘에 사진과 영상을 붙임으로써 제국의 발전단계별 데이터를 명확히 보여줬다. 허구적인 측면에선 제국의 발전 계획과 미래 청사진 등을 뭉뚱그려 설명하고 그 대신 제국의 자선사업과 사회책임 등의 부분에 많은 분량을 할애했다. 그도 그럴 것이 지금 정상적으로 내보낼 수 있는 정보는 이 정도가 맞았다. 이렇게 경쟁이 치열한 사업 환경에선 그 누구도 미래 계획을 자랑하며 먼저 나서서 사실 그대로 털어놓을 엄두를 내지 못한다.

족히 다섯 시간을 봤지만 리푸레이는 자신이 원하는 것, 왕과 위원왕후를 연결하는 정보를 발견하지 못했다. 물론 제국의 사업 영역에서 출판 분야도 언급했다. 제국의 출판 업적에서도 "지난 30년간 노벨문학상 수상자 23명의 작품을 출간했고, 중화권 수상자는 전부 제국에서 작품을 출간한 사람 중에서 나왔다"는 자랑스러운 성적도 열거했고 위원왕후는 올해 수상자로 그 대열에 속해 있었다. 하지만 그것 말고는 왕과 위원왕후 사이에 공통분모가 있었음을 표현하는 내용이 없었다.

의식공동체에서 나온 후 리푸레이는 소파에 한참 앉아 있다가 아예 누워버렸다. 눈앞에서 가상의 빛이 아까 자유공간에서 본 왕의 이미지를 그려내 뭔가 말하고 싶은 기분이 들게 했다. 며칠 동안 조사를 통해 얻은 것, 확보한 단서들, 이를 통해 끌어낸 진상, 추측한 진상의 이면을 모두 말하고 싶었다. 위원왕후의 죽음과 왕의 관계, 왕이 그런 일을 벌인 동기도 왕에게 검증받고 싶었다. 그런데 이제 말한들 누가 들어줄까? 누구에게 검증해달라고 해야 하나? 진상이 자신이 보고 추측한 것보다 더 복잡하고 전체 사건에 아직 밝혀지지 않은 비밀과 음모가 많다 해도 전부 왕이 규명할 수 없는 죽음의 경지로 끌고 가버렸다. 그렇다면 며칠 동안 헛수고한 꼴이고, 영원히 풀 수 없는 의문이 그의 마음속에 남게 된다는 말인가?

한동안 누워 있던 리푸레이는 누군가에게 하소연이라도 하기로 했다. 진상을 검증할 순 없어도 최소한 누군가가 자신과 함께 중압감을 분담해줘야 하고, 그 사람에겐 그럴 의무도 있었다.

리푸레이는 의식공동체에 들어가 덩컨의 이동영혼 인터페이스에 위치를 지정하고 그녀가 반드시 보리라 확신하는 정보를 남겼다.

"리푸레이입니다. 만나고 싶습니다. 왕과 위원왕후에 대해 얘기 좀 합시다."

37

笑소 :
기쁘다, 조소하다, 경어

두셴이 멈췄다. 멈춘 두셴은 다시는 뒤통수만으로 사람을 대하지 않는다. 두셴은 몸을 돌려 탐색하듯이, 판별하듯이 리푸레이를 바라본다. 하지만 리푸레이는 두셴이 아직 그대로임을, 떠날 때의 그 모습임을 한눈에 알 수 있다.

"두셴, 두셴, 잘 지내?"

두셴은 대답이 없다. 두셴은 여전히 리푸레이를 보고 있다. 마지막까지 보다가 웃기 시작한다.

38

永 영 :
길다, 물

덩컨은 새벽 5시 10분에 회신을 했다. 리푸레이는 정보를 발송하고 나서 바로 소파에서 잠이 들었다. 덩컨의 회신 정보에 잠이 깨서 일어나 앉으니 온몸이 늘어졌다. 연일 정신없이 움직인 몸, 팽팽히 죄였던 신경이 많이 회복됐다.

"두셴, 두셴, 잘 지내?"

리푸레이는 꿈에서 던진 말을 되뇌었지만 아무도 대답하지 않았다. 그녀의 미소를 생각하며 마음을 가다듬고 우선 욕실로 갔다. 세수를 하고 정신을 차리고 나서야 덩컨의 전체 정보로 접속했다.

"지금 집 앞에 있어요. 내려와요."

덩컨이 말했다. 그녀가 처음 보낸 정보였다. 덩컨의 얼굴에선 왕의 사망으로 인한 슬픔이 보이지 않았다. 왕의 후사를 처리하느라 시달렸을 텐데 피곤해 보이지도 않았다.

"꾸물거리지 말고 얼른 내려와요."

방금 리푸레이가 욕실에 있을 때 덩컨이 보낸 두 번째 정보다. 말할 때 나타나는 덩컨의 표정에도 의심할 바 없는 권위가 서려 있었고, 협의해볼 여지가 전혀 없는 것이 왕을 대신해 말하는 것 같았다.

덩컨은 집 앞에서 기다리고 있었다. 그녀가 운전하는 노란색 날개형 도어 스포츠카는 딱 봐도 전용 차량이었다. 회색 정장 차림인 것으로 보아 리푸레이와 편하게 수다나 떨러 온 것은 아니었다. 아마 정식 회의에 참석시키기 위해 리푸레이를 데리러 온 듯했다. 덩컨은 예의상 목례만 하고 인사도 없이 리푸레이에게 옆에 타라고 말했다.

원래 리푸레이가 덩컨에게 연락한 건 자신이 아는 걸 모두 쏟아내고 부담을 덜어내기 위해서였다. 덩컨이 참고할 만한 내용과 배경을 더 제공해줘서 자신이 일부라도 검증할 수 있다면, 좀 찝찝은 해도 이 사건은 일단락되는 셈이었다. 하지만 덩컨은 무슨 만반의 준비를 하고 왔는지 그를 보자마자 주도권을 잡아버렸다. 아무래도 일단락은 아직 먼 모양이었다. 리푸레이는 일단 침묵을 유지하기로 했다.

스포츠카는 고속도로를 빠져나와 곧 제국 영지로 들어섰다. 덩컨은 사람들이 '왕좌'라고 부르는 건물까지 계속 가서 차를 세웠다. 3층짜리 작은 건물로, 건축과 인테리어 스타일은 대체로 100여

년 전 북방 사합원四合院*을 모티브로 삼은 것이었다. 하지만 커다란 원형의 원목 기둥 여덟 개가 뜰을 둘러싸고 바닥에서 제일 높은 곳까지 뻗어 있는 모습은 남방의 분위기를 풍겼다.

리푸레이가 이 건물에 들어온 건 처음이었다. 제국 내부에서 이러쿵저러쿵 말이 많아 굉장히 신비로운 공간으로 알려졌고 심지어 신성시되는 공간이었다. 하지만 관광차 온 것이 아니었기에 건물 안팎의 소박한 회색 아이템에 뭔가 특별한 게 숨겨져 있는지, 사치스런 모습이 가려져 있지는 않은지 분간할 마음이 없었다. 덩컨이 왜 자신을 이곳에 데리고 왔는지 알고 싶을 뿐이었다. 설마 이 여자가 이미 제국의 후계자로 지목된 건가? 그래서 왕좌에 올라 이 건물을 소유하고 사용할 권력을 갖게 된 건가? 적어도 리푸레이에게 한 가지는 분명했다. 이 건물에 들어서니 저도 모르게 편안해지며 건물 주인에게도 친근감이 생기는 것이었다. 하지만 곧바로 자신을 비웃게 되었다. 이런 편안함과 친근감이 바로 부의 힘이군!

덩컨은 리푸레이와 함께 계단을 따라 3층으로 올라갔다. 3층의 주체인 테라스 화원에는 다양한 품종의 매화나무가 심겨 있었다. 꽃과 잎은 없고 듬성듬성 단단한 가지만 달려서 생동감 있게 늘어져 있었다. 매화나무 사이, 자갈이 깔린 오솔길을 밟고 빙글빙글 도니 문이 열린 방 앞에 도착했다. 덩컨은 계단 세 단을 올라가 문

---

*   베이징 지방의 전통 건축양식. 네모난 정원을 중심으로 전후좌우로 건물이 둘러싸고 있다.

을 열었다. 리푸레이도 따라 들어갔다.

8인용 소형 회의실이었다. O자형 회의 테이블 양 끝에 의자가 하나씩 놓여 있고, 좌우 양쪽에 차례대로 색깔과 모양이 같은 의자가 세 개씩 놓여 있었다. 창문 하나도 없이 꼭꼭 막혀 있는 걸로 보아 제국의 중대한 정책 결정이 모두 여기에서 이루어지겠거니 하는 생각이 절로 들었다. 또한 밀실 정치에 대한 부정적인 느낌이 들기도 했다.

덩컨은 상석 오른쪽 첫 번째 의자에 앉아 리푸레이에게 맞은편 의자를 가리키며 말했다.

"앉으세요. 뭐 마실 것 좀 드릴까요?"

리푸레이가 고개를 젓자 덩컨도 더 이상 권하지 않았다.

리푸레이가 자리에 앉자 덩컨은 자기 자리에 자유공간을 구축했다. 리푸레이는 자유공간의 거대함에 놀라움을 금치 못했다. 그러던 찰나 갑자기 가벼운 현기증이 나며 그도 자유공간으로 끌려 들어갔다. 덩컨의 자유공간은 여덟 개의 의자가 있는 공간까지 포함하는 범위였다.

"제국은 이미 공유공간 구축까지 실현한 건가요?"

리푸레이가 놀란 목소리로 물었다.

"아직 실험 단계고, 보급하려면 추가 테스트를 거쳐야 해요. 오늘 우리가 먼저 써보려고요."

덩컨은 긴말 없이 두 사람과 떨어져 있는, 회의 테이블 다른쪽 끝을 가리켰다. 지금 생방송 중인 뉴스 화면이 나타났다. 보아하니 갑자기 준비한 발표회인 듯 단상 아래로 꽤 많은 기자들이 앉아 있었다. 단상에는 아직 아무도 없었다. 발표자 자리 뒤쪽 벽에도 아무런 설명이나 안내문이 없는 것 같았다.

"시작하네요."

덩컨이 말했다. 베이징 시간 아침 6시였다.

화면으로 들어간 사람은 백발이 성성한 노인이었다. 많아봐야 육십 대로 보였지만 정신과 동작은 이미 고령에 접어든 듯했고, 어마어마한 스트레스를 견디느라 언제고 쓰러져 바스러질 것 같았다. 자막을 보니 스웨덴 한림원 상임 사무총장 피터 엘슨이었다. '스웨덴 한림원'이라는 글자에 리푸레이는 가슴이 쿵쿵 뛰었다. 아주 중요한 일이 일어난 것이었다.

손에 종이 한 장을 든 노인은 역시나 무겁고 낡아빠진 자전거라도 미는 듯 힘겹게 발표회의 유일한 발표자 자리로 갔다. 자리에 앉자 신중한 눈빛으로 재차 확인하듯이 종이의 글자를 하나씩 띄엄띄엄 훑었다. 다 훑어본 후 고개를 들더니 눈앞의 기자들과 그들의 손에 있는 도구들을 보았다. 조금 참담해하는 얼굴이었다. 하지만 있는 힘을 다해 존엄성을 유지하면서 손에 든 종이의 내용을 읽어 내려갔다.

노벨문학상에 담은 우리의 염원과 노벨 선생의 유지, 그리고 문학에 대한 우리의 이해와 정의에 위배되는 변화가 생겼습니다. 이것은 인력으로 되돌릴 수 있는 변화가 아니므로 우리는 2051년, 즉 내년부터 노벨문학상 심사를 영구히 중단할 것을 선포합니다.

위원왕후 선생이 얼마 전 별세함에 따라 고인을 조용히 기리는 뜻으로 금년 노벨문학상 시상식을 취소합니다. 위원왕후 선생은 시에 대한 깊은 이해와 서정성이라는 공헌으로 마지막 회 수상자가 되었습니다. 근본적인 서정성으로 우리 마음에 미덕이 자라게 했으며, 이는 노벨문학상의 영광이자 스웨덴 한림원의 영광입니다. 위원왕후 선생이 하늘나라에서 영원한 평화를 누리고 안식을 얻길 기원합니다.

종이의 내용을 다 읽은 엘슨은 얼마간 마음을 가다듬고는 "감사합니다"라고 말하고 자리에서 일어나 허리를 숙였다. 그러고는 아까처럼 무거운 발걸음으로 몸을 돌려 화면에서 사라졌다. 만약 이때 화면이 현장에 있는 기자의 시각으로 전환됐다면 떠나는 노인의 뒷모습도 볼 수 있었겠지만 그럴 필요는 없어 보였다.

리푸레이는 자리에 앉은 채 꼼짝하지 않았다. 사건은 다시 그가 예상치 못한 방식으로 전환됐고 이번이 마지막 전환도 아닌 것 같았다. 하지만 이번 전환으로 덩컨이 아무 생각 없이 그를 여기에 데려온 게 아니라는 게 더 확실해졌다. 리푸레이는 덩컨을 응시하며 합당한 답을 내놓길 기다렸다. 하지만 그녀는 말이 없었다.

곧 타버릴 듯한 회의실의 적막 속에서 갑자기 남자 목소리가 울렸다.

"푸레이, 안녕? 드디어 이 순간이 왔군."

神신 :
창조자, 만물을 끌어내다

"푸레이, 안녕? 드디어 이 순간이 왔군."

애써 찾을 필요가 없었다. 목소리의 진원지는 회의실 자리, 그것도 회의 테이블의 제일 상석인, 바로 리푸레이의 오른쪽이었다. 지금 거기에 얼굴이 하나 나타났다. 그 얼굴은 리푸레이의 기억에 새겨진 것보다 나이 들어 보이고 수척해 보였다. 그래서 오히려 얼굴선이 강하고 위엄 있어 보였다. 며칠 전 병원에서 본 모습과 너무 달라 처음에는 몰라볼 뻔했다. 왕의 얼굴이었다.

"왕은 죽지 않았나요?"

리푸레이는 눈빛으로 덩컨에게 물었다. 덩컨의 눈은 감정이 드러나지 않아 도무지 헤아릴 수 없었다.

"맞아. 난 죽었네."

왕이 말했다. 어쩌면 리푸레이의 당혹감을 '눈치챘을지도' 모르고, 어쩌면 여전히 의식결정체를 통해 리푸레이의 뇌 속 정보를 수집하고 있을지도 몰랐다.

"하지만 나는 영생하게 됐다고 말할 수도 있지. 더 이상 죽음의 강림이 없을 테니 영생하게 된 것으로 이해해도 되지 않을까?"

이때 다른 목소리가 끼어들었다.

"맞습니다, 당신은 없어지지 않을 거고 사람들도 다시는 죽지 않을 겁니다. 처음 한 번을 잘 견뎠으니 영원한 삶이죠."

왕의 정면 맞은편 자리, 방금 전 생방송 발표회 화면이 나오던 곳이었다. 말할 것도 없이, 등장한 사람은 이 미스터리를 일으킨 장본인, 올해 노벨문학상 수상자이자 역사상 최후의 노벨문학상 수상자인 위원왕후였다. 그의 얼굴은 평소의 냉담함이 덜어지고 수수께끼가 풀리는 순간을 기다리는 아이의 천진함이 더해져 있었다.

"맞는 말이야, 친구. 그만하지. 우리가 여기에 나온 건 문제를 해결하기 위해서지, 공포 분위기를 조성하려는 건 아니잖아. 내가 먼저 진행할 테니 자네가 그다음에 하지."

공유공간이긴 해도, 그냥 영상뿐이라 해도 '친구'라는 말이 왕의 입에서 나올 때의 어색함은 여전히 또렷했다.

"그러시죠."

위원왕후가 대답했다.

"푸레이, 그럼 시작하겠네. 오늘의 전제는 자유야. 자유롭게 질문하고 자유롭게 결정하는 거지. 또 서로 솔직하고 성실하게 임하기로 약속하지. 괜찮지? 제국은 자네에게 완전히 솔직할 것이고 알고 있는 것을 남김없이 다 말할 거야. 그래도 내가 권력을 행사해서 먼저 질문하겠네."

왕이 말했다.

"뭐 대단한 게 있는 척할 필요 없습니다. 저는 갑자기 미스터리 사건에 말려들어 며칠 동안 단서를 찾고 몇 가지 답을 얻었습니다. 여기에 온 건 호기심에 이끌려서이고, 제가 얻은 답을 검증하고 싶어서입니다. 말씀대로 솔직하고 성실한 태도로 제 의문을 풀어주셨으면 좋겠습니다. 본론으로 돌아가, 제가 그동안 겪은 여러 곤란한 상황도 얼마쯤은 두 분의 계획과 의도였겠죠. 그러니 지금 여기에서 저도 진상을 알 권리가 있습니다."

리푸레이가 말했다.

"자네는 분명 진상을 알 권리가 있네. 그건 확실히 존중하겠네."

"좋습니다. 그럼 제가 얻은 첫 번째 답, 위원왕후의 죽음에 대해 이야기하죠. 위원왕후는 왕과 제국 때문에 죽었습니다. 맞습니까? 폭력적인 요소는 없었지만 폭력보다 더 확실한 방법으로 그의 파멸을 이끌었죠. 두 분은 아주 돈독한 사이입니다. 위원왕후는 제국의 사업이 성장하는 과정에서 굉장히 중요한 역할을 맡았지만, 이후 두 분 사이가 점점 안 좋아지기 시작했죠. 2029년에는 심지어 관계를 끊고 왕래하지 않았습니다. 두 분의 관계가 교착상태에 빠진 건 현실적 이익 때문이 아니라 이념상의 충돌 때문이었지요. 그랬기 때문에 타협할 수 없었고요. 맞나요?"

"맞네."

왕이 대답했다.

"바로 그런 상황에서 위원왕후는 '이렇게 단절한다. 잘 지내길'

이란 글을 써서 뜻을 굳히는 한편 경고를 날렸죠. 당신은 생각지 못하게 여기에서 욕망과 영감을 자극받아 위원왕후를 테스트에 쓰기로 결정합니다. 그 후 당신은 위원왕후의 인생을 설계했고 의식공동체를 통해 그를 만들었습니다. 심지어 조이너의 죽음까지 조작해 그에게 그림자를 드리움으로써 서정성과 창작 욕구를 자극했습니다. 결국 현실 속에선 죽지 않은 조이너가 〈타타르 기사〉에서 소녀의 형상으로 완벽히 부활하죠."

리푸레이는 말을 멈추고 왕과 위원왕후의 반응을 유심히 살폈다. 왕은 여전히 그를 응시하면서 아무 반응이 없었다. 빗나간 예상 때문에 어리둥절해하는 모습도, 비밀이 폭로되어 당황하는 모습도 보이지 않았다. 왕은 혹시 죽기 전에 또는 의식을 잃기 전에, 조이너가 나를 찾아왔던 사실을 이미 알고 있었을까?

다시 위원왕후를 봤다. 그는 완전히 막막함에 빠져 있었다. 마치 그에겐 '현실에선 죽지 않은 조이너가 〈타타르 기사〉에서 소녀의 형상으로 완벽히 부활한다'는 비밀번호의 설정이 그의 분석 능력을 넘어서는 말인 듯했다. 컴퓨터가 다운되거나 스마트 시스템이 먹통이 되어 리셋이 필요한 것처럼 그는 스크린상에서 정체돼 있었다. 리푸레이는 자신의 추측이 정확하다고 확신했다.

"두 분은 이미 죽은 게 확실합니다."

리푸레이는 일부러 '죽은'에 악센트를 줬다.

"지금은 가상 이미지일 뿐입니다. 맞나요? 만약 그렇다면 꼭두 각시 노릇은 할 필요 없습니다. 스크린 뒤에서 가상 시스템을 조작 중인 분 나오십시오. 우리 둘이 얘기하는 게 더 좋겠군요."

리푸레이는 말하면서 덩컨을 봤다. 덩컨이 전체 사건의 주모자로서 제국을 조종하는 사람이라 여기진 않았지만, 이 모든 것을 풀 열쇠가 그녀에게 있다는 것은 확신했다.

"오, 푸레이. 자만하지 말게. 지금 너무 쉽게 판단하는 거 아닌가?"

이번에도 왕이 대꾸했다.

"맞아, 나와 왕후는 이미 죽은 게 확실해. 좀 전에 자네에게 분명히 얘기했잖아. 까놓고 말하면 자네의 의혹은 간단해. 우리 육체는 없어져도 의식은 계속 존재하지. 영혼이 아니라 의식임을 기억해야 해. 영혼은 아직 모르지만 의식은 확실해. 그건 제국의 사업 핵심인 의식공동체의 자연스런 결과거든. 나와 왕후 그리고 극소수 사람의 의식은 늘 의식결정체에 포집되고 기록되어 이동영혼을 통해 의식공동체에 저장되지. 육체는 더 이상 없지만 한 사람을 진짜 정의하는 의식은 완전히 보존되고, 이 의식이 설정한 범위 안에서 새로운 정보의 자극이 있으면 그에 해당하는 반응을 얻지. 따라서 지금 자네와 얘기하고 앞으로 얘기할 모든 것은 나와 왕후의 의식에서 나오는 거야. 이건 순수한 의식이기 때문에 어두운 무의식의 간섭이 배제되지. 그러니 우리가 자네에게 말하는 내용은 더 투명하다고 할 수도 있어."

"그러면 영원히 사는 신처럼 의식을 이용해 이 세상을 완벽히 처리할 수 있다는 건가요?"

왕의 말에 리푸레이는 그리 놀라지 않았다. 리푸레이가 관심 있는 건 그다음의 문제와 답이었다.

"아니, 아니, 아니. 우리가 신이라면 실체가 없는 신에 불과하지. 정보는 생생한 상태에서 처리되어야 하고, 순수한 정보만으로는 세계의 복잡한 일들을 처리하기에 불충분해. 앞으로 제국이 해결해야 할 문제들이지. 특정 사건에서 저장된 정보가 많을수록 의식결정체는 그 본인이 세상에 있는 경우에 부합하는 판단을 내릴 수 있고, 정보를 얻은 시간이 의식 주체의 육신이 사망한 시간과 가까울수록 그 본인 스타일로 더 많은 처리가 가능해."

"그럼 조이너가 죽지 않았다는 말에 대해 위원왕후가 무덤덤한 반응을 보인 건 어떻게 해석해야 할까요? 그 사건은 그의 의식에서 별로 공간을 차지하지 않는 건가요? 그건 실제 상황과 맞지 않잖아요."

그러자 덩컨이 끼어들어 말을 받았다. 순수한 의식이라 해도 계속 왕에게 대답하게 하는 수고를 끼치는 건 예의가 아니라고 생각한 모양이었다.

"그런 게 아니에요. 위원 선생이 당시 이식한 건 1세대 의식결정체거든요. 나중에 3세대까지 업그레이드하긴 했지만 그의 의식을 포집, 저장하는 능력이 강하지 않아서 그의 의식 속엔 조이너가 죽지 않았다면 어떨까에 대한 상상만 나타나요. 그 상상도 젊었을 때에 불과하고, 이후 조이너를 다시 떠올린 건 단순한 그리움이지, 상상은 더 이상 없어요. 즉, 그의 의식엔 조이너가 죽지 않았다는 사실에 대해 준비된 것이 없기 때문에 리푸레이 씨 말에 반응하지 않은 게 정상이죠."

"그게 바로 의식공동체가 극복하지 못한 부분이고 제국에 닥친 난제야. 하지만 그건 지금 중점이 아니네. 계속해보지."

왕이 말했다.

리푸레이는 위원왕후의 표정이 조금 풀어지는 것을 보았다. 조이너가 죽지 않았다는 구체적인 화제를 벗어나면 대응할 수 있는 것처럼 보였다.

40

하늘과 땅을 만들다, 만물이 되다

"위원왕후는 제국을 떠난 후 자신이 원했던 시인으로 살며 시 쓰기를 업으로 삼았습니다. 하지만 올해 노벨문학상 수상자로 뽑히고 수상연설문을 쓴 후에 당신이 보낸 개요를 받았습니다. 21년 전에 당신이 써놓은 수상연설문 개요였죠. 그 둘을 대조한 후 왕후는 오랫동안 자신이 살아온 삶이 전부 당신과 제국이 설계한 인생임을 알았습니다. 심지어 자기가 쓴 시도 제국이 자기 머릿속에 넣어놓은 내용일 수 있다는 사실까지 깨닫습니다. 그런 인생을 누가 용납할 수 있을까요? 한 사람의 신념이 모조리 파괴된 삶이 아닌가요? 그래서 위원왕후에겐 오직 죽음밖에 없었습니다."

리푸레이는 자신의 첫 번째 답에 대한 말을 마쳤다.

"맞는 말이야. 왕후는 나 때문에 죽었어. 그래서 늘 마음에 가책과 후회가 있다네."

왕이 말했다. 시뮬레이션된 얼굴에서 가책과 후회의 표정을 제대로 확인할 순 없었지만.

"그렇게 말하면 안 되죠!"

위원왕후가 반대를 표하며 말을 이었다.

"왕이 내 인생을 설계하긴 했지만 죽음은 내 의지로 선택한 겁니다. 내 인생에서 온전히 나 스스로 선택했다고 말할 수 있는 건 극소수지만, 내 죽음은 절대적으로 그중 하나입니다."

"자네에게도 나름의 논리가 있겠지. 우선 리푸레이의 말을 끝까지 들어보지."

왕이 위원왕후의 반박을 저지했다.

"제가 얻은 두 번째 답은 바로 당신이 그 모든 걸 조종하고 위원왕후의 죽음을 설계한 게 대체 무슨 목적 때문인가 하는 것입니다. 제국이 제국이라 불리고 왕이 왕이라 불리긴 하지만, 제국과 왕은 사업을 근본으로 삼고 그 모든 게 사업적 이익을 위해서라는 건 직감적으로도 쉽게 알 수 있습니다. 사업에서 선두를 지키고 영원히 실패하지 않기 위해서는 새로운 사업 모델이 필요했고, 타인의 인생을 설계하는 것보다 더 훌륭한 사업 모델은 없었겠죠? 조이너도 그렇게 추측하더군요. 그러나 당신을 이해하는 사람이라면, 단지 이익만 좇는다면 왕은 왕이 되지 못했을 것임을 잘 압니다. 위원왕후는 위원란이 던진 문제를 통해 답을 찾는 열쇠가 되었습니다. '사람이 어떻게 안 죽나?' 중점은 '사람'이 아니라 '죽지 않는다'에 있었죠. 당신은 문제를 역전시켜 답을 찾았습니다. 개체 생명의 영원성을 추구할 것이 아니라 죽음이 인간에게 갖는 의미를 없애자고. 없애는 경로는 언어 및 문자를 인간의 몸에서 제거하는 것이고요. 제국 운영의 근본 목적은 바로 중복작업입니다. 중복작업을 통해 언어 및 문자의 서정성을 소모해 없애고, 기억의 규칙에 맞춰 대부분의 문자를 인간의 기억에서 철저히 말살시킨 후 간단하고 깊이가 없는, 순전히 소통 기능만 있는 문자만 남기는 것입니다."

"맞아. 그런데 내가 설명 좀 하지. 언어의 서정성을 소모시켜 궁극적으로 언어라는 존재를 없앰으로써 인간의 동일화를 실현하고, 동일화라는 의미상의 불후, 불사를 실현하는 건 내 개인의 망상이나 미친 생각이 아니야. 이건 인류의 추세야. 밀접하게 연결된 정보로 인간은 서로 통할 수 있는 가능성을 얻었고 타인과 깊은 관계를 맺을 수 있게 됐으며, 정보를 통해 서로 결속력 있게 묶이게 됐어. 이건 살아 있지만 외로운 사람에겐 거절할 수 없는 유혹이지."

이 말을 할 때 왕은 예전의 위엄 있고 생동감 넘치는 얼굴을 보였다.

"좋습니다. 인류의 추세라 해도 좋고 당신의 망상이나 미친 생각이라 해도 괜찮습니다. 제가 알고 싶은 건 스웨덴 한림원이 어떻게 그 뜻을 따랐느냐 하는 것입니다. 노벨문학상마저 영구히 심사가 중단됐고요."

왕과 위원왕후가 서로 슬쩍 쳐다봤다. 왕이 위원왕후 쪽으로 손을 내밀며 그에게 답하라고 청했다. 위원왕후는 고개를 끄덕였다. 아까 둘이 화해하는 걸 목격하긴 했지만 이렇게 순식간에 호흡이 척척 맞을 수 있을까? 그런 두 사람을 보며 리푸레이가 할 수 있는 건 숨을 깊이 들이마셔 모든 부정적인 감정을 억누르는 것뿐이었다.

"스웨덴 한림원의 결정도 문학의 존엄성을 보호하기 위해서였어. 자기가 하는 일이 이미 누군가에 의해 계획된 것이고, 모든 단계의 역경과 그 해결까지 모두 미리 정확히 계산된 거라면, 그 일을 계속할 필요가 뭐가 있겠어? 무언의 반격이기도 하겠지. 제국이 상이라는 하이라이트를 비춰 인도한다면 그들은 분명 아예 조명을 꺼버리고 상대가 빛의 방향을 어떻게 정하는지 보고 싶을 거야. 이어서 맨부커상, 게오르크 뷔히너* 상, 퓰리처상, 공쿠르상, 아쿠타가와 류노스케 상, 아스투리아스** 공상도 전부 중단할 가능성이 있어. 세계의 주요 문학상들이 문학의 존엄성을 지키기 위해 중단되는 거지. 그러면 세계문학은 빛이 없는 깜깜한 세상, 혼돈의 세상이 될 거야."

"그게 왕이 원하는 겁니까?"

리푸레이가 묻자 왕이 대답했다.

"그게 내가 원하는 거야. 내가 애초에 모든 걸 예상했다고 하면 너무 자만하는 거지만 난 테스트를 하고 싶었어. 문학계 인사들이 의식공동체가 주도하는 인류융합에 대체 어떤 태도를 보일지 말이야. 이렇게 극단적인 방식으로 맞서는 걸 보니 필시 적잖은 저항이 있을 테지만, 그렇게 극단적이라는 건 다시 말해 인류의 융합이

---

*   자연주의자와 표현주의자의 선구자로 일컬어지는 독일 극작가.

**   과테말라 작가. 1967년 노벨문학상을 받았다.

대세이고 아무도 그걸 막을 수 없다는 사실을 그들이 인식했다는 뜻이기도 하지. 그래서 난 기뻐. 이 일에서 제국이 수작을 부리고 뒤에서 압력을 가했을 거라고 멋대로 추측하지 말게. 난 그저 진상을 얘기해주고 자유롭게 선택하도록 한 것뿐이니까. 결론적으로 노벨상이든 무슨 상이든 평범한 사회에 사는 보통 사람에게 한때 유용한 서치라이트와 스포트라이트 역할을 했을 뿐이야. 제국은 유일한 진짜 빛이 어디에 있는지 알고 있으니 그들이 방향을 알려줄 필요가 없지. 하지만 난 스웨덴 한림원 노친네들에게 경의를 표하네. 나이 많고 거동도 불편한 노인이 치욕을 견디며 구차하게 살아간다면 사람들의 눈총을 받겠지만, 남은 용기를 다해 노벨문학상 제도를 마무리 짓는다면 사람들의 감탄과 존경을 받아 마땅하지 않은가?"

"그럼 그들은 왜 차라리 위원왕후의 이번 회 노벨문학상 자격을 박탈하지 않은 거죠? 반격이라 할 수 있든 없든 적어도 심리적 차원에서 제국을 불쾌하게 할 수 있었을 텐데요. 박탈하더라도 위원왕후는 분명히 반대하지 않았을 겁니다."

"난 반대하지 않아. 하지만 그렇게 하면 너무 고의적이지. 최소한 그건 세상에 마지막 뒷모습을 남기는 방식이 아니야. 나의 수상 자격을 박탈하면 전체 사건이 혼란 속에 마무리될 뿐, 끝맺음의 화려함도 비극감도 전혀 없을 테니까. 난 이미 자살이란 극단적 방식으로 문학의 존엄성, 노벨문학상의 존엄성을 지켰어. 그러니 한림원 측은 감정적으로나 이치상으로나 자격을 박탈하지 않을 거야."

위원왕후가 말했다.

"그렇다면 모든 것을 왕이 장악하게 되는 거군. 만약 유일한 진짜 빛이 어디에 있는지 제국이 안다면, 인류의 융합과 통일이 제국이 원하는 거라면, 의식결정체와 의식공동체를 이용해 바로 그 빛의 존재를 모든 사람 뇌에 입력하면 되지 않을까? 그러면 모두가 제국이 가리키는 곳을 향해 질주할 테니까. 그러는 게 가장 간편하고 현실적인 방법 아닌가?"

리푸레이의 반박에는 비꼬는 듯한 기색이 섞여 있었다.

"제국이 추진하는 건 의식을 인도하는 것이지, 완전히 이식하는 게 아닙니다. 완전히 대체하는 건 더더욱 아니죠. 제국은 개인의 창조성을 존중할 것이고요. 우리는 심지어 제국의 의도는 사람들의 창조성을 자극하는 것이라 말하죠. 창조적 잠재력이 충분히 발휘돼야 인류의 융합과 통일이 가치가 있거든요."

덩컨이 말했다.

"융합과 통일의 목적도 없애는 것 아닌가요? 궁극적 목적이 개인을 없애고 언어와 문자를 없애는 것인 만큼, 그러다 보면 창조성도 필연적으로 제거될 것이고, 어차피 그럴 거 뭐하러 이렇게 우여곡절을 거칩니까? 바로 없애버리면 될걸."

"푸레이, 그건 억지야. 그 말은 사람은 어차피 죽을 테니 애초에 태어나지 않는 게 낫다는 말이나 마찬가지잖아. 이렇게 하지. 우리 자질구레한 건 제쳐두고 바로 핵심으로 들어가자고. 왕후의 죽음에 관해 자네가 그동안 진행한 조사에 대해. 이제 결론을 내릴 수 있겠나?"

왕이 물었다.

"결론요? 결론은 좀 전에 말했잖아요. 당신의 의도, 제국의 소행, 위원왕후의 심정, 심지어 스웨덴 한림원의 동기까지 분명히 밝혀졌고, 제 모든 추측도 당신이 검증해줬습니다. 1, 2, 3, 4로 나열해 형식을 갖춘 결론이 필요합니까?"

여기까지 말하고 리푸레이는 갑자기 뒤로 머리를 젖히며 의자에 기대고 양팔을 마주 꼬았다. 그는 왕을 쳐다보고 위원왕후를 쳐다본 후 마지막으로 덩컨의 얼굴에 시선을 떨궜다.

"진짜 문제와 답을 발표하시죠?"

41

錯착 :
금도금, 교차하다

  왕과 위원왕후는 서로 웃음을 주고받았고, 덩컨은 여전히 아무 표정이 없었다.

  역시 왕이 먼저 입을 열었다.

  "좋아, 푸레이. 이제 진짜 문제와 답 앞으로 가자고. 사실 자네는 그 문제와 답에서 멀리 있지 않아. 다만 처음에 질문의 방향을 잘못 잡았지."

  "뭐요? 뭐라고요?"

  리푸레이는 다시 바르게 앉아 왕을 똑바로 쳐다봤다.

  "자네는 처음부터 왕후가 왜 자살했는지, 자살한 게 맞는지 추궁했어. 이 사건이 왜 자네 앞에 펼쳐졌는지, 왜 자네가 그런 문제를 제기하게 됐는지는 생각 안 해봤나?"

  "그건 위원왕후에게 물어야죠. 왜 내게 그런 메일을 보냈고, 위원란으로 하여금 내게 그 질문을 하라고 했는지. 그런 일이 없었으면 제가 말려들 일도 없었을 겁니다."

당연히 조금 억지스런 대답이었지만 억지스럽지 않으면 어쩔 것인가? 위원왕후의 의도를 완전히 읽어내도록 리푸레이를 위원왕후의 의식결정체 안으로 들여보내지 않는 이상.

"그건 왕에게 해야 할 질문인 것 같은데. 제국이 내 의식을 인도했으니 내가 메일을 쓴 것도 분명 제국의 인도를 받은 거지. 거기엔 필연적으로 왕의 의도가 있고."

위원왕후는 농담을 하는 것 같기도 하고 책임을 떠넘기는 것 같기도 했다.

"왕의 얘기가 끝나면 나도 할 말이 생길 거야."

위원왕후가 다시 말했다.

"좋아."

왕은 가뿐히 받아들이고 말을 이었다.

"아까 푸레이가 이런 질문을 했지. '융합과 통일의 목적도 없애는 것 아닌가요? 궁극적 목적이 개인을 없애고 언어와 문자를 없애는 것인 만큼, 그러다 보면 창조성도 필연적으로 제거될 것이고, 어차피 그럴 거 뭐하러 이렇게 우여곡절을 거칩니까? 바로 없애버리면 될걸.' 좋은 질문이야! 그리고 난 이렇게 대답했어. '사람은 어차피 죽을 테니 애초에 태어나지 않는 게 낫다는 말이나 마찬가지잖아.' 실은 그렇지 않다는 걸 우린 잘 알아. 죽고 태어나고 일생을 보내는 건 사람에게 중요한 일이지. 죽음이 있기 때문에 출생이 중요한 거고, 일생을 어떻게 보내야 하는지 자세히 연구해야 해. 내가 말했듯이 제국이 추구하는 건 언어와 문자가 소멸한다는 기초 아래 인간들 간의 분별이 없어지고, 그로써 인간의 영생과 개인의 불후를 실현하는 거야. 그러나 제국은 단순히 거칠게 그 목표 달성만을 추구하진 않아. 우리는 모든 가능성을 소진해 궁극적으로 유일한 목적지로 향해야 해. 시간은 걱정하지 않아. 수십 수백 년도 괜찮지. 제국이 확인해야 하는 건 일이 계속 정도正道에서 발전해 나가는지, 제국이 계속 그 방향으로 나아가는지야. 그러니 푸레이, 생각해봐. 내가 없어진 후 제국에 가장 중요한 일이 뭘까?"

왕은 자문자답했다.

"당연히 후계자 문제지."

'후계자'를 언급할 때 리푸레이의 얼굴에 의아함과 얼떨떨함이 떠오르더니 이어서 뭔가 생각에 잠긴 표정이 교차했다. 그런 리푸레이를 무시하고 왕은 문서를 하나 '꺼냈다'.

"이게 뭔지 보겠나?"

첫 페이지에 〈제국의 미래 청사진과 근간〉이란 제목이 쓰여 있었다. 리푸레이는 그걸 보자마자 알파가 한 말이 떠올랐다.

"알파의 말이 맞아. 자네는 정방향의 정의로 우리에게 반대 방향의 길을 알려줬어."

왕은 다시 리푸레이의 마음을 읽었다.

"우리는 바로 이 문서를 통해 글자를 하나하나 없앨 근거를 확립했어. 자네의 이 보고서와 왕후의 글들은 제국의 발전사, 아니 인류 발전사상 굉장히 중요한 문서야. 왕후의 방법은 소모에 대한 정도이고, 자네의 보고서는 제국의 운영속도를 헤아릴 수 없는 수준까지 향상시켰어."

"그게 제국 후계자와 무슨 관계가 있죠?"

왕이 알파의 말을 입증하자 리푸레이는 전율이 일었다.

"당연히 관계가 있지. 자네의 예민함 때문이야. 자네는 제국의 전략 실현에 비범한 직감을 지녔어. 스스로는 자각하지 못할 테지만, 바로 그 점이 귀중한 거야. 제국의 후계자는 제국의 목표를 이해함은 물론 목표 실현과정에서 맞닥뜨릴 어려움을 분명히 알고 더 바람직한 방법을 찾을 수 있어야 해. 가장 중요한 건 제국 목표의 본질을 정확히 파악하는 거지. 지금까지 만나본 사람들 중 제국 목표의 본질을 직감적으로 가장 잘 파악하는 두 사람이 바로 자네와 왕후였어. 속마음을 털어놓자면 왕후가 제국 후계자 1순위 후보였지. 왕후와 난 내기를 했어. 만약 내가 '의식공동체로 운명을 만들어 개인을 행복으로 이끌고 그 영향이 모든 것에 미칠 수 있다'는 걸 증명하면 위원왕후가 돌아와 제국을 위해 봉사하기로. 내 뜻은 그가 제국으로 돌아와 최고 권력을 잡고 계속 돛을 올려 끊임없이 항해하는 제국을 이끌어달라는 거였어. 안타깝게도 내가 왕후 본인을 샘플로 삼아 의식공동체로 운명을 만들어 개인을 행복으로 이끌고 그 영향이 모든 것에 미칠 수 있다는 사실을 증명해냈지. 내가 내기에서 이긴 거야. 그 후 왕후는 자존심의 방향을 지나치게 따른 나머지 그렇게 의미 없는 방법으로 생을 마감했어. 그래서 난 내가 왕후를 죽게 만들었다는 가책을 느꼈지. 하지만 일에는 나름의 운행 규칙과 경로가 있어. 자네는 원래 제국의 관찰 대상일 뿐이고 1차 후보 자격만 갖췄었지만, 왕후의 죽음으로 기회의 문이 열리게 됐지. 제국은 자네를 다시 관찰하기 시작했어. 그 결과 자네가 더 적합한 후계자라고 확신하게 됐고."

"후계자의 인식과 목표가 제국과 일치하지 않아도 문제없습니까? 위원왕후든 저든 언어와 문자를 없애 인간의 불후를 실현한다는 제국의 원대한 목표를 인정하지 않는 게 확실한데 말이죠. 개인이 없는 인류가 존재할 필요성이 뭐가 있을까요? 제국은 저희가 운전대를 잡았을 때 제국이라는 대형선이 얼마 안 가 좌초해 침몰할 게 걱정되지도 않나요? 조타수가 고의로 암초로 가서 부딪칠 수도 있잖습니까."

이 지경까지 오니 리푸레이는 왕의 말이 조금도 의심되지 않았지만, 왕의 후계자가 자신이라니! 이건 완전히 그의 상상 밖이었다. 어쨌든 자신의 생각을 진실하게 전해야 했다.

하지만 왕은 리푸레이의 질문은 문제도 아니라는 듯 대답했다.

"개인이 인정하는지 여부로 목표가 움직이고 건물이 무너지거나 대형선이 침몰한다면, 그건 제국의 사업도 아니고 인류사회 전체 발전의 대세도 아니네. 자네들이 제국을 관리하고 제국의 움직임에 들어서면 그 점을 깊이 느낄 거야. 가장 중요한 건 제국은 후계자에게 틀에 박히고 기존 관례를 고수하는 걸 요구하지 않는다는 거야. 아니, 요구하지 않는다기보다 그 반대라고 할 수 있지. 제국의 후계자는 반드시 제국의 사명을 깊이 이해하고 뛰어난 창조 능력이 있어야 해. 다시 대형선에 비유하자면 제국의 조타수는 배의 내부 구조를 잘 알고 기기와 도구에 익숙해야 하고, 항로와 그 주변 풍토, 물살, 조석에 대해 제 손금 보듯 훤히 알아야 해. 아울러 항해에 대해 목숨 같은 본능을 지녀야 하고. 그래야만 그의 지령이나 운영이 항해 방향과 배치되는 듯 보여도 바로 그 지령과 운영 덕분에 대형선은 암초를 비켜갈 수 있지. 그 지령이 배의 항해 방향과 배치되는지 여부는 조타수 자신도 모를 수 있어. 하지만 목숨 같은 본능이 있다면 광풍과 거센 파도에 전복될 수밖에 없는 위기조차도 모면할 수 있지."

"그렇게 심오하게 말씀하실 거 없잖습니까. 대답해보십시오. 제가 어떻게 방금 말씀하신 그런 본능을 갖췄는지. 증거를 대보십시오."

"증거라, 물론 있지. 자네의 그 보고서 외에도 문자와 시에 대한 자네의 이해가 그 증거야."

왕은 이미 마음속에 준비가 되어 있었다. 그는 다시 종이 한 장을 '꺼냈다'.

"이게 뭔지 한번 보겠나?"

화선지였다. 네모반듯하게 잘린 종이에 중국 당나라의 서예가 안경진顏眞卿 체로 '단斷' 자가 쓰여 있었다. 글자는 종이 면적의 60퍼센트를 차지하고 중앙에 자리해 있었다. '단' 자 왼쪽 하단에는 해서체로 '절截. 계속하지 않다'라고 쓰여 있었다. 위아래 마침표가 마치 신호등 같았다.

리푸레이가 확인한 뒤 후 왕은 '단' 자를 '내려놓고' 다른 종이들을 순서대로 '들어' 거기에 쓰여 있는 글자를 보여줬다. 리푸레이가 확인한 뒤에는 위원왕후와 덩컨에게도 보여줬다. 덩컨은 처음 보는 게 아닌 듯 담담한 표정이었고, 위원왕후는 몹시 놀란 후 무척 흥미로워하며 한 자 한 자씩 자세히 살펴봤다. 언제든 품평의 말을 쏟아낼 수 있을 듯 입술도 살짝 달싹였다.

"이건 아마 자네가 잠자리에 들기 전 습관인 것 같은데, 이것들이 글자에 대한 자네의 정성을 증명했어. 자네 말대로 문자가 자네 생각의 기본 입자가 되고 있는 거지. 자네는 문자 자체에 들어가고 있어. 그 문자에는 흔히 보는 일상의 글자뿐 아니라 사전에만 있는 거의 사라진 글자도 있지. 자네는 무의식적으로 〈제국의 청사진과 근간〉의 내용을 실천하고 있었던 거야. 물론 개인수양 측면이지만 말이야. 아니, 의심하지 말게나. 내가 말했듯이 제국은 편협하지 않아. 시야가 그리 좁지 않다고. 우리에게 필요한 후계자는 평범한 사람이어선 안 돼. 제국에 반대하거나 제국을 증오하는 사람일 순 있지만 반드시 제국을 깊이 이해해야 해. 조금 극단적으로 말하면 제국을 증오할수록, 논리 있게 증오할수록 뛰어난 후계자가 될 가능성이 크단 말이지. 그만큼 제국의 가능성을 최대한도로 탐색하고 소모했다는 거니까. 맞아, 여기에서도 '소모'지. 언젠가 제국이 본연의 사명을 완수해 인류가 융합되면 제국은 환골탈태하고 새로운 것을 받아들이거나 아니면 소멸할지도 모르지. 그렇지만 그 전까진 제국이 할 수 있는 모든 가능성을 소진해 인류에게 평온한 적막을 선사하고 영생 외엔 다른 것이 없게 만들어야 해. 내 설명이 충분하지 않다고 생각한다면 이것들을 보게."

왕은 다시 종이들을 '꺼내' 리푸레이가 살펴보고 기억할 수 있도록 충분한 시간을 주었다.

"이것들 기억나나? 이건 죽음에 관한 서정, 시인에 관한 애도야."

"그, 그, 그건 아무렇게나 대충 쓴 겁니다. 그걸 뭐라고 불러야 할지도 모르겠어요. 시? 산문? 산문시? 대충 뭐, 그런 거죠. 그게 뭘 설명할 수 있죠?"

"아, 자네가 여기 〈죽음을 향한 열두 번의 서정〉이란 제목을 붙인 걸 잊었나 보군. 어떻게 이걸 잊을 수 있지? 저건 두셴이 떠난 후 자네가 그리움을 떨치려고 쓴 건데. 이런 각도에서 이 글들은 진정한 서정시야. 쓴 기간은 딱 7일로 아주 짧지. 그로부터 무려 4년 6개월 21일이나 지났고. 하지만 열두 명의 시인을 애도하는 이 문자의 짙은 서정성, 그리고 물체의 단단한 면에 직접 부딪치고자 하는 결심과 힘은 자네 자체의 서정성을 잘 드러내지. 제국은 차가운 후계자는 필요 없어. 후계자는 반드시 서정에 대해 충분히 이해해야 해. 서정시인 기질을 갖추면 최고지. 언어의 기본 입자인 문자에 대한 지각이 뛰어나고 인간의 기본 표현방식인 서정성에 독보적인 인식이 있어야 해. 이것이 현 단계 제국 후계자의 기본요소야. 자네는 그 모든 걸 갖춘 후보자야. 사실대로 말하면 자네가 현재 가장 우선순위에 있어."

리푸레이는 충격에 빠져 있었다. 머릿속에서 지난 며칠 동안 접촉하고 경험한 것, 나아가 그 이전 몇 년간 생각하고 고민하고 보고 느낀 것들이 전광석화처럼 되살아났다. 리푸레이는 왕의 말처럼 '자질구레한 건 제쳐두고 바로 핵심으로' 들어가기로 했다.

"말씀하신 후보는 대체 어떤 시스템으로 선발하신 겁니까?"

리푸레이가 물었다.

"그건 제국의 기반이야. 당연히 신중에 신중을 기해 오래전부터 논의했지. 간단히 말하면 12년 전, 후계자가 제국의 미래를 결정할 거란 인식이 들었을 때부터 선발하기 시작했어. 우리는 몇몇 조건을 설정했고, 아까 내가 한 말에서 눈치챘겠지만 그건 추상적인 차원의 조건들이었지. 우린 그 조건에 따라 몇몇 사람을 추리고 오랫동안 그들의 의식을 추적하며 행동을 눈여겨봤어. 물론 어느 시점에선 후보자들을 취사선택해 일부는 계속 팔로잉하고 일부는 버렸지. 그러면서 비정기적으로 신규탐색 시스템을 가동해 새로운 후보자를 찾아 그들의 의식과 행위를 추적했지. 자네는 3차 선발때 우리 시야에 들어왔어."

"그럼 최종적으로 몇 명의 후보가 남았죠? 제가 그들을 볼 수 있을까요?"

"그럼. 후보에겐 모든 걸 투명하게 공개하지."

왕의 말이 끝나자 그의 얼굴이 확 축소되며 가상화면 한쪽에 아주 작게 비쳤고, 나머지 공간에 다른 얼굴들이 나타났다. 그 순간 리푸레이는 깜짝 놀라 숨을 들이켰다. 리웨이 경관이 보였다. 마치 바로 맞은편에 앉아 있는 듯 그의 눈빛이 리푸레이를 똑바로 쳐다봤고, 눈빛에는 감출 수 없는 긴장감이 서려 있었다. 배경을 보니 리웨이도 회의실 비슷한 곳에 있었다.

"맞아. 리웨이도 지금 면접 중이야. 현재 자네까지 총 여덟 명의 후보가 어딘가에서 면접을 보고 있지. 나와 대화를 나누고 있다고도 할 수 있고. 각자의 인도자도 함께 현장에 있어. 왕후를 자네의 인도자라 부르도록 허락해주게. 내가 한 사람씩 소개하지. 이 여성은 인간과 외부 세계에 관심이 없어. 그녀가 하는 일은 딱 하나, 바로 자기 내면 깊숙한 곳에 비밀을 묻어두고 다양한 장식으로 한 겹씩 그걸 포장하는 거지. 그녀는 순전히 자기 안에 있는 비밀이 제국의 목표와 구조가 같다는 걸 몰라. 이 사람은 미치광이인가? 솔직히 제국도 불확실하고, 의식공동체마저 그의 뇌가 너무 정밀해서 이미 무너진 건 아닌지 분별하지 못해. 하지만 이 눈빛은 투시 기능이라도 있는 듯 마주한 사람, 일, 사물의 구조를 쉽게 파악하고 더 이상 세분할 수 없는 단단한 핵심을 바로 캐치하지. 이 수학 교사는 세상에 공식을 늘어놓는 데 열중하고 있어. 가장 복잡하고 번잡한 일도 공식으로 표현할 수 있다고 여겨서 궁극의 공식을 만드는 일을 하고 있지. 바로 그 공식이 인류의 미래를 간략하게 만들 수 있어. 이 사람은 여행자야. 지도에서 이름이 붙여진 곳이라면 최소 한 번은 가봤어. 믿겨지나? 그는 주요 언어 열다섯 개뿐 아니라 방언이나 부락 언어도 쉰 개는 할 줄 알아. 아, 이 사람이군! 이 여성은 자네도 분명 본 적이 있을 거야. 세상에서 가장 뛰어난 셰프니까. 이 여성이 만든 요리를 먹어봤는데, 그 후 난 그녀를 생각하지 않을 수 없었고, 그녀가 있는 곳에서 1천 킬로미터 이상 떨어진 곳은 가본 적이 없어. 그녀의 요리 때문에 제국의 사업 따윈 중요하지 않다고 생각될 정도였거든. 물론 그때의 즐거움을 지금도 마음껏 회상할 수 있네."

왕은 여기까지 말하고 갑자기 웃음소리를 냈다. 자신에게도 유머 감각이 있다는 것을 확인하고 으쓱한 것인지도 몰랐다. 아니면 오래전 맛보았던 맛있는 음식에 대한 감격이 드디어 터진 건지도.

비밀을 묻는 여성을 제외한 다른 네 명은 정면을 응시하고 있었고, 그들의 눈빛에는 모두 불편한 기색이 있었다. 어떤 사람은 쭈뼛쭈뼛하고 있었고, 바짝 긴장해 있거나 막연한 표정을 짓고 있는 사람도 있었다. 탐욕스럽고 흉악해 보이는 사람도 있었다. 제각기 '면접'에 임하는 그 모습들은 제국을 상대로 언젠가 자신과 관련된 방대한 사업이 펼쳐질 거라고는 상상도 해보지 못한 사람의 가장 직접적인 반응일 터였다.

"이 사람도 잘 알 거야."

화면에 머리가 약간 벗어진 젊은이가 나타났다. 이틀 전 리푸레이와 함께 제국의 의도에 대해 깊은 대화를 나누었던 알파였다.

"알파는 소개하지 않아도 되겠지. 자네는 정보유격대가 제국의 자기점검 시스템이라고 생각하던데, 그렇게 말할 수 있어. 제국은 의식공동체를 신선하게, 정보 스트림을 신선하게 유지해야 하거든. 알파는 현재 의식공동체에 가장 깊이 침입했고 초일류의 기술 본능을 지녔어. 기술 차원에서 출발한 그의 본능은 언어와 문자 차원에서 도달한 자네의 사고 깊이와 막상막하지. 그저께 밤 둘이 나눈 대화가 알파에겐 큰 자기계발의 경험이 됐고, 적어도 자네 못지않아."

왕이 이어서 말했다.

"내가 말했듯이 자네는 이 여덟 명 중 가장 선두야. 자네가 결정적 우위를 지녔다고도 할 수 있지. 마찬가지로 이들도 면접의 어느 단계에서 다른 일곱 후보를 '알게' 될 거야."

말을 마친 왕의 얼굴이 다시 전체 화면을 차지했다.

"선발 시스템은 후계자를 뽑는 것뿐 아니라 제국의 차기 핵심 그룹을 찾는 과정이야. 자네가 앞으로 제국을 관리한다면 이들이 자네에게 가장 든든한 조력자가 될 가능성도 있지."

"아까 〈죽음을 향한 열두 번의 서정〉이란 글이 수년 전 두셴이 떠난 후 제가 쓴 거라 하셨죠."

리푸레이는 왕의 말에서 벗어나 지금 자신이 가장 관심 있는 문제를 입에 올렸다.

"이젠 거의 잊었지만 이렇게 떠올랐으니 이 말은 해야겠습니다. 그걸 쓰고 나서야 저는 진짜로 어떤 능력을 얻게 되었고, 두셴이 곁에 없어서 받은 상처를 가까스로 견딜 수 있었습니다. 만약 두셴이 떠난 것이 제가 제국의 후보가 된 후라면, 그 일도 제국이 주도한 건지 궁금하군요. 조이너와 위원왕후의 방식으로 저의 삶을 인도하고 감시했나요? 그럼 제국에 감사해야겠군요. 두셴이 '비명횡사'하지 않고 그냥 저를 떠난 것에 그쳐서 말이죠. 그리고 두셴이 떠남으로써 제가 술의 미묘함을 마음껏 느끼게 된 건가요?"

42

転전 :
돌다, 동그라미

"그런 일은 없었네."

왕이 단호하게 고개를 저으며 말을 이었다.

"자네가 '사람이 어떻게 안 죽나'라는 질문을 할 때 두 번 장난을 친 게 우리가 한 일의 전부야. 다른 어떤 의식 간섭은 하지 않았어. 물론 그 두 번도 그냥 장난이었고, 어쩌면 '중점 힌트'라고 부르는 게 더 맞겠지. 제국의 취지는 의식공동체를 통해 인류의 융합을 실현하고 궁극적으로 불후에 도달하는 거야. 그래서 우리는 정보 스트림을 통해 의식공동체의 분위기를 조성함으로써 개인에게 영향력을 끼치고 개인을 안내하지. 필요하다면 개인의 의식을 추적하고 분석하긴 하지만 완전한 권한을 얻지는 않아. 제국은 개인 의식을 간섭하지 않고 강제적인 수단으로 개인 의식을 수정하지도 않아. 실제로 지금까지는 일련의 방법으로 의식을 인도한 사람은 왕후가 유일해. 그리고 의식에 대한 간섭도 서서히 선별적으로 일부 글자에 대한 사람의 기억을 지우고 덧칠하는 것이라는 사실은 자네도 이미 알잖아. 조이너와 같은 일은 제국의 많은 자원을 동원해야 순조롭게 완성된다는 것도 알 테고. 그전까지 자네는 다만 우리의 후보 중 하나였을 뿐이야. 두셴이 떠날 당시에는 자네가 후보자 명단에서 상당히 뒤쪽에 있어서 그렇게 많은 자원을 동원할 수 없었어. 푸레이, 자네가 기왕 두셴에 대해 물었으니 본론에서 벗어난 얘기 좀 하지. 두셴이 떠남으로 해서 자네는 요 몇 년간 자학하고 폭음하며 시를 썼어. 휴가도 가지 않고 말이지. 하지만 의식공동체상에 두셴에게 메모를 남기는 것 말고는 적극적으로 그녀를 찾는 행동을 하지 않았어. 물론 작정하고 떠난 사람을 찾는 건 바다에서 바늘 찾기겠지만, 자네가 왕으로 즉위하면 두셴이 어디에 있는지, 자네에게 어떤 응어리가 맺혔는지 알아내는 건 문제도 아니야. 다시 두셴의 마음을 얻지는 못한다 해도 최소한 자네가 확실히 마음을 정리할 순 있지."

"그건, 그건 신경 쓰지 않으셔도 됩니다."

리푸레이가 까칠하고 차갑게 말했다.

"솔직히 말씀드리면 두셴이 저를 떠난 게 제국과 무관하다니 제국에 대한 혐오감이 훨씬 줄긴 했습니다. 하지만 그래도 제국 후계자가 최소한 방향 면에서 당신의 설계대로 나아갈 거라고 자신하시는지 궁금합니다. 물론 대세를 속속들이 잘 아시겠지만요. 그렇게 허황된 이유 말고 다른 수단이 있는 거죠?"

"물론이지, 제국이란 방대한 구조는 규칙에 따라 움직여야 해.

자네도 제국에서 일할 때 내부 운영 상황을 어느 정도 파악했을 거야. 불분명한 부분이 있더라도 제국을 관리하기 시작하면 덩컨 같은 사람이 초기 단계를 잘 넘어가도록 도울 거고. 그건 일반 규칙이고 제국 후계자가 따라야 할 규칙이 두 가지 더 있어."

왕은 잠시 말을 멈췄다. 이어질 말이 너무나 중요해 리푸레이가 온 정신을 집중해 듣고 있는지 확인할 필요가 있는 모양이었다.

"첫째, 신체의 자연 속성에 따른다. 의학과 기술의 발달로 인간은 육체의 영생은 보장할 수 없더라도 최소한 상상을 초월할 만큼 오래 존속하며 지겨울 정도로 오래 살게 되겠지. 제국의 관리자는 내 호칭 그대로 왕이라 부르는 건 괜찮지만, 지나치게 의학의 힘을 빌려 생명을 연장해선 안 돼. 조직 이식을 받을 수 없고 신체의 중요 부위를 교체할 수도 없어."

"왜죠?"

리푸레이는 그날 병원에서 왕의 쇠락한 몸을 보고 들었던 의문이 다시 떠올랐다. 제국의 운영, 인류융합의 대세, 인간 불사의 아름다운 비전, 이 모든 것이 기술에 대한 자신감 위에 구축된 것인데 왜 왕의 몸에는 그런 관념을 고수하는 것일까?

"맞아. 그건 고집이지."

여기서 왕은 얼굴이 살짝 붉어지며 상당히 민망해했다.

"특별한 논리는 없고 이성적으로 충분한 뒷받침도 없어. 이 요구를 내 괴벽이라 여겨도 무방해. 사람은 저마다 괴벽이 있지 않나. 내 몸에 흐르는 동양인의 신비주의 피가 훼방을 놓나 보지. 이해를 돕기 위해 조금 설명해보지. 난 이런 걱정이 있어. 세월이 흐르면서 왕의 몸도 한계에 달해 새로운 세상에 대응할 에너지를 뇌와 심장에 공급하지 못할 텐데, 그러면 얼마 남지 않은 생애 동안 어떻게 제국의 기반을 구축할 것인가 하는. 욕심을 끊어 제국이 항상 이성의 빛 아래서 운영되길 바라는 마음이라고도 할 수 있지. 제국의 관리자는 권세와 영향력 면에서 진짜 왕이나 대통령 못지않아야 하고, 의식공동체의 운영을 수호하려면 대중을 굽어보고 주재하는 신과 같은 감각이 있어야 해. 그런데 인체의 본래 구조와 기능으로는 유한한 시간 내에서만 이성을 유지할 수 있거든. 그래서 난 차기 후계자뿐 아니라 향후 모든 왕에게 신체의 자연스러운 변화에 따라 적당한 때에 관리 업무를 그만둘 것을 요구하네.”

“좋습니다. 제가 후계자가 되면 그 규칙은 꼭 지키죠.”

완전히 집착에 가까운 왕의 요구에 리푸레이는 조금 감동했다. 괴벽이 있는 왕이 더 친근할 것 같았고, 왕의 말대로 끝없이 살면 사람들이 지겨워할 게 확실했다.

“하지만 과거 중국의 위대한 실제 제국들은 다 거대한 난제에 직면했고, 후계자는 창시자가 부지런히 일궈놓은 결과를 지켜내지 못했습니다. 초반에 정한 규제가 점점 유명무실해진 거죠. 신체의 자연스러운 속성에 따른다는 규칙은 그 자체가 인간의 습성에 위배됩니다. 그렇게 큰 권력을 쥔 제국의 왕 가운데 천추만세 계속 살기를 원치 않는 자가 몇이나 될까요? 모든 후계자가 충분히 이성적이라 이 규칙을 잘 지킨다 해도 제국 입장에선 아쉽지 않을까요? 심혈을 기울여 선발한 왕들의 지혜와 경험이 죽음과 함께 사라지면 제국만 손해일 텐데요.”

"그게 바로 내가 얘기할 두 번째 규칙과 관련이 있어. 말했듯이 제국이 추구하는 건 개인의 불후가 아니라 전 인류의 불후야. 하지만 인류의 불후를 추구하는 과정에서 개인의 불후도 실현할 가능성이 있지. '가능성이 있다'고 한 건 그 불후가 어떤 차원에서 실현될지 확신할 수 없기 때문이야. 하지만 불후 자체는 확정적이지. 맞아, 바로 의식결정체야. 3세대 의식결정체는 이미 개인 의식을 전방위적으로 빈틈없이 포집, 기록, 분석하는 수준에 이르렀어. 유일하게 불충분한 점은 이 모든 게 기술 차원에서 작동한다는 거지. 즉 3세대 의식결정체도 여전히 사람의 특질을 갖추진 못했어도 의식의 주체를 뛰어넘는 기억 기능과 초강력 정보분석 능력을 갖췄어. 따라서 3세대 의식결정체는 개체 의식을 기록해 신규정보를 처리하는 방식을 분석함으로써 그에 해당하는 대응방식을 가상화할 순 있어. 결론적으로 가장 의인화, 개인화된 인공지능과 비슷하지. 1세대부터 3세대까지는 의식결정체를 교체할 필요 없이 의식공동체에서 업그레이드가 가능했어. 의식결정체 이식 자격은 개인의 초기 지능과 인격 발달에 부정적인 영향을 끼치지 않도록 만 12세가 되어야 주어지고. 4세대가 되면 의식결정체는 완전히 달라질 거야. 개체가 태어날 때부터 의식결정체를 바로 뇌에 이식해 의식을 포집, 기록, 분석함으로써 공생共生을 실현할 거거든. 주체의 기존 뇌와 함께 또 다른 뇌가 자라는 셈이어서 의식결정체는 완벽한 감정, 심리, 정신 능력을 갖춘 채 과거를 그리워하고 현재에 관심을 두고 미래를 동경하고, 죽음을 두려워하며 피안을 상상하기도 할 거야. 그렇게 인간이 갖고 있지만 실용적 각도에선 아무 의미 없는 모든 사고의 운행이 의식결정체에도 생기게 되지. 다른 점이 있다면 진짜 뇌는 노쇠, 병변, 사망을 겪지만 의식결정체는 그렇지 않다는 거야. 그냥 느낌적으로만 경험하고 진짜 끝나는 건 아니지. 사람이 세상을 떠날 때 그 의식결정체를 꺼내 약간의 처리를 하면 완벽히 부활하고 그로써 영생을 얻으며, 인간은 의식결정체라는 형태로 세상에 영원히 존재하게 되는 거야."

"그건 단순히 의식의 노예가 되는 거 아닙니까? 지금 하신 말씀이 진짜라면 '그 사람'은 분명 자신의 비참한 상황을 느낄 수 있을 겁니다. 그런 방식으론 신체와 의식의 영원한 모순을 해결할 수 없어요. 그저 교묘히 피해갈 뿐이죠. 바꿔 말해서 의식결정체가 사람과 완전히 똑같다면 그 사람은 자신이 노역과 같은 생활에 지배당하고 있다는 느낌이 분명 들 것입니다. 그걸 '생활'이라 부를 수 있을지도 의문이네요. 그 사람에게 있는 거라곤 이미 선정된 내용이 계속 방송되는 것처럼 중복된 허상뿐이잖아요. 그로 인해 굉장한 수치감이 들 겁니다. 그 사람이, 아니 행동력이 전혀 없어 '사람'이라고 부를 수 없는 존재가 어떻게 말씀하신 '불후'를 실현할 수 있겠습니까?"

"정확히 짚었어."

왕은 아주 흡족한 표정이었고 말투에 진심이 어려 있었다.

"하지만 자네가 말한 건 단일 주체야. 자넨 동의하지 않을지도 모르지만, 개체에는 죽음과 불후의 문제가 없고 집단에 속해야만 그런 일이 발생해. 자네는 그걸 의식하지 못하고 있어. 따라서 제국이 할 일은 그런 의식결정체에 집단을 만들어주는 거야. 이 집단을 어떻게 구성할지는 아직 최종 결정을 내리지 않았어. 순수하게 같은 부류의 의식결정체만으로 구성할지, 아니면 살아 있는 사람들로 구성된 의식결정체와 연결시켜서 커뮤니티를 만들지는 아직 결정하지 못했어. 어느 쪽이든 제국은 의식결정체에 신체의 감각을 부여할 수 있어. 전자라면 완전한 신체로 사람이 당연히 누려야 할 사교활동을 진행하게 할 수도 있어. 아니, 아니, 그걸 가짜 환영이라 생각하지 말게. 현재의 사람이 환영이 아니란 걸 어떻게 알 수 있겠어? 플라톤의 고전적인 비유를 빌리자면, 자신이 몇 번째 그림자인지 우리가 어떻게 알 수 있지? 말하자면 그건 의식이 인정할 문제야."

리푸레이는 왕의 말에 전적으로 동의하진 못했다. 그렇지만 적당히 반박할 말이 얼른 떠오르지 않아 좀 전의 문제로 돌아가기로 했다.

"의식결정체로 커뮤니티를 형성하는 두 가지 방식이 말씀하신 두 번째 규칙과 무슨 관계가 있죠?"

"자네, 좀 실망한 모양이군!"

왕이 웃기 시작했다.

"몇 번째 그림자라는 표현에 겁을 먹었나 보군. 하지만 제국은 거기서 멈추지 않아. 4세대 의식결정체, 그 획기적인 기술 변화가 동반하는 게 중복된 허상과 반복적인 방송이라면 너무 안타깝지 않나? 그래서 아직 적용하지 않았어. 모든 사람에게 적용할 필요는 없고 몇몇에게만 적용해도 충분한 방법이 하나 있어. 전생활불

<ruby>轉生活佛<rt>*</rt></ruby>'이라고 들어봤나?"

왕이 갑작스런 질문을 던졌지만 리푸레이는 별로 놀라지 않았다. 이 마당에 놀라고 당황할 일이 또 뭐가 있겠는가? 하지만 여전히 침묵하며 대답하지 않았다. '전생활불'은 당연히 들어봤다. 정확한 개념을 제시하긴 어려워도 실질적 의미는 쉽게 말할 수 있었다. 그러나 리푸레이는 왕의 뜻을 확인하고 싶었다. 여기에서 전생활불과 왕이 말한 '방법'에 무슨 관계가 있을까? 그 방법은 또 두번째 규칙과 무슨 관계가 있을까? 답은 찾기 쉬운 듯한데, 그게 과연 가능할지가 믿기지 않았다. 불확실하고 알 수 없는 부분이 너무 많았다.

"맞아. 그거야. 그게 제국의 최대 시련이지. 인류융합의 최대 유혹이자 최대의 미지수이기도 하고. 하지만 바로 그래서 매력이 있는 거 아니겠어? 대세는 선택할 수 없고 자잘한 세부사항도 예측하거나 미리 판단할 수 없는 부분들이 있지만, 적어도 훨씬 흥미롭잖아."

왕은 몸을 곧추세우고 선서를 하듯 말했다.

"제국의 전생활불은 당연히 신비주의나 종교적 의미의 전생활불과는 달라. 보이지 않는 차원에서, 신비주의와 종교에서는 제국처럼 완벽하게 전생활불을 실현할 수도 없지. 4세대 의식결정체는 의식과 공생하는 것 말고도 이전이나 합병도 가능해. 즉 한 사람

---

*　티베트 불교 용어. 덕망 높은 승려가 사망했을 때 그의 영혼이 다시 태어나 구제활동을 하는 것을 일컫는 말.

의 의식이 다른 사람 의식 속으로 이전, 합병될 수 있지. 제국 후계자의 두 번째 규칙이란 바로 전임 왕의 의식을 이전, 합병해야 한다는 거야. 그러면 전임 왕의 경험과 지혜가 헛되이 낭비되지 않게 되지. 또 몇 세대에 걸쳐 누적된 통찰력을 갖춘 왕은 문제의 표상을 바로 꿰뚫어 인류 이익에 가장 부합하고 가장 객관적인 결정을 내릴 수 있어."

"말씀하신 제국의 전생활불을 의식의 이식으로 이해해도 될까요?"

리푸레이의 질문에 왕은 가볍게 고개를 끄덕였다.

"그럼 이식으로 인한 의식 거부반응은 또 어떻게 피하죠? 더 직접적으로 말해 당신의 의식이 제 의식으로 이전되어 주입된다면 그건 대체 누구의 의식인 거죠? 두 의식이 하나의 독립된 의식으로 완벽히 융합될 수 있나요? 아니면 의식 내부에 두 개의 구역이 생기는 건가요? 그럴 경우 누구의 의식이 주도권을 갖죠? 만약 당신의 의식이 주도권을 쥐면 저는 신체만 제공하는 꼭두각시가 되는 건가요? 만약 내 의식이 주도권을 쥐면 '어떻게 전임자의 의식이 일관되게 정통하도록 할 것인가'라는 과제로 다시 돌아가는 거 아닌가요?"

"푸레이, 짚고 넘어가야 할 것이 있어. 전생활불은 테스트야. 특히 우리가 지금 이식한 건 3세대 의식결정체에 불과해. 그전까지 수차례 시뮬레이션을 거쳤고 몇몇 후보의 의식을 직접 사용해 모의 테스트도 진행했지만 다 문제없었어. 몇몇 후보 중에서 자네 의식에 전생활불을 진행한 효과가 가장 좋았고, 자네가 말한 거부반응도 없었지. 이것이 자네가 다른 후보보다 훨씬 앞서는 이유이기도 해. 그렇다 해도 그건 테스트였다는 점을 밝혀두지. 우리는 아직 살아 있는, 육체의 뒷받침이 있는 의식에 시도해본 적은 없어. 따라서 모든 테스트와 마찬가지로 어느 정도 리스크가 존재해. 최대 리스크는 융합할 수가 없어 의식이 혼란해지고, 뒤죽박죽 합쳐진 우리 둘의 의식이 결국 무너지는 경우야. 유사한 상황에서 발생할 수 있는 부정적 결과도 시뮬레이션해봤고 전생활불에 앞서 자네와 나의 의식을 백업해둘 거야. 그래도 자네는 의식이 그대로 정지하거나 신체가 흐리멍덩해지는 위험에 직면할 수 있어. 제국은 두 가지 위험에 직면할 거야. 의식 백업에 소홀해 내 의식이 손실되거나, 전생활불의 실패로 최고의 후보가 손실되거나. 누구의 의식이 주도권을 잡느냐는 문제도 아니야. 자네의 의식에 주입되기전, 내 의식에 기본 설정이 진행될 거고 내 의식은 자네 의식의 배경 역할만 할 거야. 기억과 잠재의식처럼 자네의 장구한 배경이 되어 자네가 정책을 구상하고 결정할 때 참고로 삼는 거지. 한마디 덧붙이면 그 설정은 왕들이 전생활불을 하기 전에 반드시 수용해야 해. 연대가 오래된 전생으로 이뤄진 배경일수록 색깔이 옅고 2, 3대 왕 이후엔 아마 내 의식은 분별할 수 없을 거야. 더 중요한 건 전생활불을 의식 이식에 비유하는 건 정확하지 않고 '소화'라는 단어를 사용하는 게 맞는다는 거야. 조금 특별해 보이겠지만 '의식의 소화'라고 해야 해. 자네의 의식이 내 의식을 소화하고 흡수해 전생활불 이후에도 하나의 의식만 갖게 되는 거지."

"그러면 모든 사람의 의식이 한 사람에게 주입되고 모두가 한 사람에게 전생활불될 가능성이 있는 거 아닙니까? 조금 극단적인 경우지만 그런 가능성이 있는 게 맞죠? 일이 그 방향으로 발전한다면 말씀하신 인류융합, 동일화 추세도 자연스럽게 실현되겠죠. 하지만 언어와 문자를 없애고 분별을 없애 인류의 영생을 실현한다는 목적과 어긋날 가능성도 있을 텐데요. 그렇게 융합되고 동일화된 사람이 수적으로는 극소수 집단이나 사람이라 해도, 역사상 분별의 마음과 지혜는 가장 강력할 수 있으니까요. 어쨌든 그에게 중첩된 의식이 많을수록 그의 의식은 정교해지겠죠."

"그래서 나쁠 게 뭐 있어! 정말 그런 사람이나 집단이 등장하고 그들 개개인이 모든 분별을 이해한다면, 그건 거의 신이 아닐까? 그러면 인격의 도약으로 신격화가 실현되는 것이고, 진짜 시간을 초월하는 불후가 등장하는 거 아닌가? 푸레이, 지금까지 내 설명에서 자네에게 미리 확정되고 어떤 의외도 없는 대세를 너무 강조했는지도 모르겠어. 하지만 난 일말의 의외도 거부하지 않을 거야. 그렇지 않으면 제국은 후계자가 필요 없거든. 자네뿐 아니라 앞으로 모든 왕은 완전히 자주적인 결정권을 지닐 거야. 거짓으로 증명된 이론은 전혀 의미가 없듯이 의외를 겪지 않은 제국은 진정한 제국이 될 수 없어. 진정한 왕이라면 모든 불확실성을 즐기고 미지의 도전을 받아들여야 해. 전 인류를 바꿀 기회는 모두에게 주어지지 않아. 그런 기회 앞에서도 마음이 움직이지 않는다면 나약하다고 볼 수밖에 없어. 자네, 나약한 사람이 되고 싶진 않지?"

43

情정 :
음기, 소유욕

"이제 나도 한마디 해야겠지?"

위원왕후였다. 지금껏 화면 속의 위원왕후는 계속 공허하게 집중하는 눈빛이었다. 리푸레이는 위원왕후의 의식결정체가 대화 내용을 받아들이고 분석하는 데 '에너지'를 전부 쏟느라 자신의 이미지에 신경 쓸 틈이 없었으리라 생각했다. 리푸레이는 그런 위원왕후가 왕과는 뭔가 다른 얘기를 해주리란 걸 알았다. 그렇지 않다면 현재까지의 이 시트콤, 의식결정체 드라마는 왕의 모노드라마로 전락해버리니까.

"왕후가 얘기해도 되나요?"

순전히 장난으로 리푸레이 역시 왕을 약 올렸다.

"물론이지. 왕후는 하고 싶은 말이 있으면 뭐든 해도 돼. 왕후의 말이 끝나고 나서 자네가 결정을 내리는 게 공평한 일이고 말이지."

왕의 태도는 순수한 것인지, 아니면 모든 걸 장악했으니 어떤 것도 개의치 않는 건지 분간이 되지 않았다.

"푸레이, 먼저 간단히 내 입장부터 밝힐게. 난 자네가 왕의 말처럼 제국의 관리자라는 중책을 맡아 2대 왕이 되었으면 좋겠어."

위원왕후가 말했다. 그는 왕과 리푸레이에게 반응할 시간을 준후 말을 이었다. 앞으로 할 말의 중요성을 감안해서인지 침착하고 느리게 말했다. 마치 한 글자 한 글자를 그 공간에 새겨 리푸레이의 머릿속에 영원히 머무르게 하려는 듯이.

"왕의 말이 맞아. 인류의 융합은 대세야. 의식공동체의 구축을 통하든 않든 인류는 의식 차원에서 필연적으로 점점 동일화될 거야. 언어와 문자도 필연적으로 점점 기능화되어 서정의 깊이가 없는 방향으로 발전할 거고. 하지만 난 인류의 영원한 불후를 추구하는 왕의 의견엔 찬성하지 않아. 그건 오만한 망상이고, 인간의 생각과 능력의 한계를 스스로 노출하는 거야. 이 망상이 현실화되진 않겠지만 그걸 추구하는 과정에서 인류에게 만회할 수 없는 손해를 끼치게 되겠지. 인류가 융합되면 어떤 모습이고, 어떤 방향으로 확장될까? 나도 모르겠어. 하지만 자네가 왕의 신분으로 제국의 역량을 발휘해 인류에 유익한 방향을 모색해줬으면 좋겠어."

"난 당연히 스스로 결정을 내릴 거야. 지금 내가 궁금한 건 자네가 왜 내게 그 메일을 보냈고, 위원란을 통해 그런 질문을 하고 이모든 일을 일으켰는가 하는 거야. 단지 제국이 나를 찾도록 안내하기 위해서였을까? 자네, 제국의 자원봉사자야?"

영상에 불과했지만 왕보다 위원왕후가 더 친근하게 느껴져 리푸레이는 더 숨김없이 비웃었다.

위원왕후는 리푸레이의 태도가 전혀 거슬리지 않는지 잠시 공허한 표정으로 그의 말이 끝나길 기다렸다가 침착하게 대답했다.

"메일은 하나의 신호였어…… 문제는 '중점 힌트'지. 자네는 신호와 힌트를 따라 추적하며 한 단계씩 조사했고, 단계마다 제대로 들어섰어. 당연히 난 제국이 특정 시기에 자네를 안내하고 단서와 암시를 줄 거라 짐작했고. 근데 중요한 건 자네가 단계를 제대로 밟아나갔다는 거야. 판단력과 직감 등이 종합적으로 자네를 이곳까지 인도했고, 자네가 확실히 가장 적합한 후보라고 설명할 수밖에 없어. 우리가 너무 비관적으로 운명론을 갖다 붙이지 않는다면."

"그럼 왜 자네는 그 중책을 받아들이지 않은 거지? 자네와 왕은 내기까지 했고, 의식공동체 아이디어도 자네가 제기해 심혈을 기울여 구축한 거잖아. 자네가 왕의 후임자가 되는 게 가장 적합한 거 아닌가? 자네는 자신을 위해 자살로…… 자살로 도피해놓고 왜 나더러 자네를 대신하라는 거지?"

리푸레이는 위원왕후를 슬쩍 쳐다봤다. 최대한 감정을 다스리고 순수하게 토론하는 시각으로 질문을 던졌지만, 그럼에도 자신이 너무 지나쳤나 싶은 생각이 들었다. 그러나 위원왕후의 얼굴에 실제 상황에 대응하는 반응은 나타나지 않았다.

"왕과 내기를 한 건 나의 식언食言이었다는 걸 인정해. 하지만 자살로 도피한 건 아니야. 적어도 내 본뜻은 그렇지 않았어."

위원왕후는 아주 진실하게 말했다.

"왕이 보낸 사람이 건네준 수상연설문 개요를 받자마자 난 제국이 주도한 의식공동체가 어떤 수준까지 발전했는지 알았어. 그리고 지난 몇 년간의 생활, 내 생각과 저작까지 제국의 인도로 진행된 것이라는 사실도 알았지. 그건 한 방 먹거나 정수리를 얻어맞은 정도가 아니라 치명적인 타격이었어. 나의 일상, 생활의 모든 것이 끈 달린 인형처럼 조종에 따라 실행된 것이었다니. 삶에 대한 진실성과 신념이 어찌 파괴되지 않을 수 있겠어? 내가 버텨낸 건, 그리고 예상보다 빨리 정신을 차린 건 의식공동체가 어떤 건지 잘 알았기 때문이야. 난 원래 의식공동체, 의식결정체, 이동영혼 삼위일체가 사람들에게 영향을 주는 수준에 이를 수 있길 기대했는데, 정작 내게 엄청난 피드백을 준 거야. 그래서 정신을 차린 후 약속을 지켜 제국으로 돌아가 의식공동체의 발전을 수호하든 않든, 적어도 내가 기대한 방향에서 너무 멀어지지는 말자고 결심했지. 그런데 다시는 돌아갈 수 없다는 걸 곧 알아차렸어. 왕과 옛 동료들을 볼 면목이 없어서는 아니었지. 이렇게 중대한 일에서 개인 체면이 뭐 그리 대단했겠어? 그저 간단한 걸 깨달았을 뿐이야. 난 이미 제국을 관리할 힘이 없고 의식공동체의 발전 방향을 이끌 수 없다는 사실을. 겸손한 게 아니라 개인적인 경험으로 볼 때 이미 의식공동체의 가능성에 대한 직감을 잃어버려서 그 가능성을 통찰할 수 없었거든."

위원왕후는 잠시 말을 멈췄다. 디지털화된 쓴웃음이 그의 얼굴에 떠올랐다.

"왜 자네냐고? 아까 왕이 설명한 말에 나도 다 동의해. 제국의 각도에서 보면 자네가 확실히 적합한 후보야. 전에는 자네에게 글씨 쓰는 습관이 있는 줄 몰랐어. 몇 년 전에 〈죽음을 향한 열두 번의 서정〉을 썼다는 건 더욱 몰랐고. 왕과의 내기를 이행하지 않기로 결정했을 때 자살할 생각이 있었던 건 아니야. 기존에 내가 이해하고 있는 의식공동체가 나를 설계하고 의식에 관여하는 능력에 비춰, 제국의 입장에서 왕이 떠나고 나도 제국으로 돌아가지 않으면 누가 제국을 관리하고 2대 왕이 될지 고민했지. 어떤 망설임도 없이 난 바로 자네를 꼽았어. 이유는 마찬가지로 두 가지였어. 우선 자네는 제국에서 일해봤고, 왕에게 보고서를 제출했지만 관심받지 못했다고 내게 말해줬지. 우리가 술을 진탕 마시며 얘기할 때마다 난 자네가 무심코 한 말을 마음에 깊이 새겼어. 그러니 난 어떤 얘기가 오갔는지 기억하고 자네는 잊어버리는 게 정상이었지. 다른 이유는 바로 서정 자체에 대한 자네의 이해야. 기억해? 전에 〈타타르 기사〉에 대해 얘기했었지. 자네는 〈타타르 기사〉가 장편서사시라는 것에 동의하지 않고 장편서정시라고 생각했어. 이에 대해 자네는 이런 말을 했어. 서정은 감정의 범람이나 개인의 감상을 토로하는 게 아니고 심오한 이성을 배제하는 것도 아니라고. 그보다는 인류의 처지를 깊이 느끼고 그 느낌을 전달해 다른 사람을 감화시키는 것이 서정이라고. 또 폭넓은 서정은 개인에게 어둠을 드리워서 무無에서 정서가 자라게 만든다고 했지. 〈타타르 기사〉에서 느낀 감동을 얘기한 것이었지만, 그건 동시에 자네가 이해한 서정의 본질이었지. 서정을 이렇게 이해하는 사람이야말로 제국을 관리하고 의식공동체의 다음 단계 운영을 책임질 적임자라고 할 수 있어. 그래서 난 의식을 드러내놓고 자네가 제국에 얼마나 적임자인지 고민하기 시작했어. 내가 이해하는 왕이라면 후계자를 선택할 때 이미 자네를 후보에 넣었을 테지만 그걸 확인할 순 없었고, 대신 내가 의식 속에서 자네를 또렷하게 생각하면 반드시 제국에 포집되어 읽힐 거라는 건 확실했지. 제국이 그전에 이미 자네를 후보에 넣어뒀다면 내 생각 덕분에 자네 순위가 훨씬 앞당겨졌을 거야. 남은 건 나만의 방식으로 자네 의식 깊은 곳에 자취를 남기는 거였지."

"잠깐!"

왕이 위원왕후의 말을 끊었다. 왕의 얼굴에 의아해하는 기색이 역력했다. 덩컨 또한 놀란 모습이었다.

"자네의 의식이 드러나도록 선택할 수 있단 말인가? 그럼 숨겨진 곳도 있겠네? 숨겨진 의식은 의식결정체에 포집되지 않을 테고?"

"지금으로선 그렇습니다. 아주 정상이죠. 저는 서른여섯 살이 돼서야 의식결정체를 이식했고, 그전까지 의식에 저장된 내용은 1세대, 2세대 결정체가 아주 정확하게 포집하지 못하니까. 게다가 그 의식 콘텐츠는 암호화되어 있고, 저도 딱 한 번 써봤습니다."

"암호화? 딱 한 번? 9838829, 9828816…… 이런 거요?"

덩컨이 98로 시작하는 숫자들을 읊었다. 입에서 술술 나오는 걸 보니 이 숫자들은 오랫동안 해결되지 않은 채 덩컨의 마음속에서 가위 눌리듯 존재했던 모양이다.

"기억력 끝내주네요!"

위원왕후가 찬사를 던지며 말을 이었다.

"사실 간단해요. 어렸을 때 집에 이렇다 할 책이 없었어요. 특히 백과사전 같은 참고서적은 찾기 어려웠죠. 중학교에 가서야 나만의 국어사전인 《신화자전新華字典》이 한 권 생겼어요. 전 이 책을 줄줄 외워서 몇 페이지에 어떤 글자가 있는지, 페이지의 어느 위치에 있는지까지 전부 머릿속에 새겼어요. 난이도를 높이기 위해 글자마다 번호를 붙였죠. 98은 당연히 사전을 구입한 시기인 1998년이고, 그 뒤의 388, 288 등은 사전의 쪽수죠. 1, 2는 페이지의 왼쪽인지 오른쪽인지를 뜻하고 그 뒤의 숫자는 위에서 몇 번째 행인지를 나타내요. 그 숫자를 풀이하면 '푸레이가 제국 후계자로 적임자다. 그가 제국을 관리하기 전에 서정에 대한 이해도를 높이면 그와 제국, 사람들 모두에게 유익할 것이다'라는 의미가 되죠. 이건 제가 생각을 정리한 뒤 설정한 목표고, 스스로 해결하려고 남긴 문제기도 해요."

"그럼 왜 암호를 걸었죠? 별로 숨길 필요가 없는 내용들인데?"

덩컨이 이해되지 않는다는 듯 물었다.

"지금 그렇게 생각하는 건 당연하지만 당시에 왕후는 이미 화살에 놀란 새처럼 위축되어 제국이 의식을 어느 수준까지 감시하고 간섭할지 몰랐을 거고, 제국과 내가 그동안 어떻게 변했는지도 알 수 없었을 거야. 제국과 내가 사악해져서 이익만 도모하거나 목적 달성을 위해 수단 방법을 가리지 않았다면, 우린 왕후가 행동을 진척시키기 전에 개입해 그를 제지했을 게 분명해."

왕이 위원왕후 대신 대답했다.

"왕의 말이 맞아요. 또 하나 있는데……."

위원왕후는 음흉하게 웃으며 말을 이었다.

"그 숫자로 의식결정체와 의식공동체가 사람의 의식을 어느 정도까지 포집하는지 테스트할 수도 있어요. 한참 동안 제국을 바쁘게 만든다면 아직 긴 시간을 들여야 의식결정체가 실현된다는 뜻이죠. 음, 좀 전에 왕이 말했듯이 전 인류가 완전히 융합되려면요. 그 긴 시간은 여러 가능성으로 꽉 차 있을 거고."

"그렇다면 자넨 자네의 죽음으로 서정에 대한 내 이해도를 높였다는 거야?"

리푸레이가 잠시 머뭇거리다 물었다.

"맞아. 난 왕처럼 전생활불을 통해 내 의식을 자네 의식에 주입할 순 없지만, 이렇게 한번 죽으면 자네가 항상 〈타타르 기사〉를 기억해줄 테고, 폭넓은 서정이 자네 의식 깊은 곳의 바탕색이 될 테니까."

44

抒서 :
푸다, 표시하다

"좋습니다. 선택하기 전에 저도 할 말이 있습니다."

리푸레이는 위원왕후의 마지막 말에 감정이 동요할 겨를을 남기지 않고 곧바로 말했다.

"왕과 왕후의 견해를 받아들이지만 저도 제 의견이 있습니다. 의식결정체, 이동영혼, 의식공동체의 구조와 발전 추세에 따라 인류는 의식 차원에서 점점 하나로 융합될 것이고, 최소한 그럴 가능성이 높다는 데에는 논의할 여지가 없습니다. 하지만 중점은 융합과 동일화가 아니라 융합 및 동일화 '이후'에 있습니다. 그 점에 있어서 미래의 추세가 어떤가는 중요하지 않습니다. 미래는 올 것이고 어떤 추세든 실현될 테니까요. 중요한 건 실현 이후입니다. 아마 실현되고 난 직후에는 긴 세월 동안 새로운 것 혹은 과거의 것을 재가동할 가능성이 있습니다. 그리고 그 이후엔 왕의 생각처럼 언어의 서정 부분이 소진되고 순수한 소통 기능만 남거나, 더 나아가 언어가 인간 생활에서 완전히 사라질 것입니다. 이때는 개인이 타인과 완전히 동일화되어 개인도 없어지고 보통 사람도 없어지죠. 결국은 죽음이 사라지고 인류의 영생이 실현될 것입니다. 또는 왕의 다른 상상처럼 애초에 의식결정체를 이식받고 커뮤니티에 속함으로써 생멸이 없는 불후의 세계를 실현할 수도 있고요. 어쨌든 이런 식으로 영생과 불후를 실현하게 될 텐데, 문제는 여전히 '그 이후는'이라는 질문이 나오게 된다는 거죠. 영생하는 인간도 여전히 인간이기에 인류가 세상에서 사라지지 않는 한 우리는 끝까지 그 문제를 추궁할 것이고, 추궁할 수 있다는 것은 종말의 날이 아직 오지 않았다는 의미죠.

이렇게 무한한 추궁이 가능한 상황은 아킬레스와 거북이의 역설*과도 같습니다. 아킬레스는 설정을 벗어나지 않는 한 영원히 한 걸음 뒤처져서 거북이를 바라볼 수밖에 없죠. 따라서 저는 결론을 벗어나 좀 전의 표현을 부정해보겠습니다. 중요한 건 '그 이후'가 아니라 '그 이전'입니다. 즉 그 결과가 생기기 전, 그 추세가 실현되기 이전입니다. 왕은 모든 가능성을 소진하면 제국의 목표가 제대로 실현될 것이라 했지만, 우리는 시선을 앞으로 옮겨 가능성이 아직 존재하는 단계에 놓아야 합니다. 21년 전 쓴 수상연설 개요가 모든 판단을 결정하고 모든 선택을 재촉했고, 왕은 그것을 근거로

---

*   그리스 신화에서 발이 빠른 영웅으로 알려진 아킬레스도 거북이와 달리기 시합을 하면 앞서 출발한 거북이를 따라잡을 수 없다는 유명한 역설.

세계의 추세를 단정했으며 왕후는 의식공동체의 발전 수준을 인정했지요. 그 연설문 자체의 은유를 따져봐도 괜찮을 겁니다. 먼저 개요가 있었고 21년의 세월 동안 한 시인의 삶을 거쳐 내용이 쓰였습니다. 물론 실망스럽지만 기쁜 마음이 더 큽니다. 개요가 어느 쪽으로 치우치지 않고, 중간에 수명을 다하지 않은 채 내용을 얻었다는 건 어떤 설정보다 사람이 우선시되었다는 뜻이니까요.

왕후가 아까 저와 〈타타르 기사〉의 서정에 관해 대화한 내용을 언급했는데, 저는 지금도 굳게 믿습니다. 지난 며칠간 깊이 자극받았고, 지금 이 긴 대화를 통해 그 자극을 다시 주시하게 됐지요. 한마디 덧붙이면 개인이 됐든 전 인류가 됐든 결말의 존재를 의식하고도 두려워하거나 위축되지 않고, 어떤 가능성도 회피하지 않은 채 엉망이 될 '그 이후'의 국면을 통찰하면, 그 이후에 대한 다양한 시도가 조금도 약화되지 않을 겁니다. 통찰이든 시도든 성실하게 대하고, 절대 관중을 가공해 멋대로 공연하지 않을 것이며, 요행 심리로 게으름을 피우거나 지쳐 나가떨어지지도 않을 거고요. 이렇게 세상을 대하고 자신을 대하는 방식이 서정 아닐까요? 타타르 기사는 시간을 넘나들며 중첩된 시간의 현장에 등장했지만 사랑하는 소녀를 찾지 못했죠. 하지만 그는 기사가 되었고, 죽음의 소환을 들었을 때 거부하지 않았습니다. 위원왕후는 개요의 방향대로 나아갔지만 사실은 세상에서 깨달음을 얻은 시, 삶이 그에게 준 시를 쓴 것입니다. 왕이라 해도 왕후의 손을 붙들고 어떻게 쓰라고 명령할 순 없었습니다. 왕후는 조이녀를 사랑했고 그녀 때문에 기뻐하고 슬퍼하고 절망했으며, 여러 시간 속에서 시간 속으로 사라질 정서를 얻었습니다. 제국이라 해도 세밀한 부분은 기획할 수 없었고 왕후 대신 느끼는 건 더욱 불가능했죠. 왕후는 죽을 시기를 맞닥뜨리고 전혀 피하지 않았습니다. 그런 행동, 그런 인생이 바로 서정시가 아닐까요?"

리푸레이의 말이 끝나자 회의실이 잠잠해졌다. 침묵은 오래갔고 더 깊었다. 덩컨이 이글이글 타오를 듯한 눈으로 리푸레이를 쳐다보는 소리, 공유공간에서 왕과 위원왕후의 의식이 움직이는 소리까지 들릴 정도였다.

45

數수 :
세다, 탓하다

"푸레이."

왕이 먼저 침묵을 깼다.

"설명 고맙네. 덕분에 자네가 신임 국왕으로서 독보적인 후보라
는 확신이 들었어. 자네가 이 방대한 제국을 관리하게 되면 십만
명이 넘는 직원 운영을 이해하게 될 테고, 세상의 수십억 인구가
하늘의 별자리처럼 보일 거야. 아무 규칙도 없는 것 같지만 실제로
는 제국의 메인 컴퓨터를 중심으로 이들의 의식과 정보가 정밀하
게 회전하고 모이고 세차게 흐르고 있지. 내가 오늘 한 말이 망상
이나 허상이 아니라 충분히 고민해 도출한 결과라는 걸 느낄 때쯤
이면, 이것도 또 다른 유형의 서정이고 자네의 서정과 함께 인류를
위한 양 날개가 되리란 걸 알게 될 거야. 이 양 날개가 힘을 모아 어
느 쪽으로 날아갈지는 내 나름대로 확신이 있고, 결과가 어떻든 후

회하거나 두렵지 않아. 이건 내기가 아니라 제국의 서정이야. 좋아, 말은 이미 충분하고 남은 건 행동뿐이군. 이제 우리는 의식을 거행할 거야. 작은 카운트다운 의식이지. 카운트다운이 끝나면 제국의 2대 왕으로서 제국을 관리하는 일에 대한 자네의 결심을 듣고 싶네. 난 자네가 '하겠다'고 대답할 거라 믿어."

"저도 믿습니다."

덩컨이 말했다.

"나도 믿어요."

위원왕후가 말했다.

마침내 회의실의 광선이 완전히 사라지고 공유공간이 어두워졌다. 그다음, 공유공간에 세로로 줄을 지어 배열된 초록색 숫자가 나타났다. 숫자들은 콩콩 뛰면서 무수한 유령의 눈처럼 포위하고 쏘아보았다.

10!

9!

8!

7!

6!

5!

4!

3!

2!

1!

2부

개요

일러두기

2부 '개요'는 원서에서 중국어 시의 형식으로 표기되어 있으며,
이 책에서는 한국어 산문시의 형식으로 표기했다.

1. 운명

혈액이 날카롭다 손가락 끝에서 질식할 것 같은 긴밀함에서 누르다 불태우자 수술 칼이 해서는 안 될 의식을 끝냈다 선도하다 제대로 찾다 더 이상 봉합과 보수의 전주前奏로 삼지 않다 머물다 머물다 피부에 머물다 테스트하다 얼마쯤 일 센티미터도 안 되는 이 센티미터를 넘지 않는 제대로 찾았다 손가락으로 먼저 건드려보나? 그 위에서 눌러준 것을 느낄 수 있는지 조금 숨을 돌리다 살짝 흥분하다 반시간 전의 일이 조금 풀리다 ~의 치욕

앞으로 물러나다 한 시간만 추가하면 충분하지 문을 열다 마중 나가다 포옹하다 쓰다듬다 입을 맞추다 소유권이 확인된 몸에 도망가다 도저히 용서할 수 없는가? 도망가면서 계속 플래시백 물주의 면목 모호하다 분명하다 모호하다 분명하다 모호하다 추가 흔들리며 규칙적으로 효과 없는 노동을 하다 내 원한은 내부로만 향해 내 사람은 고정된 그림자에만 매여 있어 네가 그림자가 되는 걸 난 언제 허락할까

그러면 바로 여기야 가로로 핥다 전혀 아프지 않아 곧 선선하기만 할 거야 개미가 집다 빗방울이 떨어지다 얼음을 숯불에 비비다 제대로 당황시키길 기대해 당황하면 사람은

정말 무중력 상태가 돼 네가 기대한 현기증은 결국 오지 않았어 스 스 스 피를 토하다 예리한 혀 떠보다 정탐하다 출격하다 움츠러들지 않다 붐비지 않다 미약한 빛처럼 가는 얇은 조각으로 확산하다 복제한 칼날 반복해 미끄러지는 선선함 서늘하지만 모을 의도는 없음 끌며 불끈 솟아오르다 따뜻함 솟구침 축축해 눈앞이 아찔하고 정신이 혼미하고 머리가 어지럽고 눈이 침침하고 숨이 가쁘고 온몸이 떨리는 축축함 두 손으로 누를 수 없다

저항이 있다 숨긴 게 있다 상하가 균형 잡힌 장치는 예전부터 이랬어 사랑을 나누다 심란하다 슬프다 정욕 여러 가지 세심하게 차리다 침착하다 늘 지금처럼 침착하다 이와 같은 현악 첫 연주 역시 밀폐한 것으로 막다 내부의 저항 위로 향하는 폭포에서 솟구치는 피가 한 방울도 낭비되지 않다 뽑다 영혼은 예리한 액체의 형상이다 저항당하더라도 아래로 뚝뚝 떨어뜨리는 건 선택하지 않는다

만연하다 범람하다 이 순간 누가 어휘 선택을 주목할까 넘치지만 더 알맞은 규범이야말로 아무도 관심 두지 않는 문제 펌프 돌 밑에 물이 있다 진상이 밝혀지다 펌프질하다 삼백밀리리터 오백 삼천 오천 더 많아질 순 없나 내 부글부글 소리를 들을 수 있는 사람 더 없나 날 수면 밖으로 내놔 뜨다 나뭇잎 하나가 떠 있다 개미 세 마리가 탔다 재난을 지나가다 촉수를 부딪쳐 이대로 이별 작은 배가 떠 있다 물에 잠겼다 떠오르다 세 사람이 말없이 조용히 뱃머리에 앉

아 있다 육지에 충돌하는 게 바로 신호야 하나둘씩 뛰어내
리다 손을 흔들며 이렇게 안녕 푸른 산은 변하지 않고 항상
맑은 물이 흐른다 아 나무 침대 하나 들고 떠다니다 그가
없는 침대를 버리다 몸과 똑같은 기구 몸이 만든 그릇 시
간을 연마한 반석 여기에서 태어났어 역시 여기에서 떠날
거야 말하지 않아도 알아 여기에 안장될 사람은 없다 도중
에 갈아탄 것일 뿐 그냥 발단일 뿐 계속 울다 보니 달칵하며
스위치가 켜지다 스위치를 켜다 어둠 속에서 끄집어낸 덩
어리 예약할 수 없다고 딱 자르다 울음을 그치니 달칵 하고
스위치가 꺼지다 어둠 속으로 돌려보내다 구덩이를 남긴
사람이 채우다

당연히 내가 채워야지 수동 능동 누가 희한하게 스위치 틈에서
　　　얼마나 오래 울려 자기 손에 쥐고 싶지 않은 사람이 누가 있
　　　을까 누가 감히 시도할까 누가 그렇게 되길 원할까 기쁘지
　　　않아 원래 ~ 거야 잃어버리지 않았어 교묘하게 미로를 설
　　　치할 필요 없어 네가 밖에서 배회할 필요 없어 네가 문을 부
　　　수고 들어오지 않아도 돼 언쟁의 여지를 남기지 않아도 돼
　　　누구도 날 대신할 수 없어 당연히 구덩이를 남긴 사람이 와
　　　야지 이게 가장 쉬운 일이야

그 색깔을 신경 써야 하는 거 아닌가 그 속에서 감정이 생겼다
　　　그 안에 맛이 숨어 있어 거기에 생존과 죽음을 맡기다 색깔
　　　이 한눈에 들어오다 무시했어 다 무시했어 색깔을 어떻
　　　게 재나 항상 검붉은 색인가 처음 중간 마무리 짓다 색

333

깔이 영원히 똑같으면 여러 사람이 여러 시간과 여러 공간 여러 시대 여러 재질 여러 방향에 자리 잡은 입장을 어떻게 가늠할까 영향 면 아래 모毛 아래 가죽 아래 천 아래 걸러낼 수 있는 사람은 계속 걸러내 걸러낸 후의 색깔은 어떻게 다르지

이 남자 거기에 서도 되나 한 번 놀랄 만한 가치가 있나 그가 반응하면 필연적으로 연기가 되어버려 어둠의 양끝에서 눈으로 내 공연을 보고 있는 사람은 누구 그는 아니야 그는 어휘를 가지고 놀아 기술자 무속인 엔지니어 잡역부 씨 뿌리는 사람 사람들 환호하는 주례자 쥐죽은듯 고요한 지휘 팔꿈치에서 종횡무진하는 남자 형용사를 발라내다 명사를 보완하다 어망 수선에 푹 빠져 있는 남자 그것도 욕망 뿌리며 곧장 앞으로 끌다 삼십 년 이내 삼십 미터 밖 조금도 남기지 않고 그 사람이 그럴 가치가 있나 사랑한다는 말을 해야지

어 마침내 여유를 체험했다 나긋나긋하다 느슨하게 하다 아쉽지만 딱 한 번만 추적할 수 있어 계속하는 게 어때 함몰한다면 함몰하는 걸 누가 볼 수 있나 통가죽으로 수축되다 다른 사람에게 빌려주려 만반의 준비를 하는 모습을 묘사하다 쓸데없는 물건은 어떻게 처리하나 근육 뼈 림프 인대 연골 평평하게 압축되어 말 수 있어 포장하다 끈으로 묶다 여전히 쓸데없는 물건 여전히 쌓아둘 곳을 찾아야 하는 걸쭉해지고 나서도 계속 솟구쳐 나오면 좋지 피부가 뒤

집히면서까지 용솟음치다   연달아   내 새까만 불꽃과 흉터   당신들이 솟구친다면   꼬리가 뿌리를 삼키다   당신들이 솟구친다면   필히 거품이 될 거야   부풀어오르다   타원형   투명 밖으로 용솟음치다   이렇게 편하게 해   난 궁극의 무無를 추구하지 않아   그렇게 헛수고 하는 일은 없어   그렇게 뜻밖의 일은 없어   만물의 존경을 받지 못하는   난 무無가 싫어   논리적으로 연역해낸 모든 결론은 다 싫어   여유를 가지면   지속하는 화살이 지속적으로 뽑힌다   쟁쟁 살랑살랑   장신구가 댕그랑   몸이 가볍다   한   몸   가볍다   지금 빻고 있는 일 가장 미련이 가는   가장 연연하게 되는   이 여유를 위해

운명이라 말해도 될까   목숨을 아끼지 않다   목숨이란 얼마나 헛갈리는 것인지   이름   명분이 바르고 말이 사리에 맞다   어바른지 그른지는 말하지 마   바른 게 무슨 문젠가   이름이 있으니 실질이 있는 거지   이름은 어떤 사람이 무엇인가야   나 헤엄친다   난포다   역시 달걀   꼬리   너희가 봤을 때 꼬리가 생겼어   검은색   한데 모이다   얼뜨기들이 모였네   화살촉이 과녁을 둘러싸나   물결무늬가 둘러싼 원심圓心   지나치게 순수한 건 따르지 않아   그다음은 다리야   두 개의 뒷다리   난 뒷다리만 있어   앞다리는 시간의 움직임 속에 두 손으로 퇴화됐다   역겨운 두 손   적어도 오늘 해야 할 일은 했어   너희를 용서할게

더 있어?   날 물속에 담갔다   내가 날 물속에 담갔다   선혈 목욕   자기 피니 받아들이지   이 비린내   이건 걸쭉해   기쁘다   나

에게 싸였어   난 아래로 전부 침입할 수 있어   코와 입이 있어
본 적이 없어   다시 체내로 재진입   완벽히 순환   사계절처럼
춥고 따뜻한 변화도 있어   건조와 습윤   이렇게 말라서 굳어
지다   거푸집이 되었다   주형이 되었다   내가 벗은 몸뚱이를
주조하다   박리할 수 있나   피부에서 가죽 한 겹을 벗겨내다
내 몸에서 나 하나를 벗겨내다   이제 만족해?   이제 나도 위
안이 된다   네게 나 하나를 줄게   나 하나가 남았어   완전히
내게 속한 나   완전히 네게 준 나   완전히 나 대신 널 사랑해
완전히 날 위해 죽다

나 아직 있나?   희석했다   날 희석했다   날 희석한 느낌   날 희석
한 몸   날 희석한 농축   날 찾을 수 없어   부글부글   주룩주
룩   뚝뚝   희석되어 소리만 남았다   소리도 아무 것도 없을
때까지 희석되다   산산조각 난 환청   응   원래 추워지는 거였
군   안에서부터 추워져   층층이 굽이굽이 얼어붙네   위에서
아래로   아래에서 위로   서로 충돌   심장에만 온기가 남아 있
다   아직 허약하게 뛰고 있어   내 희석된 영혼을 펌프질하다
이 전부가 얼음장처럼 차가워졌어

어   잃어버렸다   마지막 작은 확신도 잃었다   날 기다리고 있어
난 녹고 있어   녹아서 안과 밖이 구별되지 않는 예리함이 되
었어   난 네 둥근 연잎 위로 떨어질 거야   난 네 액체 안으로
돌아갈 거야   사랑하는   사랑하는   사랑하는 엄마

응애응애   응애응애   응애응애응애

응애

2. 나의 말馬

우리 엄마는 무거운 짐을 짊어지는 말이다　아시아 흙의 말이다
굽이진 강 오른쪽 둑의 말이다　달에서 청동으로 만들어진 말
이다　유성이 괴멸하며 하늘 끝 흰 구름을 반들반들 닦은 말
이다　열다섯 살에 혼자 맞으며 서울로 간 말이다　바위 깊은
곳에서 깊게 자며 누군가 열람해 깨워주길 기다리는 말이다
세 번 수난을 겪고 세 가지 행복을 가진 말이다　사랑을 식사
로, 시로, 잠으로 여기는 말이다　순수한 식량을 얻지 못한 말
이다

나의 말은 철도 레일을 걷는 말이다　절대 몸을 숙이지 않고 쿵 하
는 소리에 귀를 기울이는 말이다　하나의 직선에 네 발굽을
나란히 하고 동시에 들어 올렸다 동시에 내려놓는 말이다　딱
따구리가 안에서 벌레를 꺼내듯 열심히 집착스럽게 침목 위
구멍을 두드리는 말이다　매우 가지런한 자갈을 밟으며 편자
에서 딩딩 소리를 내는 말이다　춤추는 자태가 나긋나긋하고
왼쪽으로 세 걸음 뛰어넘었다 오른쪽으로 세 걸음 뛰어넘는
말이다　문명 전체의 열쇠 구멍을 건너듯 평행선을 따라 한
도시를 건너는 말이다

나의 말은 고전의 숲 깊은 곳에서 잃어버린 말이다　물로 흰 몸과

흰 신발을 껴안은 말이다   노동 구령을 듣고 온몸이 가려워
불안해하는 말이다   인부 옆에서 콧김을 뿜으며 거품을 내던
지는 말이다   성벽 저쪽에 서서 활시위를 당기는 말이다   붉
은 벽돌 초록 기와 샛길의 푸른 돌판 길에서 배회하는 말이다
촛불을 켜고 희미한 빛 아래에서 눈이 오길 인내심 있게 기다
리는 말이다   은 사발에서 눈꽃을 핥는 빨간 혀가 가끔씩 사
발 둘레에 부딪히는 말이다   새소리를 들으면 저도 모르게 고
개를 들고 찾는 말이다

나의 말은 보리 수염에서 전율하는 말이다   엽초와 잎과 엽편을
판별할 수 있는 말이다   보리알이 땅에 떨어지면 십 리 밖에
서도 보리 냄새를 맡을 수 있는 말이다   수타면 도삭면 탄탄
면 초계면과 사랑에 빠진 말이다   끝없는 보리밭을 바라보며
반 고흐를 떠올리는 말이다   보리 뿌리를 잡고 불같이 화를
내는 말이다   속이 빈 보릿짚으로 유리 도시를 불 수 있는 말
이다   보리 껍질로 몸을 감싸도 전혀 한기를 느끼지 않는 말
이다   보리 한 알을 높이 들고 그것이 시간에 태워져 씨앗이
되길 기다리는 말이다

나의 말은 열대에서 냉동 맥주를 실컷 마시는 말이다   마신 서늘
함이 모두 눈물이 되어 동그랗게 뜬 눈에서 흘러나오는 말이
다   얼음이 심장에 들어가 온몸을 움직일 수 없는 말이다   스
스로 난방이 된다 허풍 떨며 오른쪽 앞발굽의 딱딱함을 녹이
는 말이다   맥주잔을 놓고 냉소 지으며 거대한 아이스크림으
로 변한 말이다

나의 말은 온갖 풍상을 겪고도 여전히 사랑에 성심을 기울이는 말
이다   늘 노래하지만 얻는 것이 있는지 없는지는 한 번도 신
경 쓰지 않는 말이다   모든 애인을 밧줄로 엮을 수 있다고 망
상하는 말이다   애인의 비밀을 내뱉고 내뱉은 비밀이 땅에서
싹을 틔우는 말이다   애인을 높은 산에 심고 바람 잘 드는 양
지바른 산비탈에 심는 말이다   애인과 함께 초원으로 돌아가
남쪽으로 가는 애인을 눈으로 배웅하는 말이다   자매가 출가
하는 밤에 방바닥을 파서 만든 화로 앞에 홀로 앉아 갈기를
불에 쬐어 말리는 말이다   생일 때마다 축복을 올릴 계획이
었지만 실제로는 딱 삼 년만 실행한 말이다   미친 듯 달리는
다른 암말 네 필을 되찾아 어머니 자궁으로 보내고 싶어 하는
말이다

나의 말은 교실에서 조용히 듣는 말이다   잡지에 빨간 펜으로 온
통 선을 긋는 말이다   동료와 함께 차를 마실 때 그들이 내뱉
는 차 찌꺼기가 싫어 울고 싶은 말이다   하루 또 하루 수업 준
비를 하며 두 페이지가 중복되는 걸 허락하지 않는 말이다
시험으로 호우豪雨를 소환하려 준비하는 말이다   학생들을 이
끌고 칠판에서 금화를 캐는 말이다   공포 이야기를 하기 전에
비명을 지르는 말이다

나의 말은 기차를 맞이하려 질주하는 말이다   머리의 가지 모양
큰 뿔이 떨어지는 것도 불사하며 머리로 기차를 들이받는 말
이다   기차가 누르고 지나가 드러누워 한 장의 지도가 된 말
이다   피가 사방으로 튀어 차바퀴에 매화를 새긴 말이다   기

차를 되받아쳐 뒤로 물러나 창고로 들어가게 한 말이다　열여
덟 토막을 전부 기차에 넘기려 미리 준비한 말이다　모든 행
위가 기적 소리를 울리기 위한 말이다　뼈가 부딪혀 깨졌을
때 직접 본 사람이 아무도 없는 말이다　삼월의 증거는 못 찾
았으나 다행히 사월에는 예전처럼 잔인한 말이다

나의 말은 니체가 목을 껴안고 비처럼 눈물을 흘린 말이다　톨스
토이처럼 문턱에 앉아 구두를 수선하는 노지주가 되고 싶은
말이다　병상에 누워 휠덜린과 전 유럽 대륙을 횡단하는 말
이다　보들레르와 함께 철야하는 말이다　마르크스와 비트
겐슈타인을 팔아 돌멩이와 넓고 길게 낀 안개로 바꾸려 계획
하는 말이다　무화과를 낄 때 랭보를 끼는 것과 같은 쾌감을
느끼는 말이다　옥수수 밭에서 옥수수 잎을 따 세르게이 예
세닌*을 먹는 말이다　셸리를 한 손으로 꽉 쥐는 말이다　푸
시킨의 신발을 신고 싶으나 네 발에 골고루 분배하지 못하는
말이다

나의 말은 어두움이 대낮 내부에서 떠오르는 걸 목도한 말이다
불이 물 내부에서 떠오르는 걸 목도한 말이다　새가 날개 내
부에서 떠오르는 걸 목도한 말이다　죽음이 대성통곡 내부에
서 떠오르는 걸 목도한 말이다　추위가 색깔 내부에서 떠오르
는 걸 목도한 말이다　아기가 치아 내부에서 떠오르는 걸 목

---

*　　러시아의 시인. 농촌 생활을 노래한 서정시와 러시아 민중의 역사를 그린
서사시로 유명하다. 이 단락의 이름들은 모두 유명 문필가의 이름이다.

도한 말이다　사과가 배 내부에서 떠오르는 걸 목도한 말이다
하늘이 평원 내부에서 떠오르는 걸 목도한 말이다　잃어버린
배가 하류河流 내부에서 떠오르는 걸 목도한 말이다　질주가
도로 내부에서 떠오르는 걸 목도한 말이다

나의 말은 복숭아꽃에 가본 말이다　배꽃을 잔뜩 떨어뜨린 말이
다　빗물에 흠뻑 젖은 말이다　살구꽃을 딴 말이다　귤꽃을
벗긴 말이다　국화를 뜯은 말이다　울금향을 빼앗은 말이다
장미를 절취한 말이다　석류화를 훔쳐간 말이다　작약을 묻
은 말이다　치자나무 꽃을 흔드는 말이다　자스민을 담그는
말이다　봉선화를 바르는 말이다　호접란에 뛰어오르는 말
이다　자등꽃을 흔들거리는 말이다　냄새를 들이마셔도 죽
지 않는 말이다　물보라를 피하는 말이다　모란의 밑에 고정
된 말이다

나의 말은 고원으로 떨어지는 말이다　광활한 고원의 바람으로 떨
어지는 말이다　염호에서 농도가 가장 높은 물방울에 수감된
말이다　해발이 높아지면 혈압이 떨어지는 말이다　제거할
수 없는 두 송이 빨강으로 떨어지는 말이다　사흘 밤낮 빙글
빙글 마니퇴**를 돈 말이다　펄럭거리며 나부끼는 깃발을 지난
말이다　보리로 술을 빚어 야크와 함께 마시는 말이다　기시
감을 가져올 수 없어 논의 중 나타나야 하는 말이다　일 미터
눈이 쌓여 문이 폐쇄된 곳으로 떨어진 말이다

**　　티베트인들이 마을 주변에 돌로 쌓은 탑.

나의 말은 불꽃을 응시하는 말이다   불꽃을 삼키는 말이다   불꽃이 복부에서 오래 타며 꺼지지 않는 말이다   불꽃 앞에 두 앞발을 꿇고 엎드려 숯에 입을 맞추는 말이다   불꽃에 대한 견문이 있어 익혀 먹는 것이 익숙한 말이다   선천성 시각장애를 앓아 불꽃이 따뜻한 색에 속한다는 것만 볼 수 있는 말이다   불을 놓아 초원 전체를 태운 후 계속 불꽃을 쫓는 말이다   불꽃에 대해 심각한 정신적 애착에 빠진 말이다   불꽃에 식욕을 잃은 말이다   눈빛이 불꽃과 같이 불꽃을 꿰뚫을 수 있는 말이다

나의 말은 길을 걸으며 큰 소리로 노래를 부르는 말이다   클라리넷을 불며 반주하는 말이다   경적을 울리는 말이다   노랫소리로 뒤에 바짝 쫓아오면서도 발소리가 없는 코끼리를 쫓아내는 말이다   늘 가사를 기억 못 해 허밍으로 대체할 수밖에 없는 말이다   곡조도 안 되는데 기어코 큰 산 두 개를 끝까지 노래하는 말이다

나의 말은 위가 텅텅 빈 말이다   위액을 너무 소진해서 벽이 마모된 말이다   위 둘레에 귤 두 개를 놓은 말이다   귤이 짓눌려 빈대떡 모양의 즙이 되어도 짜지 않은 말이다   밤하늘로 던져진 귤 씨가 가로로 걸쳐 별이 된 말이다   싱싱한 풀은 무시하고 쇠못과 원형 너트에 불친절한 말이다   복부가 꺼지는 것이 말라버린 우물보다 낫다고 느껴야만 하는 말이다

나의 말은 종이에 투과된 불빛에 먼지가 떨어지는 말이다   대나무가 땀을 구워내는 말이다   잉크가 찍찍거리며 자기 발가락 끝

을 물어뜯는 말이다　등에서 가장 매끈하고 평평한 피부에 낙서하는 말이다　발자국이 후대 고고학자 손에서 반복적으로 말세 징조가 확인되고 해석된 말이다　견갑골이 타 금이 간 말이다　뒷걸음치며 앞으로 나가면서 모래밭과 눈 위에 남은 흔적을 지우는 말이다

나의 말은 의기양양한 말이다　낙담한 말이다　실의에 빠진 말이다　시끄러운 말이다　내향적인 말이다　원한을 품은 말이다　허풍을 떠는 말이다　기만하는 말이다　통곡하는 말이다　애도하는 말이다　슬프게 우는 말이다　분노하는 말이다　기뻐하는 말이다　오만방자한 말이다　신중한 말이다　쓸쓸한 말이다　외톨이가 된 말이다　수줍어 얼굴을 붉히는 말이다　결핍한 말이다　도전하는 말이다　원망하는 말이다　비난하는 말이다　박탈하는 말이다

나의 말은 작은 술집에 들어가 주인에게 절하는 말이다　수증기와 연기가 자욱이 피어오르는 홀에서 원고지로 궐련을 마는 말이다　아름다운 구름에 수놓인 노을을 훅 들이마셔 체내로 삼키는 말이다　공짜로 낭송하고도 사람들에게 무시당하며 쫓겨나는 말이다　한담 중인 사람들을 보고 반가워서 끼고 싶어하는 말이다　한 주먹에 으스러뜨려 세상 사람들 마음을 뒤흔든 말이다

나의 말은 저녁 무렵 장안성에 한기를 더하는 말이다　맑은 산수에서 흐르는 말이다　석양이 무한히 좋은 말이다　광대한 사막에 한 줄기 연기가 곧게 오르는 말이다　변방 풍경을 바라

보는 말이다   저녁에 일어나 서로를 그리워하는 말이다   날
이 저무니 청산이 더욱 멀게 보이는 말이다   흰 머리를 긁으
니 자꾸 짧아지는 말이다   좋은 일은 조용히 자신만 아는 말
이다   담소하다 돌아갈 줄 모르는 말이다   배를 멈추고 잠시
묻는 말이다   저 물결이 약속을 잘 지키는 줄 진작 안 말이다
생전에 꿈에서 본 것과 같은 말이다   서교에 오랑캐가 번성했
던 말이다   앉아서 낚싯대를 드리운 자를 보는 말이다   청운
靑雲에 새가 나는 것을 부러워한 말이다   아쉬움을 나누며 이
별주를 마시는 말이다   여기저기 떠돌며 여생을 보내고 싶어
하는 말이다   매일 해질 무렵에야 돌아오는 말이다*

나의 말은 턴테이블에서 회전해 사용 가능한 식기가 된 말이다
하늘에서 나는 제비를 밟은 말이다   흐르는 물에서 두 눈과
두 귀를 씻은 말이다   찻잎 두 광주리를 등에 싣고 밤에 험한
산길을 가다 끝내 길을 막아선 강도를 만난 말이다   살을 빼
아무리 가져도 다 가질 수 없고 아무리 써도 다 쓸 수 없는 곡
식 단지가 된 말이다

나의 말은 하나가 둘로 나누어진 말이다   쪼개져 선사시대 화석이
된 말이다   부서져 도시 변두리의 종잇조각 석탄재 피투성이
로 얼룩진 쓰레기 더미가 된 말이다   쌓아올려져 가장자리가
누렇게 시들고 가을바람이 소용돌이치면 언제든 바스러져 입
자가 될 낙엽더미가 된 말이다   부품을 다 털려 다시는 완제

*　　이 단락의 문장은 모두 유명 고시(古詩)의 시구를 인용한 것이다.

품으로 조립될 수 없지만 본인은 가까스로 규정에 맞춰 다닐 수 있는 말이다 파쇄기에 들어가 몸의 먹물을 제거하고 다시 하얘진 말이다

나의 말은 고개를 숙이고 소파에서 헤헤 웃는 말이다 창문에서 햇빛이 비스듬히 들어와 모피에 비추는 말이다 나비가 콧잔등에 머물며 날개를 접으면 회오리바람이 일어나는 말이다 스킨답서스 잎이 귀에서 뻗어 나와 가려운 곳을 긁어주는 말이다 벽의 세로 족자의 모든 글자를 확인하며 소리를 내려 애쓰는 말이다 껍질을 다 벗긴 후 과일과 껍질을 같이 입에 털어 넣고 씹어 원래 형태로 되돌린 말이다 차를 탄 후 뚜껑을 여는 순간 찻잎 한 움큼을 따는 말이다

나의 말은 재갈만 씹을 수 있는 말이다 철제품이 입에서 시퍼렇게 녹슨 자국이 오랜 세월을 거쳐 곰팡이 냄새가 나는 말이다 가죽 채찍으로 부리는 것만 받아들이고 다른 방식은 완전히 헛수고이며 흥미를 갖지 못하는 말이다 떨어진 편자를 주워 꼬리에 붙들어 매어 적합한 대장장이가 다시 박아줘야 하는 말이다 삼십 년이 지난 후 하룻밤 새 튀긴 돈가스처럼 낯설어진 말이다

나의 말은 부모를 고향에 버리고 초빙에 응한 말이다 다른 부모를 만든 말이다 형제자매를 선택할 수 있는 말이다 고개를 숙여 물 마시기 편하도록 문 앞 물굽이를 이 킬로미터 밖으로 옮긴 말이다 육십 세에도 집을 지은 말이다 이름을 새기는 것으로 조카를 돌보기에 충분한 말이다 날개를 활짝 펴고

텔레비전 두 광주리를 등에 싣고 돌아온 말이다 성과 이름을
바꾼 후 부모 뒤를 따라 조상의 무덤으로 돌아갈 수밖에 없는
말이다

나의 말은 깃발이 된 말이다 사람에 의해 순조롭게 돌 돌도끼 돌
난간으로 쓰인 말이다 들어 올리면 하늘을 찔러 구멍을 낼
수 있는 말이다 누구나 침을 뱉을 수 있지만 모두 그 사람 멱
살로 돌아가게 하는 말이다

나의 말은 친구를 부르는 말이다 남에게 손해를 끼치고 자기 이
익도 추구하지 않는 말이다 남으면 환급하고 부족하면 더 받
는 말이다 왕개미가 큰 나무를 흔드는 말이다 방문에 대해
답방하지 않는 말이다 황금빛과 푸른빛이 휘황찬란한 말이
다 밤마다 풍악을 울리고 노래 부르는 말이다 없는 죄를 씌
우는 말이다 제 도끼에 제 발등 찍히는 말이다 부담을 이겨
내지 못하는 말이다 금의환향한 말이다 무리를 지어 나쁜
짓을 하는 말이다 찔끔찔끔 단속적으로 일을 처리하는 말이
다 자신을 위해 이용하는 말이다 법조문을 왜곡해 부정을
저지르는 말이다 경비가 삼엄한 말이다 문장이 화려한 말
이다 풍월을 읊는 말이다 해박한 학문을 쉽게 드러내지 않
는 말이다 소리를 듣고 형태를 분간하는 말이다 마음이 트
이고 기분이 유쾌한 말이다 만감이 교차하는 말이다 선의
로 남을 돕는 말이다

나의 말은 새벽녘 그림자처럼 여위고 허약한 말이다 머리카락이
새까맣고 바람에 어깨에 산발한 듯 헝클어진 말이다 플라스

틱 테 안경을 코에 걸면 얼굴이 반쯤 가려지는 말이다 키는 영원히 망아지 같은데 앞다리를 들면 너무나 성인 남자 같은 말이다

나의 말은 꿈을 진보의 방향과 동력으로 삼는 말이다 언어 연금술에 숙달한 말이다 황제와 어깨를 나란히 할 수 있는 말이다 무수한 좁은 문을 검문소로 삼는 탄탄대로에 있는 말이다 횃불을 높이 든 말이다 감방과 교도소를 머리에 쓴 말이다 칼날을 핥아 달에 결국 혀를 베인 말이다 태양을 높이 들어 쿵 하고 태평양 서부에 던진 말이다 승산이 있다 생각했으나 연속으로 패퇴한 말이다 자녀를 낳고 기르는 동시에 러브 에그_{love egg} 와 멀구슬나무도 낳는 말이다

나의 말은 당신들의 말이다 당신들 모든 사람의 말이다 당신들이 유린하더라도 자신의 매끄러운 입술에 절대 피 모금 남기지 않는 말이다

3. 머릿속의 거미줄

말할 필요 없어 슬픔이 나를 꿰뚫었어 지난날의 온정 내일의
　희망 세상에서 보기 드문 말이 기차에 부딪혀 날아가는 순간
　바로 꿰뚫었어 난 아직 참고 있어 아직 기다리고 있어 영
　상이 잔존하고 이미 거미줄을 지나갈 때까지 유착된 그리고
　이미 벗겨진 거문고 줄처럼 원래 자리로 돌아온 거미줄 아
　득한 음은 사라지고 무형의 자신이 쓰러지는 걸 겨우 허락
　하다

쓰러져서 다시 일어날 준비를 하지 않다 그렇다고 근심이 없는
　건 아니다 세상에 있는 사람 제멋대로 굴게 한 번만 허락해
　줘 너희는 알아야 해 상상하기 전에는 쉽지 그 안에서 구
　애를 받는 게 얼마나 어려울까 더군다나 그 위에 꽉 묶여
　말이 나를 에워싸고 질주할 수 있다 해도 밤의 횟수만큼 왕
　복해 딱 그만큼 중복 때문에 지루해 말아 미안해 넌 아직
　애야 네 수정水晶의 생각 루비의 심장 할머니의 초록색 엉
　킨 마음 일목요연 진귀하고 희소한 것도 여기에 있어 난
　역시 널 탓해야겠어 딱 한 번만 탓할게

바스락바스락 거미가 진동을 느꼈다 스스로 다스리는 통치자가
　오십여 일 만에 각성하고 중앙지역으로 왔다 여덟 개의 가는

다리   모든 다리는 강모剛毛를 사용해   세수하는 시간에 찌꺼기로 변할 수 있는 환상   지금   숨겨진 소식을 전부 감지했다   그는 천지에서 오는 소식을 받아들인다   죽어도 인색하게 굴지 않다   북방이 숨길 수 없는 소식을 보내오다   그는 아직도 기다리고 있다   미약하게 버티며   사소한 일로 전체 네트워크를 놀라게 하다   바스락바스락 한 움큼씩 떨어지는 머리카락   손톱   각질   무수히 붙이다   계속 떨어진다   하지만 그가 행동을 취하는 것을 방해하지 않는다   신속히   소리 없이 집게발로 발가벗어 매끈한 영혼을 사로잡다   독액을 주입하다   연해지다   신선도를 유지하다   반신불수를 비웃을 수 있을 만큼만 의식이 마비되다   한 순간 뼈가 없는 걸 기뻐하다   여덟 개 다리가 민첩하게 움직이다   초일류 서커스 배우의 공연 땜빵   항아리 안에 둘을 하나로 합친 연인이 산다   회전하다   빙빙 돌아 현기증을 일으키다   비틀비틀거리며 호흡을 참다   구토를 참다   추측할 수 있는 억제

끝다   살육은 반드시 익숙한 곳에 둬야 한다   익숙한 방식으로 진행하다   누가 와서 검열할까   누가 얻는 것보다 잃는 게 많을까   탐식의 성연과 그의 관계가 아직 청산되지 않았거든   보약 한 방 더 놓다   영혼은 옷차림을 신경 쓰지 않아   기회를 빌려 편안함을 보상하다   결국 될 거야   당황에서 성의를 잃게 될 거야   단언하다   단언하는 근거는 어디에 있니   지금은 확실히 말할 수 없어   어려운 일을 너무 억지로 강요하는 거 아닌가   쓰러진 내 몸이 아직 꿰뚫고 있다는 걸 잊지 마   좋아

계속 말해 거미   그는 우쭐거리며 뽐내다   그는 비현실적으로 이상만 높다   그는 말을 탓하는 것에 동의하지 않는다   그는 한 번에 습격했다   정확한 한 번의 포획으로 네 입을 다물리다   이런 일들을 거미가 어떻게 이해해   당연히 그만의 관로管路가 있지   경시할 수 없다   절지동물의 가소로운 자존심에 불과하지

내가 말해야 하는 거 아닌가   맞아   외모가 준수해   성격이 온화해   대폭발 이전의 세상처럼 말끔해   맞다   깨끗하다   다른 건 다 중요하지 않아   꼭 내 서류에 명기해주세요   서류봉투에도 명시하다   깨끗하다   툭   이 두 글자는 늘 나를 따라다니게 되어 있어   그게 전부야   그런 건 없어   어떻게 말해야 하나   유심唯心   이런 명사를 빌려 쓰는 걸 용서해주세요   흉금   도량   재능   학문과 수양   견식   물론   모레면 습득할 수 있어   어떻게 깨끗할 수 있어   표시된 모반   어떤 범위 어떤 밀도 어떤 색깔   부착물이 딱 붙어 있는지 아니면 백옥같이 하얀지   생각한다고 되는 게 아니야   넌 이해하지?   꼭   내가 의로운 일은 사양하지 않고 나선다면

의미가 있지   신경 말초도 다 그럴 것 같아   이름이 뭐야   경추는 괜찮아   경추는 괜찮아   액체 상태로 연해지다   그에게 먹으라고 주다   마지막 한입은 뭘까   한 줄기 빛   낭만주의표의 우리 적당한 정도에서 그치자   너도 천사의 대열에서 부른다면   개가 들으면 뭐 어때   경선과 위선에서 바쁘다   운명으로 정해진   우리 그냥 이렇게 간단하게 말하자   꼼꼼하지 않아

도 괜찮아   솔직담백해도 좋아

침대   침대로 가라고 다시 말해   눈은 뜰 수 없는데 눈동자는 돌아가면 무슨 소용   입은 열 수 없는데 혀는 휘저어 무슨 소용   영혼은 자유롭지 않은데 신체가 감금되면 무슨 소용   그래서 침대로 가야 해   탄수화물을 싣고   전심으로 당분 추출을 완료하다   양분의 전환   침대 판   종려잎 매트리스   침대 시트   이불   이불 커버   난 순순히 가운데 누워 오십 일간 샌드위치 속 신세를 감당했다   잘 협조했잖아   자동으로 거미 입속으로 들어갈 만큼 협조했어   걔는 근육과 뼈를 쓰지 않아   정신을 소모하지 않아   쉽사리 손에 넣을 수 있다   틀렸어   쉽사리 다리에 넣을 수 있다   어디 무슨 애한哀恨이 있어   네 꼴 좀 봐   사람을 그렇게 작게 생각해서 무슨 이득이 있어   그럴 필요 없잖아

맞아 맞아 맞아   사소한 일에 얽매여서 뭐 해   그럼 내가 사과해야지   그 회의가 아니면   날 기억해달라는 목적의 회의   내 존재감을 드러내다   이 길에 그런 일인자가 있다니   가정   휴가를 결혼 날짜로 바꾸지 않았다면   심지어   만약   이 텅 빈 도시가 너무 분주해서가 아니라   시간이 여기에서 멈출 거야   거미가 여기에서 멈출 거야   빈틈은 다음에 보완하게 남겨둬   네가 이렇게 제멋대로 굴도록 놔두지 않을 거야   진작 발각됐지   그런데 거리가 정말 문제가 됐어   북쪽으로 수십 킬로미터   이건 생과 사의 거리야   이제 괜찮아졌어   내 차례가 되면 네 모든 물품을 옮길게   기재해서 책자로 만들지 않았네

부문별로 나누지 않았네   문 앞에 심은 녹나무   너희 아버지
가 말씀하셔   원래 계획은 스무 살 때 베는 거였어   톱을 바
꾸다   상자로 만들다   장   옷걸이   결혼할 때 신혼집에 놔둬
그렇게 번거로울 필요 없잖아   가져와서 원고를 쌓으면 되겠
다   손으로 쓴 것   잘 보관한 노트북   활판인쇄한 것   서화첩
으로 만들다   책인 척하다   허영심의 파생품   베낀 것   임종
을 지킨 사랑의 부산물   양쪽 다 쓸 수 있는 카드   대충   이하
李賀*가 사용했던 비단 주머니와 똑같아   필체가 지저분해   머
리가 어수선해   단어가 난잡해   조각과 입자가 섞인 것   새벽
까지 밤을 샌 헛 생산   구속성 있는 기율을 준수하다   보수는
복숭아꽃이 피는 것   거둬들이자   종잇조각도 가만두지 않아
쓰레기통도 가만두지 않아   타서 재가 된 물로 쓴 글자도 가
만두지 않아   신발 끈을 묶을 수 있어   스웨터는 포장돼   슬
픔이 자전거처럼 멈추지 않아

세상에서 잊히기 전에 정리해   문자가 문자로 돌아가도록   종이
가 종이를 수행하다   목록 작성은 세상의 개요를 작성하는 것
세상의 피를 작성하는 것   기존 관례를 고수하는 일과 휴식에
도전하다   정해진 부두를 풀어놓다   소용돌이 중간에 외로이
떠 있는 배를 단단히 매다   천연의 비린내와 악취를 씻는다
는 의미   반주하는 피콜로를 모방하다   등거리等距離의 소리
를 내다   서신들이 시인이 전파한 복음을 증거했다   답례 선

---

*   초자연적 소재를 시에 애용해 '귀재'라 불린 당나라 때 시인.

물은 신선하지 않은 냉담함   시대는 따져 책망할 게 없다   누구도 섣불리 불평하지 않아   명백히 북쪽으로   딱딱하게 남쪽 벽을 들이받았다   분명히 술을 마셨다   한마디에 잔뜩 성이 나다   구름이 피어오르고 노을이 비끼다   또 무슨 방법이 있을까   씨앗은 최대한 구덩이에 던지면 돼

그다음은 장례다   마침내 이 단계에 도달했다   다음 일은 자세히 말하지 않아도 돼   구슬프다   슬피 울다   슬퍼서 기절까지 했다   웃기면 웃기는 거지   놀이는 계속해야지   놀이 정신은 더욱 더 발전시켜야지   만일 그렇지 않다면   난관을 어떻게 극복하나   사람마다 하천 둑에서 걸어   다들 강물이 세차게 흐르는 걸 내다보는 건 일도 아니지   불속으로 보내다   불의 품이 가장 순결한 의식을 주도   남의 말을 흉내 내다   깨끗함을 여기에 쓰는 건 부적당하지 않아   알몸뚱이로 오가는데 또 알몸뚱이가 있네   끝없이 하얀 대지도 결국 끝없이 하얘   불이 타서 아무것도 남지 않았어   이건 모든 것을 기원해야 뽑히는 행운이야   그러나 불가능해   너무 높은 온도는 낭비로 간주   그리워할 무언가를 남기는 건 좋은 일이야   아들이 생겼으니 상복을 입고 상장喪章을 달아야지   머리가 부딪혀 반나절 동안 일어날 수 없었어   눈물 콧물을 닦다   그러나 불가능해   백발인 사람이 흑발인 사람을 껴안는 회색 물질   그것도 망상이야   정말 차를 렌트하게?   차로 천 리를 가다   관을 들고 고향으로 돌아가다   구경꾼 눈에 돌아간 건 우스갯거리에 불과하지   말해봐   즐거워   말뿐인 실속   대응해야지

한쪽이 불행을 당하면 역시 슬픈 법이잖아   그 종류로 가는 게 어
　　찌 그렇게 간단할까   중의 얼굴도 부처님 얼굴도 다 안 봐   간
　　담이 서늘해지는 선택에만 꽂혔다   그게 그들이야   그들은
　　사람들 뒤에 숨어 있어   슬픈 가면을 쓰고   통곡하며 눈물을
　　흘려   말로 형용할 수 없는 후회   연기일 뿐   은발 한 가닥으
　　로 사자인 체할 수 있나   돈을 내는 건 문제없어   거절하고 싶
　　고 그들 얼굴에 던지고 싶어   그러나 불가능해   의존할 곳은
　　많아   날 꿰뚫어서 분이 가라앉지 않아?   한 몸으로 연결하는
　　건 진심으로 원하던 바 아닌가?   어찌 됐든   넌 이 명사로 정
　　해졌어
시부렁시부렁   끝이 없어   거미가 아직 기다리고 있다는 걸 간과
　　했어   힘들게 줄을 쳤는데 모양이 안 나   역시 생계   갑자기
　　명중   밤낮으로 경영입지를 다지다   지류가 모이는 순간 모
　　호하게 한 덩이가 됐어   범람하다   한곳으로 모인 수류의 힘
　　이 놀라워   혈액이 병류並流하면 생명을 인계해야지   침식의
　　힘으로 둑을 무너뜨리다   골짜기를 평평히 다지다   특별히
　　부드러운 걸 골라 정밀히 착수하다   뒤돌아서서는 간판만 바
　　꾸다   여덟 개 다리에서 열여섯 개 다리가 생기다   서른두 개
　　예순네 개   64는 전부를 상징해   물론 계속 셀 필요 없어   이
　　이*의 놀이를 누가 참을성 있게 손을 꼽으며 이어나갈까   천
　　지신명을 휩쓸어버리다   혼돈으로 복귀하다   혼수상태는 무

*　　　노자의 실명(實名).

위無爲의 의식상태다　비틀비틀은 유위有爲의 개체 구조다　양
자택일로는 토끼 잡기의 함정을 피할 수 없다　그래서 중단하
다　그래서 어두운 곳을 차지한 추종자가 되었다　이렇게 헌
신했는데 누가 예상했겠어　난 그 제안을 부정해　그리고 부
정도 부정되었어　미리 똑똑히 봐　이건 핑계도 아니지

내 당위적인 교대로 돌아왔다　잘 정리된　뜻밖의 일이 생기지 않
으면　차를 타는 대신 천천히 걸으면 노년에 들어서도 별도로
언급할 필요가 없어　말은 노쇠해서 질 수 없어　단지 나침반
역할만 할 순 없어　말의 운명은 달리는 거야　그냥 달리는 거
야　나중에 우화된 발 없는 신체가 여기에서 사랑을 위해 불
에 탔어　그러나 가정을 위해 불에 탄 말은 상상을 초월해　기
대도 초월했고　나 할 수 있어　아내는 부드럽고 완곡하거나
사납다　아들은 부르쥔 주먹을 뻗는다　딸은 부드러운 손바
닥을 펼친다　늙은 부모님은 노년을 편히 누린다　손자의 재
롱을 보며 편안히 노후를 즐기다　명절에 즐겁게 모이다　컵
쟁반 사발 접시가 새것처럼 깔끔하다　어깨가 넓다　배가 넓
다　거의 닿을 수 없는 발효된 복　두 손으로 점잖게 위에서
아래로 살살 쓰다듬을 수 있다　눈빛이 무해하다　살기가 혼
탁하다　안정적으로 찬송을 즐기다　못 이기는 체하며 대가
의 말을 받아들이다　안 될 게 뭐 있어　안정적인 가운데 용맹
하게 정진하는 분위기를 지니고 있다

거미도 나름 보복이 있어　참을 수 없음을 경시하다　납작해지는
건 더 불가능해　보복이 존엄성을 유지할 수 있어　적어도 그

는 그렇게 생각해   힘을 다해 싸워 각골난망을 추구하다   우
윳빛 잼 형태 물질에서 종횡무진 돌진하다   평평하게 메워진
골짜기도 자취를 남기지 않는다   반사 동작도 마찬가지로 허
가를 얻을 수 없다   영혼화 잼도 제대로 마무리하지 못하다
눈을 먹어버리자   대추씨를 뱉듯 동공을 뱉다   벽에 못 박혀
환형 표적이 되다   입을 먹어버리자   지퍼를 뱉듯 치아를 뱉
다   맞물려 견고한 방어선이 되다   귀를 먹어버리자   이끼를
뱉듯 청력을 뱉다   끊임없이 이어져 무궁무진한 물 위 잔잔한
물결이 되다
찾다   입구가 될 만한 곳은 다 입구   뱉을 수 있는 건 다 뱉어   명
주실도 배꼽의 캐리어 안으로 되감겨 들어가다   걔는 몰라
그가 눈앞이 텅텅 죽음처럼 깨끗한 것에 뿌듯해할 때   그가
발붙인 곳도 뽑혔어   떨어지지 않았지   네가 어디로 떨어지
든 개의치 않아

4. 자아 모살謀殺

뭘 믿고 이렇게 냉정해   뭘 믿고   특별히 유리컵을 선택했어   용
해과정을 조금도 놓치지 않았다   백색 분말   조금   깃털처럼
가볍고 정교해   이런 표현이 있어   깃털을 안에 넣어 살짝 닦
다   그 점원   자신이 화장지 같은 여자로 사는 것을 허락하다
전화를 받다   전화를 받다   끝없이 말하다   진흙탕처럼 웃다
전혀 아랑곳하지 않고 한 병을 꺼내다   전혀 아랑곳하지 않고
건네다   모살을 이렇게 쉽게 살 수 있다니   실망이 쾌감을 희
석시키다

몇 년 후   어떤 사람이 이렇게 처참한 흐뭇함을 썼다   상대 몸을
후비듯 포옹하는 두 개의 자세   상대방 몸에서 말리고 있는
진흙을 후벼서 너덜너덜하게 만들었다   여론이 들끓다   옛날
용어를 새로 쓴 전형적 사례를 일궜다   그들은 모른다   선행
자 홀로 이미 결정했다   뺄셈을 극치에 이르게 하다   유탈遺脫
은 내가 할 수 있는 게 아니야   자연스런 연기도 너무 과장됐
다   발견한 사람이 상을 타다

실시하자   들어서 입에 털어 넣어   음료를 섞지 않다   백주白酒
맥주   포도주   청주   보드카   위스키   술을 섞지 않는 게 맞
아   그건 죽음을 목도한 가면이야   현재   늠름한 눈빛   마주

보다   대치하다   와라   네 냄새를 만져볼게   목구멍을 조르
다   도달할 수 없는 심장   진작 알았지

긴 비늘의 비릿하고 들쩍지근함   포장하다   긴 삼중 꼬리의 수고
침을 묻히면 바로 돼   펑펑펑   비늘을 튀기다   구강을 가득
메운 뿔 구석   콸콸콸   꼬리를 흔들다   내친김에 유동해 목구
멍으로 들어가다   한 마리가 멈췄다   사지를 벌리고 제자리
를 막다   지원병의 감소를 방지하다   한 마리는 거스러미가
일어났다   기관에 들어가다   약화와 하락의 가속도   관벽을
째다   음지에서 크게 외치는 소리를 삼키기란 굉장히 힘들다
한 마리는 위로 떨어졌다   겨울잠에서 깨어나다   파괴하다
파괴하다 파괴하다   찢다 찢다 찢다   찢어진 물건이 한데 말
리다   계속해서   폭발하는 포탄의 파편이 사방으로 튀다   회
수를 고려하지 않는 철거에 상당하다

난 아직 거울을 보고 있어   진전을 살피다   갠트 차트*를 모사하다
죽음   마침내 널 한 번 붙잡았어   착하지   내가 날 완전히 네
손에 넘겨주기 전에   구강에서 이미 경미한 반응이 일어났다
부식성이 궤양 위에 작용하다   원래 이미 굳어진 터진 상처를
쑤셨다   흰색에서 찬란한 복숭아꽃으로   후두에 홍반이 나타
났다   진홍색이 조금씩 사방에 뿌려져   방금 조직이 원래 색
깔과 충분히 구분됐어   조직에 투명한 도료를 발랐다   손대

---

*   프로젝트의 계획과 통제를 목적으로 사용하는 도해법의 하나. 가로축은
          시간을 나타내고, 활동은 가로 막대로 통합해 선후 관계를 나타낸다.

면 가루가 될 만큼 반짝반짝 빛나다 위산이 놀랐다 실전에
서 문란함을 발휘하다 많은 조제량 적은 조제량 조제량 없
음 무질서하다 소란스러움엔 노랫소리가 없다 그러나 아
무 쓸모도 없다 고통을 추가한들 위협해 저지할 수 있을까
옆으로 조금 밀어 자신을 제대로 봐 심장 간장 비장 신
장 명령을 받았다 흥분제를 전달했다 두 폐엽肺葉도 만원
이야 풀무질하다 엄청난 기세로 가동하다

온몸의 개념이 있다 한 번 찌르니 황금 표창이 날아갔다 가슴속
　가득 욕망도 있다 먹고 마시고 오입질하고 도박하고 어느
　것이나 다 지금 즉시 시작하려는 왕성한 기세야 그런데 움직
　일 수가 없어 그런데 다 뿔뿔이 흩어지고 있어 조명이 어두
　워졌어 렌즈는 희미해질 생각만 해 어렴풋하게 네가 본 것
　처럼 혈액이 난해하게 속도를 줄이기 시작했다 호흡을 철
　저히 금지하다 통로를 닫다 내부 기체를 체외로 미는 게 가
　장 중요해 모색하다 폐엽을 꽉 잡는 게 가장 안정적이야
　찰싹찰싹 불빛을 끄고 폐포도 끄고 확률이 선두를 달리다
　작은 부분이 완고하게 제자리에 남아 있다 탄성을 잃다 복
　원할 수 없다 실직이라 봐도 무방하다

하찮은 것을 논할 수 있게 됐다 조금씩 온도를 잃다 실온보다 낮
　아? 어떻게 검증해? 조금씩 유연성을 잃다 유연한 척해
　적어도 국부는 유연했어 조금씩 크고 작은 반응을 잃다 스
　트레스도 없어졌어 다시 평방치平方寸로 논하자 덮이는 곳
　색깔이 영원히 하나 발바닥과 손바닥도 영원히 하나 손톱 발

톱과 귓바퀴 안팎도 영원히 하나 죽음이 색깔로 통일을 실현
하다 그것을 새하얗다고 불러도 확실히 의심의 여지가 없다
예외 머리카락 눈썹 속눈썹 코털 솜털 음모 방심했어
표백한 다음에 다시 와야 해 다시 일부로 전체를 평가해 유
연하다는 문장에서 손을 놓쳤어 항상 유연하도록 허락하려
면 한 번도 새하얘본 적이 없어야 해 체면을 살리다 맨 처음
물든 모양을 구상해봐 내부는 대체 어떤 모습이야 생각도
하지 마 얼굴이 전처럼 새하얗지 않아 죽음에 속임수를 써
서 전혀 이점이 없다 조금씩 반점으로 덮이다 안에서 밖으
로 침투하다 (오목판의) 점 조각 전용 명사를 빌려 자필 글
을 형용하다 죽은 자가 격려를 얻었다 피마준披麻皴 우점
준雨點皴 권운준卷雲皴 해색준解索皴 우모준牛毛皴 부벽준
斧劈皴 린준麟皴 승준绳皴 횡준橫皴* 투명하고 얇게 바르다
불투명하고 두껍게 바르다 어두운 부분은 투명하고 얇게 바
르다 밝은 부분은 불투명하고 두껍게 바르다 몸에 또 하나
의 몸뚱이가 쌓여도 문제 될 것 없어 장황하고 쓸데없는 말
로 글을 꾸며 점점 더 빗나가다 모기가 물다 성실하게 최선
의 비유를 찾다 가장 형상적으로 설명하다
렌즈에 균열이 없다 휴대한 광원光源을 비틀어 열다 지향성이 명
확하다 눈에 띄는 건 눈에 띄는 건데 변신은 결국 변신으로

---

*　모두 산수화에서 산과 바위 표면의 양감과 질감, 입체감 등을 나타내기
　위해 사용하는 표현 기법인 준법(皴法)의 이름이다.

돌아가다   하지만 확대할 수 있어   새하얀 아래에 뭐가 집결
했어?   지방 과립   시체 허물   혈액을 응고시키다   답은 선택
사항에 없을지도 몰라   답이 필요 없을지도 몰라   물질 차원
에서도 오래 머무를 필요 없어   사망후유증   다 서문이야   본
문은 죽음이 안정적으로 추를 쳐서 방향을 정하는 곳부터 시
작이야   경매 시리즈의 특징   원동력   플래시가 너무 빈번해
자살은 순전히 탐욕에 속하는 것으로 해석하다   상상력을 가죽주
머니에 두다   꽉 매여 나뭇가지에 걸려 있다   비바람을 맞는
다 해도   어떻게 사용하는지 생각하지 못했어   꼬리에서부터
삼키기 시작하다   한 고리 한 고리 맞물려 서로 먹다   입을 끝
고리로 해서   자기 입이 자신을 삼켰을 때   자기가 어디로 갔
는지   증거는 블랙홀   경찰은 이곳을 통과하면 필연적으로
강제 흡수된다   흔적이 없다   저울추처럼 만유인력이 크다
인적 증거   물증   범행 도구   사망 시간   역 방향 추산   아쉽
게도 시시티브이CCTV가 없어   터놓고 관찰하기도 하고 은근
슬쩍 캐묻기도 한다   체로 거르듯 범위를 굳히다   용의자 범
행 동기 추정   당연히 모방이지   완벽히 코스를 밟다   기소하
다   변호하다   판정하다   범인은 바로 본인이라고 판결하다
어떻게 집행하지?   코미디가 아니야   중복에 이로써 특정한
틈이 생겼다   그림자가 코너에 생겼다   휴대한 코너를 신중
히 다루다   엄숙하게 면적을 환산하다   대중 앞에선 숨겨야
해   이 스트레스를 감당할 수 없어   길에서 주워들은 말   새
로 나온 전기를 앞다퉈 칭송하다   모방자가 많다   미세한 부

분이 원작보다 훨씬 낫다   상실하다   정신 핵이 폭발하면 당량當量이 가장 쥐약이야   말끝마다 욕지거리다   훌쩍훌쩍   가운데를 가리면 더 미쳐

유서 남기는 걸 잊었다   언어 진단서를 덧붙이다   일부러 적敵의 눈을 속이는 가짜 포진布陣을 치다   감추려 할수록 더 드러나 허황해서 알아들을 수 없는 말이 됐다   세 번째 요소를 다 모았다   속세의 압박   신앙의 진공 상태   창작의 불안도 수두룩하다   작별인사를 할게, 관용과 깊은 배려, 말없는 응원, 높은 평가를 하고 한 번도 불평하는 말을 던지지도, 불평할 말을 고르지도, 감정의 진흙탕을 지니지도 않은 너희에게   유통 가능한 요소로 분해하다   마음이 편안하길 바랄 뿐   마취할 수 있을 때까지 해   잠시   리스트   대칭하는 필수품은 한 항목을 다시 삭제할 수 있어   어때?   뭐하러 사람을 그렇게 난감하게 만들어?   말도 진실해진다   결과적으로 호평을 받았다   감사드려라   감사드린 후 돌아서 갈 생각은 접어   계산서이면 안 돼?   명사 밑에 수량을 표기했어   빨간색으로 동그라미 쳐   한 글자를 크게 쓰다   외상으로 사다   회수할 기대는 하지 마   잘 접어서 구석에 숨겨놓는 건 고려할 수 있어   또 상대방을 현혹시키는 포진을 했어   안타깝지만 너무 늦게 알았어

죽은 자가 스스로 말하게 하라   내가 날 가리켜 말하게 해   시체가 웅변을 이겼다   팔 척인 인간의 육체는   눈으로 볼 수가 있으며   밖에서는 자로 재거나 손으로 자르며   다시 인용하자   적법성이 맨 먼저 공격을 당하다   수술의 절차   폭로의 해

부 사지가 몸 양쪽에 늘어지다 손바닥이 전방을 향하다 유
령이 몸을 향했는데 규범이 무슨 필요야 화살 모양 축 관상
冠狀 축 수직 축 해당 절단면을 헤징hedging* 기하학적 어휘
를 도입하다 문화예술 분위기를 늘릴까 줄일까 바늘 랜싯
lancet** 둥근 코 칼 핀셋 커브드 핀셋 직접 자르다 일곱 가
지 무기가 가장 일상적인 살상殺傷을 구성하다 장갑은 필수
도구다 거드름 피우는 게 무슨 소용이야 병변이라 불러도
될까? 부식은 필연적이야 궤양 정도는 시간이 결정해 계
속 지연하면 썩게 되어 있어 여전히 시간 지표에 따라 전진
한다 찌푸렸다 웃었다 한다 한주먹 도시락 밥과 표주박 한
바가지 물 시간의 눈치를 보며 취사선택 나머지는 형식상
절차다 한 단락을 보전한 것뿐

퇴장해야 하면 해야지 작별인사를 해야 하면 해야지 계략의 완
결 진부한 말로 총괄할 필요 없어 뒤에 따라오는 팀을 봐라
어떻게 슬프지 않을 수 있어 줄곧 곡해하다 줄곧 치켜세우
다 서열 안에 넣지 않아 일을 제대로 마무리하지 못하다 본
래 면목으로 왕림하다 죽음의 위도를 강요하다 평상심은
어디에 평상심에 넣지 않다 어 하 나와 무관한 듯이 따
더니 몸을 돌려 질책하네 부유해지면 얼굴이 변한다 조금
확대한 것에 불과해 뿌리는 다 여기에 있어 바닥 깊은 곳에

---

*　　둥글게 처리하다.
**　　양날의 끝이 뾰족한 의료용 칼.

서 한데 뒤얽힌 삼이 되다 서로 꽉 잡다

그냥 이렇게 하자 하지만 기억하시길 난 날 위해 범죄를 저질렀
다

5. 수중水中 자화상

먼저 왼발을 내디딜까, 오른발을 내디딜까 이건 문제가 안 될 거
　야 두 발이 한데 합쳐지다 두 다리를 구부려 앞으로 껑충 뛰
　다 마찬가지로 문제가 안 될 거야 기합 넣고 한 번 점프 투
　명 액체가 가득 찬 유리병에 떨어뜨리다 약간 문제 같아 어
　떻게 안에서 나온 문제일 수 있어? 몸을 옆으로 돌리면 병
　을 기울이면 작은 새를 쏟아내고 너도 쏟아내고 구멍이 없
　는 달걀을 쏟아내고 참느라 긴장한 얼굴도 쏟아내고 액체를
　몽땅 쏟아냈는데도 마치 여전히 가득 찬 것 같다 병으로 만
　들어진 수직 벽을 타고 올라가다 안으로 굽은 라디안^{radian*}에
　도달하면 자유낙하 얼굴에 차가움이 붙어 있다 마찰계수가
　무시할 수 있을 만큼 작다 이렇게 쉽게 물에 씨를 불리는 데
　성공
다행히 안개가 무럭무럭 피어오르다 설령 거울 하나 범위뿐이라
　해도 똑같이 수면이 넓다 시간을 더 잡아끌어도 괜찮다 탄
　성이 더 크다 신발을 신을지 말지 고민의 편의를 위해 또는
　기슭에 두다 위치를 잘 잡고 거짓 형상을 만들다 미리 경고

---

*　　평면각의 단위. 호도(弧度)라고도 한다.

하다 맞아 도중에 탈락하느니 신발 끈을 푸르고 혼자 돌아다니다 입을 크게 벌리고 물고기를 삼키다 낚시꾼에게 헛물을 켜게 하다 흑연 때가 묻은 막말을 내던지다 인정사정 봐주는 게 낫지 객관적이고 공평 타당한 관찰자 한 쌍을 보존하다 물화物化 정도에 대해 조금도 언질을 주지 않다

그래도 나아가야지 무작위 원칙을 따르다 계속 진행하다 원하는 결과를 무한 번 구할 수 있다 원숭이도 완벽한 셰익스피어를 쓸 수 있다 건류乾溜* 플라스크 도가니 핀셋 3 플러스 1이면 창세創世 과정을 완성할 수 있다 왼쪽 발 먼저 물에 들어가다 발등이 잠기지 않다 발가락은 진흙을 잡을 수 없어 시멘트의 세력 범위에 속한다 비옥하고 두터운 쌍 가닥 강어귀에 잔잔한 물결이 일다 혼탁함을 휘젓는 것은 받아들일 수 있어 초가을 냄새가 살짝 떨어진다

미끄러지듯 건너는 습관을 멈추다 그에게 계속 물로 걸어가라고 하다 우리는 벗어났어 별도로 좌표를 세우다 원칙의 위도를 깨달으며 투시 원리를 사용하다 가까운 곳은 눈 눈썹 코 눈이다 오관伍官에 해당한다 그러나 표현하기엔 불충분하다 만곡성 포화도 착색도 특징을 다시 보다 뭘 들여다보고 있어? 아득한 수면이 뭐 좋을 게 있어 관건의 신의 존재 이마 정중앙이 위로 이동하다 추상적인 신의 존재 형상

---

*   고체 유기물을 공기가 통하지 않는 기구에 넣고 가열해 휘발성 물질과 비휘발성 물질로 분리하는 일이나 그 방법.

을 갖춘 신이 두 눈 내부에 있다   둘둘 감긴 선형 입자를 발사하다   마음속으로 흠모하는 물건이 빠르게 모이는 것을 탐측했다   여러 겹으로 겹쳐 있는 조밀한 물질

내가 몸을 구부리면   얼굴과 수면이 평행한다   난 뭘 보게 될까?
단순한 거울은 아니야   규정대로 처리해서 초상화를 표절하다   변위와 일탈은 합리적 범위를 넘어가지 않아   깊고 어두컴컴하다   죽음의 골격을 제외하고   의외의 물건은 비출 수 없다   수면에 자치 영지가 있다   그렇지 않으면   그는 뭐 하러 가까운 데 것을 버리고 먼 데 것을 구하는 걸까?   바로 거울로 들어가면 한 가지가 끝나면 백 가지가 끝나는 것이다 다른 조영照映이야   주의력을 집중하면   펀더멘털은 완벽해 깊이에 더 많은 것이 있다   접을 때 입체 방식으로 면적을 확대하다   동요할 때 여러 부문이 서로 충돌하다   광풍이 스쳐 지나가면   국부 영상은 수은 도금층을 긁어낸 것 같다   몽당 붓의 깊이를 내비치다   그것도 평소야   근본은 융합에 있다 언제든 옛날 초상을 융합해   새로운 초상을 그리다   새 것과 옛 것이 쌓여   주름살이 다 거기에 있다

어   허무의 신이여   얼굴을 눈이 빠지도록 기다리다   거기에 유동하는 물고기와 새우를 바라보다   겁쟁이 게   돈후한 거북이 게 발이 콧구멍 안쪽 가려운 곳을 긁어주다   굼뜬 발로 콧방울 양쪽을 튕기다   흉악한 입으로 코를 한입 물다   통증을 견딜 수 없어 한숨을 내쉬다   잔잔한 파문이 구도를 망쳤다   다시 왔었어   허무의 신이 안정적으로 힘을 쓰다   허무를 실증

하다   종심縱深의 수초까지 공급하는 건 말할 것도 없고   양끝
이 각각 수염뿌리에 연결되다   인후 부위에서 휘날리다   늘
흔들림을 떠받친다   멈추고 휴식하는 벌레를 떠받치다   황
어, 케톱치가 기습적으로 줄기와 입을 물고 갈 것을 방비하다
네가 분간할 수 없는 건 오락이잖아   유인하는 동시에 거절하
다   거절한 후 이어서 유인하다   소용돌이 중심이 바로 허무
의 신이야   눈빛이 초롱초롱
물이 그의 목에 도달했다   그는 두 손을 들었다   승리한 자세로 실
패를 향해 투항했다   그는 여기에서 머문다   발밑은 여전히
기울어져 있다   신의 앞창은 바닥에 닿고 뒷굽은 에어air   그
가 그들의 속박에서 벗어나도록 물이 거의 도왔다   또 한 단
계가 있다   여기에 머물다   마지막 한 번 세상을 수용하다
먼 곳의 산   가까운 곳의 기슭   보이는 그림자   들리지 않는
사람 소리   얼굴에 붙은 습기   목에 부딪치는 떠다니는 잎
종결로서의 중개 원소   너희를 저장할게   몰래 번영하다   이
자가 붙다   최후 삼 분의 후회는 너희에게 의지해 상쇄할게
바로 여기에 머물다   감탄 소리가 얼마나 아름다운지   충만
한 아름다움을 지니고 떠나다   초상에 검은색 반점이 자라지
않도록   눈빛을 한 번 맞대다   이런 거리   경계는 자제할 수
없다   영구히 머물고자 하는 충동을 촉진하다   중요한 건 널
봤다는 게 아니라 날 봤다는 거야   만족도 여기에 있다   그는
준비를 잘 했다   특별하지 않은 한 걸음을 내딛다   결정적인
비약

다시 좌표를 세우다   참신한 하나를 분리해내다   바로 너였어   너 여기 숨어서 뭐 해?   이차원의 대립을 몰래 훔쳐보다   과일과 나뭇잎을 따다   어떻게 증명하지?   분신으로서 오만하지 않다   예수도 용인할 수 없는 거만함   맞다   오명은 네가 감당해야 해   또 너만 감당할 수 있어   넌 원래부터 욕을 내뱉어 만들어졌어   불결함으로 이루어진   안타깝지만 물은 네가 절대 들어갈 수 없는 존재야   그렇지 않으면 그것들을 씻어버려 세상 사람의 이목을 새롭게 하자   추정할 필요 없는 필연   물도 이렇게 너 때문에 못쓰게 됐어   적어도 그전까지 이런 가설은 멈춘다   기정사실을 존중하다   설사 모습이 모호할지라도   너의 타고난 속성이다   받아들여   분리가 네게 독립된 형체를 부여했다

결정적인 비약   발이 꼬리가 되다   여전히 선 자세를 유지하다 손이 지느러미가 되다   여전히 높이 든 자세를 유지하다   철저히   존엄성을 유지하는 것은 얼마나 쉽지 않은지   여기까지 하자   입을 닫아도 돼   코는 막을 수 없어   귓구멍   눈   다 경로에 주입했다   진정해   몸에 비늘이 돋기 전까지   이리저리 돌아다닐 수 있기 전까지   진정을 유지해   아직도 그렇게 많은 충적된 진흙이 기다리고 있어   죽음은 얼마나 혼탁한지   더러워   쌍스러워   충적된 진흙이 없는데 어떻게 가능해?   상류에서 비닐봉지가 떠내려오지 않다   콘돔   똥은 어떻게 싸?   동물 시체는 감면할 수 없는 동반자다   지느러미에 허물없이 비비다   비약은 정화淨化가 아니다   과도하게 완

벽의 경지에 오르지 않았다 깨어날 때야 그런 말은 한 적이
없어 권한을 개방하는 논리는 어디에 있지? 자기 위안 예
술 가공 화필이 이리저리 돌아다니다 타고난 영재 아닌가?
슬기롭고 지혜로운 것 아닌가? 다 생각할 수 있어 생각하는
건 좋은 거지

다시 분리할 수 있을까? 임종 전 마지막 한 번 핵심 부분부터 분
리하다 달리 말하면 정제하기 시작하다 이 단계는 시도할
수 있어 타이밍을 적절히 잡아야 한다 기교가 전혀 서투르
지 않아 기슭에 서면 돼 마지막 한 숨을 내뱉다 카운트다
운 셋까지 세다 물속에 뛰어들다 똑같은 동작 두 손을 이
마에 괴다 일까지 세다 다섯 손가락을 쓰레받기처럼 펴다
뒤로 삼십구 도 기울어지다 시속 팔십칠 킬로미터 삼 점 삼
센티미터 끌다 이십일 그램을 전부 손에 넣은 후 다시 뒤로
기울여 날리다 기슭에 서다 완전히 손에 쥐었다 석양이 몸
을 숨기기 전에 땅에서 오 센티미터 떨어진 공중에서 마지
막으로 분리된 너를 만들어 여린 날개 한 쌍도 등에 새로 생
겼다 시간이 지나면서 날개가 빠르게 물러났다 뱃속으로
사라질 때까지 지금도 토네이도를 일으킬 수 있다 말아 올
렸다 빨리 사라지다 원본을 잃어버린 사람의 숨결을 보다
오수와 진흙탕을 가득 붓다 몸의 뼈가 하나씩 떨어져 돌이
되다 끝까지 가라앉다

여기까지 일차적으로 완성된 셈 우리가 남겨 놓은 캔버스를 봐
적게는 삼 일 많게는 칠 일 수면으로 드러날 거야 완전히

다른 얼굴   보름날의 달처럼 원만하게 팽창하다   표정에 흐리고 맑음이 있다   안색에 차는 것과 기우는 것이 있다   예부터 지금까지   이와 같지 않은 것이 없다   너를 제외하고   너   너   기꺼이 기존 패턴을 벗어나다   자유롭고 쾌활하게   그간의 일은 이런 방식으로 끝냈다

피차간의 일이잖아   한번 가정해보자   수개월 만에   많은 눈이 흩날린다   이 북방 대지에 떨어진다   강물이 전기가 통하는 것처럼   잇달아 얼어붙다   표면 한 층만 두껍거나 얇은 껍질이 아니다   수면 얼음판에 수 밀리미터에서 수 센티미터까지 불균등한 빈틈이   네가 미처 가져가지 못한 공기를 용납하다   그렇지 않아   위에서 아래로   안팎으로   얼음이 되다   하늘을 떠받치고 땅 위에 우뚝 선 거인이 있는 것처럼   한 손으로 하류를 잡을 수 있다   반짝반짝 긴 총과 짧은 몽둥이   춤추기 시작하니 천지가 늠름해지다   한기가 살을 에다   하상河床이 속한 곳 전부가 봉쇄되다   물고기 자라 새우 게   전부 호박琥珀 주머니 속 물건이야   그때 넌 어디 있었어?   몸도 당연히 거기에 남겼지   결빙할 때 수면에 떠올랐어   그래서 모습을 확실히 분간할 수 있어   세 명의 너잖아   절대로 구할 마음이 없었다   그렇지 않으면 높은 곳에서 뛰어내렸어야지   하상을 단단히 밟고 서다   손에 날카로운 도끼를 들고   두드리다   치다   쪼개다   두드리다   베다   찍다   패다   때려 부수다   잘게 다지다   쪼개다   동작을 취하며 차례로 전진하다   푸드득   획   활짝 쩍   와자지껄   얼음이 사방으로 튀다   하상 낮은 곳

에 떨어지다   물가 풀숲   바로 뒤에 우르르   거인의 체력이
버텨내지 못하다   기둥 모양 빙하에 내던지다   바닥에 무너
지다   강줄기를 다시 열었다고는 해도   이때의 너   파란 풀이
막 자라나고 꾀꼬리가 날아다녔다

망상이 계속 갱신되다   대다수는 수면 밑에서 완성됐다   수확도
물속에서   병 속의 물   운명론자가 말하길   손에 방패와 창을
들다   필연적으로 얼마쯤은 없앤다   칼날이 닿는 곳   외부 물
질에 시행하지 않으면 자신에게 미친다   물속에서 밀 한 자루
를 들어 올리는 건 어려운 일이다   밀알이 포만하다   밀 까끄
라기가 황금색이다   물속에서 꼼짝 않고 있는 건 어려운 일이
다   맞아   계승하는 밀   유산세遺産稅가 없는 밀   밀이 나지 않
는 곳에서 터무니없이 생장한 밀   까마귀는 가끔 세찬 바람
을 불게 한다   낳자마자 성숙해지다   파종하면 수확할 수 있
어   이런 밀   어떻게 해야 일찍 성숙하지 않지?   일찍 껍질을
빻아서 부수지 않다   가루가 되다   자화상도 계승하는 산물
이다   남의 걸음을 따라 걷다   신선미가 없다   풍자처럼 여러
번 들어 귀에 익어 자세하게 말할 수 있다   말하는 사람이 어
떻게 느낄 수 있을까?   밀이 물속에서 옷깃을 여미고 단정하
게 앉기는 어렵다

하지만 넌 서정을 배척했어   암나무처럼 그렇게 유연하지 않아
그렇게 가소성이 있지 않아   그렇게 공감되지 않았다고 하는
사람도 있어   인위적으로 난도를 늘리다   암나무처럼 대문을
활짝 열지 않다   오고 가는 것이 자유롭다   들고 놓는 게 자

유롭다 매물 광고에 사용하다 커피 봉지에 넣다 안 되는 곳이 없다 서정이 있는 곳에는 모두 암나무가 있다 이건 그들의 이중 잣대다 모방한 너를 비웃다 비슷하지 않게 모방한 너를 다시 비웃다 그들의 낫 쌓인 진흙 깊은 곳까지 뻗다 네 뿌리 수확을 미리 준비하다 네가 가져온 진흙을 깨끗이 씻을 준비를 하다 너의 밀알을 따다 일고의 가치도 없이 밀짚을 내던지다 물결치는 대로 표류하다 사해死海로 표류하다 옆 사람이 네 대신 감격한다면 삼위일체의 형제라 해도 네 몸뚱이를 지키는 사람 다 암나무보다 못하다 잊지마 삼 분의 일도 같은 서정에 있다

아직 완성되지 않은 시기에 이런 액운을 만나다 마지막 시험이 아니야 정신을 모아 진지하게 대응하다 너희 모두 너에게 돌아왔구나 너도 내게로 돌아왔다 분명히 우린 모두 물을 따라 함께 가는 것에 동의하지 않아 거의 증발하다

6. 밧줄, 가쇄 枷鎖*

내게는 전속 동화 왕국이 있다   그곳에선 밧줄과 가쇄가 화목하게
　　공존한다   내 왕국에 오고 싶으면 먼저 귀뚜라미와 함께 노래
　　를 불러야 한다   사람이 만든 모든 빛이 꺼지면   우리는 뒷문
　　으로 슬그머니 빠져나가   연못가에 가서   개구리의 개굴개굴
　　신호를 듣고   특정한 올챙이 한 마리를 따라   버드나무로 만
　　든 부두로 가서   연잎으로 만든 배를 타고   별빛 아래에서 우
　　리는 출발한다

나는 뱃머리에서 손을 흔든다   버드나무 잎이 남쪽으로 부는 바
　　람을 일으키고   버드나무 위의 딸도 손을 흔들며   송별 노래
　　를 부른다   우리는 이렇게 간다   투명한 새우가 우리의 선원
　　이다   총 열두 마리   그들은 몸이 날씬하지만   별빛이 비추면
　　아무리 써도 체력이 바닥나지 않는다   그들은 연잎을 에워싸
　　고   호령을 외치며 힘껏 젓는다   연잎이 물속에서 회전하며
　　안팎으로 세 겹의 청록색 소용돌이를 만든다   금색 잉어 여섯
　　마리가 그녀를 보호하고   미꾸라지 두 마리도 정기선의 리듬
　　에 맞춘다   한쪽 눈이 먼 늙은 개구리도   마지막 순간에   힘

* 　　죄인의 목이나 발목에 채우던 쇠사슬.

374

껏 뛰어 우리 연잎에 뛰어오른다 모두들 나의 왕국을 향해
출발한다

소용돌이는 크기가 변하지 않았다 하지만 소용돌이에서 말아 올
려진 물살이 점점 높아져 이슬방울이 응결된 드릴 비트처럼
연못에서 나의 왕국으로 가는 통로를 연다 연잎 배는 물살
속에서 끝이 말리기 시작해 연꽃이 꽃잎을 거둬 손에 받치고
꽉 쥔 작은 주먹처럼 소용돌이의 통로로 들어가고 귓가에선
쏴쏴 물살 소리와 훅훅 바람 소리가 들리고 새우들의 호령
은 더욱 쩌렁쩌렁하다 나는 개구리를 안고 나의 밧줄과 가
쇄를 품고 회전 속에서 서서히 잠든다

태양이 내 얼굴을 비춘다 산들바람이 내 옷을 스친다 나는 꿈에
서 깨어나지만 여전히 꿈에서 개구리가 삼킨 달이 조금 걱정
이다 눈을 뜨니 이미 나의 왕국에 도착했다 수탉 대신 암
탉 귀부인 무리를 지은 개미 시민 이들이 모두 배 옆에 서서
우리가 깨어나는 걸 보며 환호성을 지르고 꽃가루를 떨어
뜨린다 새우와 잉어가 이번 항해의 공신이다 이들은 나의
요청으로 연잎 정기선에 올랐다 모두의 존경을 받으며 겸
손한 새우들은 계속해서 허리를 굽혀 답례한다 잉어들은 환
호를 본체만체하고 한쪽 눈이 먼 청개구리에게 매달려 꼭
자신과 내기를 해야 한다고 한다 누가 더 달을 잘 삼키나 하
는 게임이다 밧줄과 가쇄 이들은 내 식구고 내가 인간 세
상에서 데리고 온 유일한 가족이다 하나는 내 몸을 둘둘 감
고 있고 하나는 내 목을 꼭 껴안고 있다 죽지 않는 한 우리

는 영원히 분리하지 않을 것이다

왕국 건립 초기에   나는 유일한 법률을 반포했다   여기에는 죽음
이 없고   생명만 있으며   고통과 눈물이 없고   안에서 숨을
쉴 필요가 없을 만큼 깨끗한 기쁨만 있다

개미 시민이 우리 배를 들어올리고   우리는 길에서 갈채를 받으며
천천히 행진해   삼 일 밤낮 만에 나의 궁전으로 들어간다   조
금 다른 얘기를 하면   지나가던 기러기 두 마리가   공중에서
지상 광경을 보고   구경 좀 하고 싶어 날아왔지만   연잎 배 말
고는   당최 발을 디딜 곳을 찾지 못했다   존경하는 국왕 폐하
저희도 축하 행렬에 참여해도 될까요?   아름다운 화면을 저
장해   머릿속의 건량으로 충당하고 싶습니다   저희는 남쪽으
로 날아갈 예정으로   가는 길 내내 무미건조하게 날개를 흔들
어야 합니다   기러기 언니가 말했다   왕님   우리 오랫동안 굶
었는데   배 좀 채울 수 있을까요?   힘을 내 다음 정거장까지
날아야죠   기러기 동생이 말했다

친애하는 기러기 자매여   나의 왕국에 손님으로 오시오   나를 왕
으로 생각하지 말고   난 그대들의 영원한 친구니   지금부터
매년 남쪽으로 갔다   북쪽으로 돌아올 때마다   잊지 말고 날
보러 와요   어서 내 보좌에 서요   원래는 배인데   지금은 뭍
에 올라 보좌가 되었다오   내 모든 친구는 나와 어깨를 나란
히 해야 해요   계속 그렇게 공중에 머무르며   날갯짓을 하면
난 이 왕국을 헐어   두 분이 난처하지 않게 할 수밖에 없어요
기러기 자매는 나의 말을 듣고   수줍어 얼굴을 붉히며 연잎

위로 내려왔다 그들은 자신의 체중을 걱정해 계속 몰래 종
종 날개를 움직였다 눈 먼 개구리가 보고 내 옷깃을 잡아당
기며 자매를 가리키면서 달빛이 잉어 얼굴에 뿌려지듯 웃
었다

새로운 손님이 온 걸 본 개미들은 발걸음이 더 질서정연해졌다
막 잠이 들려는 달팽이가 달려와 하소연하지 않았으면 개미
들의 가지런한 발걸음으로 이웃 나라 기찻길이 흔들려 무너
졌을 것이다 그래서 발을 살짝 들었다 살짝 놓으라고 재차
주의를 주었다 그들은 붉은색 깡통을 지날 때에도 그것을
납작하게 밟았다 얼마 전 각자 하나씩 먹은 월병처럼

이제 내 궁전 얘기를 해보겠다 모든 장소는 전부 꽃과 풀로 지어
졌다 백합 현관 홀 모란 본관 장미 침실 부겐빌레아 뒤
뜰 나팔꽃 일흔두 송이로 이뤄진 명상하는 신당神堂 하늘 가
득한 별로 이뤄진 여덟 개 기둥이 나의 비바람 화원을 받치고
궁전 밖은 삼백예순다섯 그루의 매화가 에워싸고 있다 하루
에 한 그루씩 개방해 꽃의 색깔로 사계절의 순회와 시간과
날짜를 판가름한다 이런 궁전은 당연히 나 혼자 사는 게 아
니라 대신과 귀부인 시민과 범죄자 이들도 자유롭게 출입
할 수 있고 멀리에서 내 얼굴을 보러 올 수도 있다 그러나
그들은 여기에서 살지는 않는다 왕국에는 무궁한 재미가 있
어 모두가 감당해야 한다 누군가 새로운 재미를 발명하면
나와 저녁식사를 함께하는 행운을 갖게 된다

왕국에는 늘 손님이 있다 내가 초청하기도 하고 명성을 흠모해

찾아오는 이도 있으며 길을 잃어 운 좋게 이곳을 찾는 이도 있다 그들은 나와 자주 만나지는 않는다 내가 손님의 지저 귐만 듣거나 향기만 맡고 아침 이슬이 어린 그들의 얼굴을 못 보는 경우도 있다 손님도 걱정할 필요 없다 방향을 틀 때 마다 강아지풀 웨이터를 배치해 그들을 위해 봉사하고 맛 있는 음식과 음료를 제공하며 목욕하라며 꿀을 추천한다 머무는 것이 지루해진 이는 알릴 필요 없이 바로 본관으로 와서 자신의 근심을 내게 말해주면 내가 바로 제비 사절을 보내 고민을 없애주고 행복을 선사할 것이다

이번에 왕국에 돌아오며 나는 속세로 돌아갈 준비를 하지 않았고 누군가 모든 신하를 소집해 방해하는 것도 원치 않았다 내 가 계획을 선포하니 그들은 환호하며 깡충깡충 뛰었다 진 작 이렇게 했어야 한다고 하고 마침내 이런 결정이 내려졌다 고들 했다 일이 이렇게 확정되었으니 달이 갈고리 모양이 되는 밤 별빛도 하늘에 있는 밤을 골라 기뻐서 눈을 크게 뜨 고 귀를 물고 우리가 언제 정착하는지 보겠다고 한다 또 달려와 손님이 되겠다고 한다 매화 두 송이가 드디어 하루 를 시작하니 왕국 전체가 움직이기 시작한다 닻줄을 자르 고 기다란 노를 저어 표류할 동력을 부여하니 왕국은 물살 을 따라 내려가며 인간 세상에서 도망치는 여정을 시작한다 용솟음치는 큰 강에 진입한다 강줄기가 구불구불하고 일흔일곱 곳이 갈라져 있다 우리는 전혀 당황하지 않고 세레나데를 부르며 하룻밤에 전 여정을 마쳐 쪽빛 바다로 진입한다 조

석의 힘을 빌려   왕국은 정오 전에 물 중앙까지 표류했다   사방이 아득해   갈매기도 보이지 않는다   나는 여기에 정착하기로 했고   신민들은 다시 환호하며   새로 만든 닻 천 개를 던진다   왕국은 해저에 꽉 매여   급류 가운데서 안정적으로 섬이 된다

속세를 벗어난 새로운 생활이 시작됐다   왕국의 행복감은 전대미문의 수준이다   대신과 귀부인은 시간을 알릴 필요 없고   낳은 아이를 인간이 훔쳐가   맛난 음식으로 만드는 걱정을 하지 않아도 된다   신민들은 함께 모여 구경하며   코가 긴 동물이 와서 그들을 빨아들일 걱정을 하지 않아도 되고   꽃은 사람이 따갈 걱정을 하지 않아도 되며   풀은 사람이 밟아 꺾일 것을 걱정하지 않아도 된다   손님들도 손님이란 존칭을 거절한다   그들은 속속 궁전 밖에서 거할 곳을 찾아   영구히 체류하며   왕국 주민이 되려고 한다

내가 가장 기쁜 것은   여기에 와서   밧줄과 가쇄가 진정으로 편해져   웃는 얼굴을 드러낸 것이다   그들은 나와 동행하며   한 순간도 떠나지 않고   하나도 떠나지 않았다   시간이 무한하더라도   그들은 늘 짧다고 느끼며   순간 즐거워도   즐거움엔 종점이 없다

누가 건의했는지 모르지만   아무 논쟁 없이 통과됐고   거의 완벽했다   우리는 다시 시동을 걸었다   왕으로서   나도 참여했다   우리는 밤낮으로 구워냈고   개미 한 마리가 다쳤지만 조금도 지체하지 않았다   마흔하루의 노동을 거쳐   우리는 공전의

기적을 이뤘다   왕국은 유리 속에 덮였다   꼭대기의 구멍으로 비와 이슬이 드나들 수 있다   원래 아래쪽에 문을 하나 남겨놓았다가   만일에 대비해   시민들은 만장일치로 문을 없애자고 요청했다   그것은 그들을 불신임한 결과라고 생각하며 왕국은 그걸로 흡족했다   어떤 우려도 없고   즐겁지 않은 말은 사용되지 않아 곧 유배되고   국토에서 추방됐다   다행히 쫓아낼 때 성문을 열지 않아도 됐다   그렇지 않으면 왕국은 자가당착에 빠졌을 것이다   신민들은 꽃, 풀, 나무에 심취해   새 나무에서 싹이 트는 것에 마음을 기울이고   오랜 가지에서 꽃이 피는 걸 기뻐했다   잎보다 꽃이 먼저 떨어지고   달 아래 나무 가운데서   그들은 취한 듯 홀린 듯   항구 불변하는 행복에 마음을 두었다   입에서 뱉는 건 아름다움밖에 없었다   얼마 가지 않아   아름다움 그 자체도 잊혀지고   생식도 버려졌다 유리 덮개의 구멍은 너무 작아   저승사자는 들어오지 못하고 부러워하며 우리를 바라보면서   한숨을 쉬며 영원히 떠날 수밖에 없었다

얼마 안 가   내게 변화가 생겼다   나는 높은 곳에 있는 왕으로서 한눈팔지 않고 한 마디도 안 하는   윤회하는 노왕老王이다   일 년이 지나면 여덟 살로 돌아간다   시간이 그렇게 고정되어 있다   이것을 누가 신경 쓰리   밧줄과 가쇄가 영원히 내 곁에 있는데   이들은 나의 일부분이 되었고   내 자신이 되었다   그들은 날 사랑한다   가장 아름다운 묶음   가장 바람직한 힘의 구속   그들은 내 몸에서 계속 테스트를 하고   나는 끊임없는 행

복을 느낀다   하지만 행복에는 한도가 없고   행복을 추구하
는 것도 예정된 한도가 없다   나는 그들이 서로 묶고 가두게
만들고   그들이 하나로 얽혀   하나로 섞이게 만든다   그들이
서로 사랑하는 것이 내 최대 행복이다

늘 뜻밖의 일이 일어나기 마련이다   밧줄과 가쇄는 빠른 속도로
서로를 사랑하면서   오래지 않아   그들은 내게 무관심해졌
다   울고   탄식하며   슬픔에 관한 모든 문자를 왕국의 사전으
로 소환했다   버려질 상황은 바뀔 수 없어   밧줄이 가쇄의 살
로 파고드는 것을 두 눈뜨고 봤다   가쇄는 차라리 부러지는
게 나을 정도로 구부러졌고   밧줄의 옭매듭도 놓치지 않았다
그들은 이렇게 만행을 서슴지 않았고   나를 안중에 두지 않은
지 오래되어   내겐 눈길도 주지 않았다

나는 궁전 안에서 빈둥거렸다   어디에서나 그들의 즐거운 웃음소
리를 들을 수 있었고   어디에서나 그들이 방치한 실 끄트머리
를 볼 수 있었다   어루만져 떨어진 페인트   매화도 그들에게
들러붙어   슬프게 탄식하는 내 소리를 방해해   난 궁전을 떠
날 수밖에 없었고   왕국의 영토에서 배회하며   머뭇거렸다
유리 세계에서 빈둥거리는 유혼과   신민들은 그래도 내가 누
군지 알아봐주었고   나의 등장은 그들에게 새로운 흥을 일으
켰다   그들은 나를 둘러싸고   노래를 부르며 춤을 췄고   이슬
을 마시며 추태를 부렸다   내가 아무리 사양해도   그들은 내
얘기를 듣겠다고 해   그들의 도움을 얻을 수 있길 기대했다
나는 해바라기 가장자리에 서서   큰 소리로 내 현재 비참함을

설명했다   나는 그들이 밧줄과 가쇄를 해치는 건 바라지 않았다   나는 그들이 의견을 제시하고 계책을 내놓아   내게 좋은 방법을 알려줘   밧줄과 가쇄의 사랑이   적정 수준을 유지하도록 하고   그들이 약간의 공간을 내줘   나를 그 안에 둠으로써   안정적인 세 변을 구축했으면 했다

나는 조금 이야기를 조리 없게 해서   왕의 존엄성을 상실했다   나는 그들이 듣고 날 무시해   해바라기에서 내쫓고   나침반을 건네줄까 걱정했지만   이런 일은 일어나지 않았다   그들이 내가 눈물을 흘리며 하소연하는 걸 반나절 동안 듣고   침묵한 지 삼 초가 채 되지 않아   왕국 역사상 가장 강렬한 박수가 터져 나왔다   한쪽 눈이 먼 늙은 개구리는   심지어 날 위해 찬양하는 노래도 불렀다   영원한 왕이여   영원한 개굴개굴   알고 보니 그들은 이미 고통에 관한 기억이 완전 삭제되었고   속상한 마음을 어떻게 인정해야 하는지도 몰랐다   내 여러 동작에서   그들이 생각한 유일한 해석은   왕이 최신의   혼자 힘으로 모두를 테스트하는 행복 공연을 하고 있다는 것이었다

그들의 이해에 나는 반박할 수가 없었다   나는 행동을 취해   그들에게 진상을 알려야 했다   그래서 궁전으로 돌아가   밧줄과 가쇄가 너무나 열렬히 사랑한 나머지   조금 피곤해하고 있는 틈에   옭매듭을 풀고   밧줄을 발에 묶었다   가쇄로는 양손을 꽉 잠그고   전력을 다해 그것을 어깨에 멨다   강제로 떼어 놓은 두 자매를 데리고   나는 왕국 끝에 가서   혼신의 힘을 다해 거의 보이지 않는 유리벽에 부딪혔다

난 잊었다 왕은 자신이 만든 왕국 성벽에 부딪혀도 깨지지 않는
다는 사실을 이 점은 이미 책에 분명히 쓰여 있고 이미 법령
이 되어 동화 왕국 곳곳에 전해졌다

7. 거울 속 폭력 행사

물론 안다 도끼를 들 때 난 세 번 죽으리란 것을 과거에는 동기 때문에 마음이 죽었고 지금은 행동 때문에 몸이 죽는다 미래에는 여론 때문에 이름이 죽을 것이다 이에 대해 나는 무능력하다 내가 여기에 나타난 것도 그 때문이라 여겨질 것이다 이에 대해 나는 반대할 수 없다 나의 밧줄에 다른 폭력이 묶여 있다 해도 예술 폭력 간결한 폭력

누가 누구의 거울인가? 유치하고 가소로운가? 네가 한 번 물어봐 누가 누구를 거울로 개조했는지 많이 완곡해졌다 많이 난폭해졌다 거울이 아닌 건 누구야? 누구 손에서 누가 비치는지 사람들은 너무 논의를 많이 했어 딱 한 가지 표현만 있을 만큼 많이 그가 맨 처음 내보낸 바람이 날 개조했어 평범한 대중 속에서 골라내 세상에 버려진 아기를 줍듯이 날 손에 들고 날마다 입김을 불어 피부를 젖히고 깨끗이 닦아 시로 물을 뿌리고 눈빛으로 양육하고 동록을 없애 녹색에는 생명의 초록이 담겨 있지 않아 먼지를 닦아내고 일상생활의 가치 없는 자질구레한 것을 쏟아내 심지어 한 도시의 속물근성까지 쏟아내 맑게 사람을 비춰 얼굴과 영혼의 공감각을 조영해 그가 말한 거야 의기양양하게 거울

에 흰 돌을 상감해 반점이 빛나는 무당벌레를 상감해 사람
을 만나면 꺼내서 보여줘 일체 외부에는 빌려주지 말고 그
의 의견이야 잘난 척이지

내 거울도 아니야 난 필사본 동화대로 개조해서 만들었어 누구
도 거울의 반응을 기대하지 않을 거야 거울의 고혹미는 정
말 벗어나기 어려워 쪽지의 암시는 거울의 암시가 아니란 말
인가? 깨끗이 닦으라는 암시는 초청의 암시가 아니란 말인
가? 상관없어 난 핵 안에 살아 내부에서 개조한 것부터 따
지지 갈고 닦지 않아도 광채가 자연스럽게 생겨 거울의 깊
이를 테스트해 거울에게 전념하라고 종용해 풀잎으로 그를
잘 잠가 유일한 열쇠는 바로 나야 날 떠나면 부서질 수밖에
없어 서로 약속하자 서로 헤아리자 난 그가 그렇게 되고
싶은 줄 알았어 그는 내가 그를 그렇게 만들고 싶어 하는 줄
알았고 난 그가 내가 그를 그렇게 만들고 싶어 하는 줄 안다
고 생각했고 그는 내가 그가 내가 그를 그렇게 만들고 싶어
하는 줄 안다고 생각하는 줄 알았어 계속 채워나가면 뒤집
어도 똑같아 결국 그가 아직 말하고 있어 난 입을 다물었어
그에게 발원권이 있었거든 내게 주동적 권리가 있었고 말
할 게 없어 그가 결국 우위를 차지해 발언권은 영구히 압
도적으로 우세하고 행동권은 잠시야

말해도 될까? 서로는 서로의 거울이라고 변증법 주인과 노예
관계 두리뭉실하게 수습해 흙탕물의 커버 능력을 믿어 필
연적으로 그래

기차에 대해 얘기하자   이미 너무 많은 기차가 있어   기차가 더
계속해서 등장해   우르릉거리며 질주할까   평원 구릉을 지나
고   터널을 빠져나가고   낮에서 밤으로 진입하고   밤에서 낮
으로 나오며   차문을 열고   기차에 오를 땐 혼자 외롭고   차
문을 열고   기차에서 내릴 땐 화기애애해   쪽지를 마음에 숨
기고   전화는 노트에 기록해   여러 실마리를 남겼어   대충 하
나를 꺼내   따라서 찾아보면 다른 인생이야   한 면엔 거울이
앉아 있고   한 면엔 거울이 서 있어   그들은 상대 몸의 기호
를 알아봤어   똑똑히 봤지   그들은 서로 많이 보지 않고   몰
래 회피하고   또 몰래 기대해   등의 각도가 그래서 더 커   고
의로   고심해서   기적이 길게 울리며   짙은 흰색 안개를 뿜어
풍뎅이가 객실에서 저속으로 저공비행해   윙윙윙   인간의 영
지를 폭격해   초연과 포탄 파편은 보이지 않아   반대로 팔뚝
이 긴급히 날아   공중에서 요격하고   치명적 공격을 준비해
누구는 웃고   누구는 피하고   누구는 수군거리고   누구는 거
울을 들어   햇빛도 무기야   번쩍 비치니 풍뎅이가 눈이 어지
러워   곤충류   딱정벌레목   장수풍뎅이   각자 전문용어가 있
어   공통 언어 덕분에 서로 마주 보고 웃지   투구벌레가 다리
를 놓아   요원한 일이 될 운명이야
유랑민이 왕래해   서신   두 도시 이야기의 왕래는 문자로 기록해
원거리의 그리움이 재난이 되는 건 필연적이야   언어는 증폭
기가 되어   자동적으로 선별하고   국부를 꾸미는데 전념해
생각난 건 네가 읽은 거야   믿는 대로 보게 돼   직접 만나는

건 원격조종과 비할 바가 못 돼   거리가 멀수록 쉽게 실현돼
호칭부터 시작해서   다정함이 생겨   이상   영혼   운명   이런
단어들이 조금도 부끄럽지 않아   예의는 손이 있어   분노는
우쭐대   너의 모든 게 날 수 있다는 게 떠올라   그가 내 옆에
앉아 있을 때는 훨씬 구름 같아   그가 편지지에 얼굴을 드러
낼 때   눈에 우리 둘만의 세상만 비쳐   투명한 유리 세계   생
각나지 않은 게 아니라   즐거워서 피곤하지가 않아   일단 태
엽을 감으면   버리지 않는 한   다시는 멈추고 싶은 마음이 없
어   너희의 비난은   누군가 손을 뻗어 거울을 깨버렸기 때문
이야   어떻게 그걸로 편지에 반대하고   문자의 매력을 부인
하고   초록색 집배원의 창조를 부인하고   자전거 벨소리가
오랜 포옹보다 나음을 부정할 수 있어?
폭력에는 자신만의 역사학이 있어   심지어 폭력에는 역사학 역사
도 있어   어느 지역에 범죄 흔적이 있고   어느 행동이 동기를
빚었는지   분노는 일찌감치 복선을 깔고   우쭐대는 분노   근
거 없는 분노   여러 총애와 방임을 얻은 분노   분노는 어린이
의 전유물이야   분노와 어린이는 서로의 엄폐호掩蔽壕야   어
린이에게 명성을 얻으면 폭력의 권리가 확보돼   영원히 아무
것도 없는 섬에 응고되고   또 그림자에서 한 자리를 차지해
폭력은 난폭함이 아니야   형용할 수 없는 아름다움   조금 뒤
쪽으로 옮겨   묘사할 때의 후회는 비할 바 없이 유연해   그를
주머니에 넣고   그가 죽음에 대해 얘기하는 걸 듣고 싶어   잘
부서지는   영원히 손에서 놓을 수 없는 장난감   죽음은 폭력

의 최고급이 아니야   언어가 죽음을 만들고   문자는 죽음을 체험해   폭력을 이해하는 거지   폭력에 미련을 두고   제식 폭력으로 길들여   폭력을 행사하는 기계   밤이 깊어 인적이 끊어지고   새벽빛이 희미해   오후의 작은 휴식   펑 하는 소리도 괜찮아   쉬 하는 소리도 괜찮고   하 하는 소리   나는 몇 퍼센트 결정할 수 있나

원한은 냉담함에서 생기지 않아   냉담함도 원한의 아들이 아니고 가슴에 원한과 냉담함이 꽉 찬 여인   입에서 단언이 끊임없이 나와   또 한 마디   고무줄   스프링   태엽   물건의 형상   물화 物化의 장기적 은유   압제를 견디며   신속히 반등해   굼튼 기계 동력   한도의 허위 문제를 넘었지만   재차 쏟아지는 질문을 감당할 수 없어   질문은 상상을 유도해   가정의 힘   주시하다 주시하다 주시하다   잠잠히 주시하다   할 말이 없다   속세 생활도 반등을 만들어   안정적인 다른 한쪽   소비는 평상시처럼 태연자약하게   그것이 깨우쳐져   언 땅을 헤집으면   뿌리가 생기고 싹이 돋아   유리는 잘 깨져   세계의 재발견   빨리 올라가려는 생각뿐   빨리 내려가려는 생각뿐   거울로 개조되다   한 면 거울로 개조하다   거울은 거울을 향하고 유리 게임 또는 유리공 게임   순식간에 중량이 전부 사라지다   출발점으로 돌아가기엔 늦었어   한 페이지를 복사하기엔 늦었어   한 번 베끼기엔 늦었어   원한의 마음이 죽었어   차가워   냉동이 지나가면   냉담함이 조용히 와서   얼음도끼를 뽑아   가루가 될 때까지 두드려

분쇄하기 전에   사이에 한 토막을 삽입해   거울 중간에 끼인 덧문   거울의 덧문을 가상假想해   양방향 거울   일거양득   남자도 비추고 여자도 비추고   동양도 비추고 서양도 비추고   육지도 비추고 바다도 비추고   누운 것도 비추고 선 것도 비추고   고의로 꾸민 것도 비추고 솔직한 것도 비추고   왕도 비추고 왕후도 비추고   주인도 비추고 노예도 비추고   누가 도입한 덧문인지   누가 박아놓은 덧문인지   누가 다시 서신을 활용해 그녀를 먼 곳에서 불러온 건지   삼면 또는 사면 거울로 미궁을 만들어   그 안에서 한가로이 거닐며   일생을 소모하고 또 영생을 누려   무지몽매한 시기에는 맹신하고   원한이 있는 시기에는 냉담해   혐오도 일어나지 않아   보며   머리가 어지러워 방향을 잃는 걸 보며   미친 일개미를 보며   미친 일개미는   수컷의 역할을 의식해   개처럼 바삐 움직이지만   교배 능력이 없음을 전혀 몰라   보며   유리 성루는 지을수록 높아지고   유리 성벽은 팔수록 텅텅 비고   그냥 이렇게 보며

분쇄되기 전에   다시 중간 뉴스가 한쪽에   유배는 그녀가 지칭한 모든 것대로가 아니라   다른 언어로 유배되어   어른의 섬까지 유배되었다   아버지의 명의를 그대로 좇았다 해도   기형적인 괴상한 모자   당당하게 스스로 선포해   부호를 스스로 붙이고   배의 살과 마음의 피를 느끼지 못해   후회막급   폭군이여   과일 껍질 중 가장 독단적이고   해와 달의 움직임을 쉽게 통제해   시간이 흐르고   유배 도중 세 딸에 의해 리어왕의 그 사악한 얼굴이 떠올랐다   노련하고 침착하며 유치해   쉽

게 전환해   호랑이도 이런 정도는 아니야   온몸이 알록달록
한 것에만 정신이 팔려   큰 바위가 흔들려   굴러 떨어지며
휙휙 소리를 내며 분쇄돼   억측   전가할 수 없어   전가하지
않아도 이미 밧줄이 충분히 풀렸어   로프로 써   용총줄*도 안
된다고 할 수 없어   묶은 물건도 도망쳐 살아남아 도망과 유
배를 통해   유배 보내다   불러들이다   줄거리가 이렇게 완곡
하면 안 되지   너희가 확대했어

난 기대하나?   폭력이 발작한 후 바다에서 조용해지길   난 기대하
나?   폭력이 발작한 후 바다에 묻히길   난 부추기나?   거울이
깨진 후 바다에서 조용해지길   난 기대하나?   거울이 깨진 후
바다에 묻히길

협박에 불과해   한 면 거울의 위협을 누가 진실로 받아들일까?
거울도 바다에 떨어져   수습할 수 없게 부서졌다   누가 예상
했을까?   떨어지기 전에   거울에서 갑자기 난폭한 손이 나왔
고   손 속의 얼음도끼가 세게 힘을 줘   평생 가장 큰 폭력을
발휘해   옆의 거울을 먼저 부숴버릴 줄

---

*   돛대에 매어 놓은 줄. 돛을 올리거나 내리는 데 쓴다.

8. 어흥~~ 어흥~ 어흥~ 어흥……

츠 츠 츠 츠 앗 앗 앗 앗 허 허 흥 흥 흥 흥 쳇 쳇
쳇 쳇 쉬 쉬 쉬 쉬 푸 푸 푸 푸 야 야 야 야 어
흥~~ 어흥~ 어흥~ 어흥…… 쏴 쏴 쏴 쏴 쏴 다 다
다 다 다 쾅 쾅 쾅 쾅 쾅 히잉 히잉 히잉 히잉 히
잉 피 피 피 피 피 피 리 리 리 리 리 리 탁 탁
탁 탁 탁 탁 탁 에 에 에 에 에 하 하 하 하 하
하
뭐 뭐 뭐 뭐 뭐 뭐 뻥 뻥 뻥 뻥 뻥 뻥 어흥~~ 어흥~
어흥~ 어흥…… 양 양 양 에이 에이 에이 나 나 나
야 야 야 끼익 끼익 끼익 와 와 와 앵 앵 앵 야!
야! 야! 야! 웅 웅 웅 똑 똑 똑 쓱싹 쓱싹 쓱싹 후
후 후 소곤 소곤 소곤 깍 깍 깍 다각 다각 다각 꽝
꽝 꽝 확 확 확 씩 씩 씩 쏴 쏴 쏴 아이고 아이
고 아이고 흥~~ 어흥~ 어흥~ 어흥…… 헛 헛 헛 헛
헛 헛 헛 어이 어이 어이 어이 어이 어이 어이 꽥
꽥 꽥꽥 꽥꽥 꽥꽥 꽥꽥 꽥꽥 꽥꽥 왝 왝 왝 왝 왝
왝 왝 음매 음매 음매 음매 음매 음매 음매 웅얼
웅얼 웅얼 웅얼 웅얼 웅얼 웅얼 탁 탁 탁 탁 탁 탁

탁 저벅 저벅 저벅 저벅 저벅 저벅 저벅 어흥~~어
흥~어흥~어흥…… 아 어 에 이 오 우 어흥~~어흥
~어흥~어흥…… 예 예 예 예 예 예 쉬잇 쉬잇 쉬
잇 쉬잇 쉬잇 쉬잇 칵 칵 칵 칵 칵 칵 댕 댕 댕
댕 댕 댕 자 자 자 자 자 자 쫏 쫏 쫏 쫏 쫏 쫏
빵 빵 빵 빵 빵 빵 오 오 오 오 오 오 라 라 라
라 라 라 라 루 루 루 루 루 루 어흥~~어흥~어
흥~어흥…… 재잘 재잘 뭐? 뭐? 마 마 둥 둥 앗
앗 아 아 달가닥 달가닥 땡 땡 둥 둥 쭉 쭉 막 막
야! 야! 쿵 쿵 랑 랑 구 구 뚜우 뚜우 띠 띠 어흥
~~어흥~어흥~어흥…… 탁 탁 탁 탁 탁 탁 탁 탁
탁 탁 탁 웅 웅 웅 웅 웅 웅 웅 웅 웅 웅 잉 잉
잉 잉 잉 잉 잉 잉 잉 잉 칭 야옹 야옹 야옹 야옹
야옹 야옹 야옹 야옹 야옹 야옹 헉 헉 헉 헉 헉 헉
헉 헉 헉 헉 야! 야! 야! 야! 야! 야! 야! 야! 야!
야! 어흥~~어흥~어흥~어흥…… 흥! 흥! 흥! 흥! 흥!
흥! 흥! 덜 덜 덜 덜 덜 덜 덜 쏴 쏴 쏴 쏴 쏴 쏴
쏴 베 베 베 베 베 베 베 미 미 미 미 미 미 미
껵 껵 껵 껵 껵 껵 껵 예 예 예 예 예 예 예 어
흥~~어흥~어흥~어흥…… 뚝 뚝 뚝 뚝 뚝 쳇 쳇
쳇 쳇 쳇 꼴 꼴 꼴 꼴 꼴 너 너 너 너 너 킥 킥
킥 킥 킥 콸 콸 콸 콸 콸 쩝 쩝 쩝 쩝 쩝 소곤
소곤 소곤 소곤 소곤 부글 부글 부글 부글 부글 쏴

아 쏴아 쏴아 쏴아 쏴아 껄 껄 껄 껄 껄 어흥~~어
흥~ 어흥~ 어흥…… 샤샥 샤 샤 샤 샤 샤 샤 어
흥~~ 어흥~ 어흥~ 어흥……

9. 아래로 비상飛翔, 오래 기다렸다

나머지 모두를 등에 진 사람이 아래로 비상하다 다른 그림자로 들어가기 싫은 사람이 내 쪽으로 온다 죄명공포증에 걸린 사람이 내 쪽으로 온다 줄을 선다 청회색 밧줄이 오른손을 얽매다 너희들은 내 등에서 중첩된다 포물선이 메커니즘을 선택한다 동전의 왼쪽 면 또는 오른쪽 면 약간 위로 하늘 높이 올라 헛디디다 진동 빈도가 증가하다 누가 구령을 내나? 비상 맞다 점 하나가 무수한 선을 쏜다 병실까지 뻗다 미시시피강까지 킬리만자로까지 겹눈까지 소금의 경도硬度까지 유선형 비행기 날개까지 최면에 빠지지 않은 심장들까지 비상하네 중년에 이른 사내 모색이 창연한 남자 손목을 들다 넌 의사 표시를 할 수 있어 오른쪽으로 옮겨 술병 하나 거리만큼 옮겨 우리에게 너의 튼튼한 손을 보여줘 토지와 햇빛에서 노동하다 토지가 그녀의 씨앗을 들이받다 호미를 쥔 손을 꽉 잡다 서서 충전기를 단호하게 뽑는다 건널목 같은 건 한 번도 없었다 후회에 무슨 힘이 있나? 내 쪽으로 온다 고독을 견디는 사람 나는 첫 서명을 거절하지 않는다 마늘이 얼굴을 더 깊이 찌르는 걸 거부하지 않는다 뼈는 이것을 기다리지 않는다 그럴 만한 가치 있는 게 또 뭐가 있나? 시기에 맞지 않다 우수한 품질 너는 동시에 비상하면서 동시에 평어를 덧붙일 수 없다 가장 한 글자 가장 쉽게 사용하다 대중을 따르다 진심으로 표창表彰하다 죽음에 너무 많은 것을 설계한 사람 너희들 다른 쪽에 서다 오 정신이 아니란 말인가? 난 이상을 말하고 싶어 단단함을 말하다 침묵을 말하다 많으면 어때? 무거운 짐을 짊어지면 술을 똑같이 땅에 뿌리다 술그릇을 던져 깨뜨리고 싶어 하는 사람 내 쪽으로 오다 너희들에게 등불을 켜 달라 부탁할게

선생님 제 얘기를 끝까지 들어주세요 내 일생은 딱 두 글자로 말할 수 있다 공룡 너무 거대해서 태연하게 식당으로 들어갈 수 없다 박물관도 내 진입을 거부했다 그들은 내 꼬리를 어떻게 할지 모른다 그래서 협상 그들은 경찰을 배치한다 주차장을 지정했다 지하 여성 수납원이 차갑게 나를 본다 날카롭게 부르지 않고 빨리 뛰지 않고 그녀는 물컵도 건네지 않는다 그에 대해 난 만족한다 난 주차장의 이곳에서 저곳까지 걸어간다 차 한 대를 먹어버린다 또 차 한 대를 먹어버린다 여러 날을 기다려야 비로소 트럭 한 대를 먹을 수 있을 것이다 자전거 같은 물건 뜯어서 뭉쳐서 꽃 한 다발이 되다 여성 수납원이 꽃을 받는다 보지도 않고 한쪽에 둔다 그녀는 고개를 숙이고 계속 전화를 건다 선생님 이거 슬픈 이야기인가요? 없어졌다 나중은 없다 그렇지 않으면 내가 왜 여기에 서 있겠어?

노랫소리다 뻗어 나오는 많은 손 나를 유혹한다 더 높이 더 높
이 높은 곳은 끝이 없다 내려가라고 권하지 않아 다만 말
하기는 높다 숭고하다 별 하나를 따다 합성된 금속 먼지
를 닦아내다 안심되지? 아니 아직도 말하고 있다 등반이
잖아 한 계단 한 계단 멈춰서 쉬려는 사람은 못 듣는다 속
을 터놓고 대하다 수척하다 말라서 골격이 밖으로 드러나
다 수십 리 밖에서도 불이 타고 있는 게 보인다 바로 이런
사람 노래를 불러라 귀는 어디에서 길들었나? 이렇게 저
급한 취미는 차마 말할 수 없다 시야를 넓히다 견문을 넓히
다 진짜 물건을 꺼내 성실하고 뜻이 옳아야 유혹이 성립한
다 귀에 들어갔다 걸어 나올 수 있다 문제는 왜 걸어 나오
나 하는 것이다 더 높이 더 높이 악수해야지 힘을 전해주
다 계약 팔 물건이 더 있나? 알뜰 교환 맞아 나는 이렇게
생각해 베란다에서 내려다보다 여러 목소리를 모으다 세
계의 왕으로서 자신감 등반을 통해 실현하다 기대서 보다
기대서 듣다 보증 삼아 거리를 저당 잡다 속까지 중독되다
기꺼이 진심으로 원하다 복선을 깔았다 최종 문제 가치판
단 자유의지라는 것 할 수 있는 선택 더 높이 좀 더 높이
잔교가 자동으로 넓어지다 대나무만 못하다 살만 못하다
그 논리야 반주 없이 노래한 것뿐 반주 없이 노래해도 족해
손을 줄곧 흔들다 더 높이 서면 더 가까워진다 등비율
우울한 까마귀 그는 눈과 사랑에 빠졌다 가혹한 까마귀 우울증
환자 그는 땅에 쌓인 눈은 좋아하지 않는다 그는 가지가 받

치고 있는 눈은 좋아하지 않는다 그는 공중에서 흩날리는 눈을 좋아한다 떨어지기 전의 눈 한겨울이 다가온다 까마귀가 이상하게 긴장한다 소식이 전해진다 올해 눈은 삼 일 밤낮 지속될 것이다 까마귀는 기다리고 있다 최후의 날을 기다리는 막차처럼 그는 자신에게 말한다 올해는 절대 혼자 있는 눈은 사랑하지 않을 거야 눈 자체를 사랑할 거야 이런 그의 최소 일흔두 시간의 사랑 말하는 중간에 눈이 떨어졌다 어지럽게 흩날리며 하늘에서 계속 백조를 도살하듯이 털을 뽑아 던진다 까마귀는 이미 말을 하지 못한다 그는 날갯짓을 한다 온통 끝없이 하얀 가운데서 왔다 갔다 한다 이렇게 많은 눈 저마다 우회 노선을 채택한다 오랫동안 배회하다 고정된 지점에 떨어진다 까마귀는 좋아서 숨을 쉴 수 없다 그는 그녀들의 나긋나긋함과 일시성을 사랑한다 그는 그녀들이 무한해 보이는 것을 사랑한다 실수는 필연적으로 범하기 마련이다 까마귀는 특정한 덩이와 사랑에 빠졌다 작은 여위고 허약한 오각형만 있는 듯한 덩이 까마귀는 당당할 엄두를 내지 못한다 그녀 곁에서 아래로 그는 바람 좀 불어달라 애원한다 그는 바람더러 너무 세게 불지 말라고 애원한다 까마귀는 그녀가 땅에 떨어지는 걸 본다 까마귀는 입김을 분다 그녀는 결국 완전히 녹지 않는다 까마귀 눈에서 흰색 눈물이 떨어진다

고원으로 가다 고원은 사나운 호랑이처럼 알록달록하다 더 일찍 빛에 다가가다 가칭 고원의 성이라 불리는 주인 여유롭

게   선사시대 화석을 두드린다   족적이 커서 텐트를 칠 수 없다   조개류는 마음을 놓을 수 없다   한 번도 물고기를 먹지 않았다   물고기 뼈에 대한 관심이 줄지 않고 계속 는다   그 고양이는 뭘 하는 거야?   칼을 뽑다   큰 덩어리를 베어내다   허리춤에 걸려 있다   호수를 한 바퀴 돌다   번뇌   앞에 아무도 없다   다 마신 술그릇은 자신이 부어야 한다   너도 얘기 좀 할래?   절레절레   힘들게 뭐하러 그래?   이 나무는 결이 좋다   최상의 연료   불이 붙을 때까지   형님   바람이 세차졌다   사람을 작고 마르게 만들었다   소똥이 연소되는 연기 속으로 돌아갔다   감자 하나를 굽다   고원에서 오래 머물다 평원으로 갔다   사람들의 말이 들리지 않는다   뭐든 상관없이 얼굴이 붉어진다   그것도 지나갔다   그런데 칼이 말을 안 듣는다   몸에 입은 말語도 말을 안 듣는다   벗어   장화를 멀리 던지니 멀리 날아간다   기껏해야 머리를 조아리지 않으면 그만이지

그해 나는 손으로 비행하는 사람을 알게 됐다   전 가족이 성 안의 백양나무 위에서 산다   그건 밤이었다   낮에 그들은 다른 사람과 똑같다   출근한다   찬거리를 산다   하교하는 아이를 마중한다   단지에서 다른 노인과 바둑을 둔다   미용실에 간다   밤 열두 시 이후   한 가족이 방에서 나온다   베란다에 가서 달이 먹구름에 가려지길 기다린다   가로등이 순간 어두워진다   힘껏 양손을 두드린다   부채질해 일어난 바람이 대부분 손가락 사이로 새어나간다   나머지는 가까스로 그들을 나무 꼭대기로 보냈다   다들 피곤하다   간신히 나무 위의 방으로

들어갔다 할 일도 없다 새로 밥 한 끼나 지을 뿐 다시 한 번 다들 배가 부르다 그들은 그래도 끝까지 먹는다 그렇지 않으면 왜 나무 위까지 날아갔겠어? 문제를 제기할 수 없다 그대로 하자 엄마가 이렇게 말한다 아빠가 이렇게 말한다 아들이 이렇게 말한다 며느리도 이렇게 말한다 그녀는 시집오고 나서야 나는 법을 배웠다 그러나 온 가족은 그녀가 이 일에 그래도 열정이 있다는 것에 집중한다 날아오르는 건 별개의 일이다 어떤 의미가 더 있을까? 그녀는 이미 마음을 정했다 앞으로 1남 0.5녀를 낳는다면 가장 중요한 일은 그들도 손으로 비행하는 법을 배우게 하는 것이다

땅콩 한 알을 위해 죽은 사람의 혼을 불러오다 삼 개월 치 월급을 다 썼다 작업 라인은 물살이 너무 세서 서로 꼭 끌어안아야 한다 그래야 해체되지 않고 다시 여기로 돌아올 것이다 스물네 살 마침 아래로 비상하는 법정 나이다 무서웠어? 알레르기를 제거하자 갈다 스탬핑stamping 광택을 내다 땅콩 한 알을 틀어넣은 나사 보고하다 할머니께 신발을 사드리다 양쪽에 작은 날개가 있는 신발 할머니는 분명 앞에서 달리실 것이다 나는 침대의 숲으로 돌아가도 될까? 모든 침대가 싹트고 있어 꽃이 피고 다른 작은 침대가 자란다 콜록 달이 나왔다 훤하게 숲을 비춘다 카드에 개인정보를 가득 썼다 산림 감시원이 널 보고 있네 어떻게 돌아갈 수 있지? 계속 날아야지 이 결정체들은 나무로 만든 거문고로 응결됐다 자토瓷土 거름흙 어느 곳의 토양이 식물을 위한 것이

아닌가? 어느 곳의 나무에 새가 홀로 날아드는가? 낡았다 이럴 때 반어적으로 말하는 건 무슨 뜻이지? 누가 세고 있네 한 번 세는 소리에 환호성이 따른다 줄을 섰다 살들이 엮여 꿰미*가 되었다 구울 때 뒤집는 거 잊지 마 내가 말했지 그리고 난 땅콩 한 알을 위해 죽은 영혼을 부르고 싶을 뿐이야 그녀의 넝쿨을 소환해 뿌리털에 진흙을 흠뻑 바른다

늙은 구두장이가 눈을 가늘게 뜬다 오늘 밤 바람에 날리는 모래가 정말 심하다 담뱃대를 떨다 지금 생각하고 있어 말발굽 소리가 왔다 말이 늙은 구두장이의 헛간 앞에 멈춘다 기사가 말에서 내렸다 그는 큰 몸을 굽혀야 헛간에 들어갈 수 있다 바로 이렇게 헛간 안도 바로 붐비기 시작했다 기사는 늙은 구두장이의 손에서 흔들리는 송곳을 묵묵히 바라본다 그는 포대 하나를 던졌다 늙은 구두장이도 들어 올리지 않고 열었다 낡은 날개 한 쌍 깃털 몇 개는 이미 개미가 훔쳐갔다 내가 꿰매는 걸 도와주시오 기사는 말을 마치고 상의를 벗고 늙은 구두장이 옆에 앉았다 석유램프의 빛이 어슴푸레하다 늙은 구두장이는 여전히 기사의 견갑골을 자세히 보고 있다 양쪽 모두 실밥이 터져 있다 왼쪽에선 솜이 보이고 오른쪽은 스테인리스스틸 뼈다 말이 너무 무겁다 기사가 말한다 비가 많이 와서 백 리도 채 날지 못해 꺾였습니다

학원의 우울 열대우림과 같은 우울 바나나 나무 위에 원숭이가

---

*   물건을 꿸 때 쓰는 끈이나 꼬챙이 따위.

열렸는지 여부를 논증할 필요는 없다 원숭이는 알아서 땅으로 내려와 모자를 벗고 세 번 절한 후 우울한 노래를 부르기 시작한다 오늘 밤 달을 밝게 닦지 못했다 땅굴을 파는 은둔자가 노쇠한 이리를 팠다 이리는 입을 크게 벌리고 땅굴을 먹어버렸다 강단을 내려가 은행나무 밑에 앉아 우울함의 구성 법칙을 강해講解한다 심사하고 주시하다 자아는 그 말 많이 하는 나 초자아는 머리를 박고 글을 쓰는 나 손가락이 가리키는 것은 모두 나 콩을 뿌리니 군대가 되다 삼천 제자 현자賢者 몇몇 한가한 사람이네 혼자 슬퍼하지만 눈물을 흘린다 어휘가 쌓인다 소화해 현실이 될 수 없다 저술 이 어달리기 이 막대기를 전달해 공동체 본능 작용 시름을 덜 수 없다 익살이나 유머를 섞어서 남을 웃기는 것도 안 돼 한밤중에 깨다 옷을 걸치고 침대를 돌아 질주하다 정원에서 질주하다 여덟 권의 책 위에서 질주하다 저작이 대단히 많다 하나 더 묻다 악어 앞에서 수염을 깎다 하마 앞에서 경거망동하지 말라 벌새 앞으로 몰려가다 학원화의 우울한 편제를 취소하다 합리적인 시기

관례에 따라 그는 날개를 마셔야 잘 수 있다 매일 밤 한 번 한 번에 한 쌍 굽거나 삶을 필요 없다 어떤 양념도 필요 없다 아무런 금기도 없다 가져다 깨끗이 씻어 깃털 사이의 물 그늘에서 말릴 여유가 없어도 괜찮아 하지만 조제량은 조금 많게 시간은 조금 길게 큰 사발에 넣고 생수를 가득 부어 처음부터 그는 마음으로 의지하는 그 브랜드의 생수를 만들

었다 그리고 오른손 검지를 뻗어 휘젓고 휘젓고 휘젓고
세 번 휘저으니 깃털이 녹기 시작했고 형태 없이 사라졌다
물의 색깔이 조금 변했다 구체적으로는 당일 날씨에 따라 결
정된다 휘젓고 휘젓고 휘젓고 또 세 번 휘저으니 날개
의 피부 근육 뼈가 녹기 시작했다 물이 조금 걸쭉해졌다
치킨 수프처럼 그는 이를 갈며 목을 들고 한 모금 마셔 뱃속
에 넣는다 미처 그릇을 못 씻었다 그는 가장 빠른 속도로 침
대에 올라가 이불을 끌어 자신을 쭝쯔粽子*처럼 쌌다 그는
쿨쿨 자느라 등에서 뚝뚝뚝 소리가 나는 것을 못 들었다 잠
든 틈에 새 날개가 불쑥 자라는 소리
오래 기다렸다 지금까지 질질 끌었다 인원이 많아 차례로 앞으
로 나오도록 허락해야 했다 작별인사를 하도록 허락해야 했
다 비상의 목적은 여기에 있는 것이 아니다 부작용은 완전
히 배제될 수 없다 여러분 제가 밧줄을 풀겠습니다 우리
한 줄로 섭시다 각자 위치로 착륙은 큰일입니다 준비

---

*   갈댓잎이나 죽순 껍질에 찹쌀, 대추, 고기 등을 넣고 싸서 찐 것으로 중국
에서 단옷날 먹는 음식이다.

10. 도망, 또는 종적 없음

필연적인 여정   눈은 대부분 비슷하다   산에 쌓이고   산허리에 쌓이고   길가에 쌓여   잔존하지   바람이 증발하는 색   흔적도 방향도 없고   화살은 겹쳐져   화살촉을 싼 가죽을   부식시킨다   가벼운 이야기는 오래가며   쉽게 도달하려 하지 않는다   포기했는가   성분이 정해지길 기다리는 수치스러움   한없이 무위에 다가가는   즉, 여정   동류가 되는 것을 경계하라   도망가거나 회피하라   대중 앞에 서되 큰 소리를 내지 마라   나는 물러날 것이다   수사적인 장난질을 근절하라   양손이 궤변을 늘어놓는다   어법상 맞지만   이 길이 아니다   물러남이 곧 나아감이고   은둔이 곧 현신이다   종지부를 찍게 해주오   작은 금지는   혼자가 되게 하지   군무는 후퇴하지 않는다   군무의 행렬을 퇴출시킨다   눈은   밤새 쌓인다   개가 작게 짖는다   사립문에 걸쇠를 건다   물러선 것보다 한 걸음 더 뒤로 가고   녹은 것보다 더 조용해진다   한 사람의 역사는 그러하다   돌은 호수에 던진 것이 아니라   다른 한 손에 던진 것   거대한 손은   모든 것을 받아내려 한다   몸을 돌려   주머니에 넣는다   주머니의 거대한 부드러움   낮과 밤이 모래가 된다   대부분이 여기에서 마친다   고집 센 사람은 주머니 바닥까지 긁어

쭉 미끄러진다 흙 속의 흙처럼 꽃 위의 꽃처럼 조금만 더
뒤로 물러서는 것은 내가 이해할 수 있는 것이 아닌 추측 정
도만 가능한 것

호수가 늙어간다 야위어간다 바람은 그 박약한 물을 흔들리게
하지 못한다 사랑방은 자주 집터로 오해를 받는다 길이 늙
어간다 양복과 가죽구두를 신은 발들이 총총거리는 그림자
단편적으로 각인되어 느리게 재현된다 사전이 늙어간다 풀
초변의 명사에 백발이 성성하다 덧없는 세월이란 거듭되는
개정 지우개로 싹싹 지운 흔적이 와르르 자살이 늙어간다
상투적인 방법이 반복된다 주인공이 관중이 되고 관중은
주인공이 퇴장하는 번호표를 받는다 술잔이 늙어간다 맥
주도 매번 채워지는 걸 담담히 받아들인다 인내심이 늘어난
다 위는 모든 걸 소화한다 편지가 늙어간다 아무 때나 퇴
출될 수 있을 때까지 늙었다 그래서 우편함은 열이 난다 통
로가 늙어간다 지원을 하고 상부상조를 감시한다 단어
화석이 되어 오르지도 내리지도 않는다 지프차가 늙어간다
하중이 계속 증가한다 해체시키면 유모차로 변하니 재탄생
이 가능한 게 아닌가 분필함이 늙어간다 송진이 폐에 쌓여
폐포가 분열하니 한 발 떨어짐이 옳다 검이 늙어간다 예리
하게 빛나는 칼끝 때를 기다려 서로를 맹렬히 베어 절대로
서로를 쉽게 용서할 수 없다 탄식이 늙어간다 한숨에 두 눈
에 눈물이 흐른다 늙기 전에는 그 흔적을 모른다 왜 이리 웃
음이 나는가

깊은 밤 도시를 추억하지 마라   도로변에서 먼 곳을 바라보지 마라   스탠드 밑에서 시를 읽지 마라   쇠등 위에서 칼을 뽑지 마라   네 가지 실의   타인에게 말할 수 없어라   설산은 고원의 부츠   백양나무는 사막의 부츠   옹이는 밀림의 부츠   수염은 남자의 부츠   네 가지 워킹   바깥의 흔적을 보여야 한다   승강기는 계단과 오르락내리락할 수 있고   부채는 꽃과 어우러질 수 있고   물총새는 날치와 뜻을 같이할 수 있고   시인은 그림자와 술을 마실 수 있다   네 가지 친밀함   어느샌가 왕래하지 않는다   깊은 밤에서 검정을 짜내면   달빛이 의미를 잃고   피에서 빨강을 짜내면 생명은 의미를 잃고   하늘에서 파랑을 짜내면   자유는 의미를 잃고   책에서 회색을 짜내면   무지개는 의미를 잃는다   네 가지 단조로움   양옆에 둬도 만족할 수 없다   달팽이가 멈춘다면   푸른 망고가 노래를 부르고   꿀벌이 멈춘다면   수선화가 노래를 부르고   문어가 멈춘다면   공작고사리가 노래를 부르고   네가 멈춘다면   내가 노래를 부를 것이다   네 가지 채집   선율 속의 깊은 곳을 찾는다

우정의 씨앗을 먹는다   웃음소리가 계속해서 자라난다   신들을 시간에 봉인해둔다   영원의 모임   휘궈의 김이 모락모락   손가락 사이 담배는 환상을 그리고   셔츠나 티셔츠   모두 사람의 형태를 벗어버리고   있는 그대로의 소재로   의자에 기대어   걸상에 모여   눈   물총처럼 이리저리 획획   팔뚝의 숲을 향해 쏜다   머리황야   빛나는 산등성이   축축한 것이   이리저리 휩쓸려 다듬어진 유석 같구나   붉은 불   노란 불   붉

은 불   갈라져 있던 화염들이 다 함께   밤의 환영을 포위한다   태운다   보험체제를 태워버린다   뜨거운 피가 문을 열고 쏟아져 나온다   책상이 뒤엎어진다   양다리는 신호등이 만들어 낸 밤하늘을 걷는다   파멸의 충동이 일어난다   상욕을 한다   생식기와 성교행위   분출   단어들이 부서져 내린다   컵과 접시와 그릇들을 깨부순다   가루로 만들어버린다   그 위를 걷는다   역할에 몰입한다   가슴을 팬다   배를 찬다   침이 얼굴을 닦고   술병이 정수리에서 깨진다   현대 관광체계   피의 흐름도   얼굴 흉악 노선도   몸 흔들림 노선도   싸움꾼 노선도   낙담하는 노선도   질척대는 노선도   화해하는 노선도   다정히 포옹하는 노선도   배상 노선도   모임 재개 노선도   여명이 밝아오는 노선도   숙취 노선도   손을 흔들며 헤어지는 노선도   촘촘한 노선도 속에서 멀어진다   영원히 선을 그으며   영원히 젊은 척하며   영원히 뜨거운 눈물을 머금으며

초야草野는 마을 아래에 있다   초야는 절 앞에 있다   초야는 길 왼쪽에 있다   초야는 강 위에 있다   초야는 숲 뒤에 있다   초야는 양의 오른쪽에 있다   초야는 들꽃 향 안에 있다   초야는 꼬꼬댁 소리 밖에 있다   무대   반주   스포트라이트   짧은 사랑의 이별   콩 밀 청과주   영원히 딸과 함께   은둔자를 상상하지 마라   눈이 녹아 졸졸 흘러내리는 소리를 듣는 것으로 족하니   미풍이 볏짚으로 엮은 사립문을 여는 소리만 들어도 족하니   어떤 사람이 끊임없이 흥얼거리는 소리만 들어도 족하니   금속과 금속이 서로 부딪혀 빠르게 떨어지는 소리만 들

어도 족하니   동물과 식물과 사람이 모두 본연의 모습 그대로 성장하는 소리만 들어도 족하니   탄식의 한숨소리를 갈무리해 배낭에 넣는다   시시덕거리는 웃음소리를 갈무리해 배낭에 넣는다   사랑하는 소리를 갈무리해 배낭에 넣는다   발걸음 소리를 갈무리해 배낭에 넣는다   잠에서 깨는 소리를 갈무리해 배낭에 넣는다   물 마시는 소리를 갈무리해 배낭에 넣는다   소리수집기   영상정리기   시공발효기   기점을 정하지 않고   종점을 정하지 않는다   상상할 수 있는 두 선에서   마음대로 골라   둘둘 감아   구부러뜨려   집어넣어   아무렇게나 한 신인을 키운다

여기에서 반드시 고요함을 정의해야 한다   이 법칙에 따라야 한다
아래로 가라앉는 마음은 늘 존재한다   지역은 중요하지 않다
물은 늘 갇히곤 한다   수상식민   강제로 거주지가 정해진다
물의 흐름은 막지 못한다   서로의 비밀을 나누고   흔치 않
은 맑음을 공유한다   늘 그렇듯 물이 차는 감방   숨을 참는다
어릴 때는 말할 필요도 없었지만   지금은 반드시 물안경을 써
야 한다   한 번만 참거나   한 번만 물밖에 나갔다 오면 된다
그래도 숨이 모자라면 빨대도 있다   양 손을 펼친다   너 또한
만질 수 있는 것   바로 세계의 본질   물 밑의 세계   형태와 모
양이 다채롭게 변한다   생명으로 빛나는 가시를 만진다   양
끝이 날카로워 아쉬워라   조개 안에 숨은 진주   손가락을 그
안에 넣을 수 없다   수초가 흔들거린다   용병들이 한바탕한
뒤 흩어지는 군대   천천히 유영한다   새총은 물을 가르는 기

구를 쏜다   한 발에 명중   만져본다   끈적하다   오픈형 샬레
는   물의 힘만 빌리지는 않는다   상한선에 이미 다다르지 않
았는가   무릎을 꿇고   다시 바른 자세를 취하고   렌즈를 통과
한다   나와 범인은 종이 한 장 차이   무엇을 검출해낼 수 있나
테스트는 타당한가   치환을 한 번 한다   물을 추출한다   높은
것으로 낮추고   젖은 것으로 말린다   높은 곳에서 침착해질
수 있는가   홀로 남겨진다

질문 하나 더   미리 자신을 본다   희극에서 멀리 떨어지는 것도
굳이 필요 없다   증거 중요한 것은 증거   언제 시작하지   얼
마나 투자해야 하지   박스오피스   보고   포스터   상   타원형
이 된 꿈   어떻게 계산하지   안경을 벗은 눈은 진실한가   좋
은 사람은 반드시 약속을 이행할 수 있어야 하나   일인칭   이
인칭   삼인칭   이렇게 쌓여간다   한계는 어디에 머무르는가
의미를 깨닫고   진실을 파악한다   창작이념의 시작은 언제인
가   가장 중요한 것은   순서를 정하는 것이 아닐는지   너는
너를 보지 못한다   시간적   너는 너를 리허설해본다   논리적
네가 무대에 오르면   공연이 멈추지 않는지   배경이 부서지
고   도구가 부서지고   너는 나를 데리고 걸어 올라가네   상상
하기 힘들지만   신선하진 않구나   피란델로*는 오래전에 즐
겨보지 않았는가   비슷한 방식   어디에서 멈출 건지 끈질기

---

*   이탈리아의 극작가이자 소설가. 염세적이고 전위적인 작품으로 명성을
      떨쳤다.

게 물어볼 수 있다 따라와 허리를 숙이고 사과한다 죄송
합니다 당신 오해입니다 나는 또 어떻게 대답해야 하는가
쓴웃음을 짓다가 등을 돌려 떠날 뿐 좀 더 일찍 알았더라면
바로 연습실로 쳐들어갔을 텐데 실례지만 이 공연은 반드
시 여기에서 끝내야 한다 각색도 멈춰야만 한다 모두가 얻
은 것은 정신술 이 사람 누구야 어느 신scene에 잘못 들어가
있는 거지 어느 정신병원이 잘못 입원시켜놨지 오해 오해
한바탕 오해 전신에 리허설 복장

같이 마셨던 강 같이 헤엄쳤던 강 같은 강에 몰래 들어간다 상
류 중류 하류 해구에서 어디에 자리를 잡는가 최초의
시인은 이 단어 안에서 죽었다 최근의 시인은 이 단어 안에
서 죽었다 단어 안에서 죽는 것은 운명 그래도 선택이 가능
하지 않을까 태도 외에는 전혀 고려하지 않는다 같은 강에
다른 물꽃이 있을 수 있지 않을까 말은 이렇게 해도 실현하
기 힘든 것을 안다 물고기와 새우가 대답했는가 어부가 대
답했는가 약속과 약속의 실천 강은 당연히 가능하지만 강
이 언제 입을 벌릴는지 노련함과 신중함 그 의미는 바로 이
것이다 출렁출렁 찰랑찰랑 가득 쌓인 눈을 말아 올리듯
이 분노를 어떻게 다스려야 할까 그러므로 답할 수 없다 관
련이 없어도 답할 수 없다 그들이 망가뜨린 것이 적은가 되
먹지 못한 본디 얼마 남지도 않았던 양심을 속이고 전환해
힘을 다른 관절에 쓰고 어두운 밤에 정말 그리 많은 빛이 필
요한가 이렇게 경거망동하니 누가 이것들을 예견할 수 있

었겠는가 그러니 허공을 따라 퍼지는 소란은 말할 필요도 없다 슬랩스틱도 좋다 나는 세계의 이런 복잡한 면을 좋아한다 억지로 쥐어짜내도 좋다

11. 절단, 취소, 넘침

밤 아홉 시   어둠의 정원이 개장한다   꽃과 풀들이 핑거 링을 끼웠
다   나무는 스모키 메이크업을 한다   나뭇잎과 뿌리가 조심
조심 움직인다   희미한 빛이 지나간 사이 움직인다   그들의
경미한 떨림   출처 없는 나무   해동   소생   두 가지 기본동작
인류의 청각을 뛰어넘는 소란 위에 착륙한다   빛은 예전처럼
유폐된다   없어서는 안 될 사마귀   감상자는 물러난다   계절
의 혼이 돌아온다   참석자들이 밀어로 이야기를 나눈다   인
류 영혼의 투사投射에 대해 토론한다   유령이 자주 출몰하는
흐릿한 어두움에 대해 이야기한다   오가는 말들 속에   길이
꼭 갈라지는 것은 아니다   마주 앉으면 어차피 전개를 선택한
것   자연스럽게 관여하게 된다   모두가 위에서 쳐다보고 있
다 생각하니   어쩔 수 없이 돌이켜보게 된다   위에서 관망하
는 자의 악습에 전염된다   말투가 엉킨다   감정은 고여 썩은
물 같다   작은 물결이 인다   조금은 무시하고   조금은 비웃고
조금은 원망하고   조금은 말문이 막힌다   단절은 정확한 투
사 입구를 찾기가 어렵다
혈액이 다시 한 번 날카로워진다   칼날은 항상 녹슬면 안 된다   베
어버린다   만물을 들개 보듯 한다   형식인形式因의 유혹   위

로 이동한 동사動詞의 충동을 피해 중추가 되는 곳에 안전하
게 놓는다 가로 가로놓기 전 하늘을 향해 웃어볼 만하구나
이름 없는 곳을 맴돈다 사실 주방에서 왔으니 결국에는 주
방으로 돌아가야 하지 않을까 안신입명安身立命의 형태가 입
명안신의 혼을 얻었다 크기도 같고 길이도 같다 힘은 조
금 센 쪽이 있겠지만 중요하지 않다 자르기 깎기 벗기기
새기기 나누기 스스로 고른 시리즈 심오한 곳에서 정신
을 본다 언제 그렇지 않은 적이 있었나 가로 가로놓을 때
에는 돌아보지 않는다 욕실 물소리가 빗소리 같다 샤워꼭
지 아래에서 연꽃이 피어난다 가로가 결렬된 부분을 덮는다
일종의 죽음의 모상 역시 인원수를 예리하게 차지해야 한다
난폭한 인원수 가상의 산과 물 늘 따뜻하고 습한 싱글 소
파를 놓기 좋은 그 이상은 수용하기 힘든 억제되지 않는 하
락을 절대 계속 써내려갈 수는 없다 파문도 있고 원심도 있
고 고리형으로도 확산된다 주도하는 것은 역시나 가로줄 하
나 세계의 희뿌연 정원을 등지는 가로줄 하나 너희들이 아
무리 떠들지라도 또 어떠하리 목구멍에서 발걸음을 멈춘다
바로 이런 가짜 정액 가짜 남성 가짜 강건한 번식력 정액은 힘
의 허구가 아닌가 가장 편리한 손쉬운 그 어떤 형태와 힘과
사람을 빌리지 않는
약간의 상상이면 된다 논리가 빈틈없고 족보가 분명한 단계별
로 하나하나 구성된 오를 힘이 남아 있는 바로 여기에서 의
문이 되고 전통이 끊긴 음악이 된다 좀 더 떠들어도 되니

한마디 부탁하오   좁은 문이로다   한 사람도 통과하는 것을
허용하지 않을 정도로 좁다   닳다   신심을 닳게 해   억지로
허구가 되어 통과했다   화려한 불꽃도 허구다   이곳에서 엿
보지 않으면 안 되겠는가   체형을 바꾸면 안 되겠는가   힘은
어떻게 증명하나   걱정은 남에게 얘기할 만한 것이 못 된다는
걸   단계적 전진만이 유일한 선택   허구의 환상을 끌어올린다
허구가 시작되었는가   이 모두를 피할 수 없다   저 문 밖에 있
어도

그렇게 나를 보지 말아라   시간의 여지를 남겨둬야   내가 당신들
을 책망하지 않으니   양면으로 걸어가는 거울은 즐거움을 주
지만   보송보송한 꼬리를 남겨둔 거울은   원래에도 평면 솜
털은 아니었다   이것은 당신들의 애교   스스로 복을 많이 빌
어라   일찍이 운명은 행운이 오는 것에 그치지 않음을 예측
했다   부서짐이 앞에서 기다리고 있다   보아도 피할 수 없다
흔적을 따라간다   따라 하며 배워   처음 이 세상에 뿌리를 내
린다   그러면 그렇게 나를 보지 마라   친밀함의 여지를 남겨
둔다면   너희들에게 책망할 자격을 박탈하겠다   어른의 꼬리
는 보기 좋을 뿐만 아니라   거울도 닦을 수 있다   무엇을 더
말할 수 있을까   온정   어디를 가도   부서짐   오직 모든 부서
진 조각들이 없어질까 봐 두렵다   원래대로 복원해도 깨진 자
국이 가득할까 봐   잘 챙겨 보라   탐닉은 점점 경박해진다   그
렇게 주의를 기울일 가치도 없다   진두지휘하기에도 부족하
다   우연한 허구에 불과하다   뭐가 우연이 아닌가   논쟁   정

말 이렇게 해야 하나   자처함의 여지를 남겨두는 것만 못하다
자신을 보라   스스로 법도와 예의를 배우며   소문 내지 않는
다   직계가 면책의 특권을 누리지는 않는다   그렇게 나를 보
지 마라   책임전가를 할 수 없고   내 어깨 하나를 더 만들게
할 수 없다

글을 써서 망각을 피한다면   누가 글 쓴 뒤의 영원함을 망상하겠
는가   방부   방충   방취   글은 증거 그 자체   빈틈을 뿜어내
는 공간   증거를 넣고   잠그고   열쇠는 재로 만든다   그날 이
후   다시는 쓰지 않게   넘어져도 일어날 수 있게   타락한 회
장님은 돌아간다   빌려 쓴 물건은   주인에게 돌려줘라   몇
몇 꽂은 뒤바뀐 질서를 무시한다   순서에 따라 진행하라   그
들은 과거의 유언 중 선택되었다   써둬라   행복이 있는 전달
일어난 사람은 반드시 말을 하게 된다   지지를 갈구하게 된다
그렇게 긴 시간을 지나   모체가 되는 물건은 이렇게 쓰이게
된다   대열 안에서 귀를 기울이는 사람이 있을 것이다   패러
디가 필요할지는   항상 보증인을 찾아야 한다   또 한 번 붐빈
다   유리한 위치를 차지하려는 싸움   그들은 모른다   증거를
저울에 올려놓아야 한다는 것을   구실은 무효하다   허위보고
는 무효하다   어떻게 하든 뼈의 무게만 잴 수밖에 없다   마디
사이에 지방이 있을지도 모른다   어디서 온 건지 모르는   히
스테리컬한 절망   기름마저도 말랐다   장부를 뒤적거려본다
면   빚쟁이가 산더미일 것이다

와병 중 파멸하고 있는 것 아닌가   질병의 압박을 견디고 있는 것

아닌가 검은 옷을 입고 농담을 하던 중 강심제를 맞은 것 아
닌가 일들이 쉴 새 없이 이어지는 것 아닌가 은유를 벗겨내
고 펄떡이며 피가 낭자한 죽음을 본 것 아닌가 탕약을 먹이
려 하는데 좀처럼 고개를 들지 않는 때 아닌가 청진기로 뼈
의 연륜과 우는 연륜을 듣는 것 아닌가 가장 힘들 때 가장 중
요한 대들보가 무너진 것 아닌가 가장 생각지도 못한 곳에서
갑자기 '선험先驗'이란 두 글자가 튀어나온 것 아닌가

이로 인해 시작된 지압이 일단 시작되니 멈추지 않았던 것 아닌가
악의적으로 인색함 밑에 처량함을 숨겨둔 것 아닌가 수술비
로 고민하며 빌려온 돈으로 술부터 마시며 애써 침착하려 했
던 것 아닌가 싸우던 중 서로의 갑옷을 찍으며 가장 부드러
운 곳을 칼로 찌르고 바늘을 꽂았던 것 아닌가 이상理想이란
두 글자를 경솔하게 사용해 결국 끌려가는 것 아닌가 나약함
을 깨달았어도 뗄 힘이 남아 있지 않은 것 아닌가 최후의 책
임을 회피하려다 되레 무릎부터 꿇게 된 것 아닌가 폭력적
인 방식으로 세계를 놀라게 만들어 더 오래 기억된 것 아닌가
타인의 중병으로 자신을 돌볼 여력이 없어진 것 아닌가

되돌아온 것은 예상대로였다 혼이 빠진 비명 심연으로 떨어지
는 욕실 수건 간담이 서늘해지는 전화 미친 듯한 뜀박질
증상을 찾는 손 혼백이 빠진 두 손 터무니없는 발신 뭉그적
대는 추인追認 아무 말 없이 고개를 젓는 추인 뼛속까지 냉
기가 스며드는 안치 진상이 명확하지 않은 전달 곡을 해 우
는 포옹 시끄러운 지적들 신랄한 지적들 사면초가의 선택

처절한 통곡소리   뜨거운 김이 피어나는 발인   회백색의 뼈 없는 엎드림   조울증처럼 미칠 듯한 이별   분노와 원망이 뒤섞인 실망   더할 나위 없이 슬픈 실망   갈 곳을 잃어버린 남겨짐   절대 뒤돌아보지 않는 이별   이것들은 통상적인 속세의 이자에 불과하다   노새가 번식하길 바라는 것만큼 그들이 더 많이 가져가길 바란다

사랑을 업신여긴다   심장에 작은 나뭇가지가   작은 넝쿨이 자라나   물건의 꼭대기까지 타고 오른다   아니면 뿌리가 나거나 아니면 평소처럼 푸르게 흔들리며   이슬이 떨어지는 사이 튼튼해진다   먼지를 털어내진 않는다   부정하지 않으면 계속할 수 없는 것인가   가벼운 길 진심도 아닌   한 번이어도 치명적이니   그냥 길을 걷듯 칼날 위를 걸어야겠다   어떻게 기원할 것인가   근심걱정은 짧다   위험 앞에서도 늘 의연하게   욕심이 끝도 없으면 마음이 어지럽다   계속할 이유가 없다   그저 단단히 붙잡고 있을 뿐   적절한 순간에 허공에 걸린다   이러지도 저러지도 못하는 추위를 감지한다   파르르한 떨림이 커진다   진도와 조제량   이룬 바에 만족한다   가정을 할 수밖에   즐거움은 또 어디를 향하는가   사랑의 힘을 업신여긴다   장부에 쓰인 항목도 아닌데   불탄 나무   실현   불탄 이미지가 심장을 뛰게 한다   중복된 나무   중복된 그림자를 태운다   여전히 뛴다   오래된 문제   가벼이 역설을 만들지 말라   사랑 질서를 바꾼다   잎은 가장 깊은 곳에 있다   거죽이 잎들을 둘러싼다   마음의 등을 소중히 감싼다   가지를 비스듬히 끼운

다 우르르 부딪히는 음험한 속내 사랑의 바퀴는 가장 바깥
쪽에 있다 돌리고 돌려 관중들은 더 이상 정확한 위치를 찾
지 못한다

죽을 때마다 정렬을 연다 겹겹이 안에 쌓아놓은 내용 취소에 관
련된 메뉴들 중복된 재료로 다시 한 번 거슬러 올라간다 칼
레일 정차할 역을 놓친 기차 거미가 기어오르는 뇌 암살
감금실 안에서 상상하는 창살 강물 신경말초를 마신다 질
식 백지 한 장 교정 실패 기차역 벽의 큰 시계 비상통로
밸브 어쩌면 날개일 수도 어쩌면 풍화륜風火輪일 수도 긴
머리 비둘기가 발치에서 쉰다 칼날 다가오는 취소 죽을
때마다 안에 어떤 물건이 더해진다 무언가를 조립하진 않는
다 초라함을 비웃는다 비웃는 이유는 초라함과 동급이다
어디서 온지 모를 용기로 메뉴를 비웃는다 영원하지 않은 관
중석 취소한 낫 시인의 몸에서 예리하게 갈린다 높이 높
이 들어올려 낮게 낮게 내려놓는다 수확은 한 번도 늦춰진
적이 없다 문명시기 이전의 물건 비유 사용을 멈추고 새로
운 것을 사용하는 방식 취소 그 자체는 버튼 하나로 정해진
다 모든 것이 삭제된다 어디 가서 나의 신분을 나타내야 하
나 유일한 안위 몇 번이고 정렬을 열어 반복해서 본다

남은 말 남은 사람 둘 사이는 매우 정의하기 어렵다 인용문을
넣어 다른 사람에 의해 서술되다 표면적으로 같은 위치가
된다 뼛속에 모두 발라내지 못한 자상들 자기연민도 있다
어찌 되었든 우선 정하고 참고해야 한다 물 한 잔 따뜻한 물

몸속을 데운다 폐를 말끔하게 한다고도 한다 기능성 화제
는 오래 머무르지 못한다 과실상해를 피하기 위해 나는 반
드시 미리 승인한다 뭐가 어떻든 모두 받아들일 수 있다 병
은 결국 말썽을 부리는 것 기껏해야 약 한 봉지 기껏해야 깨
끗한 옷 역할을 받아들였다 물리거나 바꿀 수도 없다 이
규칙은 다른 사람의 말을 인용할 수밖에 없다 여름에 겨울
의 추위를 느끼는 사람은 햇빛이 피부에 닿는 것을 질색한
다 뼛속까지 닿은 사람은 더욱 민첩하다 그는 중도에 총을
꺼내든다 일흔세 행을 건너뛰어 이제야 총소리를 들었지만
그래도 된다 이런 확증은 처음이다 그가 계속 망설일 줄
알았는데 이제 우리의 불행이다 남은 두 줄에 더 머물러라
넘칠 뿐이다 범람 일상적인 대화들 너희 대화를 위해 배를 띄
운다 해가 지는 강의 지평선이 멀어져간다

12. 강림

먼저 토템으로 돌아간다 책 한 권 노래 한 곡 세 가지가 하나의
　　사건을 뒷받침한다 사람들이 뭐라고 말해도 영향을 주지 않
　　는다 우러러보는 이유를 자세히 세어본다 한쪽에 제쳐놓
　　는 것도 당연하다 피상적인 것들로 인한 것이 아니다 포식
　　의 탐욕이 아니다 군중 속의 외로움 그중 하나의 예증 시
　　야가 넓다 상상의 필요성은 이와 같다 밀림도 있고 황량한
　　벌판도 있다 낭패 곤궁 숨이 곧 끊어질 것 같다 모두 거
　　론하지 않겠다 그중 하나를 선택한다 모두 갖춰지면 셋까
　　지 셀 필요 없다 살육하는 상상 한 단계 도약하는 상상 최
　　소한 분명히 나약함의 반대다 부족함을 인정하지 않고 나
　　자신에게 화가 난다 힘든 현실 원룸 안에서도 식탁에서만
　　배회한다 하나의 책장도 철학 책에서만 머뭇거린다 푸르른
　　녹음이 안 보이는 것이 아니다 발걸음이 내디뎌지지 않는다
　　더군다나 아직도 노랫소리가 그 뒤를 따른다 진심으로 기뻐
　　하며 삼중구조를 받아들인다 혼자서 스스로를 대표로 추천
　　하고 만남의 홍보대사를 도모한다
출생 소외 도망 솔직함의 삼단논법 또는 비허구의 삼단논법
　　3을 담당자로 삼다 환승역 안정적인 좌표를 유지하는 구

조 이 지역 안에서 변화하다 셋까지만 세면 된다 전통복장
세 개 세트에 다른 두 가지를 배치하다 특징이 분명해 동종
업자가 식별하기 편하다 부족의 표식이라고 치자 동물을
향한 부르짖음 죽어도 후회하지 않는다 등급 순서를 정하
다 또는 등차等差 결코 소유주의 의견을 구하지 않는다 강
행한다 내포를 수용하면서 외연을 수용하다 죽음으로 표식
을 못박다 그래도 좋다 두 손가락을 사용한다 시니피앙과
시니피에의 틈에 이동할 수 있는 공간이 없다 음역의 오차
로 남기고 과도하게 채워 넣어 되돌이킬 수 있는 여지를 봉
쇄한다 자아정체성의 이미지를 확인한다 사람을 찾는 글에
는 손가락 몇 개의 차이가 묵인된다 공공장소에 붙인다 검
색자는 3단의 원래 모습대로 돌려놓지 못한다 하나로 합쳐
지고 복합화하고 간소화된다 그러나 근원부터 해명할 수
없다 다시 묵인된다 3단이 무시된 변신[*] 원래는 1단에서
나왔다 가장 많아도 2단이다 과도한 감정이입 인위적으로
만들어진 분열 살금살금 여전히 큰 소리로 기척을 내다 배
고픔은 가장 성공적인 음향사이다 그러나 3단까지 세기만
하면 어째서 아랫부분이 다 틀리는 것일까

그래서 이레 동안 홀로 앉아 있었다 삶과 죽음 모두 스스로 가진
자세가 아니다 벌거벗음이 바로 스스로를 구원하는 것이다
만약 할 수 있다면 나는 껍데기를 벗기를 원한다 너무나 많

---

[*]   프란츠 카프카의 소설《변신》.

은 혈흔으로 물들어 이 순간 잠들 수 없게 한다 냉정한 각도
에서 숲을 보지 못한다 한 그루 한 그루의 나무 완전하지
못하다 한 마디 얻는 것 자체는 결코 쉽지 않다 앉은 곳 빼
고 대부분의 풀은 온전하다 누렇게 된 풀을 땅에 묻을 준비
를 한다 배고픔의 시각에서 필연적으로 나 자신을 소모하
는 과정이 있다 꿈틀거림을 피할 수 없다 배설하다 필요에
의한 깨끗함 여기에서 없는 것으로 간주한다 사실 없음은
필연적인 논리의 결과이다 유지시간과 자세의 안정됨 편한
마음으로 강림을 기다린다 안쪽의 작은 기계가 계속 움직인
다 기대를 건다 목적론의 요구에 부합된다 또다시 절絶 자
를 논하다 민감한 단어다 행위 자체보다 더 민감하다 개인
을 민감함에서 벗어나게 한다 사유화의 동기 기회 선점의
목적이 여기에 있다 한 차례의 결벽증이 또 나타나는 것으로
볼 수도 있다 스스로 얼룩을 닦아낸다 색칠하는 것처럼 기
계처럼 지겨워진 결론에 하나씩 하나씩 동그라미 친다 그
래서 이레 동안 홀로 앉아 있었다

여전히 하나의 길이다 끝이라는 둥 낭떠러지라는 둥 추가적인
슬픔을 피할 수 없다 다른 이의 슬픔을 보면 함께 슬퍼지기
마련이다 하나의 길이 다른 하나의 길에 대한 찬미 설령 길
을 잃더라도 그대로 걸어갈 수 있다 설령 낭떠러지를 만난다
해도 뛰어넘는다 선택항목 중의 하나에 불과하다 여전히
단체의 신경을 건드린다 광활한 대지와 비교하면 평탄한
벌판 내지는 변화무상한 구릉이다 길 스스로 약자라고 여

긴다   긍지를 가질 수 있는 것은 하나다   통로의 중요성   또
는 유일성은   확대되지 않고   오히려 경시된다   교통수단에
대한 너무나 많은 담론이 있다   길 역시 담론에 포함된다   담
론은 단체의 필요성을 더한다   필요한 환각은   거리낌 없이
길을 가는 도중에   갑자기 멈추고자 하는 바람을 간과했다
자신으로부터 먼 곳까지 갈 수 있는 사람이 있다면   한 송이
꽃으로 가게 하고   나 자신으로부터 한 단계 도약할 수 있는
사람은 호수 속으로 빠지게 한다   하나의 길을 포기해야   다
른 길을 갈 수 있는 법이다

의인이라고도 할 수 있고   의거라고 말할 수도 있다   오십 년 동안
잊지 못하고 있다   해마다 해오고 있다   그렇다고 꼭 이에 맞
는 아름다움을 찾는 것도 아니다   선함으로 평형을 이루는 것
은 아니다   먼저 아름다움을 찾는 것은 잠시 멈춰도 무방하다
비웃는 이유는 선함에 대한 질의일 뿐이다   보편성을 의심하
다   여기에 말 한마디를 내려놓다   부족한 부분을 찾아 보충
하다   전체적인 망각에 대해 보충하다   또는 주로 경의를 표
하기 위해   아무 돌이나 모두 여기 위에 쌓을 수는 없다   본
보기가 될 것이라고 생각해본 적 없다   하나의 명단을 열어
본다는 것은 더더욱 생각해본 적 없다   계승자는 이 때문에
논쟁이 끊이지 않는다   우연한 선택일 뿐이다   귤은 남쪽에
서 자라게 해야 한다는 말은 기본적인 동정심이다   그의 행위
를 증거로 삼아   좀 더 추상해본다   이자에 대한 수탈이 아니
다   잠에 대한 보상이다   잠으로 죽음을 보상한다   잠으로 죽

음에 협조한다 외부인에게 위안을 주기에 충분히 딱 들어맞
다 분파의 역할을 연기한다 연극을 하는 것도 아니고 카메
오 출연을 하는 것도 아니다 무대 매너에 맞다 더 작게 말하
다 일의 본의에 맞다

왜 항상 봄철에 죽음을 이야기하는가 왜 죽은 자는 항상 사월에
싹을 틔우는가 만약 거실에서 아래로 좀 더 깊이 묻는다면
순수한 이야깃거리로 승격되는가 다시는 시간에 맞춰 나와
편안하게 앉아 있는 사람들을 놀라게 하지 않는다 검증의 기
회를 하나도 얻지 못한다고 가정하면 죽음 자체가 역방향으
로 커져가는 것을 진작부터 막을 수 없었다 죽음 역시 봄에
왕성하게 자라나야 한다 죽음 속에서 즐겁게 발전하는 건강
한 생기를 나타내다 대열이 고정된다 뒤에 온 사람은 선택
의 여지 없이 숫자를 눌러 자리로 들어간다 대체할 수 있는
실용적인 가치도 없다 곤란하고 시시각각 멈추지 않는 간섭
을 없앤다 왜 봄철에 죽음의 리허설을 하는가 왜 갑자기 이
렇게 문란한 계획을 건너뛰는가 당신은 벌써부터 변고가 발
생할 것을 예측했단 말인가 작은 범위에서 한 번 예행연습을
해야 한다 서정적인 구조를 본뜨는 것이 안정적인가 어떠
한 죽음을 받아들여야 변형할 필요가 없을까 반대로 죽음 자
체로 작용하는 것은 아니겠지

때가 되었다 여기서 끝낸다 죽음이 대중에게 보인 지 이렇게 오
래되었다 마지막에 실체에서 벗어났다 사람들을 불편하게
하는 독무를 추기 시작했다 반드시 종점을 설치해야 한다면

길어지는 것을 피할 수 없다   수차례 너의 빈자리가 생각난다
끝내야 할 때가 되었다   새로 고치는 것은 시기상조다   단지
내가 홀로 이레 동안 앉아 있었던 것을 생각하면   이 숫자로
충분히 연관되어 있으니   서정의 본의를 잊지 말아야 한다

이식하는 날

"선생님이 이발하실 건가요?"

"아니요, 제 아들이 할 겁니다. 오늘로 만 열두 살이 됐거든요!"

"와! 축하합니다! 친구, 축하해! 음…… 나를 따라서 45호 자리로 가지."

루다하이陸大海는 루샤오하이陸小海에게 앞장서라는 표시를 했다. 두 부자는 안내원을 따라 앞쪽 이발대 세 줄을 지나 문 너머에 있는 별도의 이발실로 들어갔다. 이발대가 있는 공간이 더 넓지만 밝기는 이곳이 더 밝았다. 이발대마다 뒤에 사람이 앉아 있는 바깥처럼 비좁거나 소란스럽지도 않았다. 여자아이 한 명만 44호 이발대에 앉아 있었다. 여자아이는 이미 머리를 박박 깎은 뒤였다. 이제 스마트 면도기가 여자아이의 머리 곳곳을 부드럽고 세밀하게 다듬고 있었다. 루다하이는 그 애의 핑크색 치마를 보고 여자아이라고 판단했다. 여자아이 옆에 앉은 남자가 그들 부자를 보고 일어나 고개를 끄덕였다. 루다하이를 보고는 아버지로서 흥분한 눈빛까지 주고받았다.

안내원은 루샤오하이를 이발대에 앉히고 조작대 화면을 몇 번 클릭해 안전장치를 세워 아이를 고정시켰다. 그러자 조작대가 자동으로 머리 감기와 머리 깎기 및 삭발하기 과정을 시작했다. 샤오하이의 이마에 가위가 닿고 드디어 첫 머리카락이 잘려나갔다. 그 순간 루다하이는 아들이 처음 이발하던 광경이 눈앞에 아른거렸다. 작은 가위에 잘려나간 황금빛 배냇머리가 지금도 앨범에 끼워져 있다.

"감회가 새롭죠?"

여자아이의 아버지가 어느새 다가와 있었다. 누군가와 기쁨을 나눠야 하는데, 같은 날 만 열두 살이 된 아이의 아버지가 가장 적합한 대상인 듯했다.

"어젯밤 공동체에서 아이가 태어날 때의 기억 화면을 처음부터 끝까지 보고 그간의 성장과정도 몇 개 골라서 봤답니다. 솔직히, 보면서 계속 울다시피 했어요. 어느새 딸이 이렇게 훌쩍 커서 의식 결정체를 이식할 수 있게 되었네요."

루다하이도 어젯밤 똑같았다. 아들이 태어나고 성장하는 화면을 보는 동안 눈에서 눈물이 마르지 않았다. 하지만 지금 다른 아버지와 함께 눈물을 흘리며 상대할 기분이 아니어서 최대한 그 화면을 생각하지 않으려 했다.

"그렇죠."

루다하이는 아들에게 입을 삐죽 내밀었다.

"저 녀석, 반년 전부터 카운트다운을 시작했는걸요. 그날 친한 친구의 이식 축하에 참석했는데, 그 이후로 친구가 자기랑 노는 시간이 확연히 줄었답니다. 그래서 자기는 이식하는 날이 언제냐고, 언제 다시 쯔첸子倩이랑 날마다 함께 놀 수 있냐고 매일같이 묻더군요."

여자아이의 아버지는 회심의 미소를 지었다.

루다하이는 삭발이 끝나 두피가 반들반들한 여자아이를 다시 쳐다봤다. 이제 조작대가 따뜻한 젖은 수건으로 아이의 머리를 닦고 있었다. 마무리 작업이었다. 루다하이가 물었다.

"딸이 머리를 다 밀겠다고 고집 피웠나 보군요?"

"그러게 말이에요!"

여자아이 아버지는 못 말린다는 듯 고개를 저었다.

"애 엄마가 이식하는 부위만 삭발하면 된다고 아침에도 설득했어요. 남자아이처럼 이식일에 머리를 빡빡 깎는 여자아이들도 있지만, 머리카락이 지금만큼 자라려면 오래 걸리잖아요. 애 엄마가 빡빡머리에 치마를 입으면 보기 싫을 거라고 걱정했지만, 딸이 뭐라고 했게요? 자기도 열두 살이 돼서 이식했다는 걸 모든 사람에게 알리고 싶대요."

"좋네요. 같은 날 이식한 애들이 의식공동체에 자기들만의 공간을 구축하고 서로 모든 걸 공유하며 형제자매보다 더 친하게 지낸다고 하더군요. 그런 커뮤니티에선 이식일에 머리카락을 전부 민 여자아이가 특히 인정받는대요. 다 제 조카딸한테 들은 건데, 그아이도 그 정도만 얘기해주더라고요."

루다하이는 목소리를 낮추고 말했다. 조작대가 이미 안전보호장치를 해제했고 여자아이도 일어났다. 루다하이는 또 말했다.

"이식일처럼 중요한 날엔 어떻게 축하를 해줘도 괜찮죠. 이제부터 저 아이들도 자립하겠네요."

"그럼요. 머리카락이야 자랄 테고, 딸도 클 테니까요."

조금 슬픈 말이었지만, 여자아이 아버지는 어느새 딸이 와서 슬퍼할 새도 없었다. 핑크색 덩어리가 그의 품에 뛰어들었다. 여자아이 아버지는 모든 아버지와 마찬가지로 딸을 안고 한 손으로 반짝거리는 딸의 머리를 쓰다듬었다.

"아빠, 나 핑크색 이동영혼 싫어. 파란색을 사는 게 어떨까? 하늘처럼 바다처럼 조금 속상하고 조금 불안한 파란색으로 하고 싶어."

딸은 아버지의 품을 벗어나 고개를 들고 아버지의 눈을 보며 말했다.

"그래! 아빠가 얘기했잖아. 네가 좋으면 그만이라고."

아버지는 딸에게 못 말린다는 듯 달달한 미소를 보였다. 두 부녀는 손을 잡고 갈 준비를 했다.

"아저씨, 안녕히 계세요!"

여자아이가 갑자기 루다하이에게 인사한 다음 거울 속에서 계속 이쪽을 보고 있는 샤오하이를 향해 손을 흔들었다.

"안녕! 이식하고 나서 공동체에서 날 찾아!"

"잘 가라!"

루다하이는 여자아이의 예쁜 얼굴을 보며 손을 흔들었다. 민머리가 잘 어울려서인지 총기 있어 보였다. 부녀가 앞쪽의 큰 이발실을 지나서 문을 나가자 루다하이는 고개를 돌려 샤오하이를 보았다.

머리카락을 다 자른 샤오하이의 왼쪽 귀밑머리에서 면도기가 위로 올라갈 준비를 하고 있었다. 샤오하이는 줄곧 거울을 보고 있었다. 거울로 뒤쪽의 광경을 바라보다가 순간 아버지의 눈빛을 포착했다.

"아빠, 나 오늘 바로 공동체에서 방금 그 여자애를 찾을 수 있을까? 그 애 이름도 모르고 어디 사는지도 모르는데."

"당연하지. 공동체에서 사람 찾는 건 아주 쉬워. 얼마 안 가서 익히게 될 거고, 문제가 생기면 아빠가 가르쳐줄게. 같이 해결하자."

"네. 아빠 고마워요."

거울 속에서 샤오하이의 얼굴이 확 빨개졌다. 그걸 가리기 위해서인지 한바탕 기침을 해댔고, 면도기도 멀찍이 떨어져 칼날을 접었다. 마침내 평정을 되찾은 샤오하이가 옆에 있는 수건으로 입을 닦았다.

"아빠, 아빠가 이식한 날 얘기 좀 해줘."

정보의 노예

맞다. 나는 정보의 노예다.

괜찮다. 어떻게 부르는가는 다른 사람의 일이니까. 그리고 난 사람들이 '정보의 노예'라고 할 때 깔보거나 동정하는 게 아니라 부러워한다는 걸, 조금 질투한다는 걸 안다. 누구나 정보의 노예가 될 수 있는 건 아니니까, 그렇지 않은가? 시간과 돈의 여유만 있으면 되는 간단한 일이 아니다. 정성이 필요하다. 좋은 노예는 어떤 노예일까? 당연히 시시각각 주인의 마음을 헤아려 딱 적당하게, 꼭 맞춤하게 행동하는 충성스런 노예다.

말하자면 15년 전 의식결정체를 이식한 순간 난 정보의 노예가 되었다. 다만 그때는 초기 단계였고 뚜렷한 인식도 없었다. 당시 이식실에서 나와 마취 기운이 조금 남아 있던 난 아버지의 부축을 받아 입구 의자에 앉아 휴식을 취했다. 어리벙벙했지만 최대한 빠른 속도로 시각을 열었고, 그 결과 옆 이식실의 여자아이가 이식을 마치고 나와 바닥에 쓰러진 장면을 기록했다. 여자아이는 부축을 받아 일어난 후 다시 한 번 쓰러졌고, 그 아이 할머니와 급히 달려간 우리 아버지의 부축을 받아 의자에 앉았다. 칠 분 후 여자아이는 흔치 않은 이식 초기 간헐성현기증(이 복잡한 이름은 나중에 그 아이가 말해줬다)에서 깨어나 할머니와 함께 떠났다.

이렇게 난 이식 첫날 시각을 개방하고 처음 눈에 들어온 것을 공유했을 뿐인데, 결과적으로 타인의 민망한 장면을 기록하고 말았다. 아버지와 종일 축하를 하고 집으로 돌아와 처음 자유공간을 구축해봤다. 그날 내게 연락한 30여 명 중에 친구나 가족, 같은 날 이식한 사람 말고도 모르는 사람이 여럿 있었다. 더 신기했던 건 그 여자아이도 같은 날 이식한 사람으로 나중에 내게 연락했다는 것이다. 여자아이는 내가 그 화면을 기록해줘서 고맙다고 했다.

그때부터 난 특별한 순간에 시각을 개방하고 현장을 기록했다. 그러면 그 현장에 관심 있는 사람들이 큰 흥미를 보였다. 처음에는 학교에서 사소한 일들을 유심히 보다가 예리한 시각을 활용하고 위치를 전환해가며 주로 동년배들의 관심을 끄는 게 전부였다. 학교 밖에서 기록한 것도 뜻밖의 우발적인 사건 같은 것으로 잡다하고 평범했다. 그걸 기록해 공유하고 나와 연락하는 사람들도 얼마 안 되고 극히 제한적이었다. 내가 진짜 문턱을 몇 개 넘어 그룹이 받아들이는 정보 노예로 진입하게 된 것은 대학교 졸업을 앞둔 해에 대형 교통사고를 겪고 나서였다. 43번 고속도로에서 일어난 그 교통사고가 내 인생을 송두리째 바꾸고 말았다.

그날 난 대학 동기와 함께 동기 사촌형의 생일 파티에 참석하러 상하이에 가는 길이었다. 난 팬더 스포츠카를 처음 탔고, 게다가 동기가 혼자 쓰는 차였다. 동기는 베테랑 드라이버 같았다. 시동을 거는 순간 속도를 두 배까지 올리더니 43번 고속도로에 진입하자마자 바로 400까지 올렸다. 그러면서 가는 길에 풍경 구경이나 하라며 천천히 몰겠다고 했다. 난 약간 갈등에 빠졌다. 계속 시각을 켜두고 전 과정을 기록하고 싶기도 했고, 한편으론 내 시각을 통해 시청한 사람들이 날 세상 물정 모르는 시골뜨기로 생각하는 게 싫었다. 이런 갈등은…… 진짜 정보의 노예가 되고 나서야 얼마나 우스운 생각이었는지 깨달았다.

이런 갈등과 고민 속에서 우리는 곧 지난濟南을 지날 예정이었다. 길이 참 예쁘고 43번 고속도로에서 몇 안 되는 풀오픈형 구간이라 이곳에 도착한 차들은 속도를 반으로 줄이곤 했다. 도로 양쪽에 어마어마한 규모의 연못이 있었다. 차에서 바라보니 오전의 바람결에 비취색 물결이 연이어 일어나며 뾰족한 분홍빛 연꽃이 맑은 향기를 선사하고 있었다. 마침 하얀 새 떼가 멀지 않은 곳에서 날아와 옛 사람의 그림과 같은 장면이 연출됐다.

"진짜 예쁘다! 진짜 예뻐." 동기는 연거푸 감탄하며 물었다. "내려서 제대로 볼까?" 고속도로에서 마음대로 차를 세워도 되는지 알 수 없었지만 내가 대답할 새도 없이 새들이 갑자기 선이 끊어진 것처럼 하나둘씩 고속도로 바닥에 떨어졌다.

그다음 내가 느낀 건 충돌하고 굴렀다는 것이다. 눈앞이 어지럽고 귓가에선 굉음이 울리다가 갑자기 아득히 멀어지며 고요해졌다. 급박한 상황이 잦아들고 눈이 뜨인 나는 우선 내가 보호장치에 싸여 있는지 확인했다. 동기도 보호장치에 싸여 있긴 했지만 핸들인지 뭔지에 의해 얼굴이 크게 터져 있었다. 난 차에서 나가 완전히 본능적인 호기심으로 먼저 가장 가까운 곳에 떨어진, 몸이 비교적 온전한 새 옆으로 가서 그 통통한 몸을 멍하니 바라봤다. 짧은 목과 짧은 입, 흰색 깃털과 붉은 피 사이에 얕지만 절대 잊을 수 없는 주황색이 있었다. 새를 보며 난 의식공동체에서 그 이름을 검색했다. 황로였다. 나는 술에 취한 것처럼 현장의 새들을 차례로 셌다. 한 마리를 셀 때마다 '황로'라고 말했다.

새를 다 세고 나니 정신이 들었다. 나는 다치지 않거나 부상이 가벼운 사람들과 함께 현장 구조에 나섰다. 구조 헬리콥터가 와서 부상자를 모두 데려가고 나서야 내 시각이 계속 개방되어 있었다는 걸 인식했다. 새를 세는 동안 나의 관찰 채널이 켜지고 대표 시각이 공유될 줄은 생각도 못 했다. 단시간에 나와 연락하는 사람이 상상을 넘는 수준까지 기하급수로 늘었다.

꿈을 꾼 것처럼 난 그렇게 정보 노예의 세계로 들어섰다. 정확히 말해 정보 노예의 세계가 날 찾아왔다. 그 세계에서 난 진짜 정보의 노예를 봤다. 그들은 집착을 넘어 마치 편집광처럼 그 세계의 전방에 서서 시각을 개방해 신선하고 독특한 정보를 의식공동체에 제공했다. 이해하지 못하는 사람은 정보의 노예가 각종 돌발적이고 충격적인 사건 사고 현장에만 등장한다고 생각하지만, 실제로는 그 수준을 훨씬 뛰어넘는다. 정보의 노예들 대부분은 의식공동체에서 본 자극적이고 독특한 시각을 공유하는 데 열정적이다. 그들은 모든 우려와 허식을 내려놓고 자신을 오픈해 가장 은밀하고 독특한 정보가 자신에게 강림하도록 한다. 그런 다음 자신의 시각을 통해 정보를 공유함으로써 더 많은 사람이 그 정보를 읽게 만든다.

그동안 나 역시 이런 마음가짐으로 정보의 노예인 나 자신을 만들었다. 노예인지 아닌지가 중요한 게 아니라 누구의, 무엇의 노예가 되는지가 중요하다는 사실을 점점 깨닫게 되었다.

달의 불꽃

"내 어릴 적엔 추석이 큰 명절이었단다. 가족들이 모두 할아버지 댁에 모여 저녁이면 상을 마당으로 옮겨놓고 식사를 했지. 어른들은 술을 마시면서 얘기했어. 우리 아이들은 달이 뜨기를 기다리며 어른들의 술자리가 빨리 끝나길 바랐지. 마침내 상 위의 술잔과 접시, 젓가락이 치워지고 그 대신 땅콩, 호두, 해바라기 씨, 대추, 각종 과일과 과자가 차려졌지. 우린 한 움큼씩 주머니에 먹을거리를 채워 넣고 또 한 움큼은 손에 쥐고 먹었어. 더 집어 먹고도 싶었지만, 아쉽게도 그럴 순 없었어. 월병이 기다리고 있었거든. 해마다 월병은 늘 할아버지가 직접 만드셨는데 그 모양이 한 번도 같았던 적이 없었지……."

할아버지가 또 어릴 적 기억을 꺼내 추석 때의 이야기를 들려주었다. 하지만 쏭밍松明은 예전처럼 맞장구를 잘 치지 않았고, 할아버지가 월병이 어떤 맛이었는지 떠올리도록 내버려두지 않았다. 이동영혼이 쏭밍에게 벌써 8시 50분이 되었다고 알렸다. 온 땅을 비추는 달빛을 올려다보니 조금 뚱뚱하면서 커다랗고 둥근 달이 이미 산등성이 너머로 솟아올라 연붉은 빛을 띠고 있었다. 쏭밍은 의자를 조금 뒤로 젖히고 그 자리에서 자유공간을 구축해 '달의 불꽃'이란 공간으로 들어갔다.

3개월 전 쑹밍은 의식공동체에서 우연히 쯔부위紫不語의 개인공간을 주목하게 되었다. 자신과 같은 나이의 여자아이가 기록한 건 사소한 일상생활이었지만, 그 아이의 개방 시각과 독백의 글에는 쉽게 잊히지 않는 외로움이 담겨 있었다. "저 침묵하는 티끌이 밝혀질 때 누군가 말없이 옆에 서서 귀를 막는다." 이틀 연속 쑹밍은 다시 달을 봤다. 한 여자아이가 위에 서서 허리를 굽히고 불을 붙이는 모습이 눈앞에 떠올라 다시 그 아이의 사진을 찾아 댓글을 남겼다. "같이 달에 올라 불을 놓자." 며칠 후 이동영혼이 쑹밍에게 어떤 여자아이가 '달의 불꽃'이란 공간을 만들고 가입 초대를 했다고 알렸다.

공간에는 이미 30여 명의 사람과 쯔부위도 있었다. 공간을 만든 여자아이는 샤오한小寒이었다. 샤오한은 자기도 쯔부위의 사진과 글, 사람들이 남긴 메모와 답글을 보고 쯔부위의 소원을 이뤄줄 방법을 찾고 싶었다고 했다. 그래서 다음 보름달 때, 즉 추석날 밤에 다시 공간으로 들어와 함께 달의 불꽃을 보자는 것이었다.

지금 30여 명이 모두 공간에 있었다.

"9시 정각에 여러분 앞에 붉은 점이 나타나 떠다닐 거예요. 그걸 딱 한 번만 누르면 불꽃을 감상할 수 있어요. 무엇을 보든 두려워할 거 없어요. 저를 믿으세요. 십 분 후면 끝납니다. 지금 저의 기술로는 십 분간만 유지할 수 있거든요."

샤오한이 말했다.

"좀 더 분명하게 설명해주셔야죠. 그렇게 밑도 끝도 없는 말을 어떻게 믿어요?"

한 남자아이가 말했다.

샤오한은 잠시 잠잠히 있다가 남자아이를 보며 말했다.

"우리의 느낌은 진실하고 우리의 의식은 확실하지만 다른 사람은 볼 수 없다는 것, 그들에게 그 십 분은 존재하지 않는다는 것밖에 말씀드릴 수가 없군요. 믿고 싶은 사람은 누르세요. 조용히 옆에 서서 귀를 꽉 막을 사람이 있을 테니까요."

쑹밍은 샤오한을 믿기로 했다. 일 분도 안 돼 9시가 되었다. 아무 신호도 없이 붉은색 반투명 점 하나가 눈앞에 팍 나타났다. 쑹밍과의 거리가 30센티미터쯤 되었고 쑹밍 옆에 앉은 남동생 쑹궈松果의 왼쪽 뺨보다 조금 앞이었지만, 또 쑹밍의 자유공간 안에 있는 것 같기도 했다. 하지만 쑹밍은 자세히 생각할 시간이 없었다. 붉은 점이 작은 벌레처럼 공기 중에서 서서히 움직이기 시작했고, 동시에 몸체가 눈에 보일 만큼 옅어졌기 때문이다. 쑹밍은 과감히 오른손을 뻗어 검지로 붉은 점을 눌렀다. 붉은 점이 의존하고 있던 공기가 갑자기 유연하게 쑹밍의 손가락을 따라 안쪽으로 들어가더니 결국 붉은 점은 사라져 보이지 않았다. 쑹밍은 자신의 손가락이 하늘에 걸려 있는 달을 누르고 있다는 걸 알았다. 관성적으로 그는 달을 꾹 눌렀다.

점화된 도화선처럼 달에서 붉은 불길이 움직이기 시작했다. 눈 깜짝할 사이에 달 전체가 불타기 시작했다. 새하얀 가운데 불그스름한 색을 띤 옥쟁반이 가열되고 온도가 오르면서 금세 막 솟아오른 태양처럼 새빨개져 숨 돌리고 적응할 기회를 주지 않았다. 하늘에서 팍 터지며 파팟 하는 소리가 났다. 갈라진 달은 앞다리를 오

그리고 뒷다리는 구부리고 있는 민첩한 토끼처럼 변해 상쾌한 하늘에서 한 걸음씩 움직였다. 얼마 가지 않아 다시 몸의 형체가 뿔뿔이 흩어지면서 불꽃이 되어 점점이 떨어졌다. 불꽃이 다 떨어지자 온전히 밝은 달이 높이 걸려 사방에 환한 빛을 발했다. 하지만 더 이상 손가락으로 눌러 불을 붙일 필요가 없었다. 달이 다시 자동으로 불타기 시작했기 때문이다. 이번엔 황금색으로 달궈진 월병에 금을 넣은 금병金餠이 공중에서 거대한 금국화를 활짝 피우고 한들한들 부드러운 꽃잎이 춤추며 하늘을 나는 듯했다.

달은 바로 이렇게 공중에서 끊임없이 타며 다양한 불꽃을 만들어냈다. 살아 있는 동물과 식물에서 추상적인 도안으로 변하며 명절 때마다 가끔씩 타오르는 진짜 불꽃 같았다. 다만 이 불꽃이 지상의 것보다 더 사방으로 퍼지며 눈부시게 빛났다. 또한 다른 불꽃을 동반하지 않고 하늘에서 홀로 터져 쏭밍은 눈부신 아름다움 속에서 쓸쓸함을 느꼈다. 그래도 매번 불꽃이 꺼져 점점이 빛으로 떨어질 때마다, 매 차례 불꽃이 터지는 것이 환생인 것처럼 하늘에 다시 새로운 달이 걸렸다.

다음 순간 달이 타더니 천연색 알로 변하며 눈길을 끌었다. 이 알은 다시 불에 의해 부화된 듯 껍질이 터지며 넓고 차가운 창공으로 날아갔다. 껍질을 깨고 나온 봉황 한 마리가 날개를 펼쳐 공중에서 퍼덕였다. 그에 맞춰 별들이 확 모이더니 다이아몬드나 보석처럼 그 화려한 깃털에 상감象嵌되어 반짝거렸다. 하늘의 빛이 완전히 자기에게 모이니 봉황은 목을 들고 관악기 배소排簫가 합주하듯 아홉 개의 소리를 내며 울었다. 울기를 멈춘 봉황은 날개를 활짝 펴고 미끄러지듯 쑹밍의 품으로 날아 들어왔다.

이 모든 게 샤오한이 만든 환상이란 걸 알면서도 쑹밍은 봉황이 얼굴에 붙으려는 순간 저도 모르게 목을 뒤로 젖혀 피했다. 봉황의 깃털이 쑹밍의 얼굴을 훑고 지나갔고 두 발이 가슴을 스치고 지나 갔다. 쑹밍은 눈앞이 아찔하고 넋이 나간 와중에 얼얼하면서도 개운한 통증을 느꼈다.

"할아버지는 내년 추석에 다시 와서 놀라고 말씀하시면서 미리 준비한 월병을 손에 쥐여주셨어. 그러곤 할머니와 함께 마당 문 앞에 서서 우리에게 손을 흔드셨지……."

쑹밍은 바닥에 누워 할아버지의 이야기를 들으며 다시 하늘을 보았다. 달이 여전히 높이 걸려 있었다.

의식결정체 환각감

날짜 : 2051 – 08 – 07

진료과목 : 의식복원과

환자 : 청리成立(64세)

재진 내용 : 3세대 의식결정체 제거 후 부작용 진단, 후속 처치

환자 자술

의식결정체 제거 4일째부터 고통스럽더니 증상이 점점 심해짐.

8월 4일, 제거 당일. 경미한 환각감이 생기며 의식결정체가 아직 있는 것 같아 자꾸만 뒤통수로 손을 뻗어 이식했던 부위를 만졌다. 위에 붙은 붕대를 만지자 손가락 끝에서 붕대 및 봉합한 상처와 일정 시기에 녹을 봉합 실이 느껴지는 듯해 환각감이 생긴 것을 확인하고 그런 행동을 멈췄다. 그러고 나서야 시선과 마음을 현재에 두고 집중할 수 있었다. 하지만 그렇게 확인한 것도 오래가지 못해, 조금만 정신을 놓으면 다시 의심이 갔다. 초기의 흥분 상태에 적응하지 못한 채, 업무상 길러진 민감한 시간관념에 따라 시간을 기록하기 시작했다. 처음 환각감이 생긴 건 10시 14분, 즉 제거 완료 후 약 사십삼 분 지났을 때였다. 그 후 길게는 한 시간 십이 분, 짧게는 십칠 분의 간격이 있었다. 시간 간격이 점점 짧아지는 추세였고 22

시 55분에 침대에 누워 잘 때까지 총 23회 환각감이 있었다. 잠자는 동안은 의식이 공백 상태였다.

8월 5일, 제거 이튿날. 대부분의 시간에 뇌는 의식결정체가 여전히 있고 작업을 한다고 인식했다. 누군가가 의식공동체를 통해 나에게 연락한다는 느낌이 끊임없이 들었고, 심지어 20여 년 전 이혼한 전처까지 나를 호출하는 것 같았다. 하지만 이런 정보들은 느껴질 뿐, 접속할 순 없으므로 나는 심각하게 초조해하며 배터리는 충분한지, 신호는 잘 터지는지 확인하려고 여기저기에서 이동영혼을 찾았다. 점심시간, 잠자기 전에만 이동영혼을 이미 넘겼다는 게 생각나며 의식결정체가 이미 제거된 사실을 잠시 의심하게 됐다. 잠자는 동안은 의식이 공백 상태였다.

8월 6일, 제거 3일째. 정보 채널이 잘 터진다. 기존에 막혀서 접속할 수 없었던 정보에 완벽히 접속할 수 있었다. 일과 생활이 정상을 회복했다. 공동체를 통해 진행하는 정보 검색과 기록을 자유자재로 했고, 각종 호출에 순조롭게 대답했다. 전날 전처가 호출한 것은 과거 시골에 함께 지은 작은 집이 신규 거주구역으로 편입되어 철거보상금을 받게 되었기 때문이다. 전처는 뜻밖에 생긴 돈을 독식하고 싶지 않다고 했다. 제출한 전임 보고서는 이미 층층이 결재를 통과해 승인을 받았다. 내년 초부터 정식으로 정보팀을 떠나 회사의 하급 기관인 실업 부서로 간다. 여기서 만 1년을 일하면 원하는 대로 퇴직한다. 하루 종일 여러 정보에 포위되어 눈코 뜰 새 없이 바쁘다. 겨우 세수하고 양치질할 때, 거울 속 나를 볼 때만 이모든 게 환각이 아닌지 의심하게 되는 건 의식결정체를 제거한 후의 나쁜 결과다. 잠자는 동안은 의식이 공백 상태였다.

8월 7일, 제거 4일째. 아침에 눈을 떴을 때 현실감이 사라져 내가 깬 것인지 아닌지, 깼다면 대체 어느 차원에서 깬 것인지 알 수 없었다. 침대에 앉을 때, 변기나 식탁 옆에 앉을 때, 승강기에 들어서면서, 큰길을 걸으며…… 모든 순간에 자유공간에 있는 느낌이었다. 어떤 사물을 보거나 지나쳐 갈 때 모든 것이 정보 스트림의 방식으로 자유공간에서 흐르며 스쳐 지나갔고, 눈빛과 의식이 그 위에 머물며 색깔에 따라 여는 방식을 선택했다. 당연히 열어볼 수도, 들어갈 수도 없었지만 의식은 거슬려하지 않았다. 정보가 흐르는 속도에 가속도가 붙었고, 특정 건에 머무르려고 집착하지 않았기 때문이다. 다른 사람이나 물체와 몇 번 부딪쳤고, 몇 번은 누군가 막아준 덕분에 잠시나마 강제로 자유공간 환각에서 벗어났다. 다리에 올라 뛰어내릴 뻔한 순간, 퇴원 시 의사가 조치해준 자기보호 설정이 작동해 각성제가 주입되었다. 그 후 병원에 가서 다시 진찰을 받았다.

의식결정체 환각감이 말끔히 제거되어 원하던 대로 의식결정체가 없고 의식공동체에서 멀리 떨어진 퇴직생활을 보내고 싶다.

검사 : 의식경 3단, 폭 9.12, 주파수 3~7, AP 값 7.3

진단 : 7월 9일, 환자가 의식결정체 제거를 요구함. 7월 15일, 과 내부 의식공동체 회진 결과와 환자 신체상황 기록을 종합해 요구를 승인함. 7월 16일~8월 6일, 환자는 '의식결정체 제거 둔감화 처리'를 통과했고 전체 표현이 4.1로 수술 가능이 확인됨. 8월 7일

09:05, 2수술실에서 제거 진행. 09:20, 수술이 무사히 끝났고 의식 결정체는 손상 없이 완벽함. 수술 후 처리를 거쳐 09:27에 환자는 제3관찰실로 옮겨져 수술 후 관찰이 진행됨. 10:14, 환자에게 '의식결정체 환각감' 유사반응이 나타남. 호흡이 가파르고 정서적으로 극도로 흥분해 있으며, 상처 부위를 만지려고 함. 의식안정제를 맞고 십 분간 잠이 듦. 12:15, 의식 회복 후 초조 상태에 진입. 몹시 불안해하며 여기저기 두리번거림. 경험상 이동영혼을 찾고 있다는 걸 알 수 있음. 방 곳곳을 한 번씩 찾아보고 모든 물품을 옮기며 스위치를 누르려고 시도함. 두 번째 전원에 손을 대자 의식안정제가 방출되어 십 분간 잠이 듦. 15:09, 의식 회복 후 억측 상태에 진입. 혼잣말하고 분주한 모습을 보이며 억지논리를 만듦. 단순히 언어만 보면 일상 사무를 처리하는 상태이나 대상이 모두 억측에 의한 사물이며, 욕실 거울을 보며 의식안정제가 방출됐는지 의심함. 15:52, 의식 회복 후 혼돈 상태로 진입. 넋을 잃고 우두커니 있고, 외부 자극에 아무 반응이 없으며 안구가 빠르게 움직임. 16:10, 각성제 주사 후 복원과에서 재진받게 함.

진단 의견 : 의식경 검사 결과, 수술 후 관찰, 환자 자술에 근거해 환자의 수술 후 반응이 강한 '의식결정체 환각감' C-1, 즉 시간좌표 상실, 자아의식 통제 불능으로 확인됨. 계속 발전하면 의식이 붕괴되어 정상 생활을 회복할 수 없음.

후속 처치 : 물리적으로 최면을 걸어 '의식공동체 회진' '의식결정

체 제거 둔감화 처리' 전 과정을 검색함으로써 의식 괴리의 문제점을 찾아내길 기대. 여건이 허락하는 경우 의식결정체를 다시 이식하면 현재 진료과정의 기억 처리를 확보할 수 있음.

서명 : 마화馬樺

경매 0

　신사 숙녀 여러분, 가장 설레는 순간이 다가왔습니다! 이번 경매회의 압권인 진품이 곧 신비의 베일을 벗게 됩니다.

　제 왼쪽에 있는 투명한 탁자들을 주목하셨을 겁니다. 탁자 위에 검은색 비단이 미지의 물건을 덮고 있습니다. 이 물품을 위해 저희는 특별히 의식공동체에 전용공간까지 만들어놨으니, 이동영혼에서 검색하시면 이 공간의 코드인 0을 쉽게 찾으실 수 있습니다. 여러분의 공간 진입을 허가하기에 앞서 제가 간단히 소개를 하겠습니다.

　이번 경매회는 적잖은 논쟁을 불러일으켰고, 이 논쟁은 심지어 내부를 벗어나 의식공동체에 크고 작은 파란과 여러 추측을 일으켰습니다. 경매회사들은 압권인 진품의 존재를 발표만 했지, 예비전시를 통해 그 진면목을 선보이거나 어떤 채널을 통해 일말의 정보라도 공개한 곳은 아직 한 군데도 없었습니다. 더스^{得時}가 경매업계에서 다년간 쌓은 신용을 바탕으로, 저희는 고의로 잔재주를 부릴 의도가 없음을 믿어주시기 바랍니다. 이런 방식은 물론 먼저 의뢰인이 특별히 요구한 것이지만, 저희는 이 물품의 의미를 이해하고 나서 주저 없이 승낙했습니다. 그렇다 해도 물품 주인에 대한 경의를 만 분의 일밖에 표현하지 못할 것입니다. 더스나 자리에 계신 여러분뿐 아니라 세상 대부분의 사람이 물품 주인에게 경의와 감탄을 표할 것이고 이 물품이 몹시 궁금할 것이라고 자부합니다.

좋습니다, 여러분. 얘기는 여기까지 하겠습니다. 제가 계속 발표하지 않으면 뜸 들인다는 의심을 받겠죠. 이제 코드 '0'의 공간을 개방합니다. 여러분이 들어오심과 동시에 저도 여러분께 실물에 대해 간략히 소개하겠습니다. 검은색 비단이 벗겨지고 박달나무 함이 열리면 함 안에 있는 물품에 분명 실망하시겠죠? 이 물품은 무슨 고대의 진품이 아니거든요! 옥석, 옥새, 자기도 아니고 상아 조각이나 금장식도 아니며, 대체 몇 십 년 전의 휴대전화인지 아니면 최초의 이동영혼인지도 판단할 수 없을 겁니다. 하지만 당시 첨단 과학기술의 산물인 것은 분명합니다. 그렇죠? 여러분의 의문에 반박할 계획은 없고, 드라마틱한 반전도 없습니다. 이건 그야말로 평범한 보통 전자제품이니까요.

좀 전에 의식공동체에 대해 말씀드렸을 때 뭔가 떠오르지 않으셨나요? 제국은 겸허한 태도를 취했지만 여러분도 저와 마찬가지로 요 며칠 의식공동체에서 왕, 노왕에 대해 자발적으로 시작된 애도를 주목하셨을 겁니다. 그리고 여러분도 저처럼 세상과 우리 각자의 인생을 바꾼 인물에게 다시 한 번 존경하는 마음이 들었으리라 생각합니다. 맞습니다. 오늘은 왕 서거 3주년 기념일입니다. 대대적으로 일을 벌여 크게 기념하지 않아도 이 경매품 하나만으로도 감격에 젖기 충분합니다. 0 공간에서 경매품의 여러 매개변수와 데이터를 이미 보셨을 테지만 그 안에 담긴 스토리는 제가 얘기해야겠죠.

이 물품의 공간 코드 0은 아무렇게나 대충 지은 게 아닙니다. 제국이 의식공동체, 의식결정체, 이동영혼 삼위일체 구조 덕분에 급부상한 건 모두 아실 겁니다. 제국은 우리 모든 사람이 한 사람처럼 똘똘 뭉쳐 생활하며 서로를 알고 느끼게 만들었습니다. 하지만 이 삼위일체 구조 전에 다른 시도가 있었다는 점도 아셔야 합니다. 왕의 최초 구상에 따르면 인간은 여전히 휴대전화를 통해 서로 연락합니다. 다만 휴대전화가 한층 더 업그레이드되어 외부접촉 전도 칩 두 개를 뒤통수에 붙이면 의식을 통해 휴대전화를 관리하고 모든 조작을 실행합니다. 그러면 휴대전화는 인간 뇌의 연장선처럼 기억과 저장 기능을 담당하게 되죠. 이 구상에 따라 제국은 이런 휴대전화를 소량 제작했고 지금은 극소수가 남아 있는데, 특정 기술을 통해 재가동이 가능한 건 손에 꼽힐 만큼 적습니다. 여러분이 지금 보시는 함 앞쪽의 타원형 반투명 칩 두 개가 바로 그 칩입니다. 당시 이 휴대전화 주인의 머리 뒤에 붙여졌죠. 그리고 이 휴대전화의 주인은 바로 제국의 창시자, 영원한 왕입니다!

맞습니다. 저는 이 소식을 처음 들었을 때 지금 여러분보다 훨씬 놀라고 흥분했습니다. 방대한 제국이 유년시절에 모든 사물과 똑같은 우여곡절을 겪은 것에 놀랐고, 왕이 사용했던 물품을 만질 기회를 갖게 되어 흥분했습니다. 조금의 과장도 없이, 이 물품에는 왕이 구상한 흔적이 보존되어 있습니다. 지금 보시는 동영상은 바로 이 휴대전화의 기억 기능이 무심코 기록한, 왕이 조작하는 장면으로 일 분 삼십팔 초 길이입니다. 왕이 먼저 지도를 연 후 앨범에서 사진 하나를 찾아내 비교하는 것처럼 보입니다. 왕이 어떤 부분을 비교하고 어떤 문제를 풀려 하는지에 대한 궁금증 해결은 이 휴대전화 낙찰자의 몫으로 남기겠습니다.

이쯤에서 정정을 좀 하겠습니다. 지금까지 이 물품을 '휴대전화'라고 했지만, 이는 편의상 붙인 명칭일 뿐입니다. 이 물품은 사실 명칭이 없습니다. 제국 내부에선 당시 이걸 다뤄본 사람들이 간단히 '0'이라고 불렀답니다. 물론 이 호칭에 숨은 엄청난 포부를 의심하진 않습니다. 사실 이 호칭은 제국의 거대한 몸집이 무에서 유로 간 기점을 예고하기도 하죠. 대체 어느 시기에 왕이 처음 생각을 버렸는지, 칩 0을 뇌 밖에 건다는 생각을 접고 의식결정체 이식 체계를 확립해 사람 자체가 바로 공동체 구조에 접근하는 방식으로 바꾼 게 언제인지는 저희도 알 길이 없습니다. 간단한 사고의 전환으로 보이나 본질은 인식의 근본적 전환이고, 사람을 대하는 방식과 사람의 가능성을 고민하는 방식의 전환입니다. 실패로 증명된 0은(실패라는 단어를 사용하는 걸 양해해주시기 바랍니다. 그 위대한 과정을 표현할 더 정확한 단어를 도무지 찾을 수가 없군요) 역사의 기록이며 역사 그 자체입니다. 특히 눈여겨볼 만한 부분은 특정 환경에서 지금도 활성화할 수 있으며, 제국도 관련 지원을 제공하길 원한다는 점입니다. 한마디 덧붙이면 0의 소유자를 통해 현재 손상이 전혀 없고 활성화가 가능한 0은 세상에 딱 두 개밖에 없다는 걸 알게 되었습니다. 그중 하나는 회사 역사의 귀중한 소장품으로 제국이 보관해야 하고, 다른 하나는 제국이 소유자를 통해 외부 세상으로 들여보내길 원합니다. 제국이 왜 왕의 0을 외부로 넘기려 하는지, 남은 0이 또 누구에게 속하게 될지는 저희도 알 수 없습니다.

자, 여러분. 인류 역사상 가장 위대한 실물 0입니다. 사설은 여기까지 하고 오 분을 드릴 테니 0 공간에서 더 관찰하거나 두뇌를 차분히 가다듬으십시오. 더스는 0의 소유자와 마찬가지로 0의 미래 소유자가 이 물품의 가치를 충분히 인식하고 충분한 열정을 지니길 기대합니다.

오 분 후 정식으로 시작하겠습니다.

옮긴이의 말

　2018년엔 노벨문학상 시상이 없었다. 《왕과 서정시》는 2050년 노벨문학상 수상을 앞둔 시인의 자살로 이야기가 시작된다. '왕'과 '서정시'. 선뜻 연결되지 않는 두 단어다. 한 인터뷰에서 '왕'과 '서정시'를 연결하게 된 계기를 묻는 질문에 작가는 "두 단어 간의 장력張力이 오랫동안 마음에서 떠나지 않았다. 질서정연하고 이성을 강조하는 '왕'의 세계에서 감성과 자유로움이 충만한 '서정시'가 존재할 가능성이 있는지, 있다면 어떤 모습일지 상상해보고 싶었다"고 답했다.

　《왕과 서정시》는 미래를 배경으로 한다. 2050년은 멀지 않은 미래다. 독자 중 다수가 그때 어떤 일이 일어나는지 직접 목격할 수도 있겠다. 발전하는 과학기술 덕분에 지금과 전혀 다른 세상이 될 것 같으면서도 현재와 동떨어지지는 않을 시간대이다. 1984년 데이콤에서 전자사서함으로 시작된 PC통신이 천리안으로 통합된 1986년, 그리고 웹과 스마트폰을 매개로 언제 어디서나 전 세계 사람과 실시간으로 정보를 공유하고 소통하게 된 2018년의 격차를 생각하면, 2018년과 2050년 사이에 일어나게 될 변화의 폭이 얼마나 더 클지 미루어 짐작할 수 있다. 그럼에도 2050년의 의식결정체, 이동영혼, 의식공동체로 구성되는 삼위일체와 왕이 이를 통해 추구하는 '의식의 동일화, 인류의 대동과 영생'은 인류 역사에 등장한 여러 제국이 추구한 것과 다르지 않다. 중국 최초의 황제 역시 언어와 사상을 통일해 제국의 대동을 도모했다.

중앙집권화와 통일을 기반으로 삼은 역사상의 제국은 다양성의 존중과 공존하기 어려웠다. 알렉산더에 의한 희랍 제국의 등장은 코이네 그리스어(공용 그리스어)의 확산과 함께 지방 언어의 약화를 초래했다. 로마 제국을 굴복시킨 기독교는 그들이 새로운 시대를 시작할 즈음 로마가 남긴 수많은 문화유산 중에서 기독교 신앙과 대척점에 있다고 여긴 수많은 문헌들을 걸러내 전승을 막았다. 진시황의 분서갱유 역시 같은 맥락에서 이해할 수 있다.

《왕과 서정시》에서 왕이 추구하는 세계는 인류의 대동과 영생을 도모하는 세계다. 이러한 이상을 완수하기 위해 왕이 취하는 제국 경영은 역사상 존재했던 제국의 지도자들과 다르지 않다. 하나의 제국에 이로운 언어와 문화만을 남기는 것이다. 그 외의 것은 인류의 기억 속에서 지워져야만 한다.

자신을 '현실주의 작가'라고 보는 리훙웨이는 소설 속 이야기가 현실적이지 않다고 여기는 이들에게 소설가 윌리엄 깁슨의 말 "미래는 이미 와 있다. 단지 널리 퍼져 있지 않을 뿐이다"를 상기시킨다. 리훙웨이는 자신의 글쓰기가 현실과 관련이 있고, 심지어 현실과만 관련 있다고 생각한다. 《왕과 서정시》는 그가 목도한 현실의 그림자이며, 그것을 최대한 분명하게 분별해서 원하는 이들에게 보여주고 확인시켜줘야 한다는 생각이 담긴 작품이다. 그래서인지 SF뿐 아니라 추리, 미스터리 요소가 다분해 미래의 허구 상황에 푹 빠지게 만들면서도 현실감에 대한 자극을 유지하는 것이 소설의 매력이다.

《왕과 서정시》의 주 스토리라 말할 수 있는 1부는 45장으로 이루어졌다. 각 장에 붙은 소제목이 이채롭다. 한 글자로 된 한자와 그 한자의 풀이로, 중국 최초의 사전《설문해자說文解字》와 가장 대중화된 사전《신화자전新華字典》에 수록된 설명이다. 사실 각 한자가 해당 장의 이야기에 등장하는 글자인데 그 점을 살려 한국어로 옮기기가 어렵다는 점이 아쉽다.

소설의 방향성과 깊이의 가능성이 확장되는 과정이 되었다고 하는 마흔다섯 글자의 선정은 문자, 더 정확히는 한자에 대한 작가의 서글픔과 무관하지 않을 것이다. 글자는 점점 늘어나고 있지만 실제 사용하는 글자는 한정적이다. 글자를 잃는 것이 아니라 잊고 있는 것이다. "한 글자를 사용하길 멈추는 것은 본질적으로 세상의 한 부분을 일깨우는 방식을 멈추는 것"이라는 작가의 말에 공감한다. 흔히 사용하는 일상 글자뿐 아니라 사전에만 존재하는 사라져 가는 글자들을 밤마다 정성껏 끼적이는 리푸레이의 습관이 그 서글픔을 대변하는 것만 같다.

서정이 남용되고 소비되는 현대에 작가는 시인의 죽음, 문자의 죽음을 통해 진정한 서정을 고민한다. 본문에 등장하는 〈타타르 기사〉는 위원왕후의 감정이 투사된 시이자 언어와 문자의 소멸을 추진하는 왕과의 대립각이 표면화된 서정시이며, 리푸레이가 생각하는 서정의 본질(인류의 처지를 깊이 느끼고 그 느낌을 전달해 다른 사람을 감화시키는 것. 폭넓은 서정은 개인에게 어둠을 드리워서 무에서 정서가 자라게 만드는 것)이 드러나는 부분이다. 세 사람의 동상이몽 같지만 결국 리푸레이가 가장 적격한 제국문화 후임자라 내려지는 결론이 아이러니하면서도 작가의 서글픔이 어느 정도 해소되는 듯하다.

자신의 민감성을 최대화해 현실이 주는 자극을 더 많이 수용하고 이미 와 있는 미래를 더 많이 보며 최대한 그것을 간파하려는 리훙웨이의 노력, 그리고 그런 미래를 글로 써 공간에 퍼뜨리면 그것이 세상에 오는 것을 막을 수 있을지도 모른다는 미신과도 같은 그의 믿음, 시인은 문자 속에서만 자기다울 수 있다는 그의 신념을 응원한다.

2018년 가을
한수희

왕과 서정시

1판 1쇄 인쇄 | 2018년 12월 10일
1판 1쇄 발행 | 2018년 12월 19일

지은이 리홍웨이
옮긴이 한수희
펴낸이 김기옥

문학팀 제갈은영 | **마케팅** 김주현
경영지원 고광현, 김형식, 임민진

인쇄·제본 (주)민언프린텍

펴낸곳 한스미디어(한즈미디어(주))
주소 (04037) 서울시 마포구 양화로11길 13(서교동, 강원빌딩 5층)
전화 02-707-0337 | **팩스** 02-707-0198 | **홈페이지** www.hansmedia.com
출판신고번호 제313-2003-227호 | **신고일자** 2003년 6월 25일

ISBN 979-11-6007-314-0 03820

한스미디어 소설 카페 http://cafe.naver.com/ragno | **트위터** @hans_media
페이스북 www.facebook.com/hansmediabooks | **인스타그램** @hansmystery